PHILIP KERR

TROPEN

DIE HAND GOTTES

THRILLER

AUS DEM ENGLISCHEN VON
HANNES MEYER

Für Adam und John Thynne

FSC
www.fsc.org
MIX
Papier aus verantwortungsvollen Quellen
FSC® C083411

Tropen
www.tropen.de
Die Originalausgabe erschien unter dem Titel »Hand of God«
im Verlag Head of Zeus, London

Printed in Germany
Umschlag: Herburg Weiland, München
Unter Verwendung eines Fotos von © Jon Kennedy, Mavro Design
Gesetzt von Dörlemann Satz, Lemförde
Gedruckt und gebunden von CPI – Clausen & Bosse, Leck
ISBN 978-3-608-50139-1

Ein bisschen mit dem Kopf Maradonas und
ein bisschen mit der Hand Gottes.

Diego Maradona über sein erstes Tor
gegen England bei der WM 1986

PROLOG

Jeder kennt José Mourinhos Spitznamen: *The Special One*. Mich dagegen nennt die Sportpresse neuerdings *The Lucky One*, den Glückspilz.

Nach dem Tod von João Zarco (Pech) hatte ich das Glück, bei London City Interimstrainer zu werden, und noch größeres Glück, den Job nach der Saison 2013/2014 auch zu behalten. London City schloss die Saison auf dem vierten Platz ab – mit viel Glück, wie es hieß. Mit ähnlich großem Glück erreichten wir auch das Finale des Capital One Cup und das Halbfinale des FA Cup. Beide verloren wir.

Ich persönlich fand eigentlich, dass es schon verdammtes Pech war, dass wir keinen einzigen Titel abräumten, aber die *Times* sah das anders:

> *Wenn man alles bedenkt, was sich in den vergangenen sechs Monaten am Silvertown Dock abspielte – die Ermordung eines charismatischen Trainers, das tragische Ende einer vielversprechenden Torwartkarriere, die laufenden Ermittlungen der Steuerbehörden im sogenannten 4F-Skandal (Freie Fahrt für Fußballer) –, kann London City mit diesem Saisonergebnis mehr als zufrieden sein. Ein Großteil der Erfolge des Vereins geht zweifellos auf den hartnäckigen Eifer des Trainers Scott Manson zurück, dessen so leidenschaftliche wie eloquente Trauerrede auf seinen Vorgänger im Internet aber-*

tausendfach angeschaut wurde. Der Spectator *verglich Manson in diesem Zusammenhang sogar mit keinem Geringeren als Marcus Antonius. Wenn wir José Mourinho* The Special One *nennen, dann muss Scott Manson* The Clever One *heißen; und* The Lucky One *trifft sicher auch zu.*

Ich persönlich würde mich eigentlich nicht gerade als Glückspilz bezeichnen. Schon gar nicht, nachdem ich achtzehn Monate im Wandsworth Prison für ein Verbrechen einsaß, das man mir angehängt hatte.

Als ich noch aktiver Spieler war, hatte ich nur einen einzigen Aberglauben: Ich habe grundsätzlich bei jedem Elfmeter meine ganze Kraft in den Schuss gelegt.

Ich weiß nicht, ob die Spieler von heute allgemein abergläubischer sind als wir damals, aber wenn ich mir ihre Tweets und Facebook-Einträge von der WM in Brasilien so ansehe, dann spielt das Glück für sie eine ähnlich große Rolle wie für die Besucher eines Wunderheiler-Kongresses in Las Vegas. Keiner unserer Jungs geht groß in die Kirche, Moschee oder Synagoge, also darf man sich wohl über ihren Aberglauben nicht wundern; wahrscheinlich ist er sogar die einzige Religion, mit der diese meist ahnungslosen Geister überhaupt klarkommen. Als Trainer gehe ich freundlich, aber bestimmt gegen jeden Aberglauben meiner Spieler vor, auch wenn das natürlich ein hoffnungsloser Kampf ist. Ob es jetzt um ein pedantisch ausgeführtes, so unpraktisches wie langwieriges Ritual vor dem Spiel geht, um eine magische Trikotnummer, einen Glücksbart oder ein T-Shirt mit dem Bild des Duke of Edinburgh (kein Witz!): Aberglaube gehört zum modernen Fußball wie Insiderwetten, Kompressionsshirts und Kinesio-Tape.

Natürlich ist Fußball in vieler Hinsicht Glaubenssache, aber es gibt auch Grenzen. Wenn es nicht mehr damit getan ist, mal eben auf Holz zu klopfen, gerät man schnell ins Reich der Illusionen und des blanken Wahnsinns. Die einzigen Normalen beim Fußball sind doch meistens die armen Schweine, die sich den ganzen Zirkus anschauen; dummerweise sehen die das mittlerweile oft selbst so.

Nehmen wir zum Beispiel Iñárritu, unseren jungen, hochtalentierten Mittelfeldspieler, der gerade für Mexiko in Gruppe A mitmischt: Laut zahlreichen Tweets an seine hunderttausend Follower gibt ihm Gott persönlich ein, wie er die Dinger reinmachen soll, und wenn alle Stricke reißen, kauft der Junge sich schon mal einen Strauß Ringelblumen und ein paar Stück Zucker und zündet vor einer kleinen Skelettpuppe mit rotem Damenkleid eine Kerze an. Schon klar, das funktioniert garantiert.

Und Ayrton Taylor, der gerade mit der englischen Nationalmannschaft in Belo Horizonte weilt, ist auch nicht besser: Im Spiel gegen Uruguay hat er sich nämlich den Mittelfußknochen anscheinend nur deshalb gebrochen, weil er vergessen hatte, seinen silbernen Bulldoggen-Glücksbringer mitzubringen und wie sonst mit seinen Nike Hypervenoms in der Hand zum heiligen Luigi Scrosoppi zu beten, dem Schutzpatron aller Fußballer. Nein wirklich, es hatte natürlich ganz und gar nichts mit dem Drecksack zu tun, der Taylor mit dem vollen Körpergewicht auf den Fuß gesprungen war.

Bekim Develi, unser russischer Mittelfeldspieler, ist auch gerade in Brasilien und berichtet auf Facebook von seinem Glücksstift, den er überallhin mitnimmt. Und in einem Interview mit Jim White für den *Daily Telegraph* erzählt er von seinem gerade geborenen Sohn Peter und gibt zu, dass seine Freundin Alex den Kleinen die ersten vierzig Tage niemandem zeigen darf, weil sie »noch auf die Ankunft seiner Seele warten«. In dieser kritischen Zeit bestünde ansonsten die ernste Gefahr, dass eine fremde Seele oder Energie sich in dem Kind einnistet.

Und als wäre das alles noch nicht lächerlich genug, hat einer unserer Afrikaner bei London City, der Ghanaer John Ayensu, einem brasilianischen Radioreporter verraten, dass er nur mit einem ganz besonderen Fetzen Leopardenfell in der Unterhose spielen kann. Eine recht unkluge Entscheidung, hagelte es doch sofort einen Tierschützer-Shitstorm.

Im selben Interview verkündete Ayensu auch, dass er unseren Verein im Sommer verlassen werde, was mir zu Hause in London gar nicht in den Kram passte. Auch dass unser deutscher Stürmer Christoph Bündchen auf Instagram-Fotos in einer Schwulenbar und -sauna in Fortaleza auftauchte, freute mich gar nicht. Christophs offizielles Coming-out steht noch aus, also behauptete er, er sei versehentlich im Dragon Health Club gelandet, aber Twitter wusste es natürlich besser. Die Zeitungen – vor allem der verdammte *Guardian* – sind ganz geil darauf, dass sich endlich mal ein Spieler outet, der noch mitten in der Profikarriere steckt (Thomas Hitzlsperger war so schlau, damit bis zum Ruhestand zu warten). Christoph muss einem ganz unerträglichen Druck ausgesetzt sein.

Außerdem hat mir einer unserer beiden spanischen Spieler, Juan Luis Dominguín, gerade ein Foto von Xavier Pepe gemailt, auf dem man ihn in einem Restaurant in Rio beim gemeinsamen Abendessen mit einem der Scheichs sieht, denen Manchester City gehört. Und das direkt nach dem Spiel Spanien gegen Chile. Diese Männer sind reicher als Gott – auf jeden Fall reicher als unser Vereinsbesitzer Viktor Sokolnikow –, also bereitet mir das natürlich Sorgen. Mit der richtigen Zahl im Vertrag kann man heutzutage jedem Spieler den Kopf verdrehen wie den von Linda Blair in *Der Exorzist*.

Wie gesagt bin ich eigentlich nicht besonders abergläubisch, aber als im Januar das Bild durch die Zeitungen ging, wie die Jesusstatue über Rio von einem Blitz in die Hand getroffen wird, hätte ich ahnen können, dass Brasilien für uns so einige Katastrophen bereithalten würde. Kurz nach dem Blitzeinschlag gab es Aufstände in den Straßen von São Paulo, nachdem Demonstrationen gegen die öffentlichen Ausgaben für die WM außer Kontrolle geraten waren; Autos wurden in Brand gesetzt, Läden verwüstet, Schaufensterfronten von Banken eingeworfen, und die Polizei eröffnete das Feuer mit Gummigeschossen. Ich will den Demonstranten aber nichts vorwerfen. Man kann doch nicht vierzehn Milliarden Dollar (Schätzung von Bloomberg) für die WM raushauen, während weite Teile Rios keine richtige Abwasserentsorgung haben. Aber wie mein Vorgänger João Zarco war auch ich noch nie ein großer Fan der WM, und nicht nur wegen der Bestechungen, der Korruption, der Hinterzimmerpolitik und Sepp Blatter – nicht mal wegen der Hand Gottes '86. Für mich hat der kleine Mann, der zum Spieler der zweiten mexikanischen WM erklärt wurde, schlicht und ergreifend beschissen. Dass er überhaupt nominiert wurde, sagt doch schon alles über diese ach so großartige FIFA-Veranstaltung.

Das einzige Argument überhaupt *für* die WM ist doch wohl die Tatsache, dass die Amis keinen Fußball können. Wo bekommt man sonst schon zu sehen, dass Ghana oder Portugal die USA bei irgendetwas fertigmachen. Aber bis auf diese eine Sache ist die WM für mich das Allerletzte.

Ich hasse die WM, weil dort fast immer nur Scheißfußball gespielt wird, weil die Schiris nichts taugen und die Songs noch weniger, wegen der dämlichen Maskottchen (Fuleco das Gürteltier, das offizielle Maskottchen der WM 2014, ist ein Portmanteau-Wort aus *futebol* und *ecologia* – meine Fresse!), wegen der ganzen Schwalbenkünstler aus Argentinien und Paraguay und, ja, auch aus Brasilien, wegen des ganzen »Diesmal packen wir's«-Hypes in England und natürlich wegen der ganzen Vollpfosten, die keine Ahnung von Fußball haben, einem aber plötzlich mit ihrer kackdämlichen Meinung ein Ohr abkauen. Ganz besonders hasse ich die Politiker, die in den Mannschaftsbus steigen, wild mit einem England-Schal wedeln und dabei doch nur den üblichen Schwachsinn labern.

Aber wie alle anderen Trainer der Premier League hasse ich die WM vor allem deshalb, weil sie ein Riesenchaos anrichtet. Die Saison ist erst seit dem 17. Mai vorbei, und nach nicht mal zwei Wochen Urlaub müssen unsere Jungs in Brasilien bei ihrer jeweiligen Nationalmannschaft antreten, wenn sie denn ausgewählt wurden. Das erste Spiel der WM war dann schon am 12. Juni, also hatten die Spieler nicht ansatzweise genug Zeit, sich von den Anstrengungen und Belastungen einer vollen Premier-League-Saison zu erholen. Dafür bieten sich ihnen dann zahlreiche Gelegenheiten, sich ernsthafte Verletzungen zuzuziehen.

Ayrton Taylor würde wohl für zwei Monate außer Gefecht sein und ziemlich sicher unser erstes Saisonspiel gegen Leicester am 16. August verpassen. Noch viel schlimmer: Er würde wohl auch bei unserem Champions-League-Playoff-Spiel in Gruppe B gegen Olympiakos die Woche darauf ausfallen. Das können wir natürlich gar nicht gebrauchen, vor allem wenn sich die Presse gleichzeitig das Maul über die sexuellen Vorlieben unseres anderen Stürmers zerreißt.

In solchen Momenten wünsche ich mir ein paar mehr Schotten und Schweden in der Mannschaft, Leute aus Ländern eben, die sich nicht für die WM 2014 qualifiziert haben.

Ich weiß nicht, was schlimmer ist: Die Sorgen über die »leichte Adduktorenzerrung«, die Bekim Develi am Spiel für Russland gegen Südkorea in Gruppe H hinderte; oder die Angst, weil der russische Trainer Fabio Capello ihn gegen Belgien schon wieder auflaufen ließ, bevor er sich richtig hatte erholen können. Ob die Spieler eingesetzt werden oder nicht – man macht sich jeden Tag aufs Neue verrückt.

Und als ob das alles nicht schon genug wäre, macht unser stinkreicher Vereinsbesitzer gerade Rio unsicher, um »unsere Mannschaft zu verstärken«, also irgendwen einzukaufen, der nie im Leben so toll ist, wie all die selbsternannten Experten gerade behaupten. Jeden Abend ruft Viktor Sokolnikow mich über Skype an und will meine Meinung über irgendeinen verkackten Bosnier wissen, von dem ich noch nie gehört habe, oder über das neueste afrikanische Wunderkind, das die BBC zum neuen Pelé erklärt hat. Denn wenn die BBC etwas sagt, dann muss es ja stimmen.

Besagtes Wunderkind heißt Prometheus Adenuga und spielt für AS Monaco und Nigeria. Ich habe mir gerade einen Fernsehzusammenschnitt seiner Tore und Tricks angeschaut, bei dem im Hintergrund Robbie Williams *Let Me Entertain You* grölt. Das beweist doch nur, was ich immer schon geahnt habe: Die BBC hat keine Ahnung von Fußball. Beim Fußball geht es nicht um Unterhaltung. Wenn du unterhalten werden willst, guck dir an, wie Liza Minnelli irgendwo von der Bühne runterfällt, aber lass den Fußball da raus. Wenn du alles versuchst, um ein Spiel zu gewinnen, ist es dir scheißegal, ob die Zuschauer gut unterhalten werden oder nicht. Dafür ist Fußball eine zu ernste Sache. Fußball ist nur interessant, wenn es um etwas geht. Schaut euch nur mal ein Freundschaftsspiel von England an und wagt dann noch, mir zu widersprechen. Genau deshalb kann ich auch mit amerikanischem Sport nichts anfangen – die müssen immer alles fürs Fernsehen aufpeppen, damit es für die Zuschauer bloß nicht zu langweilig wird. Das ist doch Scheiße! Noch mal: Sport ist nur spannend, wenn es um etwas geht, oder, mal ehrlich, wenn es um *alles* geht!

Apropos Ehrlichkeit: Prometheus ist angeblich erst achtzehn, aber in Nigeria nimmt man es mit den Altersangaben ja nicht immer so genau. Die letzten beiden Jahre war er in der nigerianischen Mannschaft, die auch die U-17-WM gewonnen hat.

Nigeria hat das Turnier vier Mal für sich entschieden, aber nur, weil viele Spieler aufgestellt wurden, die ihren siebzehnten Geburtstag schon lange hinter sich hatten. Viele der bekanntesten nigerianischen Blogger schreiben, dass Prometheus in Wirklichkeit dreiundzwanzig ist. Bei manchen afrikanischen Spielern in der Premier League ist der Unterschied sogar noch größer. Denselben Quellen zufolge ist Aaron Abimbole, derzeit bei Newcastle United, sieben Jahre älter als die achtundzwanzig, die sein Pass angibt; und Ken Okri, den wir Ende Juli an Sunderland verkauft haben, war vermutlich schon über vierzig. All das erklärt vielleicht, warum viele dieser afrikanischen Spieler kaum Kondition haben und nicht lange aktiv bleiben. Und warum sie so oft verkauft werden. Auf so einem will keiner sitzen bleiben, wenn seine Zeit abgelaufen ist.

Das ist nur einer der Gründe, warum ich nie die englische Nationalmannschaft trainieren werde: Die englische Football Association würde niemals jemanden dulden, der offen sagt, dass der afrikanische Fußball in der Hand verlogener Betrüger ist – nicht mal, wenn er, wie ich, selbst zur Hälfte schwarz ist.

Aber das Alter von Prometheus beschäftigt die nimmermüde Journaille gar nicht so sehr, sondern vielmehr die Hyäne, die er sich in seiner Wohnung in Monte Carlo als Haustier gehalten hat. Laut *Daily Mail* biss sie im Bad ein Rohr durch, setzte so das ganze Gebäude unter Wasser und richtete einen fünfstelligen Eurobetrag an Schäden an. Neben einer Hyäne als Haustier wirken Mario Balotellis Bentley Continental mit Tarnmuster und Thierry Henrys zwölf Meter hohes Aquarium richtig vernünftig.

Eigentlich müsste man mal eine Fantasy-Football-Variante einführen, bei der man sich eine imaginäre Mannschaft aus echten Fußballern zusammenstellt und Punkte dafür bekommt, wenn einer der eigenen Spieler sich das teuerste Haus oder Auto kauft oder es in die Schlagzeilen der Regenbogenpresse schafft.

Bonuspunkte gibt es für die abgehobenste Freundin, die pompöseste Kitschhochzeit, den dämlichsten Babynamen, die meisten Rechtschreibfehler in einem Tattoo, die beknackteste Frisur und den kreativsten Seitensprung.

Ich habe mir Alex Fergusons Autobiografie natürlich gleich am Erscheinungstag gekauft. Seine Meinung über David Beckham hat mich sehr gefreut. Fergie sagt, er habe den berühmten Schuh damals auf Beckham geschossen, weil seine Nummer sieben sich geweigert hatte, auf dem Trainingsplatz die Strickmütze abzunehmen, damit die Presse seine neue Frisur nicht vor dem Spieltag zu Gesicht bekam. Ich muss sagen, da kann ich Ferguson gut verstehen. Die Spieler dürfen nie vergessen, dass alles von den Fans abhängt, die ihnen im Endeffekt das Gehalt zahlen. Unsere Jungs müssen ständig daran erinnert werden, wie das Leben eines normalen Fans aussieht. Ich habe meinen Spielern schon verboten, bei unserem Trainingsplatz in Hangman's Wood mit dem Hubschrauber anzukommen oder mit einem Auto, das mehr kostet als ein durchschnittliches Einfamilienhaus. Also derzeit mehr als 242.000 Pfund. Das hört sich vielleicht nicht allzu streng an, aber ein Lamborghini Veneno kostet zum Beispiel schon mal seine 2,4 Millionen. Für einen Spieler, der im Jahr fünfzehn Millionen verdient, sind das natürlich Peanuts. Die Idee mit dem Preislimit kam mir neulich, als bei uns auf dem Parkplatz zwei Aston Martin One-77 und ein Pagani Zonda Roadster standen, die pro Stück über eine Million Pfund kosten.

Versteht mich nicht falsch, beim Fußball geht's ums Geschäft, und die Spieler machen mit, weil sie Geld verdienen und ihren schnellen Wohlstand genießen wollen. Ich habe kein Problem damit, Spielern 300.000 Pfund die Woche zu zahlen. Die meisten arbeiten sich dafür halb tot, außerdem hält das große Geld nie lange an, und überhaupt schaffen es nur die wenigsten auf dieses Niveau. Nur blöd, dass ich mir damals als aktiver Spieler noch nicht so eine goldene Nase verdienen konnte. Aber weil es nun mal ums Geschäft geht, müssen alle Beteiligten auch immer die PR im Hinterkopf behalten. Man muss sich doch nur mal die Banker ansehen, die heutzutage überall als ungeliebte Raffzähne gelten. Wahrnehmung ist alles, und ich will echt nicht, dass die Fans irgendwann die Barrikaden stürmen, weil sie die Einkommensungleichheit zwischen sich und den Spielern nicht mehr ertragen. Deshalb habe ich auch einen Experten vom London Centre for Ethical Business Cultures zu einem Vortrag vor meinen Spielern zum Thema »Kunst des Understatements« eingeladen. Kernaussage: Kauft euch verdammt noch mal keinen Lamborghini Veneno. Den ganzen Aufwand betreibe ich, weil ich meine Jungs vor unerwünschten Schlagzeilen schützen muss, wenn ich den bestmöglichen Fußball aus ihnen rauskitzeln will. Und nur darum geht es mir. Meine Spieler liegen mir am Herzen wie meine eigene Familie. Und so rede ich auch mit ihnen, obwohl ich oft auch einfach nur zuhöre. Genau das brauchen die meisten von ihnen: einen, der sie versteht, was natürlich nicht immer ganz einfach ist. Der Umgang der Spieler mit ihrem Reichtum lässt sich natürlich nicht über Nacht ändern. Junge Männer im Allgemeinen zu verantwortungsbewussten Mitmenschen erziehen ist genauso schwer wie der Kampf gegen den Aberglauben der Spieler. Aber hier muss sich bald etwas ändern, sonst verliert der Fußball seine Nähe zu den einfachen Leuten, wenn er das nicht schon längst hat.

Vom totalen Fußball hat wohl schon jeder mal gehört, vielleicht betreibe ich hier die totale Mannschaftsführung. Oft muss ich im Gespräch mit meinen Spielern neben dem Thema Fußball auch andere Bereiche abdecken; und manchmal muss ich Durchschnittsmenschen dazu bringen, sich wie Ausnahmetalente zu verhalten. Dieser Job hat mich zum Psychologen, Lebensberater, Komiker, Trostspender, Pfarrer, Freund und Vater gemacht. Und manchmal auch zum Detektiv.

KAPITEL 1

Ich war mit meiner Freundin Louise Considine im Urlaub in Berlin. Sie ist Polizistin, Detective Inspector der Londoner Metropolitan Police. Aber das wollen wir ihr nicht vorwerfen, dafür sieht sie nämlich viel zu gut aus. Das Foto auf ihrem Dienstausweis würde sich auch in einer Parfumwerbung gut machen: *Met by Moschino, The Power to Arrest*. Ihre Schönheit hat etwas sehr Natürliches. So fest wie Louise mich in ihrem Bann hält, erinnert sie mich immer an eine der adligen Hochelbinnen aus *Der Herr der Ringe*, Galadriel oder Arwen. Da bin ich hin und weg. Tolkien habe ich schon immer geliebt. Und Louise wohl auch.

Wir gingen viel spazieren und sahen uns alle Highlights an. Größtenteils hielt ich mich vom Fernseher und der WM fern; ich las lieber oder schaute aus dem Fenster – von unserem Hotelzimmer hatte man einen großartigen Blick auf das Brandenburger Tor. Nur die Champions-League-Auslosung sah ich mir auf Al Jazeera an. Arbeit muss sein.

Wie immer wurde die Ziehung am Mittag aus dem UEFA-Hauptquartier in Nyon übertragen. Im sichtlich gelangweilten Saalpublikum sah ich kurz unseren Vereinsvorsitzenden Phil Hobday, der müde vor sich hin starrte. Um diesen Pflichttermin beneidete ich ihn nicht gerade. Als der Moment der Auslosung näher rückte, rief ich über Skype Viktor in seiner riesigen Penthouse-Suite im Copacabana Palace Hotel in Rio an. Während wir darauf warteten, dass unser kleiner Ball aus einer der Schalen gezogen und vom Stargast aufgeschraubt wurde – ein langwieriger und lächerlicher Prozess –, unterhielten wir uns über unseren neuesten Spieler: Prometheus.

»Eigentlich wollte er bei Barcelona unterschreiben, aber ich konnte ihn von uns überzeugen«, sagte Viktor. »Er ist vielleicht etwas eigensinnig, aber das sind diese Wunderkinder doch immer.«

»Hoffentlich reißt er sich ein bisschen zusammen, wenn er in London ist.«

»Na ja, er wird schon einen guten Spielerbetreuer brauchen, der ihm sagt, wie es läuft, und dafür sorgt, dass er sauber bleibt. Sein Agent Kojo Ironsi hat da schon ein paar Vorschläge.«

»Den Betreuer sollten wir selbst bestimmen, nicht der Agent. Der Betreuer muss dem Verein verantwortlich sein, nicht dem Spieler, sonst kriegen wir ihn nie in den Griff. So was hab ich schon oft gesehen. Die Jungs meinen, sie wüssten alles besser, ihre Betreuer schlagen sich auf ihre Seite, decken sie und reden ihre Schwächen schön.«

»Wahrscheinlich hast du recht, Scott. Aber ganz so schlimm wird es schon nicht werden. Immerhin kann der Junge ganz gut Englisch.«

»Ich weiß. Ich habe seine Tweets vor dem Spiel Nigeria gegen Argentinien gelesen.«

Ich war nicht unbedingt Viktors Meinung, dass wir uns über Prometheus' Englischkenntnisse freuen sollten. Manchmal ist es für die Mannschaft besser, wenn ein Spieler mit einem Riesenego sich nicht so gut verständigen kann. Bisher hatte ich der Versuchung widerstanden, ihm gegenüber das Schicksal des mythischen Prometheus anzusprechen; von Zeus bestraft, weil er das Feuer gestohlen und den Menschen gebracht hatte. Und was für eine Strafe das war, meine Fresse: an einen Felsen gekettet, wo ihm jeden Tag aufs Neue ein Adler die Leber rausrupft, die nachts wieder nachwächst, denn natürlich war Prometheus unsterblich. Mit Zeus war eben nicht zu spaßen.

»Vielleicht kannst du ihn schon mal ein bisschen bei seinen Tweets bremsen, wo du ihn doch schon kennst, Viktor. Wenn er weiter so angibt, was für ein toller Hecht er ist, lässt ihm die englische Presse bald keine ruhige Minute mehr.«

»Was hat er denn gesagt?«

»Irgendetwas über Lionel Messi. Er meint, wenn die beiden sich auf dem Platz treffen, gibt's ein Schauspiel wie bei Nadal gegen Federer, mit ihm als Sieger natürlich.«

»Ach, so schlimm hört sich das doch gar nicht an.«

»Vik. Lionel Messi hat sich seinen Ruhm verdient. Er ist ein Phänomen. Prometheus muss erst noch ein bisschen Demut lernen, wenn er in England überleben will.« Ich warf einen Blick auf den Fernseher. »Moment, ich glaube, jetzt sind wir dran.«

London City wurde als Gegner von Olympiakos Piräus für die Playoff-Runde Ende August gezogen. Ich gab die Neuigkeiten an Viktor weiter.

»Ich hab keine Ahnung, ist das gut?«, fragte er. »Wir gegen die Griechen?«

»Ja, das würde ich schon sagen, bloß kann es in Piräus im Sommer verdammt heiß werden.«

»Haben die eine gute Mannschaft?«

»Viel weiß ich nicht über die«, gab ich zu. »Nur, dass Fulham gerade für zwölf Millionen ihren besten Stürmer gekauft hat.«

»Das ist doch schon mal gut für uns.«

»Klar. Aber ich muss wohl demnächst nach Griechenland fahren und ein bisschen recherchieren. Ein Dossier zusammenstellen.«

Louise hatte sich nicht an dem Gespräch mit Viktor beteiligt, aber nach dem Skype-Anruf sagte sie: »Die Reise wirst du wohl alleine antreten müssen, mein Lieber. Ich war erst neulich in Athen. Generalstreik, die ganze Stadt in Aufruhr, Krawalle, alles graffitibeschmiert, keine Müllabfuhr, tollwütige Rechte, Brandanschläge auf Buchläden. Das brauche ich so bald nicht wieder.«

»Ich glaube, das war doch vor allem, als sie im griechischen Parlament über die Staatsverschuldung entschieden haben«, sagte ich. »Nach dem, was ich so in den Zeitungen gelesen habe, ist das Schlimmste mittlerweile vorbei.«

»Wer's glaubt. Die Griechen haben doch sogar das Wort dafür erfunden: *Chaos*.«

Nach der Auslosung trafen Louise und ich uns zum Mittagessen mit meinem alten Freund Bastian Höhling, dem Trainer von Hertha BSC. Hertha ist noch lange nicht so erfolgreich wie Borussia Dortmund oder Bayern München, aber das ist nur eine Frage der Zeit und des Geldes – und von beidem gibt es in Berlin mehr als genug. Das Olympiastadion wurde für die Spiele von 1936 gebaut und zwischen 2000 und 2004 modernisiert. Heute fasst es fünfundsiebzigtausend Zuschauer und ist eine der eindrucksvollsten Spielstätten Europas. Immer mehr Leute ziehen nach Berlin – vor allem junge –, und der 2013 wieder in die Bundesliga aufgestiegene Verein hat eine treue Fangemeinde. Natürlich ist die englische Premier League einzigartig, natürlich sind die beiden besten Vereine der Welt heute in Spanien zu Hause, aber für jeden, der auch nur ein bisschen Ahnung von Fußball hat, sieht die Zukunft ziemlich deutsch aus.

Wir trafen uns mit Bastian und seiner Frau Jutta im Restaurant Sphere oben im Fernsehturm. Nachdem wir uns über den tollen Ausblick auf die Stadt und das Brandenburger Umland, über das wunderschöne Wetter und über die WM unterhalten hatten, kamen wir auf die Champions League und unseren zugelosten Gegner Olympiakos zu sprechen.

»Nach der WM gehen wir mit Hertha auf eine Testspiel-Tour

durch Griechenland«, sagte Bastian. »Ein Spiel gegen Panathinaikos, eins gegen Aris Thessaloniki und eins gegen Olympiakos. Der Vorstand will etwas für die griechisch-deutschen Beziehungen tun. Eine Zeit lang war Deutschland bei den Griechen ja nicht gerade beliebt. Als hätten die uns für all ihre Wirtschaftsprobleme verantwortlich machen wollen. Mit der Tour können wir die Griechen hoffentlich daran erinnern, dass wir Deutschen ihre Freunde sind. Deshalb nennen wir das Ganze auch den Schliemann Cup. Heinrich Schliemann war der deutsche Archäologe, der die Goldmaske des Agamemnon entdeckte, die man heute im Archäologischen Nationalmuseum von Athen sehen kann. Einer unserer Sponsoren bringt gerade ein neues Produkt in Griechenland auf den Markt, und dieses kleine Turnier soll ein bisschen gutes Wetter machen. *Fakelaki* nennen die so was, glaube ich. Oder vielleicht auch *misa*.«

»Ich glaube, *fakelaki* passt hier nicht so ganz«, erwiderte Louise, die ein bisschen Griechisch spricht. »Das ist ein Briefumschlag, den man einem Arzt gibt, damit er sich besser um einen kümmert.«

»Dann eben *misa*«, sagte Bastian. »Auf jeden Fall kann Deutschland dem griechischen Fußball dadurch eine kleine Finanzspritze verpassen. Außerdem gehören Panathinaikos und Aris beide ihren Fans. Das ist uns Deutschen sehr sympathisch.«

»Gibt es im deutschen Fußball denn niemanden wie Viktor Sokolnikow oder Roman Abramowitsch?«

Bastian grinste. »Nein. Und auch keine Scheichs. Wir lassen den Großinvestoren nicht einfach freie Hand. Die Anteile jedes deutschen Vereins müssen zu mindestens einundfünfzig Prozent den Mitgliedern gehören. So werden auch die Ticketpreise einigermaßen niedrig gehalten.«

»Dann könnt ihr aber auch weniger Geld für Spieler ausgeben, oder?«, fragte Louise.

»Im deutschen Fußball setzen wir auf die Jugendförderung«, erwiderte Bastian. »Talente entwickeln, nicht einfach den neuesten Star einkaufen.«

»Deshalb läuft's für euch auch bei der WM besser«, sagte sie.

»Das sehe ich auch so. Wir investieren lieber Geld in unsere Zukunft, statt es den Spielerberatern in den Rachen zu werfen. Und die Trainer müssen sich immer vor ihren Vereinsmitgliedern verantworten, nicht vor irgendeinem dahergelaufenen, launenhaften Oligarchen.« Er grinste. »Das heißt, wenn unser lieber Scott hier in ein, zwei Jahren von seinem derzeitigen Chef gefeuert wird, heuert er als Trainer bei einem deutschen Verein an.«

»Ich kann mich nicht beschweren«, sagte ich.

Das war natürlich gelogen. Ich war stinksauer, dass Prometheus eingekauft worden war, ohne dass mich jemand gefragt hatte. Genauso war es schon bei Bekim Develi gelaufen. So etwas wäre bei einem deutschen Verein tatsächlich nicht passiert.

»Komm doch mit zu unserem Spiel gegen Olympiakos, Scott. Dann kannst du als persönlicher Gast der Hertha deine Hausaufgaben machen. Wir würden uns freuen. Und wer weiß, vielleicht können wir ja sogar ein paar Ideen austauschen.«

»Hört sich gut an. Aber mal sehen. Erst mal müssen wir unsere eigene Testspiel-Tour durch Russland hinter uns bringen.«

»Russland? Puh!«

»Wir spielen gegen Lokomotive Moskau, Zenit Sankt Petersburg und Dynamo Sankt Petersburg. Das hört sich vielleicht komisch an, aber so richtig kann ich mich wohl erst entspannen, wenn die ganze Mannschaft wieder heil aus Rio zurück ist.«

»Ja, das geht mir genauso. Bloß hab ich schon geglaubt, unsere Fahrt nach Griechenland wird riskant. Aber Russland … Verdammt!«

Ich zuckte mit den Schultern. »Was soll schon groß passieren?«

»Außer den ganzen wahnsinnigen Rassisten in der Fankurve, meinst du?«

»Genau, außer den ganzen wahnsinnigen Rassisten in der Fankurve.«

»Schau mal aus dem Fenster, Scott. Das hier war alles mal die DDR.« Er grinste. »Wir sind hier im tiefsten Osten. ›Was soll schon groß passieren?‹, haben wir uns früher jeden Tag gefragt. Und immer wieder mussten wir uns dieselbe Antwort geben: Alles. Bei den Russen muss man auf alles gefasst sein.«

»Ach, das wird schon laufen. Unsere Tour hat Viktor Sokolnikow persönlich arrangiert. Wenn uns einer eine stressfreie Russlandreise organisieren kann, dann er.«

»Wollen wir's hoffen, Scott. Man darf nur nicht den Fehler machen und Russland für eine Demokratie halten. Das ist nur Fassade. Das Land wird von einem Diktator regiert, der sein Handwerkszeug in einer Diktatur gelernt und in ihr Karriere gemacht hat. Denk dran: In einer Diktatur kann alles passieren, und das tut es meistens auch.«

Rückblickend kommt einem ein guter Rat wie dieser schnell wie eine Prophezeiung vor.

KAPITEL 2

In Russland lief es für uns von Anfang an schlecht.

Unser eigens gecharterter Aeroflot-Jet startete vom London City Airport erst nach einer dreistündigen Verzögerung ohne Strom, Klimaanlage und Wasser. Schon bald nach dem Start hatte das Flugzeug schwerwiegende technische Probleme, und die meisten von uns bekamen Angst, wir hätten unseren letzten Ball getreten. Eigentlich war es ein bisschen wie eine Achterbahnfahrt, aber in unserer Iljuschin IL-96 war es ein absoluter Höllenritt. Wir stürzten bestimmt einen Kilometer unkontrolliert in die Tiefe, bevor der Pilot dieses russische Bauklo mit Flügeln wieder in den Griff bekam und bekannt gab, dass er den Flug nach Oslo umleite, »um nachzutanken«.

Bei unserem Anflug auf Oslo ächzte das Flugzeug wie ein altes Wohnmobil, und wir dachten wohl alle unwillkürlich an die Busby Babes von Manchester United und das Unglück in München 1958, bei dem dreiundzwanzig der vierundvierzig Menschen an Bord starben. Daran denkt wohl jede Fußballmannschaft, wenn es bei einem Flug Probleme mit schlechtem Wetter oder Turbulenzen gibt.

Da fragt man sich doch, wie Aeroflot zum offiziellen Sponsor von Manchester United werden konnte.

Zu allem Überfluss fing unser Ernährungsberater Denis Abajew auch noch laut zu beten an, was natürlich alle außer den

Schwerreligiösen nur in ihrer Todesangst bestärkte. Denis besaß zwar alle möglichen Abschlüsse in verschiedenen Disziplinen der Sportwissenschaften und hatte die britische Mannschaft bei den Olympischen Spielen in London beraten, da er zu der Zeit für das English Institute of Sport arbeitete, aber von menschlicher Psychologie hatte er offensichtlich keine Ahnung, denn sein Gebet stiftete mehr Unruhe, als dass es Trost spendete. Nach den längsten zwanzig Minuten meines Lebens landete das Flugzeug wohlbehalten, in der Kabine brachen Jubel und Applaus aus und mein Herz fing wieder an zu schlagen. Aber sobald wir im Terminal waren, nahm ich Denis beiseite und befahl ihm, so etwas nie wieder zu tun.

»Für uns alle beten, meinst du, Boss?«

»Ganz genau«, sagte ich. »Auf jeden Fall nicht laut. Da kannst du auch gleich *Allahu akbar* brüllen und mit einem Koran und Teppichmesser herumwedeln, so verrückt hast du eben alle gemacht.«

»Ach Boss, das habe ich doch nur gemacht, weil sich sowieso schon alle in die Hose geschissen haben«, sagte er. »Es kam mir einfach richtig vor.«

Denis war ein hagerer, energischer Mann Ende zwanzig mit halblangen Haaren und den Anfängen eines Bartes oder vielleicht auch nur dem Ergebnis eines hoffnungslosen Versuchs, sich einen wachsen zu lassen. Die paar Stoppeln hätte ihm wahrscheinlich selbst seine Katze ablecken können. Er war ein dunkler Typ mit mahagonifarbenen Augen und einer Nase wie ein Bootshaken. Er sah aus wie Zlatan Ibrahimovićs kleiner Streberbruder.

»Kann ja sein, Denis. Aber wenn du schon unbedingt beten musst, dann bitte leise. Die Fluggesellschaften halten nicht so viel von der Vorstellung, dass man Gott für etwas braucht, was der Pilot normalerweise ganz gut alleine hinkriegt. Mir passt das ehrlich gesagt auch nicht so. Halt dich in Zukunft vor meinen Spielern mit religiösen Äußerungen zurück, okay? Außer vielleicht, wir liegen im Camp Nou ein Tor zurück. Alles klar?«

»Aber wir wurden doch von der Hand Gottes gerettet, Boss. Du warst doch dabei.«

»Blödsinn«, mischte Bekim Develi sich ein, der hinter uns gestanden hatte.

»Es war Allahs Wille«, beharrte Denis.

»Was? Ich pack's nicht! Der ist ein verdammter Dschihadi! Ein Kamelficker!«

»Schnauze, Bekim!«, sagte ich.

Aber nachdem wir dem Tod gerade erst von der Schippe gesprungen waren, war der Russe wohl immer noch voll auf Adrenalin – wie ich auch. Er drängte sich an mir vorbei und drückte Denis den Zeigefinger in die Schulter.

»Hör mir mal zu, Freundchen: Dann war es ja wohl auch Allahs Wille, uns überhaupt erst Todesangst einzujagen. Das geht mir bei Leuten wie dir verdammt auf den Sack: Wenn's gut läuft, hat euer Kumpel Allah die Finger im Spiel, aber wenn alles in die Hose geht, dann soll er's nie gewesen sein.«

»Bitte lass das«, sagte Denis leise. »Und ich bin kein Dschihadi. Aber ich bin Muslim, na und?«

»Ich dachte, du bist Engländer«, erwiderte Bekim. »Denis. Das ist doch gar kein Kamelficker-Name.«

»Ich bin Engländer«, erklärte Denis geduldig. »Aber meine Eltern kommen aus Inguschetien.«

»Scheiße, das haben wir noch gebraucht. Ein *Arabski* – ein verdammter LKN!«

Später erfuhr ich, dass LKN in Russland eine abschätzige Abkürzung für die Bewohner der südlichen und vornehmlich muslimischen Teilrepubliken ist.

»Schnauze jetzt, Bekim«, sagte ich.

»Nicht jeder Muslim ist immer gleich ein Terrorist«, erklärte Denis.

»Ansichtssache. Eins kann ich dir aber sagen, wenn du uns jemals Halal-Fleisch vorsetzt, kriegst du es mit mir zu tun! Ich bin Tierfreund! Bei mir kommt kein Tier auf den Tisch, dem im Namen Allahs der Hals aufgeschlitzt wurde. Das ist doch abartig! Nur Fleisch von human getöteten Tieren, alles klar?«

»Natürlich. Ich bin doch kein Fanatiker!«

»Das sagst du jetzt! Aber das waren doch deine Leute, die in Beslan die ganzen Kinder abgeschlachtet haben.«

»Das waren Osseten.«

»Ach, leck mich!«

»Schluss jetzt, Bekim!«, sagte ich. »Noch ein Wort, und ich schicke dich zurück nach London.«

»Meinst du, nach dem Flug will ich überhaupt noch irgendwo hin?« Bekim legte sich eine große Hand auf die Brust und schüttelte den Kopf. »Mann, am liebsten würd ich nie wieder einen Fuß in ein Flugzeug setzen, Boss. Ich hab Dennis Bergkamp ja immer für einen Waschlappen gehalten, weil er nicht fliegen wollte, aber jetzt bin ich mir da selbst nicht mehr so sicher.«

Von Geldstrafen für Spieler halte ich eigentlich nichts. Manchmal muss es sein, aber es kommt mir immer ein bisschen falsch vor, als würde man einem kleinen Jungen das Taschengeld streichen. Ich gehe lieber davon aus, dass sie spielen und Teil der Mannschaft sein wollen, und wenn sie sich nicht benehmen und die anderen mit Respekt behandeln können, dann setze ich da an. Einen Spieler vom Training oder von einem Spiel nach Hause schicken ist meistens ein viel effektiveres Mittel. Oder natürlich ein angedrohter Schlag in die Fresse.

Ich packte den Russen bei den Schultern und starrte ihm in die Augen. Er war groß und hatte einen roten Schaufelbart, der zu seinem Temperament passte, weshalb er auch der Rote Teufel genannt wurde. Ich hatte ihn schon andere Spieler für weit weniger schlagen sehen, aber von mir würde er gleich eine zurückverpasst kriegen.

»Reiß dich zusammen, okay?«, sagte ich. »Wir sind jetzt wieder am Boden, und alles ist gut. Also halt die Klappe und beruhig dich langsam mal wieder, Bekim. Wir sind immer noch alle ganz fertig, und keiner von uns kann gerade richtig klar denken. Aber weißt du was? Ich bin froh, dass wir das durchgemacht haben. So was schweißt uns als Team zusammen. Dich und mich und Denis auch. Alles klar, Bekim?«

Er nickte.

»Und jetzt solltest du dich wohl bei Denis entschuldigen.«

Bekim nickte wieder und mit feuchten Augen – vielleicht war ihm jetzt erst klar geworden, dass er gerade noch mit dem Leben davongekommen war – gab er Denis die Hand und nahm ihn in den Arm. Noch während er den schmalen Ernährungsberater drückte, fing der große Mann an zu weinen.

Ich war zufrieden und ließ die beiden stehen.

KAPITEL 3

Prometheus stieß in Sankt Petersburg zu uns. Er war ein großer, muskulöser Junge mit breitem Grinsen, kahlrasiertem Schädel, einer Nase so lang und breit wie ein Zulu-Krieger-Schild und mehr Diamant-Ohrsteckern als die Königin von Saba. Er lief herum wie ein Gangsta-Rapper und hatte mehr Baseballcaps als Babe Ruth – ein Look, der bei den Jungs von London City gerade sehr in Mode war. Aber im Gegensatz zu meinen anderen Jungs zeigte er keinerlei Ermüdungserscheinungen so kurz nach der WM. Im Training gab er alles, er folgte meinen Anweisungen aufs Wort und benahm sich auch sonst tadellos. Er ließ sogar seinen Twitter-Account verstummen, und als er mich *Sir* nannte, vergaß ich alle meine Zweifel bezüglich seiner Einstellung und Disziplin. Außerdem hatte ich nach dem ersten Spiel ganz andere Probleme.

Dynamo Sankt Petersburg ist ein vergleichsweise junger Verein, den Semjon Michailow und die Pushkin Kompanija auf die Beine gestellt haben. Letztere ist ein russischer Energiegigant, der so ziemlich alles macht von der Herstellung riesiger Kraftwerksturbinen bis zum Export von Öl und Gas und wahrscheinlich auch bedeutenden Mengen an Geld. Das Nyenschanz-Stadion am Ufer der Newa steht in der Nähe des im Bau befindlichen Lachta Zentr, des bald höchsten Wolkenkratzers Europas. Mit einer Kapazität von 50.000 ist es derzeit das größte Stadion der

Stadt, zumindest bis Dynamos älterer Lokalrivale Zenit seine neue Spielstätte bekommt. Da hört sich Sankt Petersburg natürlich richtig schick und modern an. In Wirklichkeit sind aber die Straßen voller Schlaglöcher, wirken die Leute erschreckend arm und wimmelt es in allen außer den drei, vier besten Hotels von Ungeziefer.

Apropos Ungeziefer – Dynamo hat einen Haufen Hardcore-Hooligans, die Hakenkreuzflaggen schwenken, den Hitlergruß zeigen, Bananen nach schwarzen Spielern schmeißen und auch sonst für größtmögliches Chaos sorgen. Da Bekim Develi Dynamo Sankt Petersburg erst sechs Monate zuvor unter schwierigen Umständen verlassen hatte, setzte ich ihn hier noch nicht ein, weil ich die russischen Fans nicht unnötig herausfordern wollte. Außerdem konnten seine Adduktoren sicher noch ein paar Tage Erholung gebrauchen. Aber unsere schwarzen Spieler wollte ich auf keinen Fall auf der Bank lassen, dann hätte das Rassistenpack ja gewonnen. Es kam sogar etwas weniger Affengeschrei von den Rängen als sonst – es war ja schließlich ein Freundschaftsspiel – und meine schwarzen Spieler ließen sich auch nicht provozieren, worum ich sie vorher gebeten hatte. Wie erwartet landete eine Banane auf dem Spielfeld, aber Gary Ferguson hob sie auf und aß sie, was verdammt mutig war, wenn man den üblichen Zustand von frischem Obst in Russland bedenkt.

Der Ärger kam dann aus einer unerwarteten Richtung. Dynamo verteidigte gut, und den Innenverteidiger Andrej Scholochow merkte ich mir für die Zukunft. Aber der Star des Spiels war unser vierundzwanzigjähriger arabisch-israelischer Linksaußen Soltani Boumediene, der seine Karriere bei Haifa begonnen hatte und wie Denis Abajew Muslim war, wenn auch ein recht entspannter, weltlich orientierter.

Soltanis Tor, das einzige des Spiels, fiel kurz vor Schluss – ein perfekt angeschnittener Freistoß aus einem fast unmöglichen

Winkel, den ich ihn so ähnlich manchmal im Training, meist glücklos, hatte versuchen sehen. Dann kam das, was uns noch Probleme bereiten sollte. Soltani rannte auf die Fernsehkamera zu und feierte mit einem Vier-Finger-Gruß, den ich genauso wenig erkannte wie wohl die meisten anderen im Stadion. Erst als wir nach dem Spiel vom Feld gingen, wurde es unangenehm.

Als wir im Spielertunnel auf dem Weg in die Umkleide waren, wurde Soltani von mehreren Männern der örtlichen OMON-Sonderpolizei gepackt und grob in einen Polizeiwagen verfrachtet. Volodja, unser kleiner russischer Aufpasser, wurde auf Nachfrage von einem Polizisten informiert, Soltanis Vier-Finger-Gruß sei das R4bia-Zeichen der Unterstützer des abgesetzten ägyptischen Präsidenten Mohammed Mursi und der Muslimbruderschaft, die in Russland eine verbotene Organisation ist. Volodja erklärte uns auch, die Polizei habe die Anweisung, Soltani zum Angleterre Hotel zu fahren, wo wir untergebracht waren, um seine Sachen abzuholen, und ihn dann direkt zum Flughafen Pulkowo zu eskortieren, von wo aus er das Land unverzüglich zu verlassen habe.

Viktor fuhr mit uns zum Hotel und telefonierte eine halbe Stunde lang mit dem Generaloberst der Polizei im Innenministerium in Moskau, während die Mannschaft in der Lobby wartete. Der Generaloberst sagte, die Muslimbruderschaft habe mehrere tschetschenische Anschläge in Russland gutgeheißen, obwohl sich später herausstellte, dass es für diese Anschuldigung keine stichhaltigen Beweise gab. Nicht abstreiten ließ sich dagegen, dass von Soltanis Twitter-Account einmal folgende Nachricht abgeschickt worden war: *Stehe in Liebe und soldatischer islamischer Bruderschaft mit Freunden und Familie auf dem Tahrir-Platz #R4bia #Anticoup*. Also konnte Viks Gespräch mit dem Generaloberst nichts bewirken, und die Deportation würde wie geplant vollzogen werden.

Als wir das hörten, liefen wir sofort mit allen Spielern und Mitarbeitern nach draußen und sahen zu, wie Soltani Boumediene in Handschellen Richtung Flughafen weggefahren wurde. Niemand sagte etwas, und die Stimmung war bedrückt. Danach erklärten mir mehrere Spieler, wir sollten Soltani auf dem nächsten Flug zurück nach London folgen. Wenn man bedenkt, was als Nächstes passierte, hatten sie wohl recht.

Die Presse hatte Wind von der Story bekommen und zufällig auch der Sender BBC World, der seit zwei Jahrzehnten keinen großen Knüller mehr gebracht hatte. Irgendwie wurde Bekim Develi zu einem Interview überredet, der dem glücklichen Reporter dann gleich noch eine viel größere Story servierte.

Bekim war der einzige Russe in unserer Mannschaft, und er nahm das mit Soltani persönlich: »Als russischer Staatsbürger schäme ich mich zutiefst für das, was heute Nachmittag im Nyenschanz-Stadion passiert ist. Soltani Boumediene ist ein guter Freund von mir, und er hat nichts mit der Muslimbruderschaft zu tun. Er ist gegen jede Form von Terrorismus. Seine Gesinnung ist absolut demokratisch. Wie sonst hätte er jahrelang für einen israelischen Verein spielen können? Die Israelis sind nie auf die Idee gekommen, ihn zu deportieren, als er für Haifa spielte. Aber die russischen Behörden wissen es anscheinend besser. Das ist einfach nur typisch für das Russland von heute: Niemand hat Rechte, und man kann nach einem einzigen Anruf ohne jedes Verfahren festgenommen werden. Und warum ist das so? Weil ein einziger Mann über dem Gesetz steht, tut, was er will, und niemandem Rechenschaft schuldet. Jeder weiß, von wem ich rede. Ich habe genug davon, dass Wladimir Putin sich wie ein Zar oder wie Gott persönlich aufführt.«

Bekim verkündete außerdem, dass er sich der Koalition *Anderes Russland* anschließen werde, in der sich Putins politische Gegner zusammengeschlossen hatten. Er deutete auch an, Dynamo

Sankt Petersburg sei der russischen Geheimpolizei FSB eng verbunden, so wie Dynamo Moskau früher in der Hand des KGB gewesen sei.

»Es gibt Hintermänner in Sankt Petersburg«, erklärte er dem BBC-Reporter, »FSB-Leute, die mit gewissen Geschäftsleuten zusammenarbeiten, die ihr schmutziges Vermögen säubern wollen. Ein Fußballverein eignet sich ganz wunderbar zur Geldwäsche, und womöglich haben diese Banditen Dynamo Sankt Petersburg genau zu diesem Zweck gegründet: Um ihre Beute zu waschen, die sie unterschlagen und dem russischen Volk gestohlen haben.«

Danach musste Vik noch eine ganze Reihe weiterer Anrufe tätigen, damit Bekim Develi nicht auch noch festgenommen wurde.

KAPITEL 4

In Moskau, dem nächsten Abschnitt unserer Reise, wurde es nur noch schlimmer. Und diesmal hatten weder irgendwelche Rassisten noch autokratische Präsidenten damit zu tun.

Mittlerweile ging jeder, der sich einigermaßen mit Fußball auskannte, davon aus, dass unser junger deutscher Stürmer Christoph Bündchen schwul war. Und Russland war in dieser Hinsicht alles andere als tolerant, was sich im Vorfeld der Olympischen Spiele in Sotschi immer wieder gezeigt hatte. Es war an der Tagesordnung, dass russische Männer auf offener Straße verprügelt wurden, nur weil ihnen eine Schwäche für Blumen nachgesagt wurde. Sobald Christoph also in der Arena Chimki an den Ball kam, wo bis zur Fertigstellung der neuen VTB Arena die Heimspiele von Dynamo Moskau stattfinden, pfiffen ihm die Zuschauer hinterher wie Bauarbeiter einer schönen Frau, machten Knutschgeräusche, und viele zeigten sogar ihre blassen, pickligen Ärsche.

Christoph ignorierte diese widerlichen Einschüchterungsversuche, so gut es ging, und schoss auch noch ein Traumtor, bei dem Dynamos ansonsten großartiger Torwart Anton Schunin so agil wirkte wie eine Douglasie, die irgendwer ins Tor gepflanzt hatte. Aber als Christoph danach nicht mal feierte, wusste ich, dass die Menge ihm zusetzte. Auf den Vorschlag unseres Kapitäns Gary Ferguson wechselte ich Christoph zur Halbzeit aus und gab Bekim Develi die Anweisung, den Zuschauern mit einem weiteren Tor das Maul zu stopfen. Das tat er gleich zweimal innerhalb von zehn Minuten.

Normalerweise, wenn Bekim zu Hause am Silvertown Dock ein Tor schießt, mimt er hinterher einen Speerwerfer, was mich immer an Achilles oder den Spartanerkönig Leonidas aus dem Film 300 erinnert; manchmal tut er sogar so, als würde er einen Speer auf die gegnerischen Fans schleudern; aber in der letzten Zeit biss er sich stattdessen auf den Daumen, was ich nicht so recht einordnen konnte.

»Ist das irgendeine russische Beleidigung?«, fragte ich meinen Trainerassistenten Simon Page.

»Was?«

»Dass Bekim sich auf den Daumen beißt. Das macht er gerade schon zum zweiten Mal.«

Simon kam aus Yorkshire und war so feinsinnig wie ein verschlammter Traktorreifen. Er schüttelte den Kopf.

»Keine Ahnung«, gab er zu. »Bei so vielen Ausländern, wie wir in der Mannschaft haben, kapiert doch keiner mehr, was da immer los ist. Die kommen immer mit ihren Quenelles, R4bias, Hörnern oder was weiß ich. Oder diesem neumodischen Stinkefinger. Wenn uns damals einer nicht ganz sauber den Ball abgenommen hat, haben wir dem Schwein das gute alte Finger-V gezeigt, und die meisten Schiris waren schlau und haben weggeguckt. Aber heute fällt so was ja sofort auf – im Fernsehen sieht man immer alles. Bei der BBC sind sie am schlimmsten. Die geilen sich doch immer dran auf, wenn sie ein bisschen politisch korrekt rumnörgeln können.«

»Herzlichen Dank, Professor Page«, erwiderte ich. »Die Erklärung hat mir wirklich weitergeholfen.«

»Bekim beißt sich doch nicht auf den Daumen«, sagte Ayrton Taylor, der sich immer noch von seinem Mittelfußbruch und der

Enttäuschung der englischen WM-Leistung erholte. »Er lutscht dran. Wie Jack Wilshere.«

Ich hatte Jack Wilshere nicht allzu viele Tore schießen sehen – schon gar nicht in der englischen Nationalmannschaft –, also half mir das auch nicht weiter.

»Wieso?«, fragte Simon.

»Für seinen kleinen Sohn. Damit widmet er ihm das Tor.«

»Scheiße, Mann«, grummelte Simon. »Als würde ein Tattoo nicht reichen. Die Speerwerfer-Nummer gefiel mir besser. Das sah auch ein bisschen männlicher aus. Wenn man sich so am Daumen rumlutscht, sieht man doch wie der letzte Vollidiot aus.«

»Ich fand den Speerwerfer auch besser«, stimmte ich zu.

»Damit hat er aufgehört, weil Prometheus sich beschwert hat«, erklärte Ayrton. »Er meinte, das wäre eine Beleidigung für alle Afrikaner.«

»Was?« Simon wirkte schockiert.

»Prometheus hat ihn gebeten, mit dem Speerwerfer aufzuhören. Er war aber sehr höflich, muss ich dazusagen.«

»Ach, leck mich doch«, erwiderte Simon. »Für wen hält der sich? Der kleine Scheißer soll lieber erst mal zeigen, dass er im englischen Fußball mithalten kann. Bekim dagegen ist ein Vollprofi!«

Die echten Probleme fingen erst nach dem Spiel in der Umkleidekabine an, und schuld waren nicht die russischen Fans, sondern einer unserer eigenen Spieler.

»Die Russkis haben uns dauernd Handküsse zugeworfen und uns die nackten Ärsche gezeigt«, sagte Prometheus, »meinen die, wir sind schwul, oder was?«

»Reg dich nicht auf, Junge«, erwiderte Gary. »Die wollen dich nur provozieren, dich stressen.«

»Immerhin besser als die ewigen Bananen, oder?«, sagte Jimmy Ribbans.

»Nein«, erwiderte Prometheus. »Wenn die Leute mich einen schwarzen Bastard nennen wollen, meinetwegen. Ich bin schwarz. Und ein Bastard auch, sagt wenigstens meine Mutter. Und Bananen mag ich auch. Aber eins mag ich echt nicht, nämlich Schwuletten. Wenn du bei mir zu Hause einen schwul nennst, schlägt er dich tot. Meinen die, wir sind schwul, weil wir ein englischer Verein sind?«

»Kann sein, was weiß ich«, sagte Gary.

»Und das stört dich nicht?«

»Meine Fresse, scheiß doch drauf, was die denken!«, erwiderte Bekim.

»Nein«, sagte Prometheus. »Das geht mir verdammt auf den Sack! In Nigeria gibt es jetzt ein Gesetz, wonach man vierzehn Jahre ins Gefängnis kommt, wenn man mit einem Mann verheiratet ist.«

»Meine Frau ist mit einem Mann verheiratet«, sagte Ayrton Taylor. »Soweit ich weiß.«

»Wenn zwei Männer heiraten«, blaffte Prometheus zurück. »Schwuletten. Laut Scharia müssen Männer auf der Straße ausgepeitscht werden, wenn sie schwulen Sex haben.«

»Und *das* findest du okay?«, fragte Bekim.

»Klar. Das ist so ziemlich das Einzige, worüber sich Muslime und Christen bei uns einig sind. Aber bei uns Schwarzafrikanern gibt es sowieso kaum Schwuchteln und Nugatstecher. Das ist ein Problem von Weißen.«

»Halt dich mit solchen Ausdrücken bitte zurück, okay?«, sagte Gary. »Leben und leben lassen, finde ich. Also halt jetzt mal die Klappe, Kleiner, und geh duschen.«

»Ich sag ja nur: Anscheinend gibt's nur in großen Städten bei euch Weißen solche Probleme mit den Homos. In Afrika haben wir so was nicht.«

Niemand sah zu Christoph Bündchen, der so tat, als würde das

Gespräch nicht stattfinden. Aber Bekim spürte eindeutig, wie der junge Deutsche sich fühlte. Der Russe warf Christoph einen besorgten Blick zu und wandte sich dann wieder an Prometheus.

»Wie kommst du denn auf so einen Quatsch? So eine gequirlte Scheiße hab ich schon lange nicht mehr gehört! Keine Schwulen in Afrika? Von wegen!«

»Ruhe jetzt!«, rief ich. »Und zwar alle! Ich will hier jetzt nichts mehr über Schwule hören! Okay?«

»Das muss man doch wohl gerade hier in der Umkleide ansprechen«, sagte Prometheus. »Ich will doch nicht mit irgendeiner Schwuchtel unter die Dusche, die mich begrabbelt oder mit Aids ansteckt.«

»Schnauze, Prometheus!«, sagte ich. »Und wenn du noch einmal im Spiel so eine Show abziehst, nehm ich dich sofort raus und streich dir das Gehalt für eine Woche!«

Gegen Ende des Spiels hatte er den Ball sekundenlang hochgehalten und damit den gegnerischen Verteidiger zum Deppen gemacht, bevor er endlich zu Bekim passte, der dann verwandelte. Wenn man das Ergebnis betrachtete, war das alles eigentlich nicht so schlimm gewesen, aber ich wollte schnell das Thema wechseln.

»Du bist doch krank, Kleiner!«, sagte Bekim. »Du hast es jetzt vielleicht zu einem englischen Verein geschafft, aber in der Zivilisation angekommen bist du noch lange nicht.«

»Das gilt auch für dich, Bekim«, sagte ich. »Ruhe jetzt.«

»Wenn du Schwuletten so toll findest, bist du ja vielleicht selber eine«, wandte Prometheus sich an Bekim. »Und ein Rassistenschwein dazu! Ich, unzivilisiert? Fick dich, Iwan!«

Bekim stand auf. »Was war das?«

»Schluss jetzt«, forderte ich.

Prometheus stand auf und stellte sich vor Bekim. »Du hast mich schon gehört, du kleine Schwuchtel.«

»Ya toboi syt po gorlo«, sagte Bekim. Wenn er richtig wütend war, sprach er immer Russisch. »Ty menja zajebal. Dazhe ne dumai, tschto mozhesch' mne takuju khuinju gnat', zhivotnoje grjobannoje. Damit kommst du bei mir nicht durch, du Ratte!«

»Reißt ihr beiden Scheißer euch jetzt mal zusammen?«, brüllte Simon.

Ich stand mittlerweile vor Bekim und hielt ihn am Handgelenk fest. Gary Ferguson tat dasselbe bei Prometheus, aber wenn die beiden starken Männer aufeinander losgehen wollten, hatten Gary und ich keine Chance. Manchmal ist das in der Umkleide eben so. Zu viel Energie, zu viel Testosteron, zu viel Frustration, zu große Egos, zu große Klappen. Dazu kann man wohl nicht viel mehr sagen außer: *Shit happens!* Im einen Augenblick brüllten sie einander noch an, im nächsten prügelten sie schon aufeinander ein. Ich krallte mich an Bekims Handgelenk fest, aber er war zu stark, und es klatschte laut, als der Unterarm des Russen den Nigerianer an der Backe erwischte, der umkippte wie ein überladener Kleiderständer. Prometheus war aber sofort wieder auf den Beinen, packte den Russen am Bart und schlug selbst zu. Er traf aber nicht Bekim, sondern Jimmy Ribbans, dem das Blut aus dem Mund spritzte, bevor er sich wieder aufrichtete und Prometheus eine kurze Gerade mitten ins Gesicht verpasste.

Insgeheim hoffte ich, dass der junge Nigerianer seine Lektion in Sachen Toleranz jetzt lernen würde, aber das war wohl doch zu viel verlangt.

»Du hast mich geschlagen«, schrie Prometheus Bekim an, während er zum zweiten Mal zurückgehalten wurde. »Du hast mich verdammt noch mal geschlagen.«

»Verdient hast du dir das doppelt und dreifach, Kleiner«, sagte Bekim.

»Ich verfluch dich, du Schwuchtel! Das kannst du mir glauben. Ich kenn einen Schamanen, der lässt dich Blut kotzen, du Tunte!

Ich bring dich um! Ich zünd dein Auto an! Ich fick deine Frau und lass mir von ihr den Schwanz lutschen!«

»Fick dich, tschernozhopyi. Fick dich und den Schimpansen, dem du aus der Fotze gekrochen bist!«

Wieder gab es einen Sturm aus Schlägen und Tritten.

»Schluss jetzt«, brüllte ich, als der Rest der Mannschaft und Betreuer die beiden auseinanderzerrte. »Der Nächste, der jemanden schlägt, wird suspendiert. Der Nächste, der jemanden beleidigt, wird suspendiert. Ich suspendiere euch beide ohne Bezahlung, streiche euch das Geld für eine Woche, und wenn ihr dann die ganze Saison auf der Bank gesessen habt, werfe ich euch raus! Ich sorge dafür, dass euch kein einziger Verein in Europa mehr nimmt. Wenn ich will, ist eure Profikarriere gelaufen! Ist das klar?«

»Und wenn euch das nicht reicht, polier ich euch die Fresse, dass ihr so schnell nicht wieder aufsteht«, sagte Simon. »Und damit mein ich nicht so'n Waschlappengehampel wie hier eben.« Kein Zweifel, dass er das durchgezogen hätte. Der große Mann aus Yorkshire scherzte nicht. Wenn er die Brille ab- und die Oberkieferprothese rausnahm, war er immer noch Furcht einflößender als jeder andere in diesem Geschäft. »Dann flieg ich zwar raus, aber das ist es mir wert, wenn ich euch dafür Manieren beibringen kann. Und ihr wollt Teamkameraden sein? Ich hab schon Old-Firm-Kloppereien gesehen, die freundlicher abgelaufen sind als das hier eben. Mann, was seid ihr nur für Wichser!«

KAPITEL 5

Auch nach dem Schrecken an Bord der Aeroflot Iljuschin bleib ich dabei – Hubschrauber sind noch viel schlimmer. Selbst Viks luxuriöser Sikorsky S-92, der nach unserer Rückkehr aus Russland eines Dienstagmorgens im August vom Londoner Battersea Heliport in Richtung Paris abhob. An Bord waren Viktor Sokolnikow, der Vereinsvorsitzende Phil Hobday und ich.

Wenn ich in einem Hubschrauber sitze, kann ich mich nie über die eingesparte Zeit freuen, weil ich immer an Matthew Harding denken muss, den Vizepräsidenten des FC Chelsea, der 1996 nach einem Auswärtsspiel in Bolton bei einem Hubschrauberunglück ums Leben kam. Hubschrauber sind an sich auch nicht weniger sicher als Flugzeuge, auch wenn das oft behauptet wird. Die Flügel eines Helikopters drehen sich weiter, auch wenn der Antrieb ausgefallen ist (behauptet Vik wenigstens). Aber natürlich machen Hubschrauber gefährlichere Sachen als Flugzeuge, zum Beispiel starten und landen sie in dichtbebautem Gebiet, und das dann auch noch im englischen Wetter. Bei einem Hubschrauberunglück zu sterben wäre schon schlimm genug, aber auch noch in Bolton – schrecklich.

Wir wollten nach Paris, weil wir dort mit Kojo Ironsi zum Mittagessen verabredet waren, dem Agenten und Manager von Prometheus Adenuga sowie Besitzer der berühmten King Shark Football Academy in Accra, Ghana. Vik besaß schon Anteile an der Akademie, aber Kojo – der Gerüchten zufolge gerade etwas klamm war – wollte ihm weitere verkaufen, und ich sollte unserem milliardenschweren Vereinsbesitzer bei der Einschätzung helfen, wie viel die Akademie wert war. Das glaubte ich zumindest. Ich hatte Spielergutachten von einem unabhängigen Scout in Afrika dabei, die ich anführen sollte, falls Vik fand, dass Kojo zu hoch pokerte.

Alle Spieler, die die King Shark Academy durchlaufen hatten – darunter Prometheus und andere große Namen –, hatten vertragliche Verpflichtungen der KSA gegenüber, die besagten, dass ihre späteren Vereine einen Teil der Transfersumme und des Gehalts direkt an die Akademie zahlen mussten. Kojo gab gerne den großen Philanthropen, der alles für afrikanische Nachwuchstalente tat, die es sonst nie zu den großen Vereinen schaffen würden, aber von außen sah es so aus, als wären all diese Spieler in ewiger Schuldknechtschaft gegenüber Kojo und der KSA gefangen.

»Wie viel wäre zu viel?«, fragte ich Vik irgendwo über dem Ärmelkanal.

»Der will auf jeden Fall erst mal zu viel, davon können wir ausgehen«, sagte Phil. »Das wird ein bisschen wie Teppich kaufen auf dem Basar.«

»Da stehen aber ein paar gute Spieler auf der Liste«, sagte Vik. »Oder was meinst du, Scott?«

»Klar. Mehrere der besten Afrikaner, die im Moment in Europa spielen, haben die King Shark Academy durchlaufen. Das behauptet Kojo zumindest.«

»Meine Anwälte sagen, die Verträge sind hieb- und stichfest«, erklärte Vik. »Und Jahr für Jahr zahlen all die großen Vereine Unsummen auf die Schweizer Bankkonten der KSA. Mir gehören schon fünfundzwanzig Prozent der Akademie. Wahrscheinlich will Kojo meinen Anteil auf neunundvierzig aufstocken.

Dafür würde ich unter Umständen zehn Millionen Euro zahlen. Aber natürlich wird er erst das Doppelte verlangen, vielleicht mehr.«

»Dann weiß ich eigentlich gar nicht, warum du mich überhaupt mitgeschleift hast«, erwiderte ich.

»Ich will nicht irgendwann aufwachen und hören, dass ich Teilhaber eines Unternehmens bin, das Kinderhandel betreibt. Vielleicht kannst du ihm da mal auf den Zahn fühlen.«

»Geht klar. Da hatte ich selbst so meine Fragen.«

»Und wenn an der Front alles in Ordnung ist, lieferst du die Perspektive von jemandem, der sich mit Spielern und ihrem wahren Marktwert auskennt. Vor allem geht es um unseren jungen Freund Prometheus. Wegen seiner dauernden Probleme mit der Disziplin ist es gut möglich, dass wir da noch ein bisschen an der Preisschraube drehen können. Alles klar?«

»Okay. Ich soll diesem Kojo also klarmachen, dass Prometheus bisher eine Riesenenttäuschung war.«

»Und das stimmt ja auch«, sagte Phil. »Der Junge geht mir gewaltig auf den Sack. Ich will gar nicht daran denken, wie lange ich mich um sein verdammtes Auto kümmern musste.«

Prometheus war gerade erst in London angekommen, da hatte er sich schon einen Mercedes SLR McLaren für 400.000 Pfund gekauft. Die Polizei hatte allerdings ein kleines Problem damit, dass der junge Nigerianer gar keinen Führerschein besaß. In Monaco war das nicht weiter aufgefallen, dort war er nämlich immer nur von einem Ende des Fürstentums ans andere gefahren, anderthalb Kilometer hin, anderthalb Kilometer zurück und selten schneller als 50 km/h, mehr ist dort nämlich nicht drin. Aber in London war das anders. Prometheus stand also jetzt schon kurz vor dem Verlust seines nicht vorhandenen Führerscheins und der Konfiszierung seines Wagens, was ein neuer Rekord für alle Fußballvereine der Stadt wäre.

»Er ist aber ein guter Spieler«, sagte Vik. »Ich bin mir sicher, dass Scott eine Menge aus ihm rausholen kann.«

»Ich beneide dich um deinen Optimismus, Vik.«

»Wie läuft's mit ihm und Bekim?«, fragte er.

»Nicht viel besser als in Russland. Prometheus hält seitdem beim Training zwar die Klappe. Aber er retweetet dauernd irgendeinen katholischen Bischof aus Nigeria, der dem Präsidenten Goodluck Jonathan für das Anti-Homosexuellen-Gesetz gedankt hat. Das macht die Lage mit Sicherheit nicht entspannter.«

»Solange Bekim Prometheus nicht auf Twitter folgt, ist dann ja alles in Ordnung«, erwiderte Vik. »Man kann sich doch nur über den Tweet von jemandem aufregen, dem man folgt, oder?«

»Dummerweise stürzt sich die Regenbogenpresse sofort auf jeden von Prometheus' Tweets«, erklärte Phil. »Zeitung liest Bekim natürlich. Und Christoph Bündchen auch. Und die Journalisten haben noch lange nicht vergessen, was dem Deutschen in Brasilien passiert ist. Da machen die jetzt natürlich eine Riesensache draus. Ist er denn nun eigentlich wirklich schwul?«, fragte er mich, aber Vik antwortete.

»Ach, natürlich. Er wohnt doch sogar mit einem Mann zusammen.«

»Harry König ist doch nur sein Mitbewohner«, erwiderte ich. »Ein deutscher Reservespieler von den Queens Park Rangers. Der Spielerbetreuer hat sich das mit der WG ausgedacht, damit Christoph nicht so alleine ist.«

»Kann ja sein. Aber Harry ist auch schwul.«

»Woher weißt du das denn?«, fragte ich.

»Weil ich die beiden eine Weile unter Drohnenbeobachtung hatte.«

»Wie bitte?«

»Mir gehört ein Militärdrohnenhersteller«, erklärte Vik, ohne mit der Wimper zu zucken. »Die kleinsten sind ungefähr so groß wie Tauben. Mit denen kann man jemandem folgen, sich bei ihm auf die Fensterbank setzen und natürlich nach Belieben filmen. Aufladen können sie sich an Telefondrähten.« Vik war eiskalt. »Das hab ich bei allen unseren Spielern gemacht. Ich bezahle denen doch nicht das große Geld, ohne dass ich genau weiß, was Sache ist. Keine Angst, Scott, das ist nicht illegal.«

»Tja, vielleicht sollte es das aber sein.«

Ich fragte mich, ob er das wohl auch bei mir gemacht hatte. Lediglich Telefone anzuzapfen war anscheinend aus der Mode gekommen.

»Ich habe auch für alle unsere Spieler psychiatrische Gutachten erstellen lassen. Wusstest du, dass wir drei Psychopathen dabeihaben?«

»Wer soll das sein?«, fragte ich.

»Das kann ich doch nicht einfach so ausplaudern. Jetzt mal nicht so schockiert tun, die Herren. Psychopathen können schließlich sehr praktisch sein, vor allem im Sport. Das heißt ja nicht, dass sie unbedingt jemanden umbringen.« Er lachte. »Zumindest nicht sofort.«

Ich fragte mich, ob er nicht insgeheim doch unseren Piloten meinte, der über dem winzigen Landeplatz kreiste wie eine Biene, die den H-förmigen Stempel einer seltsam neongelben Blume umschwirrte. Ich schloss die Augen und wartete die Landung ab.

»Ganz ruhig, Scott«, sagte Vik. »Vielleicht kommt es auch nie so weit.«

»Das will ich doch hoffen.«

KAPITEL 6

Am Landeplatz wartete eine kleine Flotte schwarzer Range Rover, die uns in die Innenstadt bringen sollte. Zwanzig Minuten später rasten wir über die Champs-Élysées. Es sah alles ganz anders aus als bei meinem letzten Besuch, als ich hier im Mai 2013 als David Beckhams Gast den Sieg von Paris Saint-Germain über Lyon gesehen hatte, der den Parisern den ersten französischen Titel seit 1994 eingebracht hatte. Am nächsten Tag waren die Feiern in Unruhen umgeschlagen, und ich hatte mich vor dem Tränengas wieder ins George V Hotel geflüchtet. Läden waren geplündert worden, Autos angezündet und Passanten bedroht. Es gab dreißig Verletzte, davon drei Polizisten. Und es heißt immer, englische Fans könnten sich nicht benehmen. Da machen wir den Franzosen nichts vor. Deshalb gibt es in Paris wohl auch mehr Polizisten als in Berlin während der Nazi-Zeit.

Wir trafen uns im Taillevent in der Rue Lamennais. Es war ein recht schmucklos eingerichteter Raum mit viel heller Eiche und beigefarbenen Wänden. Das Restaurant richtete sich an eine Kundschaft, die nicht im Traum daran dachte, weniger als hundertfünfzig Euro für ein Mittagessen auszugeben. Vik wurde begrüßt, als wäre er gerade mit einem Diamanten auf der Stirn von einem goldenen Elefanten gestiegen. Kojo Ironsi war schon da, wie auch Viks anderer Gast, ein amerikanischer Hedgefonds-Manager namens Cooper Lybrand.

Kojo war überraschend sympathisch, Cooper Lybrand dagegen ganz und gar nicht. Kojo erzählte von seinen Jungs und Kunden. Cooper sprach nur von den Deppen und Flachpfeifen, die er bei irgendwelchen Deals aufs Kreuz gelegt hatte. Aber beide hatten es auf das Gleiche abgesehen: auf Viks Geld.

Kojo war groß, schwarz, adrett angezogen und höflich. Er hatte den wohlverdienten Ruf, sich vorbildlich um seine KSA-Schützlinge zu kümmern. Er lachte viel und hatte Pranken wie Schaufeln. Er war ein ehemaliger Torwart von Inter Mailand und afrikanischer Fußballer des Jahres, man konnte also gut verstehen, warum die Spieler ihm vertrauten. Es hieß, für die bekannteren unter seinen Spielern tue er alles, denn wenn sie nicht spielten, wurde er auch nicht bezahlt. Angeblich hatte er mal für einen berühmten Stürmer in der englischen Premier League den Sündenbock gespielt, der sich hatte mit Kokain erwischen lassen.

Es dauerte nicht lange, da sprach er die Fehde zwischen seinem Schützling Prometheus und Bekim Develi an.

»Warum regeln Sie das nicht mit den beiden?«, fragte er Vik. »Sprechen Sie mit Ihrem Freund Bekim. Die beiden sollten sich die Hand geben und sich vertragen, nicht wahr? Das Team geht vor.«

»Sicher. Aber diese Dinge überlasse ich Scott. Er ist schließlich der Trainer.«

»Für mich ist die Lösung des Problems ganz offensichtlich«, sagte Kojo. »Wie man die beiden dazu bringt, sich die Hand zu schütteln, meine ich.«

»Das freut mich«, erwiderte ich. »Im Moment gehen sie sich nämlich lieber an die Kehle. Ich bin gespannt auf jeden Vorschlag, wie wir sie an einen Tisch bekommen.«

»Ganz einfach. Verkaufen Sie Christoph Bündchen. Kaufen Sie sich einen neuen Stürmer.«

Ich lächelte und schüttelte den Kopf. »Daraus wird nichts, Mr.

Ironsi. Christoph ist ein hochbegabter junger Fußballer. Einer unserer besten Spieler. Er hat eine großartige Zukunft vor sich.«

Kojo zuckte mit den Schultern. »Na dann können *Sie* vielleicht mit Bekim Develi sprechen? Bringen Sie ihn zur Vernunft.«

»Ich rede mit Bekim, wenn Sie mit Prometheus reden. Das ist nämlich gar nicht so einfach, wenn ich ehrlich bin. Mit seiner Einstellung Schwulen gegenüber verspielt er bei den Medien alle Sympathien, wenn das nicht schon geschehen ist. Wahrscheinlich wäre es gut, wenn er in einer öffentlichen Stellungnahme sein Bedauern ausdrückt, sollte er die LGBT-Community verärgert haben.«

»Da haben Sie recht«, sagte Kojo. »Ich werde ihn heute Nachmittag vor meinem Flug nach Russland anrufen. Mal sehen, was sich machen lässt.«

»Ausgezeichnet. Dann müsste ich die beiden auch dazu bekommen, dass sie sich vertragen.«

»Schön, dass das geregelt ist«, sagte Kojo.

Da war ich mir noch nicht so sicher, aber Kojo sollte seine Chance als Vermittler haben.

»Sie fliegen nach Russland?«, fragte Vik.

»Ja. Womöglich hat dort jemand Interesse an Anteilen an der King Shark Academy, falls Sie sich dagegen entscheiden.«

Kojo hatte wohl gehofft, er könnte Vik damit aus der Reserve locken, aber der ließ sich nichts anmerken.

»Passen Sie auf, wenn Sie sich auf Geschäfte mit Russen einlassen«, sagte der Ukrainer nur. »Manche von diesen Roten sind mit Vorsicht zu genießen.«

»Die nehmen es mit der Geschäftsethik wohl nicht so genau, was?«

»Richtig.«

»Danke für den Tipp.«

»Wo Sie gerade ethische Fragen erwähnen«, fing Vik an,

»Scott hat gewisse Vorbehalte gegenüber afrikanischen Fußballakademien im Allgemeinen. Nicht wahr, Scott?«

Ich zuckte mit den Schultern. »In mancher Hinsicht schon, ja. Wir wissen wohl alle, dass es in Afrika viele unlizenzierte Fußballakademien gibt.«

»In Accra allein gibt es davon fünfhundert«, erwiderte Kojo. »Die meisten werden von skrupellosen Männern ohne jede Fußballerfahrung geführt. Fast alle verlangen Gebühren von den Eltern, die ihre Kinder aus der Schule nehmen, damit sie sich auf den Sport konzentrieren können. Für die Eltern wäre ein Profifußballer in der Familie das ganz große Los – zumindest wenn er in Europa spielt. Manche verkaufen ihr Haus, um die Gebühren zahlen zu können. Oder um ihre Söhne zu einem Probetraining bei einem großen europäischen Verein zu schicken. Dazu kommt es natürlich nie. Ja, es ist schlimm, was da passiert.«

»Ich will damit nicht sagen, dass die KSA eine unlizenzierte Akademie ist«, erklärte ich vorsichtig. »Aber ich wundere mich doch über die lebenslange vertragliche Bindung der Spieler an Sie.«

Kojo schüttelte den Kopf. »Wenn Sie ein wenig recherchieren, werden Sie bald herausfinden, dass die King Shark Academy eine der besten Akademien Afrikas ist. Die Confederation of African Football hat die KSA als Vorbild für alle Fußballakademien bezeichnet. Wir verlangen keine Gebühren, und wir sorgen dafür, dass die Jungs neben dem Training auch noch eine umfassende Bildung erhalten. Deshalb bekommen wir jedes Jahr fast eine Million Bewerbungen aus allen Ländern des Kontinents. Das sind eine Million für fünfundzwanzig Plätze. Also können wir es uns leisten, nur die Begabtesten zu nehmen. Da wir aber keine Gebühren verlangen, ist es doch wohl angebracht, dass wir eine Rendite unserer Investition erwarten. Und Sie werden ganz sicher keinen aktiven KSA-Absolventen finden, der auch nur ein schlechtes Wort über uns verliert. Oder auch über die anderen vier Akademien von ähnlichem Kaliber. Manchester United hat übrigens gerade eine Mehrheitsbeteiligung an Fortune FC gekauft, einem unserer Konkurrenten aus Südafrika. Niederländische Vereine wie Ajax und Feyenoord planen das Gleiche in Westafrika. Die Frage lautet also eher: Kann London City es sich leisten, *nicht* die Hälfte von King Shark zu besitzen? Sie kennen meinen Preis, Viktor, und Sie wissen, welche Chancen Ihnen das eröffnet. Die Zukunft des Profifußballs liegt in Afrika. Unsere Jungs sind hungrig auf Erfolg. Hungriger als jeder in Europa. Was sich wohl von selbst versteht.«

Vik nickte. »Vielen Dank für Ihre Offenheit, Kojo. Ich denke auf jeden Fall darüber nach. Wie wäre es damit: Wir haben am neunzehnten August in Piräus ein Champions-League-Spiel gegen Olympiakos. Warum kommen Sie und Ihre Frau nicht als meine Gäste nach Griechenland. Sie können im Hafen auf der *Lady Ruslana* wohnen. Dort teile ich Ihnen dann meine Entscheidung mit.«

»Danke, sehr gern«, erwiderte Kojo.

»Sie sind auch herzlich eingeladen, Cooper.«

»Danke, Vik«, sagte Cooper. »Da bin ich gespannt. Ich war noch nie live bei einem Soccer-Spiel dabei.«

Kojo, Phil und ich ließen Vik und Cooper Lybrand zurück, die über eine mögliche Investition Viks in Coopers Hedgefonds sprechen wollten. Wie viele Bekannte von Vik war Cooper jemand, den ich nicht unbedingt ein zweites Mal wiedersehen musste, in diesem Fall nicht zuletzt, weil er das verhasste Wort »Soccer« benutzt hatte. Ich liebe Amerika, sogar die Amerikaner. Aber wenn sie Fußball »Soccer« nennen, könnte ich sie töten, da war Cooper Lybrand keine Ausnahme.

KAPITEL 7

Ich hatte viel zu viel gegessen und war froh, draußen zu sein.

Es war ein schöner, warmer Nachmittag, und ich spazierte mit Phil über die Champs-Élysées. Er wollte bei Louis Vuitton eine Tasche für seine Frau kaufen, oder vielleicht auch für seine Freundin. Das wusste man bei Phil nie, er war so glatt wie das Hermès-Seidentaschentuch in seiner Anzugtasche.

»Kojo ist natürlich ein absoluter Ganove«, sagte Phil. »Aber er hat nun mal recht. Wir können es uns nicht leisten, keine Mehrheitsbeteiligung an seiner Akademie zu kaufen.«

»Ich dachte, er will nur so viel verkaufen, dass Vik sein ebenbürtiger Partner ist.«

»Kann sein, aber solche Geschäfte macht Vik nicht. Vik ist gern der Besitzer.«

»Hab ich gemerkt.«

»Und er hat gern die volle Kontrolle.«

Darauf ging ich nicht ein. Langsam wurde mir klar, was das genau bedeutete.

»Mit Christoph hat Kojo übrigens auch recht«, sagte Phil. »Den werden wir bis Ende August verkaufen müssen, Scott. Nur so bekommen wir diesen dummen Streit zwischen Bekim und Prometheus in den Griff.«

»Ihn verkaufen? Soll das ein Witz sein, Phil? Der Junge ist ein zukünftiger Star.«

»Wir wissen beide, dass Bekim in dieser Angelegenheit nur deshalb so stur ist, weil er weiß, dass Christoph schwul ist. Und das kann ich auch gut verstehen. Es ist sehr anständig von ihm, dass er sich für seinen jungen Teamkameraden starkmacht. Ganz toll. Bewundernswert. Nur nicht praktisch. Wir müssen um jeden Preis dafür sorgen, dass Bekim und Prometheus sich vertragen.«

»Warum verkaufen wir nicht einfach Prometheus? Der hat doch den ganzen Ärger angefangen. Der ist ein verdammter Egomane. Wenn's nicht mehr die Schwulen sind, macht er uns eben mit etwas anderem Probleme, darauf kannst du dich verlassen. Du hast doch selber gesagt, er geht dir auf den Sack. Der ganze Mist mit dem Auto – das ist doch erst der Anfang. Bei Prometheus müssen wir auf alles gefasst sein. Neben dem sieht Mario Balotelli aus wie der Vorsänger vom Wiener Knabenchor. Vik hätte ihn nie kaufen dürfen.«

»Ich wäre ja selbst froh, wenn ich ihn nie wieder sehen müsste. Wir können ihn aber nicht verkaufen. Das lässt Vik nicht zu. Und so kurz, nachdem wir ihn gekauft haben, würden alle misstrauisch werden. Da würden wir vielleicht nicht mal die Hälfte von dem kriegen, was er wert ist. Bei Christoph sieht das ganz anders aus. Nach seinen Toren für uns und für Deutschland könnten wir bei einem Verkauf einen soliden Gewinn einfahren. Letzten Sommer haben wir dem FC Augsburg gerade mal vier Millionen Pfund für ihn bezahlt. Wenn alles klappt, und bevor das mit seiner Homosexualität herauskommt, kriegen wir bestimmt zwanzig Millionen für ihn. Vielleicht mehr. Nach der Sache in der Umkleide kannst du ihn sicher schnell überzeugen, einem Transfer zuzustimmen. Das ist gut für ihn und gut für uns. Da passt doch eigentlich alles zusammen. Und vielleicht hilft es uns sogar, die Financial-Fair-Play-Richtlinien der UEFA einzuhalten.«

»Ich hatte angenommen, dass Viks Buchhalter da schon noch

irgendwelche Schlupflöcher finden. Das hat doch bei allen anderen Vereinen auch geklappt.«

»Bis wir unsere Einnahmen durch Sponsoren maximiert haben, müssen wir über die nächsten zwei Jahre einen Gewinn von zehn Millionen Pfund einfahren, wenn wir die Richtwerte erreichen wollen. Anders gesagt dürfen wir den Richtlinien zufolge über die nächsten drei Saisons siebenunddreißig Millionen Verlust machen.«

»Wir hätten doch gar keinen Stürmer mehr gebraucht, wir hatten doch schon Ayrton und Christoph. Wenn wir auf Prometheus verzichtet hätten, wäre das doch auch gut für die Finanzen gewesen.«

»Könnte man meinen. Aber wegen Viks Abmachungen mit Kojo hat uns Prometheus nichts gekostet.«

»Was für Abmachungen? Entweder wir haben ihn gekauft oder nicht.«

»Ja und nein. Offiziell haben wir, inoffiziell nicht. Man könnte sagen, wir haben ihn in Kommission. Ausgeliehen.«

»Das hört sich verdammt nach so einer Dritteigentümer-Vereinbarung an, die 2008 in der Premier League verboten wurde.«

»Ein Verbot gibt es zwar, aber das ist nicht durchsetzbar. Solche Verträge sind in Europa und Südamerika an der Tagesordnung. Und deshalb kann ein guter Buchhalter sie auch recht einfach schönrechnen, sogar ein englischer. Auf dem Papier hat Prometheus uns zweiundzwanzig Millionen Pfund gekostet, von denen Kojo elf bekommen hätte. Aber Kojo hat Vik schon zehn Millionen geschuldet, also bekam er nur noch eine. Und weil der Restbetrag der Transfersumme leistungsabhängig ist, muss Vik Prometheus nur noch hunderttausend die Woche bezahlen, wovon Kojo fünfzig Prozent einsackt. Und eigentlich zahlen wir dem Jungen noch weniger, weil ein Viertel von Kojos Anteil ja direkt wieder bei Vik landet.« Phil zuckte mit den Schultern.

»Prometheus kostet uns also so gut wie gar nichts. Im Detail ist das Ganze natürlich noch ein bisschen komplizierter, aber grob gesagt läuft es so ab. Vik hat Prometheus also vor allem deshalb gekauft, weil er ihn für einen Spottpreis bekommen hat.«

»Deshalb hat er also bei uns unterschrieben und nicht bei Barcelona.«

»Genau.«

Ich musste schlucken. Mit jedem Tag wurde die Versuchung stärker, Vik und Phil einfach zu sagen, dass sie mich mal konnten. Ich hatte Bastian Höhlings Worte noch ganz genau im Ohr: »Wenn unser lieber Scott hier in ein, zwei Jahren von seinem derzeitigen Chef gefeuert wird, heuert er als Trainer bei einem deutschen Verein an.« Vielleicht würde ich nicht mal so lange brauchen.

»Was hast du denn?«, fragte Phil. »Geht's dir nicht gut?«

»*The beautiful game*«, knurrte ich. »Was für ein Witz. Außer den Spielfeldmarkierungen gibt's da doch nur noch krumme Dinger. Langsam läuft's hier ab wie beim Kricket in Pakistan.«

»Fußball ist ein Geschäft wie jedes andere, Scott, vor allem abseits des Spielfelds. Auf der Vorstandsebene ist daran gar nichts mehr schön.« Er schüttelte den Kopf. »Ein Spiel ist es, klar, aber ein Nullsummenspiel mit Käufern und Verkäufern, Angebot und Nachfrage, Gewinnen und Verlusten.«

»Sag das bloß nicht den Fans«, erwiderte ich. »Ich kann dir diese ganze aalglatte Scheiße ja noch vergeben, Phil. Die Fans sind da aber nicht so nachsichtig.«

KAPITEL 8

»Peter«, sagte Bekim. »Nach Peter dem Großen. Der hatte als Kind auch rote Haare.«

»Ein kleiner Roter Teufel«, erwiderte ich. »Ganz der Papa.«

Ich starrte auf einen iPhone-Bildschirm mit dem Foto eines winzigen Babys mit roten Haaren.

»Ja, Peter ist wirklich sehr süß«, fügte ich schnell hinzu, damit der Russe es mir nicht übelnahm, dass ich den Kleinen einen Teufel genannt hatte. »Du bist bestimmt stolz, Bekim.«

»Sehr«, erwiderte er. »Vater sein ist ein Segen. Vielleicht werden Sie eines Tages auch Kinder haben, Scott. Ich wünsche es Ihnen. Dann verstehen Sie, wie ich mich fühle.«

Ich nickte. »Vielleicht. Aber im Moment habe ich alle Hände voll mit euch Spielern zu tun. Da hätte ich nie genug Zeit für Kinder.«

»Das stimmt. Sie sind ein bisschen wie unser Vater. Nur nicht ganz so alt.«

»Das höre ich gerne«, erwiderte ich.

»Manchmal benehmen wir uns wie kleine Kinder. Die dumme Geschichte zwischen mir und Prometheus. Sie halten uns bestimmt für Idioten.«

»Ich halte dich nicht für einen Idioten, Bekim. Das kann ich dir versichern. Ich mache dich nicht im Geringsten für den Streit verantwortlich.«

Bekim nickte.

»Und jetzt verlässt uns der deutsche Junge«, sagte er. »Ich fasse es nicht. Das ist unheimlich schade. Christoph ist einer der begabtesten Spieler der Mannschaft.«

»Das stimmt«, erwiderte ich. »Ich habe Vik und Phil gesagt, dass sein Verkauf nur über meine Leiche stattfindet. Aber jetzt hat er selbst um einen Transfer gebeten.«

»Können Sie ihm das nicht ausreden?«

»Hab ich versucht, das kannst du mir glauben. Aber er ist fest entschlossen.«

»Sie wissen natürlich, warum.«

»Ja.«

»Nämlich wegen diesem dummen homophoben Schwein Prometheus.«

»Ich weiß.«

»Mein Agent sagt, ich soll Frieden mit ihm schließen. Ihm die Hand geben.«

»Ja. Machst du es?«

»Wahrscheinlich schon. Wenn Christoph den Verein wirklich verlassen will, spricht wohl nichts dagegen. Für das Wohl der Mannschaft. Nicht, weil mir etwas an Prometheus liegt. Ich mag ihn ganz und gar nicht. Aber das beruht wohl auf Gegenseitigkeit, was? Er hasst mich auch.«

Ich ging nicht darauf ein. Warum sollten wir eine Feindschaft noch weiter breittreten, die nun hoffentlich beigelegt war.

»Prometheus hat sich über Twitter dafür entschuldigt, dass er Homosexuelle beleidigt hat«, erklärte ich. »Das ist doch schon ein Schritt in die richtige Richtung, oder?«

»Schöner wäre es, wenn es Christoph umstimmen würde.«

»Danach sieht es nicht aus, nein. Wir haben auch nicht wenige Angebote für ihn vorliegen. Barcelona hat dreißig Millionen Pfund geboten.«

»Das sollte er annehmen. Barça ist ein toller Verein. Und Luis Enrique ist ein großartiger Trainer. Auch wenn man es als *maricón* in manchen Teilen Spaniens immer noch nicht leicht hat.«

Wir waren in meiner Wohnung in Chelsea. Bekim wohnte nicht weit weg auf der St. Leonard's Terrace in einem wunderschönen denkmalgeschützten Sieben-Millionen-Pfund-Haus aus dem neunzehnten Jahrhundert, das über eine private Zufahrt verfügte und dadurch ein Stück weit von der Straße entfernt lag. Von dort aus hatte man einen tollen Blick auf die weiten Rasenflächen von Burton's Court. Im Haus selbst waren Wände, Möbel und Blumenschmuck rot, wie es sich für einen Roten Teufel gehörte.

»Bist du vorbeigekommen, weil du über Christoph reden wolltest, Bekim? Oder ist noch etwas anderes?«

»Ja, doch. Ich habe gehört, Sie fahren nach Griechenland, um Olympiakos Piräus unter die Lupe zu nehmen.«

»Ja. Hertha BSC hat ein Freundschaftsspiel bei denen. Sie haben mich eingeladen. Ich werde mir auch mal ihren Ersatztorwart Willie Nixon ansehen. Jetzt, wo Didier Cassell nicht mehr dabei ist, brauchen wir dringend einen neuen zweiten Torwart, und zwar zügig. Sonst sind wir am Arsch, wenn Kenny Traynor sich mal verletzt.«

Didier Cassell war unsere Nummer eins gewesen, bis ein Unfall seine Karriere beendet hatte. Er war im Spiel gegen Tottenham im vergangenen Januar mit voller Wucht mit dem Kopf gegen den Pfosten gekracht. Er war erst vor Kurzem aus dem Krankenhaus entlassen worden, hatte aber bleibende Schäden davongetragen.

»Ich habe ein Haus in Griechenland, wissen Sie?«, sagte Bekim. »Auf Paros, das ist gar nicht weit von meinem Geburtsort in der Türkei. Bevor wir nach Russland gezogen sind.«

Ich schüttelte den Kopf. »Nein, das wusste ich nicht.«

»Das Haus habe ich gekauft, als ich noch für Olympiakos gespielt habe. Nur eine halbe Stunde von Athen mit dem Flugzeug. Sehr ruhig gelegen. Die Einheimischen lassen mich in Ruhe – wahrscheinlich wissen sie gar nicht, wer ich bin –, Sie können sich nicht vorstellen, wie schön das ist. Ich fahre ein paar Mal im Jahr dort hin. Ach, und in Athen müssen Sie unbedingt im Hotel Grande Bretagne wohnen; das ist das beste Hotel der Stadt. Und wo Sie schon mal da sind – deshalb bin ich eigentlich hier –, müssen Sie mit einer Bekannten von mir zu Abend essen. Sie heißt Valentina und ist die schönste Frau von ganz Athen, aber eigentlich kommt sie aus Russland. Ich schicke Ihnen ihre Nummer und E-Mail-Adresse. Lassen Sie sie sich nicht entgehen, Scott, sie wird Sie nicht enttäuschen. Neben ihr verblasst jede andere, und sympathisch ist sie auch. Gehen Sie mit ihr ins Spondi – das ist das beste Restaurant von Athen. Da isst sie gerne.«

Bekim war als Frauenheld bekannt. Bevor er seine aktuelle Freundin und die Mutter seines Sohnes kennenlernte, hatte er eine ganze Reihe glamouröser Eroberungen verbuchen können, darunter das Storm-Supermodel Tomyris und die Sängerin Hattie Shepsut. In einem Interview mit der GQ hatte er angegeben, mit tausend Frauen geschlafen zu haben. Wenn das stimmte, war seine Einschätzung dieser Valentina wohl nicht aus der Luft gegriffen und sollte ernst genommen werden.

Er holte noch einmal sein iPhone heraus. »Hier, ich habe ein Foto von ihr.«

Er wischte durch einige Bilder, bis er das richtige gefunden hatte.

»Da. Was sagen Sie?«

»Ich bin zu einem Fußballspiel dort, nicht um mir die örtlichen Nutten anzuschauen.«

»Sie ist keine Nutte. Sie verzeihen es sich nie, wenn Sie sie nicht wenigstens zum Abendessen ausführen. Ich würde sie Ihnen nicht empfehlen, wenn ich nicht wüsste, wie gut Sie sich verstehen werden. Sie ist etwas ganz Besonderes, hochgebildet. Sie kennt sich mit Kunst aus. Wenn ich mich mit ihr treffe, lerne ich jedes Mal etwas Neues.«

»Wenn sie so besonders ist, warum kennt sie dann so einen schlimmen Finger wie dich?«

»Spielt das eine Rolle? Gucken Sie sie sich doch an, Mann – die ist doch echt der Hammer! Ein Gesicht, das tausend Schiffe in Bewegung setzen kann, oder?« Bekim grinste. »Manchmal steht was in der Zeitung über das bestgehütete Geheimnis eines Landes. Sie ist das bestgehütete Geheimnis von Attika.«

»Attika?«

»Die historische Landschaft um Athen.«

»Dann soll ich mich also bei Helena von Troja melden, wenn ich schon mal in Attika bin, was?«

Bekim grinste. »Ganz genau. Es kann ja nicht schaden, oder?«

»Nein, wahrscheinlich nicht.«

»Im Leben geht's um mehr als Fußball, Scott. Auch für Sie.«

»Du hast recht. Das vergesse ich manchmal. Aber bei zwei Spielen pro Woche – drei, wenn wir durch die Champions-League-Playoffs kommen – bleibt nicht viel Zeit zum Leben.«

»Beim Fußball vergisst man eben schnell alles andere.«

»Richtig.«

»Dann sag ich ihr Bescheid, dass Sie kommen, okay? Und dass Sie im Hotel Grande Bretagne am Syntagma-Platz wohnen. Von der Bar auf dem Dach hat man eine großartige Sicht auf die Stadt. Gehen Sie mit ihr da hoch, bevor Sie sie ins Spondi ausführen, und setzen Sie alles auf meine Rechnung.«

»Okay, warum nicht.«

Ich spielte mit, als wäre er ein kleines Kind, das bestimmt alles bald wieder vergessen hätte.

»Aber seien Sie vorsichtig, Scott«, sagte er. »Nicht wegen der schönen Valentina. Aber in Attika gibt es zwei Mannschaften – Olympiakos und Panathinaikos, und sie sind erbitterte Rivalen. Sie hassen sich. Sie sind ewige Feinde, sagen die Griechen. Ihre Lokalderbys werden oft nicht zu Ende gespielt, weil die Gewalt auf den Rängen überhandnimmt. Das ist wie bei den Rangers gegen die Celtics, nur schlimmer. Wenn Sie zu Olympiakos gehen, halten Sie sich von Tor sieben fern, okay? Das sind die richtig harten Fans. Richtig brutal.« Bekim grinste. »Sie ziehen die Augenbrauen hoch, also glauben Sie mir wohl nicht. Ja, als halber Schotte meinen Sie wohl, nirgends wäre es so schlimm wie beim Old-Firm-Derby. Aber vergessen Sie nicht, dass in Griechenland die Hälfte aller Männer unter dreißig arbeitslos ist. Und wo es hohe Arbeitslosigkeit gibt, gibt es immer auch brutale Hooligans. Wie in der Weimarer Republik. Wie in Südamerika. Außerdem haben die dort eine Fußballmafia, die Spiele manipuliert. Als ehrlicher Sportler hat man's in Griechenland nicht leicht, Scott. Sollten Sie ein Zeitungsinterview geben, halten Sie bloß den Mund. Wer diese Sachen ausplaudert, darf sich über üble Konsequenzen nicht wundern. Also seien Sie vorsichtig, Scott, bitte.«

In Bekims Stimme hatte echte Sorge gelegen, und als er weg war, fragte ich mich, ob er nicht eigentlich deshalb gekommen war. Das wäre typisch gewesen. Bekim hatte viele Geheimnisse, wie ich später erfahren sollte.

KAPITEL 9

Am Abend vor Herthas Spiel gegen Olympiakos flog ich nach Athen.

Erst nach ein Uhr morgens kam ich mit einem Taxi am Hotel Grande Bretagne an, das so beeindruckend war, wie Bekim versprochen hatte. Die riesige, hochelegante Lobby empfing mich mit einem Marmorboden und war wunderbar kühl; draußen auf dem Syntagma-Platz war es immer noch um die fünfundzwanzig Grad warm. Im Hotel waren alle gut angezogen und wirkten vornehm, sodass man leicht vergessen konnte, dass es in Griechenland eine Arbeitslosenquote von sechsundzwanzig Prozent und eine Staatsverschuldung von hundertfünfundsiebzig Prozent der Gesamtwirtschaftsleistung gab; oder dass auf dem Syntagma-Platz einige der schlimmsten Unruhen Europas stattgefunden hatten, als das griechische Parlament über Sparpakete abgestimmt hatte, die die Europäische Zentralbank und vor allem die Deutschen zufriedenstellen sollten, die den größten Teil des Geldes beisteuerten, das zu Griechenlands Rettung vorgesehen war. All das lag scheinbar in weiter Ferne, als ich zur Rezeption ging.

Nach dem Check-in überreichte die Rezeptionistin mir einen Briefumschlag, der für mich bereitlag. Darin fand ich eine handgeschriebene Nachricht auf duftendem Papier:

Bekim hat mir gesagt, wann Du in Athen ankommst, und da ich gerade in der Nähe des Hotels war, habe ich mir gedacht, ich schaue mal rein. Ich bin in Alexander's Bar hinter der Rezeption. Ich warte bis 2:15 Uhr. Valentina (0:55)
PS: Wenn Du zu müde von der Reise bist, verstehe ich das natürlich. Lässt Du diese Nachricht dann bitte vom Pagen zurückbringen?

Ich ließ mir mein Zimmer zeigen und überlegte, was ich tun sollte. Ich war nicht besonders müde – die Athener Zeit ist zwei Stunden vor der Londoner. Und da ich den Fertigfraß im Flugzeug dankend abgelehnt hatte, würde ich von der Handvoll Erdnüsse aus der Minibar nicht satt werden. Griechen essen recht spät zu Abend, und ich würde bestimmt noch etwas bekommen. Nach alleine essen war mir aber nicht zumute, und mein iPad konnte mit einer attraktiven Begleiterin sicher nicht mithalten. Also putzte ich mir die Zähne, wechselte das Hemd und ging nach unten, um Valentina zu suchen.

Auch nach allem, was Bekim gesagt hatte, ging ich immer noch davon aus, dass ich gleich eine Nutte kennenlernen würde. Denn zum einen war Bekim ziemlich schwanzgesteuert, und zum anderen durfte ich seine Nationalität nicht vergessen. Ich weiß nicht, warum so viele russische Frauen Nutten werden; wahrscheinlich ist es für viele die einzige Möglichkeit, aus Russland rauszukommen. Nach unserer Freundschaftsspiel-Tour wäre ich froh, nie wieder einen Fuß in dieses Land setzen zu müssen. Ich hatte nichts gegen Nutten – wenn man unschuldig im Knast gesessen hat, gewöhnt man sich viele Vorurteile ab –, aber ich will keinen Sex mit ihnen. Deshalb bin ich nicht besser als Bekim oder jeder andere Fußballer, der sich den Versuchungen hingibt, die einem hunderttausend Pfund die Woche so eröffnen. Ich war bloß älter, vielleicht ein bisschen weiser und ehrlich gesagt nicht mehr ganz so spitz wie früher. Wenn man älter wird, ist Schlaf oft wichtiger als der eigene kümmerliche Rest an Libido.

Alexander's Bar hätte aus einem alten Hollywoodfilm stammen können. Der Marmortresen war gut zehn Meter lang, davor standen anständige Barhocker für ernsthafte Trinker und dahinter mehr Flaschen als in einem Zolllager. Über den zahlreichen Spirituosen hing ein Wandteppich mit einem Streitwagenlenker, der wohl Alexander der Große sein musste. Neben dem Wagen wurde eine griechische Vase hergetragen, die etwas vom FA Cup hatte, was erklären würde, warum alle so fröhlich waren.

Valentina war leicht zu erkennen: Sie saß in einem grauen Sessel, hatte endlose Beine und trug ein Minikleid aus beschichtetem Tweed und High Heels von Louboutin. Die Louboutins sind leicht zu erkennen; das Minikleid war von Balmain und kostete dreitausend Pfund, was ich nur wusste, weil ich bestimmt einmal im Monat bei NET-A-PORTER etwas für Louise kaufte. Die blonden Haare, die sie zu einem lockeren Knoten zusammengebunden hatte, verliehen Valentina etwas Adliges. Wenn sie eine Nutte war, dann keine, die einen Rabatt für Barzahlung gab.

Als sie mich sah, stand sie auf, blendete mich mit ihrem Lächeln, nahm meine Hand und drückte sie überraschend fest. Ich schaute mich um, ob mich noch jemand so schnell erkannt hatte wie Valentina. Heutzutage kann man gar nicht vorsichtig genug sein; mit dem Handy in der Hand ist jeder ein Spion.

»Bekim hat mir ein Bild von dir geschickt«, sagte sie.

Ich widerstand der spontanen Versuchung, ihr ein plattes Kompliment zu machen; wenn man eine richtig schöne Frau kennenlernt, kann man von Glück reden, wenn man nicht plötzlich anfängt zu sabbern. Natürlich hatte Bekim mir ihr Bild auf dem iPhone gezeigt, aber so etwas Gewöhnliches und Allgegenwärtiges wie ein Foto auf einem kleinen Bildschirm hatte einfach gar nichts mit der lebendigen Göttin zu tun, die jetzt vor mir stand. All meine Gedanken ans Abendessen waren verflogen; ich wusste wahrscheinlich nicht mal mehr, wie man »Hunger« buchstabiert.

Wir setzten uns, und sie winkte den Barkeeper herüber. Er kam sofort, als hätte er sie die ganze Zeit beobachtet. Selbst Alexander der Große konnte die gestickten Augen kaum von ihr lassen. Ich bestellte einen Brandy, was dumm war, weil ich den nicht vertrage, aber sie trank auch einen, und in dem Moment erschien es mir extrem wichtig, dass wir uns in allem einig waren.

»Ich wohne hier ganz in der Nähe«, sagte sie.

»Ich wusste gar nicht, dass der Olymp so nah ist«, erwiderte ich.

Sie lächelte. »Thessaloniki, meinst du.«

»Nein. Ich meine die griechische Mythologie.« Ich konnte mich kaum zurückhalten, ihr noch mehr Honig um den Mund zu schmieren, dabei hörte sie solchen Mist wahrscheinlich jeden Tag.

»Hast du schon gegessen?«, fragte sie.

Ich schüttelte den Kopf.

»Es ist noch nicht zu spät«, sagte sie. »Zum Spondi sind es nur fünf Minuten mit dem Taxi. Das ist das beste Restaurant von Athen.«

Der Kellner kam mit den Brandys.

»Wir können aber auch hier essen. Vom Restaurant auf dem Dach hat man einen wunderbaren Blick über die Stadt.«

»Hört sich gut an«, sagte ich.

Unsere Drinks nahmen wir mit. Das Felsplateau über der Stadt mit dem nachts angestrahlten Parthenon bietet einen der beeindruckendsten Anblicke der Welt, vor allem vom Dach des Hotel Grande Bretagne aus und mit einem Gesicht im Vordergrund, das einer der Göttinnen gehören könnte, die früher dort verehrt wurden. Aber das behielt ich für mich, denn nicht jede Frau verträgt so viel Schmalz. Es dauerte nur ein paar Minuten, und ich bemerkte die Akropolis kaum noch. Wir bestellten unser Essen. Auch an das kann ich mich nicht mehr erinnern. Ich erinnere mich überhaupt an nichts mehr außer an sie. Bekim hatte ausnahmsweise nicht übertrieben; so eine schöne Frau hatte ich wirklich noch nie gesehen. Hätte sie jetzt auch noch Fußballtalent besessen, hätte ich ihr sofort einen Antrag gemacht.

»Um wie viel Uhr ist das Spiel morgen?«, fragte sie.

»Viertel vor acht.«

»Was hast du tagsüber so vor?«

»Ein bisschen Sightseeing.«

»Dann führe ich dich gern durch die Stadt«, sagte sie. »Ich muss dir unbedingt etwas Besonderes zeigen.«

»Ach ja?«

»Das ist eine Überraschung. Ich kann ja um elf wieder hier vorbeikommen und dich abholen.«

»Hört sich gut an.«

Als wir uns auf der Hoteltreppe verabschiedeten, wünschte sie mir schöne Träume. Die würde ich ziemlich sicher haben. Normalerweise war es mir egal, ob ich mich an meine Träume erinnerte oder nicht, aber diesmal hoffte ich es doch sehr, vor allem wenn Valentina darin vorkam.

KAPITEL 10

Am nächsten Morgen fuhr ich mit einem Taxi nach Glyfada im Süden Athens, wo ich mit Bastian Höhling und der Mannschaft von Hertha in deren Hotel zum Frühstück verabredet war. Sie wohnten in einem Sechziger-Jahre-Hochhaus in angenehmer Nähe zum Strand, aber vielleicht etwas zu nah an der Hauptstraße nach Piräus im Norden. Die ganze Nacht über waren Olympiakos-Fans mit wildem Gehupe vorbeigefahren, damit die Berliner nicht schlafen konnten. Die Spieler sahen völlig fertig aus, und manche hatten auch eine schwere Lebensmittelvergiftung. Bastian und der Mannschaftsarzt hatten kurz überlegt, ob sie die Polizei einschalten sollten, aber die hätte ihnen wohl auch nur das griechische Wort für Klo beibringen können.

»Meinst du wirklich, das war Absicht?«, fragte ich und ignorierte vorsichtshalber das Omelett, das der Kellner gerade gebracht hatte.

Bastian ging es selbst nicht besonders gut. Er zuckte mit den Schultern. »Keine Ahnung, aber außer uns hat sich das hier im Hotel anscheinend keiner eingefangen. Hier läuft auch gerade eine Autohändlerkonferenz, und denen geht's allen gut.«

»Damit ist es dann wohl offiziell, würde ich sagen.«

»Wenn das hier ein Freundschaftsspiel ist, will ich mir nicht vorstellen, wie es wird, wenn ihr in der Champions League gegen

Olympiakos antretet. Nehmt auf jeden Fall einen eigenen Koch und Ernährungsberater mit. Und auf keinen Fall den Arzt vergessen.«

»Unser Mannschaftsarzt hat bald einen neuen Job in Katar.«

»Dann sucht euch einen neuen, aber schnell.«

»Gute Idee.«

»Denen traue ich so ziemlich alles zu«, sagte Bastian. »Die Zeitungen behandeln das ganze Turnier wie einen Wettbewerb Griechenland gegen Deutschland. Hristos Trikoupis, der Trainer von Olympiakos, hat uns Hitlerjungen genannt.«

»Komisch. Hristos war mit mir bei Southampton. Das ist eigentlich ein ganz anständiger Kerl.«

»Mich wundert hier gar nichts mehr«, sagte Bastian. »In Thessaloniki haben die Schweine unseren Torwart mit Steinen und Flaschen beworfen. Wir mussten uns in der hintersten Ecke außer Reichweite der Zuschauer aufwärmen. Wir werden hier behandelt, als würden wir alle eine Hakenkreuzbinde tragen. So viel zur Wiege der Demokratie.«

»Ihr seid doch Deutsche, Bastian. Ihr seid so was bestimmt schon gewohnt. Das lernt man doch als Profi ganz am Anfang: Freundschaftsspiele gibt es nicht, erst recht nicht, wenn Deutschland dabei ist. Es gibt nur Krieg und totalen Krieg.«

Da ich deutsch sprach, sahen sich einige Spieler bei dem Goebbels-Zitat nervös um.

»Ich an deiner Stelle würde das Spiel heute genau so angehen, Bastian. Das ist die einzige Sprache, die die Griechen verstehen und respektieren. Du weißt doch, was Goebbels noch auf seinen Fahnen stehen hatte: *Totaler Krieg – kürzester Krieg.*«

»Wahrscheinlich hast du recht, Scott. Wir müssen die plattwalzen. Die Schweine vom Spielfeld bolzen.«

Ich nickte. »Sonst machen sie das Gleiche mit euch.«

Nach dem Frühstück fuhr ich zurück ins Stadtzentrum zu

meinem Hotel. Um Punkt elf saß ich auf einer großen keksfarbenen Ottomane in der Lobby und schrieb mit Simon Page über unser erstes Spiel der kommenden Premier-League-Saison, ein Auswärtsspiel gegen den Aufsteiger Leicester City am sechzehnten August. Simon hatte gleich um neun Uhr Ortszeit mit einer Trainingseinheit in Hangman's Wood angefangen, und ich bat ihn, die Jungs nicht zu hart ranzunehmen, weil viele sicher noch von der WM und unserer desaströsen und völlig unnötigen Russlandreise geschafft waren.

»Gut geschlafen?«

Als ich hochschaute, stand Valentina vor mir. Sie trug ein weißes Hemd, enge, blaue J-Brand-Jeans, bequeme Schlangenleder-Sandalen und eine schwarze Wayfarer-Sonnenbrille. Ich stand auf, und wir gaben einander die Hand.

»Ja, danke.«

»Können wir?«, fragte sie.

»Wo geht's denn hin?«

»Einen alten Freund besuchen.«

Wir fuhren mit dem Taxi zum Archäologischen Nationalmuseum, das fünf Minuten Richtung Norden lag. Das Gebäude sah aus wie ein griechischer Tempel, zwar nicht ganz so heruntergekommen wie der auf der Akropolis, aber doch schon fast eine Ruine; und wie viele öffentliche – und einige private – Gebäude in Griechenland war es völlig graffitiverschmiert. Im ungepflegten Park vor dem Eingang schlurften Bettler auf und ab wie Straßenhunde, und ich gab einem alten Mann alle Münzen, die ich in der Hosentasche hatte.

»Das mache ich zu Hause auch immer«, erklärte ich, als ich Valentinas skeptischen Blick sah. »Das bringt Glück. Man hat keins, wenn man nicht selbst welches gibt. Fußball ist grausam, manchmal sogar äußerst grausam. Da muss man die launischen Götter des Spiels eben beschwichtigen. Wenn man kein Optimist ist, hat man im Fußball nichts verloren, und ein Optimist ist kein Zyniker. Man muss an die Menschen glauben.«

»Ich hatte dich eigentlich nicht für besonders abergläubisch gehalten, Scott.«

»Das ist kein Aberglaube. Es ist doch nur pragmatisch, wenn man bei aller Vorbereitung auch dem Glück seinen Platz einräumt. Eigentlich ist es sogar ziemlich schlau. Das Glück ist immer aufseiten der Schlauen.«

»Das werden wir wohl sehen, was?«

»Ach klar, Hertha gewinnt, keine Frage.«

»Sagst du das, weil du zur Hälfte Deutscher bist?«

»Nein, weil ich schlau bin. Und weil ich an den totalen Fußball glaube. Bei diesem Spiel nimmt man keine Gefangenen.«

Im Museum waren die Schätze der alten Griechen ausgestellt, darunter die Goldmaske des Agamemnon, die Bastian Höhling damals in Berlin erwähnt hatte. Sie sah aus wie etwas, was ein kleines Kind aus der Goldfolie einer Tafel Schokolade geformt hatte. Aber Valentina wollte mir einen anderen Schatz zeigen. Als ich ihn sah, schnappte ich laut nach Luft. Es war eine lebensgroße Bronzestatue des Zeus, die vor vielen Jahren aus dem Meer geborgen worden war. Mich packte nicht die angedeutete Bewegung oder die menschliche Anatomie, sondern Zeus' Kopf mit seinem Schaufelbart und den Cornrows.

»Oh Gott, das ist ja Bekim«, rief ich.

»Genau.« Valentina lachte ausgelassen. »Als hätte er Modell gestanden, oder?«

»Auch wie er dasteht: der Ausfallschritt nach vorne, der Arm holt zum Speer- oder Blitzwurf aus, genau so feiert Bekim immer seine Tore. Oder fast immer.«

»Wusste ich doch, dass er dir gefällt.«

»Weiß er das?«

»Ob er das weiß?« Wieder musste Valentina lachen. »Natürlich weiß er das. Das ist sein Geheimnis. Er hat sich den Bart extra so wachsen lassen, weil er wie die Statue aussehen wollte. Wenn er ein Tor schießt, denkt er immer an Zeus.« Sie zuckte mit den Schultern. »Ich glaube nicht, dass er sich wirklich für einen Gott hält, aber wundern würde es mich auch nicht.«

Ich ging mehrmals um die Statue herum und grinste wie ein Idiot, als ich mir Bekim in derselben Pose vorstellte.

So perfekt die Statue auch war, war aber doch etwas an ihr falsch. Je länger ich sie mir ansah, desto mehr kam mir die ausgestreckte linke Hand verkehrt vor, erschien mir der Arm deutlich zu lang. Später kaufte ich eine Postkarte und maß die ungefähre Länge des Arms: Zeus' Hand hätte bis an sein Knie gereicht. Hatte der Künstler einen Fehler gemacht? Oder hatte der ursprüngliche Betrachtungswinkel der Statue diese Verlängerung nötig gemacht, damit der Arm nicht zu kurz wirkte? Ganz sicher war ich nicht, aber für mein kritisches Auge sah es aus, als würde die Hand Gottes etwas zu weit reichen.

Valentina nickte. »Ich habe über das nachgedacht, was du vorhin über Glück gesagt hast.«

»Ja? Und?«

»Ich glaube, das Glück ist auf deiner Seite«, sagte sie, nahm meine Hand und drückte sie vielsagend.

»Wann?«

»Heute Abend.«

Ich hob ihre Hand und küsste sie. Die Nägel waren kurz, aber perfekt lackiert, während die Haut ihrer Handfläche sich wie weiches Leder anfühlte, was mir seltsam vorkam. »Und ich dachte, du meinst beim Fußball.«

»Wer hat denn etwas anderes behauptet?«

Ich lächelte. »Das heißt dann wohl, du kommst mit zum Spiel.«

KAPITEL 11

Das Karaiskakis-Stadion im alten Hafen von Piräus sieht aus wie eine halb so große Version des Emirates Stadium von Arsenal London. Der Eindruck wurde noch dadurch verstärkt, dass die Fluggesellschaft Emirates auch ein Sponsor von Olympiakos war, wie auch von den rot-weißen Vereinsfarben, auch wenn das Trikot eher dem von Sunderland als dem von Arsenal ähnelte. Das Spiel war nicht besonders gut besucht, die Fans zeigten aber vollen Einsatz. Die Gate-7-Ultras, oder »die Legende«, wie sie sich selbst nannten, machten hinter dem deutschen Tor lautstark auf sich aufmerksam, um den Keeper zu verunsichern. Sie hatten nackte Oberkörper, große Trommeln und eine Art Dirigenten, der fast das ganze Spiel mit dem Rücken zum Feld stand, damit er die obszönen Lieder und die tiefen Neandertaler-Gesänge anleiten konnte. Ab und zu wurden auf den Rängen knallrote Bengalos abgebrannt. Das ignorierten Polizei und Security aber, die sich lieber zurückhielten und fast schon versteckten. Ich war überrascht, wie wenig sie sich einmischten. Aufgrund irgendeines seltsamen Datenschutzgesetzes durften sie nicht mal die Überwachungskameras im Stadion dafür einsetzen, um Unruhestifter ausfindig zu machen.

Valentina und ich saßen im VIP-Bereich direkt hinter der deutschen Spielerbank. Bei einem Ticketpreis von achtzig Euro und einem landesweiten Durchschnittseinkommen von gerade mal sechshundertfünfzig Euro hätte ich von den Fans mittleren bis höheren Alters in unserer Nähe eigentlich besseres Benehmen erwartet. Aber nichts da. Ich selbst kann kein Griechisch, aber mit Valentinas Hilfe verstand ich bald Worte, für die ein Fan in so ziemlich jeder englischen Stadt des Stadions verwiesen worden wäre. Worte wie *arápis* (Nigger), *afrikanós migás*, (afrikanischer Mischling), *maïmoú* (Affe), *melitzána* (Aubergine).

Der Mann neben mir war bestimmt schon Ende sechzig, aber wenn er gerade mal nicht an seiner Cohiba zog oder auf seinen Kardamomsamen kaute, sprang er immer wieder auf die Mauer, lehnte sich zur deutschen Bank hinunter und brüllte dem armen Bastian Höhling ein *Germaniká malakas* zu.

»Das höre ich hier immer wieder: *Germaniká malakas*«, wandte ich mich an Valentina. »Die erste Hälfte ist klar, aber was heißt *malakas*?«

»Wichser«, erklärte sie. »Ein sehr beliebtes Wort in Griechenland. Ohne kommt man kaum durch den Alltag.«

Ich konnte dem Schreihals seine Wortwahl eigentlich nicht vorwerfen. Wie ich mittlerweile wusste, bekam man im griechischen Fußball noch weitaus Schlimmeres an den Kopf geworfen. Bei dem Spiel geht die Leidenschaft mit den Leuten durch, und Dumme schauen genauso zu wie Schlaue; man kann sich im Fußball für gegenseitigen Respekt einsetzen, daran glaube ich mit voller Überzeugung, aber es wird immer ein paar Idioten geben.

Das Spiel war heiß umkämpft, obwohl die Griechen überrascht wirkten, dass die Berliner gleich von Anfang an so aggressiv spielten. Auch wenn die Spieler von Olympiakos um jeden Ball kämpften, lagen sie bald 0:1 zurück. Nach diesem brillanten Kopfballtor von Herthas Adrian Ramos verstand ich gut, warum Borussia Dortmund so heiß auf den Kolumbianer war, seit ihr eigener Stürmer Robert Lewandowski im Frühsommer zu Bayern München gewechselt war. Komischerweise gaben die Gate-

7-Ultras keine Sekunde Ruhe, sondern brüllten munter weiter, als wäre das Tor für Berlin nie gefallen.

Ich ignorierte die Menge, so gut es ging, und machte mir taktische Notizen in meinem alten Ringbuchplaner:

Griechen schwach in der Verteidigung von Standardsituationen. Muskulös und fit, aber klein, deshalb bei Kopfballduellen nach Flanken unterlegen. Bekim Develi und Prometheus können jedem von ihnen Probleme machen, wenn sie gute Pässe bekommen. Develi eher über rechts, weil Miguel Torres, wahrscheinlich Olympiakos' Linksverteidiger, eher wie ein Linksaußen spielt – vor allem, wenn Hernán Pérez wie heute nicht mitspielt. Wenn Develi Raum findet oder Sambou Yatabaré (wahrscheinlich Innenverteidiger) rauslockt, dann kann er Jimmy Ribbans genug Platz verschaffen.

»Ich war ewig nicht mehr bei einem Fußballspiel«, sagte Valentina, während die Gate-7-Hooligans die Arme zum Hitlergruß erhoben und einen neuen fiesen Gesang anstimmten: *Pósoi Evraíoi ékanes aério símera?* – Wie viele Juden habt ihr heute vergast?

»Das kann ich gut verstehen.« Ich sah mich um. »Du bist hier anscheinend weit und breit die einzige Frau.«

Da es Herthas erstem Torwart Thomas Kraft zu schlecht ging, konnte ich ihren zweiten genauer unter die Lupe nehmen: Willie Nixon, einen Amerikaner. Amerikanische Keeper können mich oft begeistern – meistens absolute Spitzensportler, und Nixon war keine Ausnahme. Er rettete seine Mannschaft einige Male in letzter Sekunde. Und jung war er auch noch.

Ein paar Minuten später glaubte ich, ich würde zu sehen bekommen, wie Nixon auf die Probe gestellt wurde, als Olympiakos einen so unfassbaren Elfmeter zugesprochen bekam, dass der Schiedsrichter ihn wohl aus dem Hut gezogen hatte. Der deutsche Verteidiger Peter Pekarík brachte einen griechischen Spieler knapp außerhalb des Strafraums zu Fall – bloß dass die Wiederholung auf dem großen Bildschirm deutlich zeigte, dass Pekarík fast einen halben Meter weit weg war, als Kyriakos zu Boden ging. Er krümmte sich, als hätte er einen Schienbeinbruch. Eine großartige schauspielerische Leistung. Aber der Olympiakos-Spieler mit dem unpassenden Namen Pelé, der den Elfmeter ausführte, jagte den Ball so hoch über die Latte, dass er jedem Rugbykicker Konkurrenz machte. Dafür wurde er lautstark ausgepfiffen, und in meiner näheren Umgebung wurde mehrfach *ilíthia maïmoú* gebrüllt – dummer Affe.

Ich hatte mich schon oft gefragt, warum Sokrates den Schierlingsbecher trank; wahrscheinlich hatte er auch einen Elfmeter für Olympiakos verschossen.

Zur Halbzeit führten die Berliner 0:2, kurz nach der Pause kam noch ein Tor dazu, und das war dann auch der Endstand: 0:3. Hertha hatte alle drei Spiele seiner Griechenlandtour und damit auch den Schliemann Cup gewonnen, den Herthas Sponsoren selbst gestiftet hatten. Ein ziemlich deutsches Ergebnis. Am Ende hatte mich aber nicht der Torwart Willie Nixon am stärksten beeindruckt, sondern Herthas charismatischer Kapitän Horst Daxenberger. Stark wie ein Rennpferd und 1,93 groß sah er aus wie ein blonder Patrick Vieira.

Die Trophäenübergabe fand wie zuvor das Aufwärmen in einer Ecke des Spielfelds statt, die sicher vor den Beleidigungen und Wurfgeschossen der Griechen war. Hinterher gesellten Valentina und ich uns zu Herthas etwas bedrückter Champagnerfeier im Spielertunnel. Trotz der Sinnlosigkeit des ganzen Turniers freute ich mich für die Deutschen; sie hatten hier eine Menge durchgemacht und waren froh, dass es jetzt wieder nach Berlin ging. Fast beneidete ich Bastian Höhling ein wenig dafür, dass er wieder zurück zu seinem Verein mit den egalitären Besitzverhältnissen und Führungsprinzipien fuhr. Die Deutschen hatten wohl genug von Autokraten und Diktatoren. Aber von Valentina, die auch noch ziemlich gut Deutsch konnte, bekamen sie den Hals nicht voll. Mit Schampusgläsern in der Hand umschwirrten die Spieler sie wie Wespen ein Picknick. Sie hatte einfach diese Wirkung auf Männer. Wer kann schon sagen, ob sie wirklich die schönste Frau von ganz Griechenland war – eine der attraktivsten war sie auf jeden Fall.

Eine Stunde später setzte uns eine Limousine, die Hertha BSC freundlicherweise gestellt hatte, vor dem Hotel ab.

Zu meiner leichten Überraschung sprachen wir nie über Geld; erst zu Hause in London erfuhr ich, dass meine Nacht mit Valentina nicht etwa auf großem Glück beruhte, sondern darauf, dass Bekim Develi ihr schon vor meiner Reise nach Athen fünftausend Euro überwiesen hatte.

KAPITEL 12

An einem warmen Samstagnachmittag im August kamen wir zu unserem ersten Spiel der neuen Saison am King Power Stadium in Leicester an. Gleich westlich des Haupteingangs glitten Einer-Ruderboote den River Soar rauf und runter wie Hightech-Schwäne. Voller falschem Optimismus über den Wiederaufstieg in die Premier League waren die Leicester-Fans laut, aber gastfreundlich, was wir in der Woche darauf in Griechenland nicht ansatzweise erwarten durften. Mal sehen, wie fröhlich diese Fans wohl noch waren, wenn sie merkten, wie teuer es war, ihren Verein bei Auswärtsspielen in London oder Manchester anzufeuern. Es war höchste Zeit, dass Fernsehsender wie Sky und BT sich dafür einsetzten, dass ein Teil der Lizenzeinnahmen der Premier League zur Ticket-Subvention umgelegt werden mussten: Für einen Fernsehsessel-Fan sieht nichts hässlicher aus als leere Ränge im Stadion.

Unseren Torwart-Notstand hatte ich nach wie vor nicht gelöst – wir mussten immer noch Didier Cassell ersetzen –, und wenn ich Leicester um einen Spieler beneidete, dann um Kasper Schmeichel, den Sohn des berühmten Peter. Kasper hatte für Manchester City und Leeds United gespielt, bevor er sich 2011 den Foxes von Leicester City anschloss. Er war auch schon mehrmals für die dänische Nationalmannschaft aufgelaufen, und ich hatte so eine Ahnung, dass er seine beste Zeit als Torwart noch vor sich hatte. Schließlich hatte sein Vater auch noch mit neununddreißig für ManU gespielt. Das Sommer-Transferfenster stand noch vierzehn Tage offen, und ich überlegte ernsthaft, ob ich Viktor Sokolnikow vorschlagen sollte, ein Angebot für den siebenundzwanzigjährigen Dänen abzugeben.

Etwaige Zweifel an Schmeichels Können verflogen sofort, als wir schon nach fünf Minuten einen Elfmeter bekamen. Prometheus jagte den Ball direkt in die rechte Torecke, und dass Schmeichel da überhaupt drankam, glich einem Wunder. Das allein wäre schon beeindruckend gewesen, aber nachdem er den Ball direkt auf Prometheus abgewehrt hatte, hechtete Schmeichel über die volle Torbreite in die andere Ecke, wo er einen Abstauber des Nigerianers verhinderte. Fast so wichtig wie die Agilität des Dänen waren seine Psychospielchen mit dem Elfmeterschützen. Nachdem Prometheus den Ball auf den Punkt gelegt hatte, marschierte Schmeichel völlig gelassen aus dem Tor, nahm den Ball in die Hand, rieb ihn an seinem Trikot trocken und warf ihn dem Nigerianer frech zu, der den Keeper wütend zurück ins Tor winkte. Manche Schiedsrichter hätten einem Torwart für so etwas eine gelbe Karte gezeigt; aber am ersten Tag der Saison? Wenn er uns hatte verunsichern wollen, hatte es funktioniert.

Für die Psychologie der Mannschaft ist es nie von Vorteil, wenn man einen Elfmeter verschießt; was dann auch noch postwendend doppelt bestraft wurde, als unser Spielführer Gary Ferguson ein Eigentor schoss, sodass Leicester zur Halbzeit in Führung lag. *Shit happens*, so etwas steckt man mit der Zeit ganz gut weg. Ich machte mir eher Sorgen, als Prometheus seinen eigenen Kapitän anpöbelte. Ich kann zwar keine Lippen lesen, aber Gary schnauzte auch ganz ordentlich zurück, wobei ich mich fast wunderte, dass er dem Jungen nicht gleich eine zimmerte. Wenn man Mannschaftskapitän ist, ist es mit Worten allein nicht immer getan.

»Scheiß drauf, Gary«, erklärte ich ihm laut in der Kabine. »Wir sind hier beim Fußball, nicht beim Quidditch. Wenn du als Verteidiger deinen Job ernst nimmst, kommt dabei eben auch mal ein Eigentor raus. Das ist nichts als Statistik. Wenn du einen Ball aus dem Strafraum bolzt, geht er in neun von zehn Fällen in die falsche Richtung, weil es perfekte Winkel nur beim Snooker gibt. Der Ball ist dir heute vom Knie abgeprallt – dafür macht dich keiner verantwortlich, der noch ein, zwei Hirnzellen beisammenhat.«

Ich schaute Prometheus an, der gerade seine knallroten Puma evoPOWER aus- und dafür ein anderes Paar anzog, das aussah, als wäre es aus alten Zeitungen gemacht: *Why Always Puma?* lautete eine rote Schlagzeile auf der Seite.

»Bist du langsam mal mit deinen Scheißschuhen fertig?«

Endlich sah er mich an.

»Im Fußball macht jeder mal Fehler«, sagte ich. »So läuft das eben. Ohne diese Fehler wäre das Spiel immer so langweilig wie Englands Qualifikationsgruppe für die EM 2016. Das muss doch nicht sein. Aber ich will nie wieder sehen, dass einer von euch meint, er kann einem Mannschaftskameraden irgendwelche Vorwürfe machen. Schon gar nicht, wenn er selbst nicht perfekt ist. Vorwürfe, Nörgelei, Anschisse und Arschtritte sind mein Job! Oder auf dem Platz meinetwegen Garys. Und wenn ich das noch einmal sehe, beiße ich dem Betreffenden in den Arsch wie eine Hyäne! Ich mag meinen Job, und ich brauche bestimmt keine Hilfe dabei, mich verständlich zu machen. Alles klar?«

»Was hacken Sie so auf mir rum, Mann?«, fragte Prometheus. »Hab doch gar nix gemacht. Ich hab Gary nur gesagt, er soll aufpassen, sonst verlieren wir noch wegen seinen dicken, haarigen, weißen Schottenknien das Spiel. War'n Witz, okay?«

Ich konnte gut verstehen, warum Alex Ferguson manchmal Schuhe durch die Kabine geschossen hatte; in dem Moment wollte ich Prometheus am liebsten mit seinen albernen Tretern das Maul stopfen. »Halt doch einfach die Fresse«, zischte Gary, während Bekim still den Kopf schüttelte. Andere drehten sich weg, als wollten sie nicht mitansehen, was als Nächstes passierte.

Ich grinste. »War'n Witz, okay, bloß war er nicht witzig, Scheiße noch mal! Man reißt keine Witze über das Eigentor eines Mannschaftskameraden, dem geht's in dem Moment doch sowieso schon beschissen genug. Eigentore sind nur witzig, wenn sie den Gegnern passieren. Schade, dass ich dir das erklären muss, Kleiner – und wehe, du unterbrichst mich noch mal, dann lass ich Gary eins von seinen dicken, haarigen, weißen Schottenknien in deine kahlen, kleinen, schwarzen Nigerianereier rammen, wenn du überhaupt welche hast. Ist das klar?«

Prometheus schwieg, also hatte er wohl verstanden. Ich wippte einen Augenblick auf den Füßen vor und zurück und schaute mich in der Umkleide um. Ansonsten brauchte eigentlich gerade keiner eine Einzelbehandlung; Leicester hatte Glück gehabt, das war alles.

»Am ersten Wochenende der neuen Saison läuft's für Aufsteiger oft ziemlich gut. Die sind ganz heiß drauf, sich mit den Großen zu messen. Klar sind die motiviert, sie haben ja auch die letzte Saison in der zweiten Liga mit – wie viel waren es – sechsundachtzig Punkten abgeschlossen. Die sind mit gutem Recht in die Premier League aufgestiegen, und wenn sie heute kein gutes Spiel abliefern können, wo sie alle topfit und erholt sind, weil nur einer von ihnen bei der WM ranmusste, wann dann? Wenn wir in der Rückrunde wieder gegen die spielen, macht ihr Kleinholz aus denen, das kann ich euch sagen. Also: Nicht wundern, wenn die sich heute groß aufspielen. Aber bleibt auf Position und bleibt am Ball; schnelle, präzise Pässe. Toblerone-Fußball, wie wir es geübt haben. Von euren magischen Dreiecken muss denen ganz schwindlig werden. Wenn es sein muss, lasst sie ungeduldig werden, bis sie an euch rankommen. Dann brecht ihr durch.«

Das hätte wirklich klappen sollen. Hat es aber nicht. Wir verloren 3:1 nach Toren von Jamie Vardy und David Nugent, die so ziemlich das beste Stürmer-Duo waren, das ich bei einem Aufsteiger je gesehen hatte. Um zwanzig vor fünf nachmittags führte Leicester aufgrund der Tordifferenz die Tabelle an.

London City war Drittletzter.

KAPITEL 13

Sportanalysesoftware ist etwas Wunderbares. Ich frage mich oft, was die Trainer früher ohne Tablets gemacht haben; vorbereitete Filmsequenzen der Schlüsselszenen eines Spiels auf dem iPad sind ein zentrales Werkzeug für einen Trainer. Ich schaue mir die Ausschnitte immer mit nur zwei, drei Spielern auf der Heimfahrt im Bus an. Als Spieler weiß man es schon selbst, wenn man Mist gebaut hat, dazu muss man den Fehler nicht unbedingt tausendmal in der Wiederholung auf der großen Leinwand vor versammelter Mannschaft sehen. Ich weiß aus eigener Erfahrung, wie erniedrigend das sein kann. Aber diesmal ließ ich meinen iPad-Bildschirm an die Busfernseher übertragen, damit mir alle folgen konnten. Ab und zu tut ein bisschen Erniedrigung auch gut.

»Wenn ich bitte eure Aufmerksamkeit haben dürfte«, sagte ich ins Mikrofon, als der Bus das King Power Stadium hinter sich ließ. »Schnauze jetzt, okay? Was quasselt ihr? Wie gut die waren? Wie schnell dieser Vardy war? Wie sensationell der Keeper war? Wie sehr er nach seinem Vater kommt? Ach, leckt mich doch! Deswegen haben wir heute nicht verloren.

Da hinten, westlich vom King Power Stadium, fließt der River Soar. Ich zeige extra hin, weil manche von euch wohl gerade kaum noch wissen, wo oben und unten ist. Es hieß früher, nach dem Battle of Bosworth 1485 hätten die siegreichen Tudors die Leiche von Richard III. in diesen hässlichen Fluss geworfen.

Was natürlich nicht stimmt, weil vor Kurzem sein Skelett unter einem Parkplatz hier in Leicester gefunden wurde. Wahrscheinlich hatte das arme Schwein seinen Parkschein verloren und kam nicht mehr durch die Schranke. Auf jeden Fall wisst ihr jetzt wohl alle, wie sich der alte Richard gefühlt haben muss. In Leicester verlieren macht einfach keinen Spaß.

Aber es gibt für alles einen Grund, bloß ist der nicht immer ganz eindeutig, weil oft die kleinen Sachen große Auswirkungen haben. Das nennen die Physiker Chaostheorie. Und die Anwälte und Philosophen Kausalität. Historiker haben dazu auch etwas zu sagen: Der Erste Weltkrieg ist nicht allein deshalb ausgebrochen, weil der österreichische Thronfolger in Sarajewo erschossen wurde – das war nur der Tropfen, der das Fass zum Überlaufen brachte. Na, wer sagt's denn? Als Profifußballer kriegt man auch noch seine Ration Bildung verpasst. Das können manche von euch verdammt gut gebrauchen. Ich will euch helfen. Ganz richtig, Jungs. Wenn ihr was wissen wollt, fragt mich.

Als Fußballtrainer macht man einen ganz ähnlichen Job wie all diese Leute; manchmal spielt man sogar Detektiv – zum Beispiel sehen wir uns jetzt hier im Bus diese stinkende Leiche von einem Spiel an, weil wir herausfinden wollen, warum wir verloren haben. Das ist nämlich nie so offensichtlich, wie man manchmal denkt. Und jetzt kommt's. Das Eigentor können wir vergessen. Wie gesagt, das war einfach Pech. Stattdessen sehen wir uns mal das erste Tor an, das die selbst geschossen haben; das Tor von Jamie Vardy. Der Kerl kann rennen wie sonst was und nimmt damit immer auch eine Menge Druck von Nugent. Gary hatte mit Vardy heute alle Hände voll zu tun, wie überhaupt unsere ganze Viererkette. Vardy ist zwar Mittelstürmer, aber ihm scheint der linke Flügel besser zu liegen, und von da kam auch das Tor zustande. Er hat also nicht auf seiner Position gespielt, und deshalb hattet ihr Probleme, ihn zu decken. Es war ein gutes Tor, ein sauberer Schuss, aber geschafft hat er das nur, weil keiner von euch gesehen hat, dass er den Raum dazu hatte. Das wissen wir jetzt besser. Ich kann es nur immer wieder betonen: Je länger man einen Stürmer in Ruhe lässt, desto mehr Tempo baut er auf und desto besser wird seine Torchance. Versucht gar nicht erst, jeden kleinen Haken mitzulaufen. Er denkt schneller, als euer Körper hinterherkommt. Mit einem schlauen Kopf hält keiner mit. Also Augen auf den Ball und rein in den Zweikampf, auch wenn's wehtut.

Und jetzt spulen wir mal zurück, was ein, zwei Minuten vor dem Tor passiert. Kenny rollt den Ball zu Gary, der zu Kwame, dem nichts Besseres einfällt, als ihn quer rüber auf John zu spielen – bloß kommt der Ball zu langsam, also muss John sich strecken, um überhaupt noch ranzukommen, weshalb sein Pass zu Zénobe jede Präzision vermissen lässt. Nugent schnappt sich den Ball und schlenzt ihn zu Vardy, der einen Haken schlägt, dann noch einen und noch einen, und ihr bleibt von ihm weg, als hätte er die verdammte Pest. Aus irgendeinem Grund meint ihr dann plötzlich alle, er hätte sowieso nicht genug Raum, Zeit also, sich ein bisschen zu entspannen. Nur, oh Wunder, hat er eben doch genug Platz – und Tor.

Und noch mal zurück, bevor Vardy überhaupt an den Ball kommt: Kenny, bevor du den Ball rausgibst, hast du da nicht gesehen, dass Prometheus im Mittelfeld meilenweit frei stand? Du hast bessere Augen als ein Komantsche; du bist einer der präzisesten Schützen überhaupt; du hättest ihn ohne Probleme erreichen können, warum hast du den Ball zu Gary gespielt? So was funktioniert doch nur, wenn der gegnerische Stürmer Beton in den Stiefeln hat, aber der ist heute rumgerast wie ein Windhund. Nein, Moment, ich bin noch nicht fertig.

Und Kwame, keine Angst, der Ball tut dir schon nichts. Wenn

du ihn abgibst, musst du dir überlegen, was der andere damit machen kann, wenn er ihn hat. Wenn du einfach nur Raum schaffen willst, geht's auch so, aber hier hattest du genug und konntest nichts damit anfangen.

Und John, du erwartest den Ball nicht – das ist eindeutig; aber warum nicht? Jeder von euch muss in jedem Augenblick immer den Ball erwarten. I-D-V-B-E. Immer den verdammten Ball erwarten. Aber hier plant keiner von euch voraus, jeder will den Ball nur so schnell wie möglich wieder loswerden, mit dem Ergebnis, dass der Pass zu Zénobe eine reine Verzweiflungstat wird.

Ich hab's vor dem Spiel gesagt, ich sag's nämlich vor jedem Spiel: Kreative Ballbehandlung bedeutet, ihr wisst, was ihr mit dem Ball macht, bevor ihr ihn überhaupt kriegt. Das heißt, ihr müsst die anderen Spieler lesen wie Schachfiguren, den Raum um sie herum sehen und welchen Vorteil sie euch gegenüber deshalb haben oder eben nicht. D-S-L und D-R-F. Die Spieler lesen und Den Raum finden.«

Ich wartete einen Moment ab und ließ die Spannung auf meine Überraschung steigen.

»Aber jetzt kommt der wahre Grund, warum wir Vardys Tor verbockt haben. Wieder auf Anfang: Kenny rollt den Ball zu Gary. Eine Sekunde vorher schaut er hoch, sieht Prometheus völlig frei stehen und will ihm ganz eindeutig den Ball zuschießen. Er überlegt es sich aber anders. Warum? Weil er mit seinen Komantschenaugen den Spieler liest: Prometheus steht nämlich mit dem Rücken zu ihm; hier, wir gehen auf Pause und verschieben den Ausschnitt; da steht Prometheus. Bitte. Wie lange steht er mit dem Rücken zu Kenny? Mal sehen. Meine Fresse, volle zehn Sekunden.

I-D-V-B-E. Immer den verdammten Ball erwarten. *Immer.* Aber Prometheus, du guckst dir lieber zehn Sekunden was weiß ich was an, bloß nicht den Scheißball. Da fragt Kenny sich natürlich, warum er ihm den Ball rüberschießen soll. Prometheus sonnt sich lieber. Träumt von seiner Stubenhyäne. Deshalb rollt Kenny den Ball zu Gary. Weil er keine andere Wahl hat. Und das, meine Herren, ist der wahre Grund für Jamie Vardys verdammtes Tor.«

Prometheus stand auf und flatterte mit den Armen wie ein wütender Pinguin. Sein Gesicht bebte so stark, dass einer seiner Diamant-Ohrringe mich anblinkte wie eine kleine Taschenlampe.

»Dann bin ich also schuld an dem Tor? Ich war meilenweit weg von dem Kerl, als er geschossen hat.«

»Hast du mir überhaupt zugehört? Hast du nicht nur was an den Halsmuskeln, sondern auch noch an den Ohren?«

»Warum bau hier immer nur ich die Scheiße?«

»Das würde ich auch gerne wissen.«

Prometheus schüttelte den Kopf.

»Das ist nicht fair«, jammerte er.

»Das kannst du laut sagen. Das ist nicht fair deinen Mannschaftskameraden gegenüber, die du im Stich gelassen hast. Anders kann ich das nicht sagen, wenn du nicht mal guckst, wo der Ball ist. I-D-V-B-E. Immer den verdammten Ball erwarten. Aber vielleicht hast du das ja nicht nötig. Vielleicht bist du der erste Mensch auf diesem Planeten, dem Augen am Hinterkopf gewachsen sind. Vielleicht siehst du den Ball ja, ohne hinzugucken. Toller Trick, bloß weiß ich nicht, was deine Mannschaft davon hat. Denn dieses Spiel funktioniert nur mit Teamwork.«

Prometheus ließ sich auf seinen Platz fallen und boxte den Sitz vor sich, der zum Glück unbesetzt war.

Von Leicester nach Ost-London sind es zwei Stunden. Ich wartete, bis wir kurz vor Harlow die halbe M11 geschafft hatten, und setzte mich neben Prometheus. Er roch stark nach Aftershave und Salbe. Auf seinem iPad Air spielte er Angry Birds. Er trug Monster-Beats-Ohrstöpsel, deren grellrote Kabel aussahen wie

Blutrinnsale, die seinen Schädel und Hals hinabliefen. Bei dem Bassgewummer kam mir dieses Bild richtig plausibel vor.

Als er mich sah, seufzte er, zog sich die Ohrstöpsel raus wie ein träger Teenager und erwartete still seinen Privatanschiss.

»Hör zu, das Leben ist voller Konflikte«, sagte ich. »Die machen es gerade erst interessant. Es gibt immer mal wieder Krach, und bei einem so leidenschaftlichen Spiel wie Fußball geht's da schon mal zur Sache. Als ich für Arsenal gespielt habe, hat mich unser Kapitän Patrick Vieira – ein Riesenkerl – mal am Kragen gepackt und gesagt, er macht mich fertig, wenn ich mich nicht zusammenreiße. Und das hat er ernst gemeint. Er kommt aus dem Senegal, und da sagt man so was nicht einfach so daher. Er war der beste Spieler auf seiner Position, den ich je gesehen habe. Er hatte eine unglaubliche Begabung, um die ich ihn sehr beneidete. Aber ich hatte auch Angst vor ihm, also habe ich mich danach wirklich zusammengerissen. Genau das hatte ich damals gebraucht. Einen wie ihn, der sich mich zur Brust nimmt wie ein großer Bruder und mir sagt, wo ich Mist gebaut habe.

Aber vor allem muss man aus seinen Fehlern lernen und hinterher wieder miteinander zusammenarbeiten. Darum geht's bei einer Mannschaft. Wir sind wie eine große Familie, ihr Spieler seid alle Brüder. Viel Testosteron, viele Streite. Aber hinterher müssen wir den anderen ihre Fehler verzeihen. Weil wir eben Brüder sind.

Als wir in Russland waren, hast du gesagt, deine Mutter hat keine Ahnung, wer dein Vater ist. Du hast dich einen schwarzen Bastard genannt; ich nehme an, das hast du ernst gemeint. Ich glaube, das ist deine Grundeinstellung. Du meinst, du bist ein Bad Boy. Und vielleicht meinst du auch, du bist ein umso besserer Spieler, je schlechter du dich benimmst. Aber so funktioniert das leider nicht, das kannst du mir glauben. Nicht bei einem echten Profi. Ich hab Glück gehabt. Mein Vater ist noch da. Aber bei Patrick war es anders. Seine Eltern haben sich scheiden lassen, als er noch klein war, und er hat seinen Vater nie wieder gesehen. Aber Patrick hat sich davon nicht unterkriegen lassen. Ich habe nie wieder einen Mann mit so einer eisernen Disziplin gesehen wie ihn. Er hatte ein Riesentalent, klar, aber vor allem auch Disziplin.

Du bist einer der begabtesten jungen Spieler, die ich je gesehen habe. Und ich glaube nicht, dass du auch nur ansatzweise so ein Bad Boy bist, wie du vielleicht meinst. Du kannst jeden Verein bereichern, den du dir aussuchst. Aber Talent alleine reicht nicht. Du brauchst Disziplin, wenn du dein Talent voll ausschöpfen willst, genau wie Patrick Vieira. Wie wir alle.«

Ich nickte. »Und hier endet die Predigt.«

»Danke, Boss.«

Ich streckte ihm die Hand entgegen.

Er grinste und schüttelte sie.

»I-D-V-B-E«, sagte er.

Ich grinste zurück. »Immer den verdammten Ball erwarten. Ganz genau.«

KAPITEL 14

Am folgenden Montag flog ich mit der Mannschaft nach Athen, wo es immer noch so heiß war wie bei meinem letzten Besuch. Die Gemüter hatten sich sogar noch weiter erhitzt: Die Lehrer streikten, die Gerichte streikten, sogar die Ärzte. Zum Glück hatten wir unseren neuen Medizinmann aus London mitgebracht. Er hieß Chapman O'Hara und war aus den Reihen der stetig wachsenden medizinischen Abteilung des Vereins zum Mannschaftsarzt aufgestiegen. Auch den Ernährungsberater Denis Abajew hatten wir wieder dabei, und unser Reiseorganisator Peter Scriven hatte ein Spezialteam aus örtlichen Köchen zusammengestellt, die alle Panathinaikos-Fans waren und deshalb rein gar nichts für Olympiakos übrighatten. Ich hatte nämlich nicht vergessen, was Hertha BSC im Vereinshotel in Glyfada passiert war. Kurz vor einem Champions-League-Spiel wollte ich wirklich keine Lebensmittelvergiftung bei meinen Spielern riskieren.

Das Astir Palace Resort lag auf einer wunderschönen piniengesäumten Halbinsel in Vouliagmeni im Herzen der attischen Riviera eine gute halbe Stunde südlich von Athen. Peter Scriven hatte gut gewählt: Zum Hotel kam man nur über eine Privatstraße mit rund um die Uhr bewachter Schranke, also hatten übereifrige Olympiakos-Fans keine Chance, uns mit ihrem Gehupe den Schlaf zu rauben. Das Hotel selbst hatte seine besten Tage aber schon hinter sich. Ihm fehlte die Klasse des Grande

Bretagne und natürlich die historisch bedeutsame Aussicht; das Essen war einfach und die Bar schlecht bestückt; das Personal war zahlreich, aber langsam und unmotiviert. Alles andere war aber perfekt für die Unterbringung eines Haufens großer Jungs: ein Einzelbungalow für jeden Spieler; ein großer, gut ausgerüsteter Kraftraum; ein schöner Pool mit Blick übers Meer; mehrere Privatstrände. Es gab sogar einen kleinen Fußballplatz, auf dem man fünf gegen fünf spielen konnte. Vor dem Hotel lagen ein Hubschrauberlandeplatz und eine kleine Marina, von wo aus Viks Hubschrauber und Tenderboot die Verbindung zur *Lady Ruslana* herstellten, die gut hundert Meter vom Ufer entfernt mit Blick aufs Hotel vor Anker lag. Die Yacht sah aus wie eine kleine, strahlend weiße Insel.

Natürlich war es der Mannschaft streng verboten, das Nachtleben von Glyfada oder Athen zu erkunden. Und ich hatte den Wachleuten an der Schranke ein wenig Bares zugesteckt, damit sie keinerlei Damenbesuch zu meinen Jungs durchließen. Vor dem Abendessen fuhr ich aber mit Bekim Develi und Gary Ferguson nach Piräus, wo eine Pressekonferenz im Medienzentrum des Karaiskakis-Stadions anstand. Anfangs kamen die meisten schwierigen Fragen von der englischen Presse, was nach unserer 3:1-Niederlage in Leicester kein Wunder war; dann meldeten die Griechen sich mit ihren eigenen Themen. So richtig kompliziert wurde es aber erst, als jemand fragte, was Deutschland eigentlich gegen Griechenland hatte.

»Was soll das heißen?«

»Warum hassen die Deutschen uns?«

Ich ging lieber nicht auf das Verhalten der griechischen Fans gegenüber den Jungs von Hertha BSC ein und sagte nur, dass ich nicht glaubte, dass die Deutschen die Griechen hassten.

»Ganz im Gegenteil«, fügte ich hinzu. »Ich habe sogar viele deutsche Freunde, die Griechenland lieben.«

»Warum wollen die Deutschen uns dann wegen eines Kredits der EZB kreuzigen? Wir sind doch schon auf den Knien. Und jetzt sollen wir für das Kreditpaket auch noch auf dem Bauch angekrochen kommen?«

Ich schüttelte den Kopf und sagte, dass ich nicht dort war, weil ich über Politik reden wollte. So hatte ich mich eigentlich geschickt um eine ehrliche Antwort gedrückt. Aber dann mischte Bekim Develi sich ein, der zwar in Russland aufgewachsen war, aber in der Türkei, dem alten Erzfeind Griechenlands, geboren worden war. Richtig schlimm wurde es, als er einige wenig diplomatische Bemerkungen über öffentliche Ausgaben machte, wie zum Beispiel die, dass Griechenland vielleicht nicht unbedingt die größte Armee Europas brauchte. Dazu sagte er das alles auch noch in einem flüssigen Griechisch, sodass wir seine Antworten nicht mal unserer Dolmetscherin Ellie in die Schuhe schieben konnten. Als Bekim dann gefragt wurde, ob er sich Sorgen wegen der geplanten Großdemonstration vor dem Parlament machte, erwiderte er, die Demonstranten sollten ihre Kräfte lieber dafür einsetzen, ihr Land aus dem Dreck zu ziehen oder am besten mal die Stadt zu putzen, die das seiner Meinung nach dringend nötig hatte.

»Ihr habt jetzt über zwanzig Jahre weit über eure Verhältnisse gelebt«, fügte er auf Englisch für die britischen Zeitungen hinzu. »Jetzt kriegt ihr eben die Quittung dafür.«

Mehrere griechische Reporter standen auf und widersprachen Bekim wütend, und Ellie riet uns, die Fragestunde an diesem Punkt lieber zu beenden.

Auf der Rückfahrt im Wagen verfluchte ich mich dafür, dass ich Bekim überhaupt mit zur Pressekonferenz genommen hatte.

»Beim ersten Mal war es noch Pech«, sagte ich. »Aber wenn so was zweimal passiert, bin ich wohl einfach nur grob fahrlässig!«

»Sorry, Boss«, erwiderte er. »Ich wollte Ihnen keine Schwierigkeiten machen.«

»Was hat dich da bloß geritten, verdammt noch mal? Mann, die griechischen Fans sind schon bei Freundschaftsspielen schlimm genug. Du musstest wohl unbedingt dafür sorgen, dass sie uns morgen doppelt die Hölle heißmachen.«

»Es wäre auch so schon heiß genug geworden«, beharrte er. »Das wissen Sie genauso gut wie ich. Olympiakos-Fans sind sowieso schon Dreckschweine, schlimmer kann man es da gar nicht machen. Außerdem habe ich nichts gesagt, was die nicht schon selbst wussten.«

»Wir sind ein Fußballverein und keine Lobbygruppe«, erklärte ich. »Erst pinkelst du in Russland den Russen ans Bein, und jetzt machst du hier genau das Gleiche! Muss das sein?«

»Ich liebe dieses Land. Ich ertrage einfach nicht, was hier passiert. Griechenland ist wunderschön, aber heutzutage wird es von einem Haufen Anarchisten und Kommunisten in den Arsch gefickt.«

Er zuckte mit den Schultern und starrte die graffitibeschmierten Hauswände draußen an, die vielen verlassenen Läden und Büros, die nicht abgeholten Müllberge, die Schlaglöcher, die Bettler und Autofensterputzer an den Kreuzungen und Grünstreifen. Griechenland war vielleicht schön, aber Athen war verdammt hässlich.

»Ich liebe dieses Land«, flüsterte er noch einmal.

»Scheiße, Mann, wieso bloß?«, fragte Gary. »Guck doch mal, wie es hier aussieht! Überall Penner und Alkis auf Stütze. Das glaubt man doch nur, wenn man's selber gesehen hat. Mann, ich hab ja schon so ein paar kaputte Käffer gesehen, aber Athen … Scheiße, Bekim! So was nennt sich Hauptstadt? Da sieht's ja in Toxteth besser aus.«

»Hey, Boss, ich weiß was.« Bekim lachte. »Die Pressekonferenz nach dem Spiel kann Gary doch dann ganz alleine schmeißen.«

KAPITEL 15

Am nächsten Morgen vor dem Frühstück, als die Temperaturen noch in den niedrigen Zwanzigern waren, trafen wir uns zu einem leichten Training. Apilion liegt in Koropi, zwanzig Minuten nördlich von unserem Hotel zwischen weiten Feldern am Fuß des Hymettos, der an der östlichen Stadtgrenze Athens über tausend Meter in die Höhe ragt. In der Antike stand ein Zeusheiligtum auf dem Gipfel; heute gibt es dort nur noch einen Fernsehmast, ein Militärlager und einen Blick über Athen, den man sonst nur aus dem Flugzeug kennt.

Eine grüne Fahne mit weißem Kleeblatt erklärte Apilion zum Trainingsgelände von Panathinaikos. Nach den Blechlawinen von Piräus und der Athener Innenstadt genossen wir zwischen Oliven- und Mandelbäumen, Feigenkakteen, Wildorchideen und zerzausten Schafen und Ziegen die klare, saubere Luft. Gelegentlich schossen in der Nähe Bauern auf Vögel, die auseinanderstoben wie Saatkörner. Die überzeugten Großstädter unter meinen Spielern zuckten dann immer zusammen. Trotzdem und auch trotz der Handvoll Journalisten, die entlang des recht blickdichten Zauns kampierte, wirkte Apilion wie eine Oase der Ruhe. Panathinaikos scheute keine Mühen, um uns dabei zu helfen, ihrem ewigen Erzrivalen Olympiakos ordentlich in den Arsch zu treten. So ist das im Fußball. Der Feind meines Feindes ist mein Freund. Es reicht nicht, dass die eigene Mannschaft gewinnt; der Triumph ist erst perfekt, wenn der Rivale verliert, ganz egal gegen wen. Panathinaikos hätte auch einer Mannschaft der Waffen-SS geholfen, wenn sie dadurch die Rot-Weißen von Olympiakos besiegt hätte.

»Mann«, rief Simon Page, als er beim Aussteigen aus dem Bus die Fahne sah. »Sind wir hier in Irland, oder was?« Er klatschte und rief seine Kommandos an die Spieler: »Jetzt mal zackig aufs Feld und passt auf, wo ihr hintretet – vielleicht findet ihr ja ein vierblättriges Kleeblatt. Ich hab's im Urin, dass wir hier jedes bisschen Glück gebrauchen können!«

Da hatte er recht, denn unser neuer Mannschaftsarzt O'Hara war gerade auf dem Rückweg nach London, weil seine Frau krank geworden war. Antonis Venizelos, unser Kontaktmann bei Panathinaikos, suchte für uns immer noch nach einem Ersatzarzt für den Fall der Fälle.

»Das ist mitten im Ärztestreik natürlich gerade nicht so einfach«, erklärte er später. »Selbst Ärzte, die nicht im öffentlichen Dienst angestellt sind, wollen heute nicht arbeiten. Operationen werden abgesagt, Patienten nach Hause geschickt. Aber keine Angst, Mr. Manson, das Karaiskakis-Stadion steht direkt neben dem privaten Metropolitan Hospital. Es steht zwar in Piräus, aber es ist trotzdem ein ausgezeichnetes Krankenhaus.«

Mit den haarigsten Händen, die ich je gesehen hatte, zündete er sich eine Mentholzigarette an und starrte zum Gipfel des Hymettos hinauf.

»Ich habe noch eine Neuigkeit, die für das Spiel wichtig sein könnte.«

»Ja? Was gibt's?«

»Ich wurde eben angerufen: Die Mannschaft von Olympiakos hat heute ihr vollständiges Gehalt bekommen. Also haben sie gute Laune und geben sich heute Abend besonders Mühe.«

»Wann werden die denn normalerweise bezahlt?«

»Ich glaube, es ist zwei, drei Monate her, dass die amerikanischen Bastarde das letzte Mal bezahlt wurden.«

»Scheiße!«

Antonis grinste und warf sich ein paar Kerne in den Mund, die er wie Kaugummi kaute, wovon er einen süßlichen Atem bekam. Er war gutaussehend und hatte auf der Stirn eine Narbe so groß wie die von Alan Hansen, die seine linke Augenbraue durchschnitt wie eine kleine Straßenbahnspur und ihm etwas Zyklopenhaftes gab.

»Genau. Hier in Griechenland stecken gerade alle in der Scheiße, mein Freund. Das kann man nicht mit anderen Ländern vergleichen. Vergiss das nicht. Deine Jungs werden am Monatsende bezahlt wie alle anderen in England auch, ja? Aber in Griechenland kann man nach dem Monatsende oft noch Wochen auf sein Geld warten – oft länger. Die Universitätsdozenten wurden seit Monaten nicht bezahlt.«

»Ich kann mir nicht vorstellen, dass unsere Jungs ohne Gehalt lange spielen würden«, sagte ich, als Simon und ein paar unserer Spieler zum Bus zurückkamen. »Die laufen nur nach Münzeinwurf; wie jeder andere im englischen Fußball heutzutage.«

»Das kannst du laut sagen«, knurrte Simon.

»Manchmal arbeiten die Leute in diesem Land monatelang ohne Lohn und finden dann am Ende heraus, dass die Firma pleite ist und sie überhaupt nicht mehr bezahlen kann«, erklärte Antonis. »Wenn man in Griechenland voll bezahlt wird, ist das wie ein Lottogewinn.«

»Warum hast du die Leute von Olympiakos eben eigentlich amerikanische Bastarde genannt?«, fragte ich.

Antonis schnaufte. »Weil früher viele amerikanische Kriegsschiffe im Hafen von Piräus festmachten. Und die Matrosen schliefen mit den Huren von Piräus. Also nennen wir sie alle Hurensöhne oder eben amerikanische Bastarde. Eigentlich sind alle

Frauen in Piräus Huren. Das sagen nicht nur wir. In Griechenland hassen alle Olympiakos. Die sind ein Haufen Lügner und Betrüger.« Er zuckte mit den Schultern. »Aber glaubt mir, meine Freunde, die sagen noch viel Schlimmeres über uns.«

»Das sollen wir glauben?«, erwiderte Simon. »Was denn genau?«

Antonis schüttelte den Kopf, als könnte es niemals irgendeine Rolle spielen, was irgendwer von Olympiakos sagte. »Sie meinen, weil wir Athener sind, halten wir uns für etwas Besseres. Sie meinen, wir sind Snobs. Was natürlich stimmt, wenn es um Olympiakos geht. Sie nennen uns *lagoi* – Hasen, weil sie meinen, wir laufen vor jedem Kampf davon. Das hätten die wohl gerne. Kein Wunder. Die sind eben nichts als ein Haufen *gavroi*.« Er grinste. »Das ist eine winzige Fischart, die im Hafen lebt und die Scheiße aus den Schiffsabwässern frisst.«

Simon und ich sahen uns überrascht an. Zu welcher Feindseligkeit dieser ansonsten völlig zivilisierte und weltgewandte Mann fähig war. Schon am Gesicht meines großen, bornierten Trainerassistenten aus Yorkshire konnte ich ablesen, was er dachte. Er hatte es seit unserer Ankunft auch schon oft genug gesagt: »Die verdammten Griechen sind sich selbst der größte Feind. Sie würden mir ja leidtun, wenn sie nicht solche Scheißkommunisten wären.«

»Aber von Fußball verstehen sie was«, sagte Simon stattdessen. »Wie oft sind sie griechischer Meister geworden? Zweiundvierzig Mal, oder? Und den griechischen Pokal haben sie siebenundzwanzig Mal gewonnen. Auch dieses Jahr wären sie Meister geworden, wenn der griechische Fußballbund ihnen nicht so viele Punkte aberkannt hätte. Deshalb spielen wir ja auch jetzt in den Playoffs gegen sie.«

Antonis verzog das Gesicht und schaute weg. »Fußballspielen kann man jedem beibringen. Auch einem *malakas* aus Piräus.

Aber die bescheißen, wo sie nur können. Ihr seid vielleicht die Favoriten bei diesem Spiel, aber unterschätzt die Trickkiste der *gavroi* nicht. Heute Abend spielt ihr nicht gegen elf Männer, sondern gegen siebzehn, nämlich auch gegen die angeblich Unparteiischen. Und gegen die Zuschauer natürlich, vergesst nicht die Legende. Die ist wie ein zusätzlicher Spieler, und zwar ein verdammt aggressiver. Das Stadion wird für euch heute Abend kein freundlicher Ort sein. Und eure englischen Vorstellungen vom *beautiful game* könnt ihr gleich vergessen. Das gibt es hier nicht. Überhaupt gibt es kaum noch Schönes in Griechenland. Nur noch Wut.« Er nickte. »Die ist das Einzige, was wir im Überfluss haben.«

KAPITEL 16

Wenn man einen Fußballtrainer in seiner Coachingzone auf- und abtigern, seine Mannschaft anfeuern und Handzeichen machen sieht wie ein wildgewordener Buchmacher an der Pferderennbahn, gibt das gutes Fernsehen ab – die Kameras lieben »die Anspannung im Gesicht des Trainers«. Eigentlich sollen die Spieler gar nicht den Trainer anschauen, sondern immer den Ball, und beim Getöse der Menge hören sie einen sowieso nicht, wenn man nicht gerade Sam Allardyce ist. Meistens patrouilliert man seine einsamen zehn Meter nur, weil es gut ankommt; man leidet mit, und das gefällt den Fans. Außerdem feuert niemand gerne einen Trainer mit schweißnassem Armani-Anzug, matschverschmierten Knien und vollgespucktem Rücken.

In der Coachingzone in Piräus ist alles noch zehnmal härter als sonst, weil man dreißigtausend geifernde Griechen hinter sich hat, bei denen man froh sein kann, wenn sie nur Geschosse auf einen abfeuern, die sie sich aus dem Rachen hochgezogen haben. Da muss man nur mal den Schiedsrichterassistenten fragen, der im griechischen Pokal 2011 von einer fliegenden Sitzschale erwischt wurde. Als ich an diesem brütend heißen Augustabend aus dem Unterstand hervortrat, kam es mir vor, als würde ich die sicheren Mauern Trojas verlassen, um zum Duell mit Achilles anzutreten; gar keine gute Idee. Und bei Olympiakos muss man sich nicht nur vor den wahnsinnigen Fans in Acht nehmen: Obwohl seine Mannschaft im Jahr 2011 ein Spiel 2:1 gewonnen hatte, griff der Vereinspräsident Evangelos Marinakis infolge einiger fragwürdiger Schiedsrichterentscheidungen nach dem Abpfiff die Panathinaikos-Spieler Djibril Cissé und Giorgos Karagounis tätlich an.

Als Bekim Develi nach gerade mal fünf Minuten aus fünfundzwanzig Metern mit einem Schuss traf, der aussah wie das Musterbeispiel einer Geschossbahn in einem Artillerie-Offiziershandbuch, war ich also kaum erstaunt, als mich eine Banane an der Schulter traf, nachdem ich gerade mein schweißnasses Leinenjackett abgestreift hatte und an den Rand meiner Coachingzone trat, um Bekims Daumenlutsch-Gruß an seinen neugeborenen Sohn mit einem Händedruck zu unterbrechen.

Dabei hatte alles so freundlich angefangen: Die beiden Mannschaften waren einträchtig und mit zweiundzwanzig Auflaufkindern an der Hand in die Spielfeldmitte marschiert. Es folgte Händels *Zadok the Priest*. Hätte man die Familienfreundlichkeit der UEFA und das ehrenhafte Streben nach dem Sieg im sportlichen Wettkampf noch besser choreographieren können? Natürlich frage ich mich manchmal, ob irgendeine europäische Mannschaft überhaupt weiß, dass Händels Hymne zur Krönung eines *englischen* Königs geschrieben worden war. Darauf folgte eine beinahe perfekte Schweigeminute zum Gedenken an einen jüngst verstorbenen griechischen Sportler, dessen Name mir nichts sagte. Scheißegal. Eine Schweigeminute vor einem Fußballspiel, vor allem in Griechenland, ist mir immer recht – Hauptsache die verdammten Trommeln und Kriegsgesänge der Gate-7-Ultras verstummen mal für ein paar Sekunden. Bei diesem schrecklich maskulinen Aggro-Testosteron-Gewummere meint man doch, man wäre in Rorke's Drift 1879 und stünde zehntausend Zulu-Kriegern gegenüber.

Ich ignorierte die Banane, die von den VIP-Rängen gekommen war, wie ein Video später zeigte. VIPs sind wohl auch nicht weniger rassistisch als alle anderen. Sie tat auch nicht weh, zumindest nicht so sehr wie eine Sitzschale. Wenn man in einem Champions-League-Spiel nach fünf Minuten vorneliegt, fällt einem so was kaum auf; in dem Moment hätte ich wahrscheinlich sogar einen Speer zwischen den Schulterblättern kaum gespürt. Ich drehte mich zur Ersatzbank um und reckte die geballten Fäuste triumphierend nach oben.

Die Banane war bald vergessen, denn die echte Katastrophe kam erst noch. Gerade war wieder angepfiffen worden, als Bekim Develi einen einfachen Pass von Jimmy Ribbans verfehlte, wie zur Buße für diesen Fehler auf die Knie fiel und unter lautstarken Schmähungen der griechischen Fans mit dem Gesicht nach unten im Mittelkreis zusammensackte. Sekunden später winkten Zénobe Schuermans und Daryl Hemingway hektisch nach dem Sanitäter. Ich musste Gareth Haverfield, unseren Physiotherapeuten, nicht groß bitten; er griff sofort seinen Zauberkoffer und sprintete aufs Spielfeld.

»Was hat er denn?«, fragte Simon neben mir. »Kommt wohl mit der Hitze nicht klar, was?«

Ich nickte. »Ja, er ist wohl aus den Latschen gekippt. Ist aber auch verdammt heiß hier.«

»Neunundzwanzig Grad«, sagte Simon. »Ich komm mir schon vor wie ein Chicken Vindaloo. Scheiße, Mann, hoffentlich ist er nicht ohnmächtig. Dann muss er vom Platz. Vielleicht hat er auch eine Münze an den Kopf gekriegt oder so.«

»Kann sein. In diesem Land werfen sie das Geld seit Jahren weg. Wär mal was anderes als eine Banane.«

Auch wenn ich damit die nächste Banane quasi herausforderte, ging ich unruhig vorne an den Rand der Coachingzone und setzte meine Brille auf. Ich bin nur leicht kurzsichtig – aber abends, wenn ich müde bin, wird es ein bisschen schlimmer. Ich wurde aus der Szene nicht schlau: Bekim wollte scheinbar mit der Stirn Dellen in den Boden schlagen, und Gareth versuchte erfolglos, ihn auf den Rücken zu drehen. Das konnte nichts Gutes bedeuten, denn der Schiedsrichter lief zur Olympiakos-Bank und sagte etwas, woraufhin deren gesamtes Sanitätsteam aufs Spielfeld rannte. Ohne die Erlaubnis abzuwarten, lief ich los, erst langsam und unsicher, dann schneller, als ich kapierte, wie ernst die Lage war.

Mittlerweile bewegte Bekim sich gar nicht mehr, und einer der griechischen Sanitäter hatte ihm das Trikot aufgeschnitten und gab ihm eine Herzdruckmassage; unser eigener Mann, Gareth, beatmete ihn Mund-zu-Mund, und ein dritter griff eilig nach einem Beatmungstubus. Selbst die Menge hatte wohl langsam die Situation verstanden und war verstummt.

Als Gary Ferguson mich sah, stand er von der Seite seines Mannschaftskameraden auf und ging auf mich zu. Seine Wangen waren nicht nur vom Schweiß nass.

»Was ist denn los?«, fragte ich, dabei hatte ich schon Magenkrämpfe. »Was hat er denn?«

»Er ist tot, Boss. Das ist verdammt noch mal los.«

»Was? Das kann doch nicht sein!«

»Keine Ahnung. Im einen Moment rennt er noch rum wie ein junger Gott, im nächsten ist er am Boden. So, wie er zusammengesackt ist, dachte ich, er wäre erschossen worden.«

Der Schiedsrichter, ein Italiener namens Merlini, kam kurz zu uns rüber, und ich dachte schon, er wollte mich vom Platz schicken; er schüttelte aber nur traurig den Kopf.

»Es tut mir schrecklich leid«, sagte er. »Aber es sieht nicht gut aus. Sie holen jetzt einen Defibrillator. Eigentlich würden sie ihn gerne ins Krankenhaus nebenan bringen, aber sie können ihn gerade noch nicht bewegen.«

»Verdammte Scheiße«, keuchte Gary.

Aus dem Augenwinkel sah ich, dass Kenny Traynor den Kopf in die Hände gelegt und Soltani Boumediene das Gesicht in Xavier Pepes Schulter vergraben hatte. Prometheus sprach aufgeregt mit einem der Spieler von Olympiakos. Jimmy Ribbans kniete und betete anscheinend für seinen Mannschaftskameraden. Ich hätte es ihm am liebsten gleichgetan, hätte ich nicht gewusst, dass Bekims Freundin wahrscheinlich zu Hause zuschaute. Es sollte wirklich nicht so aussehen, als hätte ich die Hoffnung aufgegeben.

Ich schaute auf den großen Stadionbildschirm und dann auf meine Uhr.

Merlini las scheinbar meine Gedanken.

»Er ist jetzt schon seit ein paar Minuten so. Ich weiß nicht, was ich machen soll. Ich spreche mal mit den anderen Offiziellen. Und mit den Jungs von Olympiakos, die müssen auch wissen, was Sache ist.«

»Ich rede auch mal mit den anderen«, sagte Gary, als Merlini gegangen war. »Wenn er das Spiel fortsetzen will, müssen wir uns schnell wieder zusammenreißen. Und wen wechseln wir dann für ihn ein?«

»Iñárritu«, erwiderte ich automatisch.

Gary ging, und einer der griechischen Sanitäter klebte die zwei großen Defibrillator-Elektroden auf Bekims reglose Brust.

»Den Patienten nicht berühren«, sagte eine Frauenstimme mit amerikanischem Akzent aus dem gelben Gerät, das eher wie ein Kinderspielzeug aussah als etwas, das einen Mann wie Bekim wiederbeleben konnte. Und dann: »Schock wird empfohlen. Gerät lädt auf. Abstand halten.«

»*Stékeste*«, sagte der griechische Sanitäter laut, und alle traten einen Schritt von Bekim zurück.

»Den blinkenden Schock-Knopf drücken«, sagte die Stimme aus dem Gerät.

»*Stékeste*«, wiederholte der Sanitäter und drückte den Knopf.

Bekims Körper zuckte kurz, blieb hinterher aber wieder reglos liegen.

»Schock eins gegeben«, sagte die Stimme. »Patient kann jetzt wieder berührt werden. Beginnen Sie jetzt mit der Herz-Lungen-Wiederbelebung.«

Der Grieche übersetzte für einige der anderen an Bekims Seite, dann fing er mit der Herzdruckmassage an, und Gareth beatmete Bekim wieder Mund-zu-Mund. Dreißig Mal pumpen, zwei Mal beatmen, wie aus dem Lehrbuch. Die Männer waren schweißnass, nicht nur wegen der Hitze, sondern vor allem wegen der puren körperlichen Anstrengung bei dem Versuch, einen Mann von den Toten zurückzuholen. Und das auch noch vor über dreißigtausend Zuschauern.

»Setzen Sie die Wiederbelebung für eine Minute und dreißig Sekunden fort«, sagte das Gerät.

»Um Gottes willen«, sagte Simon, der jetzt neben mir auf dem Spielfeld stand. »Hat er einen Herzinfarkt gehabt, oder was?«

»Schlimmer, glaube ich. Anscheinend schlägt sein Herz gar nicht mehr, und sie versuchen, es wieder in Gang zu bringen.«

»Das kann doch nicht sein«, sagte Simon. »Doch nicht Bekim. Der ist doch erst neunundzwanzig und fit wie ein Turnschuh.«

»Gerade sieht es nicht so aus, als ob er die dreißig je erreichen würde«, erwiderte ich.

»Herz-Lungen-Wiederbelebung jetzt einstellen. Den Patienten nicht berühren. Herzrhythmus wird analysiert. Den Patienten nicht berühren. Schock wird empfohlen. Abstand halten.«

»*Stékeste*«, sagte der griechische Sanitäter erneut.

»Den blinkenden Schock-Knopf drücken.«

Wieder zuckte Bekims Körper krampfartig und blieb danach still liegen. Andere liefen mit einer Trage aufs Spielfeld, um Bekim abzutransportieren, sobald es ging. So langsam wirkte das alles sinnlos.

»Er muss ins Krankenhaus«, sagte Simon. »Hat überhaupt schon einer einen Krankenwagen gerufen, verdammte Scheiße?«

»Die wissen schon, was sie machen«, erwiderte ich. »Wenn sie mit dem Defibrillator aufhören, hilft ihm ein Krankenhaus auch nicht mehr.«

»Stimmt, und würde ja sowieso nichts bringen, wo die Scheißärzte doch streiken!«, sagte Simon.

Mittlerweile hatte es sich bis zu der kleinen Abordnung englischer Fans im Stadium herumgesprochen, dass es schlecht um Bekim stand. Sie fingen an, seinen Namen zu rufen.

»BEKIM DEVELI! BEKIM DEVELI!«

»BEKIM DEVELI! BEKIM DEVELI!«

Zu meiner Überraschung stimmten auch die griechischen Fans ein, und eine knappe Minute lang war die ganze Menge im Bemühen vereint, den gestürzten Russen bei seiner Wiederbelebung zu unterstützen.

»BEKIM DEVELI! BEKIM DEVELI!«

Ich schluckte und zitterte trotz der Hitze. Ich musste mich zusammenreißen, auch wenn ich kaum klar denken konnte. Was wird aus seinem kleinen Sohn?, fragte ich mich immer wieder. Was, wenn er es nicht packt. Wer kümmert sich dann um Peter? Was wird aus Alex? Fußball ist die Hölle! Die absolute Hölle!

KAPITEL 17

Sechs Mann hoben Bekim auf die Trage und liefen mit ihm vom Feld. Ich folgte Gareth zum Eingang des Spielertunnels. Es war immer noch heiß wie im Backofen, aber innerlich fühlte sich alles kalt und leer an. Die Fans applaudierten für den Mann, der um sein Leben kämpfte.

»Lebt er?«, fragte ich Gareth.

»Gerade noch so, Boss. Sein Herz spielt immer noch verrückt. Vielleicht können sie im Krankenhaus etwas machen. Am besten wäre wohl eine ordentliche Adrenalinspritze. Oder ihn aufschneiden und das Herz massieren. Aber hier draußen haben wir getan, was wir konnten.«

»Was ist denn überhaupt passiert? Was hat das ausgelöst?«

»Ich bin kein Arzt, Boss. Aber hast du schon mal von SADS gehört? *Sudden Adult Death Syndrome.* So nennen die Ärzte das, wenn sie keine Ahnung haben, warum einer plötzlich tot umgefallen ist. Und das passiert dauernd.«

»Aber doch nicht mit neunundzwanzig«, sagte ich. Doch Gareth hörte mich nicht. Die Trage wurde kurz angehalten, und die Sanitäter versuchten es erneut mit einer Herz-Lungen-Wiederbelebung.

»Geh mit«, bat ich Simon. »Geh mit ins Krankenhaus und halt mich auf dem Laufenden.«

»Alles klar, Boss.«

Als ich mich umdrehte, stand Gary vor mir. Er war blass und wirkte abgekämpft.

»Trink mal was«, sagte ich fast automatisch. »Du siehst ganz dehydriert aus.«

»Ist er tot?«

»Keine Ahnung. Nein, ich glaube nicht. Aber es sieht nicht gut aus.«

»Wir können heute nicht weiterspielen«, sagte er. »Nicht so. Die Jungs müssen erst wissen, dass es Bekim gut geht.«

»Da hast du vollkommen recht.«

»Mann, da macht man sich doch Gedanken, was wirklich zählt, oder?«

Ich ging zur Torlinie, wo Merlini sich mit einem UEFA-Offiziellen und mehreren Leuten von Olympiakos beriet. Merlini hatte die Hände gefaltet, als hätte auch er gebetet; er kaute sich am Daumennagel herum und überlegte wohl, was zu tun war. Hristos Trikoupis, der Trainer von Olympiakos, legte mir eine Hand auf die Schulter.

»Wie geht's deinem Mann?«

Ich schüttelte den Kopf. »Ich weiß es nicht.«

»Sie bringen ihn ins Metropolitan Hospital«, sagte er. »Das sind zwei Minuten zu Fuß von hier. Das ist ein sehr gutes Privatkrankenhaus, kein öffentliches. Mach dir keine Sorgen. Da schicken wir auch unsere eigenen Spieler hin. Ich verspreche dir, dass er da die beste Behandlung überhaupt bekommt.«

Ich nickte stumm, denn ich war ziemlich überrascht, wie freundlich Hristos auf einmal war; vor dem Spiel hatte er in den griechischen Zeitungen alle möglichen Frechheiten über mich vom Stapel gelassen; er hatte sogar meinen Knastaufenthalt erwähnt und gewitzelt, den hätte ich mir schon allein deshalb verdient, weil ich ein »sehr brutaler Spieler« gewesen sei. Wahrscheinlich nichts als Psychospielchen, aber wehgetan hatte es trotzdem. So etwas erwartet man nicht von einem ehemaligen Mannschaftskameraden. Beim Händeschütteln vor dem Spiel hätte ich ihm am liebsten den Arm gebrochen.

»Ich glaube nicht, dass meine Jungs heute Abend weiterspielen können«, sagte ich schließlich.

»Das sehe ich auch so«, erwiderte Trikoupis.

Merlini zeigte auf den Tunnel. »Gehen wir lieber rein. Ich möchte die Entscheidung nicht vor den Kameras und all den Leuten treffen.«

Er pfiff und winkte die Spieler vom Feld.

Ich hob meine Jacke auf, und wir gingen in den Schiedsrichterraum; Merlini, der UEFA-Funktionär, Hristos Trikoupis, die beiden Spielführer und ich.

Wir saßen fast eine ganze Minute schweigend da, bevor Trikoupis eine Schachtel Zigaretten rumgehen ließ. Jeder nahm eine, sogar ich. Nichts hilft einem die Fassung zu bewahren wie eine Zigarette. Wenn man den Rauch auf Lunge zieht, ist es, als würde man etwas zurück in sein Inneres holen, was sich sonst verflüchtigt hätte.

Gary rauchte wie ein hartgesottener Soldat in einem Schützengraben an der Somme. »Ich dachte immer, die hier würden mich irgendwann umbringen«, sagte er. »Seit heute Abend bin ich mir da nicht mehr so sicher.«

Trikoupis reichte mir ein Glas Wasser, wie ich dachte. Erst als ich es runtergekippt hatte, merkte ich, dass es Ouzo war.

»Nein«, sagte ich entschlossen. »Wir können heute auf keinen Fall weiterspielen.«

»Ganz meine Meinung«, erwiderte Trikoupis.

»Richtig«, stimmte Merlini zu. Er wirkte erleichtert, dass wir ihm die Entscheidung abgenommen hatten. »Die Frage lautet, wann das Spiel fortgesetzt wird.«

Der UEFA-Funktionär, ein Belgier namens Bruno Verhofstadt,

der aussah wie Don Draper mit Van Goghs Bart, nickte. »Schön, dann sind wir uns ja alle einig. Und wir hoffen sicher auch alle auf eine baldige Genesung Mr. Develis. Ich bin natürlich kein Arzt, aber ich muss hier eine harte, unangenehme Wahrheit aussprechen, die Mr. Manson und Mr. Ferguson mir hoffentlich vergeben werden: Was auch immer passiert, Bekim Develi wird in der näheren Zukunft sicher nicht mehr für London City spielen. Das kommt nach einem Herzinfarkt nicht infrage.«

Ich nickte. »Das ist richtig, Mr. Verhofstadt.«

»Danke. Bitte vergeben Sie mir ebenfalls, wenn ich diese Gelegenheit dazu nutze, über das weitere Vorgehen zu beraten. Aus Sicht der UEFA, meine ich.«

»Das heißt?«, fragte ich.

»Ich verstehe voll und ganz, wenn Sie jetzt nicht darüber reden wollen, Mr. Manson. Ich möchte Sie in dieser wichtigen Angelegenheit wirklich nicht unter Druck setzen.«

»Nein, nein. Sie haben recht, wir müssen darüber reden.«

»Nun gut, da wir uns also einig sind, dass Mr. Develi in dieser Begegnung höchstwahrscheinlich nicht mehr spielen wird …« Er schaute mich an, als erwartete er eine Bestätigung.

Ich nickte.

»Dann muss das Spiel nach UEFA-Regeln so bald wie möglich abgeschlossen werden. Die UEFA-Regeln verbieten außerdem, dass in Europa nationale Ligaspiele am gleichen Abend stattfinden wie Spiele der Champions League oder der Europa League. Morgen ist auch ein Champions-League-Abend. Es finden nirgendwo Ligaspiele statt. Termintechnisch erscheint es sinnvoll, diese Begegnung bei der ersten Gelegenheit zu Ende zu spielen, die beiden Vereinen passt.«

»Also morgen«, sagte ich.

»Morgen, in der Tat, Mr. Manson.« Er seufzte. »Komme, was wolle.«

Ich wusste genau, was er damit meinte. Wir würden auch spielen müssen, wenn Bekim starb. Diese Möglichkeit wollte ich auf gar keinen Fall offen aussprechen, obwohl ich natürlich wusste, dass sie sogar recht wahrscheinlich war.

»Komme, was wolle. Auch das ergibt Sinn. Uns waren auch heute nicht allzu viele Fans nachgereist. Die meisten waren wahrscheinlich sowieso gerade hier im Urlaub.« Ich nickte. »Jetzt sind wir alle in Griechenland. Wenn wir morgen nicht spielen, wann dann? Samstag spielen wir gegen Chelsea und nächste Woche steht schon das Rückspiel an.« Ich sah Gary Ferguson an. »Entweder spielen wir morgen oder wir ziehen uns aus der Champions League zurück. Was meinst du, Gary?«

»Zurückziehen kommt nicht infrage«, erwiderte er entschlossen. »Nein, Boss, wenn wir spielen müssen, müssen wir eben spielen. Ich kann mir nicht vorstellen, dass Bekim jemals gewollt hätte, dass wir das Handtuch werfen – schon gar nicht seinetwegen. Und auf keinen Fall, wenn wir ein Tor vorneliegen.« Er zog übermenschlich kräftig an seiner Zigarette und gestikulierte dann damit. »Ich muss gerade an einen alten Charlton-Heston-Film denken – Bekim Develi ist doch quasi unser *El Cid*. Tot oder lebendig, er will doch, dass wir morgen antreten, oder?« Er zuckte mit den Schultern. »Und mir ginge es genauso. Ich lebe und sterbe mit meinem Verein, okay?«

Verhofstadt schaute Trikoupis an.

»Ja«, sagte der. »Das sehe ich auch so. Auch wir können morgen antreten.«

»Vielen Dank, meine Herren, dass Sie mir in dieser allzu schwierigen, tragischen Situation so entgegenkommen.«

Ich gab erst Hristos Trikoupis und dann Mr. Verhofstadt die Hand.

»Dann wäre das geregelt«, sagte der UEFA-Funktionär. »Die Fortsetzung des Spiels wird auf morgen festgesetzt.«

Als Gary und ich den Raum verließen, nahm Trikoupis mich beiseite.

»Das wollte ich vor dem UEFA-Typen nicht sagen«, fing er an und klang gar nicht mehr so freundlich wie vorher, »aber du bist ja ein großer Junge, Scott. Hast du irgendeine Ahnung, worauf du dich da einlässt? Meinst du, heute war es da draußen hart? Das war gar nichts gegen das, was dich morgen erwartet! Glaub ja nicht, dass wir euch mit Samthandschuhen anfassen, bloß weil bei euch einer 'nen Herzinfarkt hatte! Der Junge hatte hier sowieso nicht viele Freunde, nach allem, was er bei der Pressekonferenz über unser Land gesagt hat.«

»Wie gesagt: Meiner Meinung nach haben wir keine Wahl – wir müssen spielen.«

»Na meinetwegen. Aber verlass dich drauf: Morgen Abend ficken wir euch in den Arsch. Wir schlachten euch ab. Und dann binden wir eure Leichen an unsere Streitwagen und schleifen sie um die Stadionmauern. Du meinst, jetzt geht es dir schlecht? Morgen wird alles tausendmal schlimmer. Also hör auf meinen Rat: Geht nach Hause, solange ihr noch könnt.«

Ich war wegen Bekim immer noch wie benommen, sonst hätte ich Hristos gesagt, dass er sich ins Knie ficken soll, erst recht nach den Sachen, die er in den Zeitungen über mich gesagt hatte. Aber es war auch so schon alles schlimm genug, ohne dass ich unter den Augen der Polizei einen Streit mit einem anderen Trainer vom Zaun brach. Also wandte ich mich wortlos ab und ging zur Umkleide, wo ich meinen Spielern erklärte, was beschlossen worden war.

Bald darauf kehrte Simon Page mit der Nachricht zurück, die manche von uns erwartet und alle befürchtet hatten: Bekim Develi war tot.

Ich brauchte eine Weile, bis ich reagieren konnte.

Schließlich sagte ich: »Überlassen wir es den Medien, den

Mann zu idealisieren und ihn im Tod größer zu machen, als er es im Leben war. Das hätte Bekim nicht von uns gewollt. Das weiß ich, denn nach der katastrophalen Pressekonferenz gestern Abend habe ich ihn gefragt, warum er das alles gesagt hatte. Seine Antwort lautete: ›Die Wahrheit ist die Wahrheit. Ich spreche sie aus, wie ich sie sehe. Ich kann nicht anders.‹ Diejenigen unter uns, die Bekim Develi liebten, wie er wirklich war, sollten es dabei belassen: Wir behalten ihn in Erinnerung als einen, der immer sein Bestes gab und niemals kapitulierte, als einen, der immer an Fair Play für alle glaubte, aber vor allem als einen großartigen Sportler. Wenn ein Teamkamerad so stirbt, dann – keine Ahnung –, dann kann es nicht schlimmer kommen. Aber morgen haben wir als Mannschaft die Gelegenheit, ihm zu zeigen, was uns seine Freundschaft bedeutet hat.«

Ich stand auf. »Dann los, Jungs. Geht duschen und dann ab in den Bus.«

KAPITEL 18

Eigentlich hatte ich Bekim Develi nie als Spieler gewollt. Es war Viktors Idee gewesen, ihn Dynamo Sankt Petersburg abzukaufen. Aber Bekim hatte uns alle bald mit seiner Disziplin und seiner absoluten Hingabe für den Verein beeindruckt, ganz zu schweigen von seinem großen technischen Können. Und vor allem hatte er uns Glück gebracht – er hatte Tore geschossen, mehr als ein Dutzend in weniger als vier Monaten; wichtige Tore, die uns am Saisonende zum Tabellenvierten hinter Chelsea, Manchester City und Arsenal machten; müsste ich einen einzigen Spieler nennen, dem wir den Einzug in die Champions-League-Playoffs verdankten, dann wäre das Bekim Develi. Klar hätte ich mir manchmal gewünscht, dass er im richtigen Moment die Klappe gehalten hätte, aber so war der Rote Teufel eben: Die Provokation lag ihm im Blut. Sie war genauso ein Teil von ihm wie der rote Bart in seinem Gesicht.

Ich fragte mich, wer seiner Freundin Alex in London die schlimme Nachricht überbringen würde, Vik oder ich. Vik hatte schon ein paar Mal mit ihr gesprochen und ihr versichert, dass alles Menschenmögliche für Bekim getan wurde. Vik kannte die beiden schon länger als ich, und zu meiner Erleichterung bot er an, Alex selbst anzurufen. Eins muss ich unserem ukrainischen Eigentümer lassen: Er drückt sich nicht vor schwierigen Aufgaben.

»Sie ist Russin, sie sollte die schlechte Nachricht in ihrer Muttersprache hören. So etwas ist in der Übersetzung noch viel schlimmer.« Vik schüttelte den Kopf. »Ich gehe dann mal. Bedien dich gerne an der Bar, fühl dich ganz wie zu Hause. Das könnte eine Weile dauern.«

Er verließ das Zimmer und kam erst nach einer knappen Dreiviertelstunde zurück.

Wir waren auf seiner Yacht, der *Lady Ruslana*. Kurz nach meiner Rückkehr vom Stadion hatte mich Viks Hubschrauber vom Landeplatz vor dem Hotel abgeholt. Er hatte mir ein Abendessen an Bord angeboten, aber ich hatte abgelehnt. Ich hatte keinen Hunger, was man von den anderen Gästen an Bord nicht gerade behaupten konnte – Phil Hobday, Kojo Ironsi, der mit einem afrikanischen Fliegenwedel nach Mücken schlug, Cooper Lybrand in einem perfekten weißen Leinenanzug, mit dem er aussah wie Jay Gatsby, zwei griechische Geschäftsmänner, die wohl ihre Rasierer verloren hatten, und eine Handvoll hübscher Mädchen schlugen sich alle bei einem Abendessen den Bauch voll, das sich auch auf dem Tisch eines unbedeutenderen römischen Kaisers nicht schlecht gemacht hätte. Selbst so kurz nach dem Tod eines Menschen, der ihm sicher viel bedeutet hatte, ließ Vik es sich gutgehen; vielleicht ist das der einzige richtige Ansatz: nicht für die Vergangenheit oder die Zukunft leben, sondern immer für den Augenblick. *Tempus fugit* und so weiter.

Die *Red-Ensign*-Flagge der Yacht war auf halbmast gesetzt, eine schöne Geste, aber Kojos schallend lautes Lachen passte genauso wenig dazu wie das Feuerwerk und die Lightshow einer anderen Yacht – größer und opulenter als der Vatikan –, die gut hundert Meter von uns entfernt ankerte.

»Das ist die *Monsieur Crésus*«, sagte Vik, als er zurückkehrte, »die gehört Gustave Haak, dem Investor und Arbitrageur«, als wäre das Erklärung genug für diesen hochgestreckten Mittelfinger für die abgebrannten Griechen, die sicher vom Ufer aus erstaunt zuschauten. »Er hat heute Geburtstag. Da feiert er gern. Ich ignoriere meine Geburtstage lieber. Ich habe schon viel zu viele hinter mir, und der nächste kommt immer viel zu schnell.«

»Wie hat sie reagiert?«, fragte ich. »Alex?«

Vik seufzte. »Blöde Frage.«

»Stimmt.«

»Ich habe zum Glück ein gewisses Talent für das Überbringen schlechter Nachrichten. Aber als ukrainischer Jude kann ich auf generationenlange Erfahrung aufbauen.«

»Ich wusste gar nicht, dass du Jude bist, Viktor.«

»Bekim war auch einer. Wusstest du das auch nicht?«

»Nein. Warum eigentlich nicht?«

»Juden im Fußball. Das hängt man eben nicht so an die große Glocke, wir sind ja nicht irgendwelche bescheuerten Ultraorthodoxen mit Kolpik auf dem Kopf. Das ist wie mit den Schwulen: Am besten hält man das vor der britischen Sportöffentlichkeit mit ihrem ach so toleranten Fair-Play-Anspruch zurück.«

»Das kannst du laut sagen.«

Er verzog das Gesicht. »Ich mache mir Sorgen um Alex. Bekim meinte, sie leide an Postpartaler Depression. Das kommt schon mal vor. Aber als ich sie kennenlernte, war sie kokainsüchtig. In solchen Situationen greifen manche Leute – schwächere Persönlichkeiten wie sie – schon mal zur falschen Hilfe. Ich habe gesagt, sie soll alle Vorbereitungen für Bekims Beerdigung mir überlassen, aber vielleicht wäre das gar nicht so verkehrt für sie gewesen; in einer solchen Situation ist es wichtig, dass man etwas zu tun hat. Bekim wollte in der Türkei beerdigt werden, wo er auch geboren wurde. In Izmir.« Er zeigte auf eins der Fenster. »Das ist gleich da drüben auf der anderen Seite der Ägäis. Also liegt es doch nahe, dass ich das übernehme, nicht wahr?«

»Sicher. Ich bin froh, dass du das regelst. Ich könnte mich nicht am selben Tag mit der Champions League und den örtlichen Bestattern rumschlagen.«

»Ach, Scott.« Vik lächelte und strich sich über den Bart. »Jetzt wirst du aber ein bisschen melodramatisch. Natürlich bist du ein absoluter Profi auf deinem Gebiet, aber das ist doch nichts gegen alles, worum ich mich kümmern muss.«

»Ja?«

»Ja. Du bist doch ein intelligenter Mann, aber manchmal frage ich mich, ob du dir auch nur ansatzweise vorstellen kannst, wie es ist, wenn man einen Zwölf-Milliarden-Pfund-Konzern führt. Die Verantwortung. Der Aufwand. Die unzähligen Dinge, die meiner Aufmerksamkeit bedürfen. Für mich arbeiten dreißigtausend Leute. Du musst doch nur elf erwachsene Männer dazu bringen, Fußball zu spielen.«

Ich nickte stumm. Traurig war ich schon gewesen, jetzt kam ich mir auch noch unwichtig vor.

An Bord der *Lady Ruslana* war Vik in einer Weise der Herrscher, wie er es an Land nie war; er musste nur nicken, schon wurden seine Wünsche erfüllt. Die Crewmitglieder trugen orangefarbene Poloshirts und Shorts und waren so jung, dass sie aussahen wie der Sportkurs einer australischen Highschool. Aus Australien kamen die meisten von ihnen. Ein, zwei Mal glaubte ich, er hätte mir zugenickt, dabei hatte er sich nur einen Drink oder etwas zu essen bestellt, Alex Blumen schicken oder den Tender rufen lassen, der mich zurück zum Hotel bringen sollte.

»Ich hatte vergessen, dass Hubschrauber dich beunruhigen, Scott«, erklärte er.

»Habe ich das je erwähnt?«

Er zuckte mit den Schultern. »Manchmal ist man eloquent wie Hamlet, ohne ein einziges Wort zu sagen«, erwiderte er. »Manchmal spricht der Körper für einen. Ich glaube, du hast heute schon genug Stress gehabt, mein Freund. Mir geht es genauso. Also dann. Setz dich ins Boot. Lass dich zum Hotel fahren. Iss etwas. Versuch zu schlafen. Und wie gesagt, überlass alles außer dem Spiel morgen mir. Und vergib mir bitte. Es tut mir leid, dass ich dich eben so runtergemacht habe, das hätte wirklich nicht sein müssen. Ich bitte um Entschuldigung.«

Diese bescheidene Demonstration seiner Allwissenheit war rührend.

Dann drückte er mich herzlich.

In der Hotellobby wartete die Polizei auf mich; mir wurde erklärt, dass eine Autopsie vorgenommen werden müsse und dass Bekim Develis Sachen aus juristischen Gründen nicht aus seinem Hotelbungalow entfernt werden dürften, der bis auf Weiteres versiegelt sei.

»Anordnung der Gerichtsmedizin«, sagten die Polizisten. »Wenn ein Neunundzwanzigjähriger plötzlich tot umfällt, dann müssen gewisse Regeln befolgt werden.«

»Verstehe.«

Anscheinend mussten Viks Beerdigungspläne für Bekim in seiner Geburtsstadt Izmir erst mal auf Eis gelegt werden.

KAPITEL 19

Wir setzten das Spiel des Vorabends mit dreiundachtzig verbleibenden Minuten fort. Es ging gut los. Wie hätte es auch anders sein können? Wir führten ja schon mit einem Tor. Sogar mit einem Auswärtstor, besser geht es in der orwellschen Welt der UEFA gar nicht, in der manche Tore gleicher sind als andere. Unsere Spieler wollten unbedingt gewinnen – für Bekim. Die Sportseite jeder englischen Zeitung feuerte uns an, und mit Ausnahme der Kassandra-Stimme des weisen Henry Winter vom *Daily Telegraph* sagten alle einen eindeutigen Sieg für London City voraus.

Dummerweise hatte niemand Olympiakos das Skript gezeigt, nach dem diese Rachetragödie ablaufen sollte.

Unsere Spieler traten aufs Feld, und fast unmittelbar danach brach unser Abend auseinander wie die aus dem Parthenon gerissenen Skulpturen der Elgin Marbles, die im British Museum ausgestellt werden. Es war, als wäre unser Untergang mit dem Verlust unseres Hektors besiegelt worden. Wir waren unsicher in der Verteidigung, ratlos im Mittelfeld und kraftlos im Sturm. Schuermans und Hemingway wurden beide von dem zweiunddreißigjährigen Argentinier Alejandro Domínguez schwindlig gespielt, der damit bewies, dass seine Mannschaft den gerade für 12,5 Millionen Pfund an Fulham verkauften Mittelstürmer Kostas Mitroglou gar nicht brauchte, um Tore zu schießen. Domínguez glich eine Viertelstunde vor Abpfiff der ersten Halbzeit aus, nachdem ihm Olympiakos' Kapitän, der Mittelfeldspieler Giannis Maniatis, einen fantastischen Pass zugespielt hatte, der Jesus' Gleichnis vom Kamel und vom Nadelöhr Lügen strafte – denn er schaffte es locker. Die eine Frage war, warum unsere Mittelfeldspieler die Lücke nicht schlossen, die andere, warum unsere lahmen Verteidiger Domínguez den Raum ließen, einen Schuss abzufeuern, den Kenny Traynor mit Leichtigkeit hätte halten müssen. Doch unser Keeper sah nichts, wurde auf dem falschen Fuß erwischt und hechtete in die eine Ecke, während Domínguez das Leder in die andere schob. Der Ball rollte fast trickfilmhaft langsam über die Linie – Jerry, die Maus, hätte ihn wohl halten können. Traynor prügelte auf den Boden ein und brüllte übers Feld, als wollte er die Götter der Unterwelt für das Tor verantwortlich machen.

Die Legende zündete hinter Traynors Tor mehrere rote Bengalos, die die höllische Darbietung des Schotten angemessen untermalten und die Stadionluft nach Schwefel stinken ließen.

»Scheiße, Mann!«, rief Simon. »Ich hab ja schon 'ne Menge dämliche Verteidiger gesehen, aber die beiden Flachpfeifen schießen den Vogel ab. Wie die auf Domínguez zugerannt sind, hätte man meinen können, die wollen ihn in die Zange nehmen wie beim Rugby. Willst du sie anbrüllen, oder soll ich? Ich könnt kotzen, so sauer bin ich, Boss!«

»Tu dir keinen Zwang an.«

Simon spuckte sein extrastarkes Minzbonbon aus wie einen losen Zahn, marschierte an den Rand der Coachingzone, gestikulierte wie wild in Richtung unserer Abwehrreihe und ließ eine Schimpftirade los, dass ich ganz froh über den Lärm der griechischen Fans war. Ich hörte nur »dumme Wichser«, und wenn man ganz ehrlich war, ist damit doch schon alles gesagt. Ich war mir nicht sicher, ob die FIFA diesen Einsatz Simons bei der Regeländerung zur Einführung der Coachingzone 1993 als »Element des Sports« vorhergesehen hatte, aber ich bezweifelte, dass so etwas wirklich die »Qualität des Spiels« steigerte. Natürlich habe ich mir selbst auch schon manchmal ähnliche Ausfälligkeiten zuschulden kommen lassen; ein paarmal wurde ich sogar auf die Tribüne geschickt – für »aggressives Coaching«, wie es der Schiedsrichterbund nannte.

Mittlerweile war unser gesamter Torraum im roten Rauch der griechischen Bengalos verschwunden, was unserem Keeper etwas Privatsphäre bot. Der Schiedsrichter wartete klugerweise eine ganze Minute, bevor er das Spiel wieder anpfiff.

»Simon«, rief ich, »komm wieder zurück, sonst kriegst du noch 'nen Herzkasper!«

Er hörte mich nicht. Mit hochrotem Kopf brüllte und gestikulierte der große Mann aus Yorkshire weiter herum wie ein wahnsinniger Dirigent vor einem Orchester aus tauben Musikern, als mir plötzlich klar wurde, dass das mit dem Herzinfarkt gar nicht so unwahrscheinlich war. Bekim war schließlich auch so etwas passiert. Als das Spiel wieder lief, stand ich also von der Bank auf und holte Simon zurück. Aus dem Augenwinkel sah ich, dass Hristos Trikoupis sich beim Vierten Offiziellen beschwerte, ich hätte seine Coachingzone betreten, was natürlich nicht stimmte, aber in dem Moment hatte ich wichtigere Sorgen.

»Lass gut sein, Simon«, sagte ich. »Die können dich doch gar nicht sehen bei dem ganzen Rauch.«

Er wollte mir gerade zur Bank zurück folgen, als ein hoher Ball auf unsere Seite gespielt wurde und direkt vor unserer Nase Daryl Hemingway und Diamantopoulou sich ein Luftduell darum lieferten. Der Grieche stützte sich wie ein Turner auf unserem Mann auf, aber keiner der beiden erreichte den Ball. In dem Gerangel fiel der Grieche plötzlich zu Boden und hielt sich das Gesicht, als hätte Daryl ihn niedergestreckt. Für mich und Simon – und garantiert auch für den Linienrichter direkt neben uns – war es ganz eindeutig, dass Daryls ausholender Arm höchstens Diamantopoulous mädchenhaften Haarknoten gestreift hatte. Aber als der Grieche sich auf dem Boden wälzte, als hätte ihm jemand einen glühenden Schürhaken ins Auge gerammt, sahen wir zu unserem Entsetzen, wie der Schiedsrichterassistent die Fahne hob und Merlini auf Daryl zustapfte und schon nach der Karte in seiner Brusttasche griff.

Gelb wäre schon schlimm genug gewesen, aber Rot war ein Skandal. Daryl Hemingway konnte es gar nicht fassen. Und Simon und ich genauso wenig. Ich weiß nicht, wie wir es in dem Moment schafften, uns einen Kommentar zu verkneifen. Ich legte Daryl die Hand auf die Schulter und ging mit ihm zur Bank, nachdem ich unsere Aufstellung von 4-3-3 zu 4-4-1 geändert hatte. Wenn wir den Riegel vorschoben, konnten wir vielleicht das Unentschieden halten und darauf zu Hause in London aufbauen.

»Ich hab ihn echt nicht berührt, ehrlich, Boss.«

»Ich hab alles gesehen, Daryl. Du kannst nichts dafür. Einer von den Dreckskerlen ist gekauft worden, eine andere Möglichkeit gibt es nicht.«

Als ich mich wieder dem Spielfeld zuwandte, stand Diamantopoulou ohne jeden Kratzer im Gesicht auf, woraufhin Simon, der immer noch am Rand der Coachingzone stand, schnaufte: »Du verlogene Drecksau! Der hat dich nicht angerührt. Unsportlicher geht's wohl nicht mehr! Du bist nichts als ein Mädchen, Kleiner. Nichts als ein verdammtes Mädchen!«

Diamantopoulou war ein Schrank mit mehr Tattoos als ein schottisches Regiment, und man sah, wie sich ihm bei Simons Beschimpfungen die Nackenhaare aufstellten.

»Du nennst mich ein Mädchen?«

»Tja, ein Mann bist du auf jeden Fall nicht!«

»Fick dich.«

»Nein, aber ich fick dich, wenn du willst, Süße. Sonst bist du doch zu nichts gut, du griechischer *malakas.*«

»Dir bring ich Manieren bei, du Fettsack«, brüllte Diamantopoulou und stapfte auf Simon zu, wurde aber von zwei anderen Olympiakos-Spielern und vom Vierten Offiziellen abgefangen, der sich vor den Griechen stellte.

»Versuch's ruhig, *malakas*, ich warte!«

Wie zu erwarten war, wurde Simon in die Umkleide geschickt. Unter anderen Umständen hätte er wahrscheinlich von der Tribüne zuschauen dürfen, aber die Offiziellen glaubten wohl nicht, dass Simon dort sicher gewesen wäre, was natürlich Sinn ergab. Da oben wäre er Freiwild gewesen.

Mit nur noch zehn Mann fiel es uns schwer, die Griechen unter Kontrolle zu behalten, vor allem Pérez auf der linken Seite. Aber wir schlugen uns tapfer: Gary Ferguson rettete uns ein ums andere Mal, und Kenny Traynor zeigte drei absolute Glanzparaden, aber in unserem doppelt demoralisierten Zustand konnten wir das auf Dauer nicht durchhalten.

Kurz nach Anfang der zweiten Halbzeit spielte Pérez Jimmy Ribbans aus und schlenzte den Ball mit links ins Netz – 2:1. Zehn Minuten danach verlor Schuermans einen Zweikampf gegen Pérez, der dadurch mehr Platz vorfand, als er je gebraucht hätte, voll abzog und gleich noch mal verwandelte.

Unser Abend lag in Ruinen wie die Akropolis, als in der neunundsiebzigsten Minute für Machado Domínguez eingewechselt wurde, der nach tausend schnellen Pässen einnetzte, weil die anderen einfach mehr Füße auf dem Platz hatten als wir. Damit lautete der Endstand 4:1.

Ich ging Hristos Trikoupis die Hand schütteln und war ernsthaft schockiert, als er mich angrinste und vier Finger hochhielt. Unter normalen Umständen hätte ich ihm wohl deutlich die Meinung gesagt, aber diesmal wandte ich mich einfach ab und applaudierte meine Spieler vom Platz. Die brauchten gerade keinen Anschiss mehr.

»Los, Jungs, geht euch umziehen. Das Flugzeug wartet, je schneller wir aus diesem Irrenhaus rauskommen, desto besser.«

Ich freute mich ganz und gar nicht auf das Fernsehinterview direkt nach dem Spiel, zu dem ich mich bereit erklärt hatte. Ich würde den Reportern ganz bestimmt nicht auf die Nasen binden, was ich wirklich dachte: Der Abend hatte durch Verschlagenheit, Betrug und Chaos zur Niederlage geführt. Das konnte noch so wahr sein, gut ankommen würde es nicht. Stattdessen wollte ich heute den Italiener geben; italienische Trainer lassen sich nie etwas anmerken, dafür haben sie sogar ein Sprichwort. *Bisogna fare buon viso a cattivo gioco*: »Man muss gute Miene zum bösen Spiel machen.«

Es ist natürlich nicht allzu schwer, für die Fernsehfuzzis von ITV ein freundliches Gesicht aufzusetzen. Wenn im Spielertunnel aber die verdammten Bullen auf einen warten, ist das schon um einiges schwieriger.

KAPITEL 20

Zwei Polizisten in Uniform und ein dritter mit einem grauen Leinenanzug fingen mich vor unserer Umkleide ab. Der Mann in Zivil war groß, hatte helle Haare und ein kleines Bärtchen unter der Lippe, das aussah wie ein Rest Baklava. Ich hatte schon bessere Bärte auf Zahnbürsten wachsen sehen. Hätte der Mann mir nicht seinen Ausweis vor die Nase gehalten, hätte ich ihn wohl einfach ignoriert. Er hatte weiße Zähne, aber selbst aus einiger Entfernung war sein Atem nicht der frischeste.

»Sind Sie Scott Manson?«

»Ja.«

»Ich bin Chefinspektor Ioannis Varouxis von der Athener Polizei, Sonderabteilung Gewaltverbrechen.« Er steckte seinen Ausweis wieder ein und reichte mir eine Visitenkarte, auf der einen Seite Englisch, auf der anderen Griechisch. »Kann ich mit Ihnen reden, Sir? Unter vier Augen?«

Unter dem Arm hatte er ein iPad in einem Gummicover, das farblich zu seinem Anzug passte; außerdem roch ich ein recht angenehmes Aftershave. Sein Hemd war sauber und perfekt gebügelt, er sah gar nicht aus wie die griechischen Polizisten aus dem Fernsehen.

Ich runzelte die Stirn. »Jetzt?«

»Es ist wichtig, Sir.«

»Meinetwegen, wenn es sein muss.«

Er führte mich den Gang entlang zu dem Schiedsrichterraum, in dem wir auch am Abend zuvor nach Bekims Zusammenbruch gesessen hatten; mir rasten alle möglichen Erklärungen durch den Kopf, warum jemand von der Abteilung für Gewaltverbrechen mit mir sprechen wollte. Hatte Simon jemanden geschlagen? War er von einem Griechen angegriffen worden? Planten die Olympiakos-Fans einen Hinterhalt, wenn wir das Stadion verließen? Die beiden Uniformierten postierten sich draußen zu beiden Seiten der Tür. Einer von ihnen schloss sie hinter uns, sodass ich mit dem Chefinspektor allein war.

»Lassen Sie mich zunächst einmal mein tiefstes Mitgefühl wegen Bekim Develi aussprechen.«

Ich nickte stumm.

»Wenn jemand so jung stirbt, ist das immer schrecklich. Und dann auch noch in Griechenland, mitten in einem Fußballspiel. Eigentlich hatte ich heute schon früher mit Ihnen sprechen wollen, aber mein Vorgesetzter, der Generalleutnant der Polizei Stelios Zouranis, befürchtete, dass Sie das bei Ihren Vorbereitungen für das Spiel gestört hätte. Oder dass Sie das sogar als groben Versuch gewertet hätten, den Spielausgang zu beeinflussen.«

»Ich wüsste nicht, was uns heute Abend noch schlechter hätte machen können. Wir waren unter aller Sau.«

»Unter diesen Umständen war es kein Wunder, dass Sie verloren haben. Dazu muss ich sagen, dass ich Panathinaikos-Fan bin. Mir ist schon ganz schlecht, seit ich hier reingekommen bin. Ihr Spieler, Hemingway, hätte niemals Rot bekommen dürfen. Aber so ist das bei Spielen gegen Olympiakos. Die erschummeln sich ihren Sieg immer wieder.«

Ich schaute auf die Uhr. »Ich muss Sie bitten, zum Punkt zu kommen, Chefinspektor. Auf uns wartet ein Charterflugzeug nach London. Und wie es scheint, streiken die Fluglotsen ab Mitternacht. Wir möchten unseren Abflug wirklich nicht verpassen.«

»Ich weiß. Und auch das Folgende bedaure ich sehr, aber leider ist es keinem von Ihnen gestattet, Griechenland zu verlassen.«

»Was?«

»Zumindest heute Abend nicht mehr. Möglicherweise für einige Tage nicht.«

»Soll das ein Witz sein?«

»Nein. Sie dürfen das Land nicht verlassen, bevor wir unsere Ermittlungen abgeschlossen haben. Das Ministerium für Kultur und Sport hat mit dem Direktor Ihres Hotels telefoniert, und der hat großzügigerweise Ihren Aufenthalt verlängert, bis die ganze Angelegenheit erledigt ist.«

»Welche Angelegenheit? Was für Ermittlungen?«

»Ermittlungen zu einem Gewaltverbrechen, Mr. Manson. Zu einem Tötungsdelikt, um genau zu sein. Möglicherweise einem Mord.«

»Mord? Bei allem Respekt, Chefinspektor, was soll das denn heißen? Bekim Develi hatte einen Herzinfarkt. Vor dreißigtausend Leuten. Ich verstehe ja, dass eine Obduktion durchgeführt wird, das wäre auch in jedem anderen Land so. Aber polizeiliche Ermittlungen? Warum?«

»Unsere Ermittlungen betreffen nicht Bekim Develis Tod, Sir, allerdings wird auch in dieser Sache eine Untersuchung folgen – das ist so üblich.«

»Jetzt verstehe ich gar nichts mehr. Um wessen Tod geht es denn dann? Ist einem meiner Mitarbeiter etwas zugestoßen?«

»Nein, Sir. Nichts dergleichen. Heute Morgen wurde die Leiche einer jungen Frau im Wasser der Marina Zea in der Nähe von Piräus gefunden. Ein paar Jungs haben sie in drei Meter Tiefe mit einem Gewicht an den Füßen entdeckt. Die Tote hatte eine Zugangskarte für das Astir Palace – Ihr Hotel – in der Tasche ihres

Kleids. Als wir heute Nachmittag in Ihrem Hotel waren, erfuhren wir, dass die Karte an Mr. Develi ausgehändigt worden war. Wir haben auch die Überwachungsbänder des Hotels gesichtet und, nun ja … sehen Sie selbst.«

Varouxis öffnete sein iPad, tippte ein Video-Icon an und ließ einen grobkörnigen Clip abspielen.

»Hier kommt sie am Montagabend bei Mr. Develis Bungalow an. Der Zeitstempel zeigt dreiundzwanzig Uhr an, wie Sie sehen. Und Sie können sicher bestätigen, dass Mr. Develi selbst da an der Tür steht und sie begrüßt, ja?«

»Kann ich den Clip bitte noch mal sehen?«

»Sicher.«

Ich sah mir die Aufnahme mehrmals an, aber nicht um Bekim zu identifizieren – er war es ganz eindeutig. Vielmehr wollte ich wissen, ob dort Valentina zu Bekim in den Bungalow ging, das Callgirl, mit dem er mich bekannt gemacht hatte. Sie war es zum Glück nicht, denn sonst hätte ich dem Chefinspektor beichten müssen, dass ich mit der Toten geschlafen hatte. Die Frau im Video sah gut aus, und in Anbetracht von Bekims Vorliebe für nächtliche Begleiterinnen gegen Bezahlung brauchte es keinen Detektiv, um ihren Beruf zu erraten. Seine Hände waren schon bei der Begrüßung in ihrem Höschen verschwunden.

»Ja, das ist er«, sagte ich. »Ich hatte selbstverständlich ein Ausgeh- und Besuchsverbot für alle meine Spieler verhängt, das Bekim Develi anscheinend ignoriert hat. Das Mädchen kenne ich leider nicht.«

»Sie stimmen mir also zu, dass Bekim Develi möglicherweise einer der Letzten war, die das unglückliche Mädchen lebend gesehen haben. Sie wurde beim Betreten des Bungalows gefilmt, nicht aber beim Verlassen.«

Ich nickte. »Ja, das kann sein. Aber vielleicht ist sie ja später durch die Hintertür zur Terrasse raus.«

»Ja, möglicherweise. Würde er noch leben, würde ich dieses Gespräch mit ihm führen, nicht mit Ihnen. Wo haben Sie sie kennengelernt? Wann ist sie gegangen? Und so weiter.«

»Verstehe. Eine Frage noch: Betrifft dieses Ausreiseverbot auch Mr. Sokolnikow und die Gäste auf seiner Yacht?«

»Nein. Nur die von Ihnen, die im Hotel Astir Palace übernachtet haben, wo die Tote zum letzten Mal gesehen wurde.«

Ich nickte. »Trotzdem, eine ganze Mannschaft wegen des Verhaltens eines Einzigen festzuhalten – der darüber hinaus selbst tot ist –, das kommt mir doch ein bisschen übertrieben vor.«

»Das mag zunächst so wirken, ja. Aber wir haben beide schwierige Berufe, Mr. Manson. Ich muss ermittlungstechnische Fragen gegen juristische abwägen und dabei so unparteiisch wie möglich bleiben. Und Sie selbst sind wohl mit einer völlig unmöglichen Aufgabe betraut, Sir. Sie versuchen, das Verhalten junger Männer zu kontrollieren, deren Brieftasche so groß ist wie ihr Ego und ihre Libido. Vielleicht müssen Sie auch zugeben, dass Mr. Develi möglicherweise nicht der einzige Ihrer Spieler in dem Bungalow war, als das unglückliche Mädchen ankam. Vielleicht hat er nicht als Einziger das Besuchsverbot umgangen.«

»Hören Sie, Chefinspektor, wie ich schon sagte, ist da auf jeden Fall Bekim zu sehen. Aber sonst ist da doch keiner.«

»Nein, in der Aufnahme nicht. Wenn ich schon nicht mehr mit Mr. Develi sprechen kann, dann vielleicht wenigstens mit jemandem, der die arme junge Frau auch gesehen hat. Vielleicht hatten sie … in Griechenland nennen wir das ein *trio*.«

»Einen Dreier«, erwiderte ich.

»Exakt. Ich bin verheiratet, aber man liest doch von solchen Dingen. In Büchern und Zeitungen.«

»Gibt es dafür irgendwelche Hinweise?«

»Ja, doch, möglicherweise. Das DEE – unsere Forensikabteilung – war heute Nachmittag in Mr. Develis Bungalow. Sie fanden Indizien, dass dort vielleicht eine Art von Party stattgefunden haben könnte. Ich möchte hier nicht zu sehr ins Detail gehen, aber es wurden Spuren von Kokain gefunden, wobei wir bisher nicht sagen können, ob es von ihm oder von ihr stammt.«

»Bekim Develi hätte am Abend vor einem Spiel niemals Kokain genommen«, sagte ich entschlossen. »Da bin ich mir sicher. So ein Risiko wäre er niemals eingegangen.«

»Da haben Sie sicher recht, Sir. Sie haben Ihre Spieler wahrscheinlich schon oft vor den Risiken so eines Verhaltens gewarnt. Andererseits hatten Sie ihnen ja auch Damenbesuch am Abend vor dem Spiel ausdrücklich verboten. Und dieses Verbot hat Bekim Develi eindeutig missachtet, wie wir beide wissen. Ich würde nicht ohne guten Grund darauf bestehen, Sie hier in Griechenland festzuhalten; aber ich habe mindestens zwei gute Gründe dafür, also hoffe ich, dass Sie die Angelegenheit aus meiner Perspektive sehen können und bei den Ermittlungen kooperieren werden.«

»Natürlich verstehe ich Ihre Perspektive, aber wenn Sie es mal mit meiner versuchen würden: Die Freizügigkeit von EU-Bürgern ist als Grundprinzip im Vertrag festgelegt. Man könnte argumentieren, dass die gesamte Mannschaft wirtschaftlichen Schaden nimmt, wenn sie heute Abend an der Ausreise gehindert wird.«

Das war natürlich ein schwacher Versuch, aber sonst fiel mir einfach nichts Besseres ein. Irgendetwas musste ich ja sagen, und immerhin war der Grieche so höflich, nicht gleich laut loszulachen.

»Außerdem haben wir am Samstag ein wichtiges Spiel gegen Chelsea. Jeder Anwalt wird nachweisen können, dass es für uns ernsthafte Folgen hat, wenn wir da nicht antreten können. Wir werden uns auf jeden Fall mit dem britischen Botschafter in Verbindung setzen und ihn bitten, sobald wie möglich mit dem zuständigen Minister zu sprechen.«

»Ich glaube nicht, dass wir Schwierigkeiten haben werden, Ihre Ausreise zu verhindern, Mr. Manson. Der Minister für Öffentliche Ordnung und Bürgerschutz, Konstantinos Miaoulis, hat meinem Antrag bereits stattgegeben. Jeder EU-Bürger kann am Verlassen eines Landes gehindert werden, wenn er ein potentieller Verdächtiger ist. Das gilt auch für eine Fußballmannschaft. Und wenn ich Ihnen einen Tipp geben darf: Rechtliche Feinheiten, die mit der EU zu tun haben, sind derzeit vor griechischen Gerichten aus offensichtlichen Gründen nicht allzu beliebt.«

»Danke für den Hinweis. Dafür sind ohnehin unser Vereinsbesitzer und der Vorsitzende Mr. Hobday zuständig; ich gehe jedoch davon aus, dass wir örtliche Anwälte engagieren und den Botschafter um Unterstützung bitten werden.«

»Selbstverständlich. Dafür benötigen Sie sicher diese Nummer.« Varouxis schrieb sie auf einen Zettel. »Das ist die britische Botschaft an der Odos Ploutarchou. 210–7272–600.«

»Vielen Dank. Ich rufe ihn gleich nach unserem Gespräch an.«

»Mein Vorgesetzter hat Ihren Einspruch erwartet und vorgeschlagen, dass wir uns morgen in der GADA treffen. Das ist das Polizeihauptquartier an der Leoforos Alexandras in Athen. Sie können das Gebäude gar nicht verpassen, es ist gleich gegenüber vom Apostolos-Nikolaidis, dem Stadion von Panathinaikos. Sie, Ihr Vereinsbesitzer, Ihre Anwälte, der Botschafter – wer auch immer – können dem Minister, Generalleutnant Zouranis und natürlich mir alle Ihre Fragen stellen.«

»In Ordnung. Sagen wir drei Uhr morgen Nachmittag? Je schneller wir die ganze Angelegenheit regeln, desto eher können wir zurück nach England fliegen.«

»Drei Uhr?« Varouxis verzog das Gesicht. »Wir arbeiten normalerweise nur bis zwei. Sagen wir lieber zehn Uhr morgens.«

»Zehn Uhr. Alles klar.« Ich hielt inne. »Eine Frage habe ich noch. Sie sprechen immer von der Toten oder dem unglücklichen Mädchen. Hat sie denn keinen Namen?«

»Den haben wir noch nicht herausfinden können. Doch wenn man ihre Ankunftszeit sowie einige Indizien in Bekim Develis Bungalow beachtet, kann man wohl davon ausgehen, dass sie eine Prostituierte war. Sie haben sie nicht zufällig erkannt?« Wieder verzog er das Gesicht. »Ich bitte um Entschuldigung. Damit meinte ich, ob Sie sie vielleicht irgendwo im Hotel gesehen haben. Vielleicht in der Bar?«

»Leider nicht. Mein Bungalow ist direkt neben dem von Bekim. Wenn ich irgendetwas gehört hätte, hätte ich sofort für Ruhe gesorgt. Für so einen ernsten Verstoß gegen die Disziplin hätte ich ihm wohl einen Haufen Geld gestrichen.«

Er nickte. »Ich hätte da noch eine Frage an Sie.«

Ich zuckte mit den Schultern. »Schießen Sie los.«

Er zog ein Amulett an einem Lederband aus der Anzugtasche. Darauf war eine offene rechte Hand mit der Handfläche zum Betrachter abgebildet. Das Symbol erinnerte mich an etwas, das ich vor Kurzem gesehen hatte, aber ich kam nicht drauf, was es war.

»Das hatte er um den Hals hängen, als er ins Krankenhaus eingeliefert wurde. Die Ärzte haben es an die Gerichtsmedizin übergeben. Wussten Sie, dass er es trug?«

»Nein«, erwiderte ich. »Und wenn, dann hätte ich es ihm sofort abgenommen. Die FIFA verbietet jeden Schmuck während des Spiels. Für so was kann man eine Gelbe Karte kassieren.«

Er zwirbelte nachdenklich an seinem Baklava-Bärtchen herum, was wohl die alleinige Daseinsberechtigung für diese erbärmlichen Flusen war. »Vor dem Hintergrund, dass es verboten ist, Schmuck zu tragen – können Sie sich vorstellen, warum er es trotzdem getan hat?«

»Nein. Ist das ein griechisches Symbol?«

»Arabisch, glaube ich.«

»Was soll es denn sein?«

»Es soll vor dem Bösen Auge schützen. Die Christen nennen es die Hand der Maria, die Juden die Hand der Miriam. Aber die Araber nennen es *hamsa*: die Hand Gottes.«

KAPITEL 21

»Das nehmen wir nicht hin«, sagte Vik. »Wir spielen Samstag gegen Chelsea – wir müssen zurück nach London und ihn fertigmachen!«

Für Viktor Sokolnikow war nichts wichtiger als ein Sieg über Roman Abramowitsch. Vik hatte jedem unserer Spieler fünfzigtausend Pfund als Bonus versprochen, wenn wir gewannen. Wahrscheinlich messen sich alle russischen Milliardäre an dem Besitzer des FC Chelsea, aber viele von ihnen – darunter Boris Beresowski – zogen den Kürzeren.

Wir saßen in der Royal Suite des Hotel Grande Bretagne in Athen, wo Phil Hobday unser Vereinsbüro eingerichtet hatte, solange wir in Griechenland festsaßen; um acht Uhr morgens hatten wir uns dort mit den Anwälten von Vrachasi getroffen, einer der besten Kanzleien in Athen, mit denen Vik gegen die Festsetzung unserer Mannschaft vorgehen wollte.

»Ich will, dass heute noch ein Antrag vor Gericht gestellt wird«, forderte er. »Die Kosten sind mir egal.«

Dr. Olga Christodoulakis, die Seniorpartnerin bei Vrachasi, war eine üppige Brünette Mitte vierzig mit hübschem Gesicht und einem Auftreten so forsch wie ihre Handschrift. Sie trug eine hellgrüne Bluse, die ihren enormen Busen kaum bändigen konnte, und einen engen schwarzen Rock, der weniger wie ein Bleistift aussah als wie ein ausgewachsener Füller. Sie sprach ausgezeichnetes Englisch mit amerikanischem Akzent, aber ihr Taschenträger von einem Kollegen – ein jüngerer Mann, Nikos irgendwas – sprach noch flüssiger, und manchmal sagte sie etwas auf Griechisch und er lieferte schnell die Übersetzung.

»Das wird schwierig«, sagte sie. »Die griechischen Gerichte streiken. Wir müssten also in der ganzen Stadt nach einem Richter herumtelefonieren, der bereit ist, den Streik zu brechen, um uns anzuhören.«

Phil Hobday war schockiert. »Richter, die streiken? Das hab ich ja noch nie gehört!«

»Wenn der Staat einem sein Gehalt nicht zahlt, hat man keinen Grund, zur Arbeit zu kommen«, sagte sie. »Aber das ist noch nicht unser größtes Problem. Die Polizei will wohl den Bericht der Gerichtsmedizin abwarten, bevor beschlossen wird, wie es im Fall des toten Mädchens weitergeht. Allerdings streiken die Ärzte der Gerichtsmedizin gerade auch alle.«

»Oh Gott, das ist ja wieder alles wie in Russland«, rief Vik.

»Kann die Autopsie nicht von einem anderen Krankenhaus durchgeführt werden?«, schlug Phil vor. »Einem privaten wie dem Metropolitan Hospital in Piräus? Da haben sie doch auch Bekim hingebracht. Die streiken nicht.«

»Keine Chance«, erwiderte Dr. Christodoulakis. »Das Krankenhaus Laiko an der Agiou Thoma führt schon seit 1930 die Autopsien für die Polizei durch. Das ändert sich nicht wegen eines Streiks. Der Staat schuldet den Ärzten dort genauso Geld wie den Richtern. Wenn wir versuchen, das zu umgehen, handeln wir uns unberechenbaren Ärger ein. Und selbst wenn, würden wir wahrscheinlich keinen Pathologen finden, der sich dazu bereit erklären würde.«

»Da hat sie wohl leider recht. So sieht die traurige Gegenwart in Griechenland aus.« Toby Westerman von der britischen Botschaft Athen wirkte gequält, was aber möglicherweise sein Standardgesicht war. Seine dünnen braunen Haare waren nach vorne gekämmt, sodass er aussah wie ein frecher Schuljunge. Dieser Eindruck wurde noch vom Absolventenschlips einer Privatschule und einer fingerverschmierten Brille verstärkt.

»Das ist doch wie bei Kafka«, sagte Vik. »Da können die Jungs ja wochenlang hier festsitzen.«

Kafka hatte ich bisher nicht gelesen, dafür aber *Catch-22*, was auch sehr gut zur Situation passte. Ich hatte außerdem noch eine ganz andere Sorge – die Disziplin meiner Spieler. Achtzehn junge Männer in einer Stadt wie Athen im August unter Kontrolle zu behalten würde schwierig werden. Schon am Abend vorher hatten sich mehrere aus dem Hotelkomplex in Vouliagmeni geschlichen und einen Lapdance-Schuppen an der Leoforos Andrea Syngrou besucht.

»Wer war dieses Mädchen, das so viele Probleme macht?«, fragte Vik.

»Eine Nutte«, erwiderte Phil. »Das ist wohl ziemlich sicher.«

Vik stand vom Tisch auf und schenkte sich auf dem Sideboard einen Kaffee aus einer silbernen Kanne ein. Inmitten der teuren Vorhänge, Kristallkronleuchter, Blattgoldspiegel, Bronzeskulpturen und Ölgemälde wirkte er wie zu Hause. Hinter dem Wohnbereich sah man durch die offene Schlafzimmertür ein Bett, das jedem Oligarchen mit zwei Geliebten genug Platz geboten hätte. Oder mit zwei Nutten.

»Ich meine, bloß weil sie Bekim gevögelt hat, heißt das doch nicht, dass er irgendetwas über sie wusste. Seit wann ist man denn gleich verantwortlich für das restliche Leben des anderen?«

Er starrte aus dem Fenster, aber auch der traumhafte Blick auf die Akropolis und den Syntagma-Platz konnte ihn nicht besänftigen. Ich konnte Vik seine Wut nicht übelnehmen. Die Situation in Griechenland und das kaum funktionierende Rechtssystem waren deprimierend. Auch ich war ziemlich mitgenommen, aber nicht wegen unserer eigenen scheinbar ausweglosen Situation, sondern wegen der Ereignisse zu Hause in London. Bekims Freundin Alex hatte am Abend zuvor eine Überdosis Kokain genommen und lag jetzt im Chelsea and Westminster Hospital, wo ihr Zustand offiziell als »kritisch« bezeichnet wurde.

»Die Polizisten hier«, wandte Vik sich an unsere dralle Anwältin, »wie sind die so?«

»Ob sie käuflich sind, meint er«, ergänzte Phil.

»Ganz genau«, erwiderte Vik. »Warum nicht? Griechenland ist ein schwer verschuldetes Land im siebten Rezessionsjahr. Laut Korruptionsindex ist es das korrupteste Land der EU.«

Dr. Christodoulakis rutschte unruhig auf ihrem dicken Hintern hin und her.

»Normalerweise schon«, sagte sie vorsichtig. »Aber da in diesem Fall zwei Minister involviert sind und die Presse großes Interesse zeigt, sind die Möglichkeiten für *misa* oder *fakelaki* …« Sie warf ihrem Taschenträger einen Blick zu.

»Schmiergeld«, erklärte Nikos.

Sie nickte. »… sind die Möglichkeiten begrenzt. In so einem öffentlichen Fall kann es sich keiner leisten, Schmiergeld anzunehmen. Und selbst wenn Sie die ermittelnden Polizisten bestechen würden, dürften Sie sich nicht auf sie verlassen. Die griechische Polizei ist eng mit den Neonazis der Partei der Goldenen Morgenröte verbandelt.«

»Ich wüsste nicht, was Politik da für eine Rolle spielt«, sagte Phil. »Ein bestechlicher Faschist kann genauso nützlich sein wie ein bestechlicher Kommunist.«

Toby Westerman drückte sich theatralisch die Hände auf die Ohren und sah aus wie einer der drei weisen Affen. »Bei solchen Themen sollte ich wirklich nicht dabei sein«, sagte er.

»Blödsinn«, erwiderte Phil. »Was meinen Sie, was die Deutschen hier seit Anfang der Rezession machen? Die bestechen die griechische Regierung, damit sie nicht den ganzen EU-Tempel einreißt. Wenn das Bestechungsgeld von der Europäischen Zentralbank kommt, heißt es bloß plötzlich Rettungsaktion.«

Vik lachte.

»Du kennst den griechischen Chefinspektor doch schon, Scott«, sagte er dann. »Was war dein Eindruck von ihm?« Er grinste Dr. Christodoulakis an. »Unser Trainer, Mr. Manson, kennt sich mit korrupten Polizisten aus. Als Exknacki ist er da ein richtiger Experte. Was, Scott?«

Ich antwortete freundlicher, als die griechischen Anwälte es nach dieser Kurzbiographie wohl erwartet hätten. »Ich habe den Eindruck, dass Mr. Varouxis seine Pflichten sehr ernst nimmt. Und auch wenn er uns das Leben gerade verdammt schwer macht, halte ich ihn doch für einigermaßen fair.«

Das alles hatte ziemlich wenig mit Fußball zu tun, was ich ändern wollte, da ich mich eigentlich nur damit so richtig auskenne.

»Er hat mir sogar erzählt, dass er Panathinaikos-Fan ist, also nicht viel für Olympiakos übrighat. Das hätte er nicht müssen. Außerdem hätte er uns die schlechte Nachricht auch schon *vor* dem Spiel überbringen können. Dass er es nicht getan hat, spricht doch für sich. Wir dürfen auch nicht vergessen, dass wir nicht nur die Begegnung mit Chelsea vor uns haben, sondern auch das Rückspiel gegen Olympiakos in London nächste Woche. Das Spiel gegen Chelsea lässt sich verschieben. Wahrscheinlich erwartet Richard Scudamore schon deinen Anruf, Phil. Aber die Terminplanung der UEFA werden wir nicht so einfach über den Haufen werfen können. Wenn wir zu dem Heimspiel gegen Olympiakos nicht antreten können, war's das für uns mit der Champions League.«

»Er hat recht, Vik«, sagte Phil. »Alleine wenn wir in der Champions League bleiben, ist das bis zu fünfzig Millionen Pfund wert.«

Vik nickte. »Mindestens. Wir müssen herausfinden, was die Polizei weiß. Geht das?« Er schaute Dr. Christodoulakis an.

»Ja«, erwiderte sie. »Wir finden sicher eine Möglichkeit, wie wir auf dem Laufenden bleiben. Das sollte klappen. Mein Instinkt sagt mir, dass die Tote der Schlüssel zu allem ist. Je mehr wir über sie wissen, desto schneller finden wir jemanden, der weiß, was vor ihrem Tod mit ihr passiert ist. Was Ihre Mannschaft entlasten könnte. Vielleicht wäre es eine gute Idee, wenn Sie in Piräus und vor allem in der Marina Zea, wo die Leiche gefunden wurde, Zettel verteilen und eine kleine Belohnung für Informationen über die Tote anbieten. In dieser Hinsicht haben Sie recht, Mr. Sokolnikow: In Griechenland regiert Geld nicht nur die Welt, sondern Olymp und Hades gleich mit.«

KAPITEL 22

Die GADA – die Polizeigeneraldirektion – lag direkt gegenüber dem Stadion, wo wir unsere Wagenflotte parkten. In seinem Panathinaikos-Kleeblattgrün hätte es auch gut nach Glasgow oder Belfast gepasst. Verglichen mit Silvertown Dock und dem Karaiskakis-Stadion war das Apostolos-Nikolaidis eine Dritte-Welt-Ruine; gelinde gesagt hatte es seine besten Zeiten hinter sich. An den bröckelnden Wänden waren Panathinaikos' Fanclubs auf Englisch verewigt: *Last End Fan Club, Mad Boys Since 1988, Victoria 13, East End Alcoholics.* Daneben erinnerten krude, Jahre zuvor von naiven, ungeschulten Händen gemalte Szenen an die Glanzstunden der Vereinsgeschichte. Konnten diese Mad Boys wirklich die Nachkommen der stolzen Athener sein, die den Parthenon gebaut hatten?

»Meine Fresse«, rief Phil. »Was für ein Dreckloch!«

»Aber wirklich«, erwiderte Vik. »Das erinnert mich an zu Hause. Kiew, nicht London.«

»Kein Wunder, dass die Olympiakos hassen«, sagte Phil.

Mich hatte der Anblick des Stadions aber auf eine Idee gebracht.

»Ich habe mir Gedanken über unser Gespräch mit Dr. Olga Dingsbums gemacht«, sagte ich, als wir die vielbefahrene Hauptstraße überquerten, während unsere Anwältin und ihr Taschenträger mit einem anderen Wagen ankamen.

»Christodoulakis«, ergänzte Phil.

»Wenn der Richter- und Ärztestreik weitergeht, müssen wir das Beste aus unserem Aufenthalt hier in Athen machen«, sagte ich. »Je länger wir in Griechenland sind, desto schwieriger wird es, unsere Jungs unter Kontrolle zu behalten.«

»Da bist du der Boss«, erwiderte Phil. »Die Disziplin der Mannschaft ist deine Sache, Scott. Verhäng ein paar Geldstrafen, tritt ihnen in den Arsch. Erinnere sie daran, dass sie als Diplomaten des englischen Fußballs hier sind und den ganzen Quatsch.«

»Ich glaube, das reicht nicht«, sagte ich. »Wir müssen den Jungs eine Ablenkung bieten, falls diese verdammten Minister und Polizeigeneräle genauso stur sind wie der Chefinspektor gestern Abend. Aber dafür brauche ich eure Unterstützung.«

Toby Westerman und Dr. Christodoulakis kamen vor dem GADA-Gebäude zu uns, während ich meinen Plan erläuterte.

»Natürlich brauchen wir die Erlaubnis der UEFA. Und vielleicht muss Vik ein bisschen Kohle lockermachen. So wie das Stadion aussieht, könnten die ein paar neue Drehkreuze gebrauchen. Ich habe mir gedacht, vielleicht könnten wir mit Panathinaikos einen Deal machen, dass wir ihr Stadion für das Spiel nächste Woche als unsere Heimstätte benutzen.«

»Da drinnen sollen wir spielen?« Phil lachte. »Hoffentlich sind unsere Jungs alle gut geimpft.«

»Klar, wieso nicht? Und wir könnten Panathinaikos sogar die Ticketeinnahmen überlassen. Wie viele Plätze haben die? Fünfzehn-, zwanzigtausend? Das Geld könnten die gut gebrauchen. Für uns geht es darum, dass wir auf jeden Fall zum Rückspiel gegen Olympiakos antreten können, komme, was wolle. Mit der Aussicht können wir wie bisher in Apilion trainieren, und die Mannschaft ist beschäftigt, bis dann nächsten Mittwoch das Spiel stattfindet.«

»Das könnte klappen«, sagte Vik. »Was meinst du, Phil?«

Er nickte. »Wenn wir hier länger festsitzen, ist das wahrscheinlich unsere einzige Chance, in der Champions League zu bleiben. Und vielleicht können wir so sogar ein bisschen lokale Unterstützung mobilisieren.«

»Ich hoffe natürlich, dass es nicht so weit kommt«, sagte ich. »Aber wir brauchen einen Plan, falls wir wirklich hier festsitzen. Und dieser Minister für Kultur und Sport kann uns garantiert dabei helfen. Wir müssen seine Hilfsbereitschaft nutzen, solange wir können. Nach diesem Gespräch kriegen wir ihn bestimmt nicht wieder so schnell zu fassen. Vielleicht streikt er ja selbst bald. Oder die wählen einen anderen.«

»Es ist eine Ministerin«, sagte Dr. Christodoulakis. »Dora Maximos. Sie war eine berühmte Sportlerin und danach eine noch berühmtere Sängerin.«

»Ah okay, genau wie John Barnes mit seiner Rapperkarriere«, erwiderte ich.

Phil lachte. »Du bist aber auch ein Drecksack, Scott.«

»Dafür bezahlt ihr mich doch, oder?«

Das GADA-Gebäude war ein unauffälliger Büroklotz mit einem Eingang wie zu einem Luftschutzbunker. In der Nähe stand ein kleiner weißer Marmorschrein zum Gedenken der vielen griechischen Polizisten, die im Dienst umgekommen waren; Michael Winner hätte das Mahnmal gefallen, den Griechen eher nicht. Dr. Christodoulakis zufolge war die Polizei in Athen verhasst. Vor dem Eingang standen mehrere Reporter – manche davon Engländer –, die wohl einen Tipp zu unserem Termin bekommen hatten; wie alles andere auch in Griechenland hatten Informationen ihren Preis.

Aus dem Konferenzraum im obersten Stock hatte man einen perfekten Blick auf den Stadionrasen gegenüber. Den zahlreichen Plastikkleeblättern und grünen Aschenbechern nach zu urteilen, hatten die Polizisten wohl wenig für Olympiakos und umso mehr für Panathinaikos übrig. Aber was die griechische Staatsgewalt von uns hielt, musste sich erst noch zeigen.

Der Minister für Öffentliche Ordnung und Bürgerschutz Konstantinos Miaoulis eröffnete das Gespräch, entschuldigte sich wortreich für unser Ausreiseverbot und versicherte uns, dass die Ermittlungen mit Hochdruck durchgeführt würden, auch wenn derzeit natürlich außerordentlich schwierige Umstände herrschten, womit er wohl meinte, dass das Land bis zum Hals in der Scheiße steckte.

Dr. Christodoulakis antwortete ihm ruhig, aber bestimmt. »Erst einmal möchte ich Klarheit in dieser Angelegenheit schaffen. Wie ich es sehe, ist es meinen Klienten – also dem Trainerstab und den Spielern von London City, die in der Todesnacht der jungen Frau im Hotel Astir Palace untergebracht waren – verboten, das Land zu verlassen, bis Folgendes passiert ist: Erstens, dass sie polizeilich dazu vernommen wurden, was sie womöglich über die junge Frau und ihre Beziehung zu Bekim Develi wissen; und zweitens, dass eine Autopsie durchgeführt wurde, die feststellen soll, ob forensische Beweise vorliegen, die die junge Frau mit jemand anderem als Bekim Develi in Verbindung bringen.«

Chefinspektor Varouxis zündete sich eine Zigarette an und nickte. »Das ist richtig.«

Wie in jedem anderen EU-Staat war auch in Griechenland das Rauchen in geschlossenen Räumen öffentlicher Einrichtungen verboten, aber das spielte im Polizeihauptquartier anscheinend keine Rolle.

»Wäre es in Anbetracht des Streiks der Gerichtsmediziner im Krankenhaus Laiko nicht verhältnismäßiger, die Mannschaft nach Hinterlegung einer Kaution nach London ausreisen zu lassen? Die Summe wäre von einem Richter festzusetzen. So könnte die Mannschaft ihren vertraglichen Verpflichtungen nachkommen, was von einem fortgesetzten Ausreiseverbot gefährdet wäre. Bedenken Sie auch, dass der griechische Staat sich möglicherweise für ausgefallene Einnahmen haftbar machen würde.«

Konstantinos Miaoulis war ein sportlicher Mann mit militärischer Haltung, der zwar nicht wie ein Politiker aussah, aber doch wie einer redete: »Das sehe ich anders. Die Regierung befürchtet, dass es sich sehr schwierig gestalten würde, eine so große Zahl von Leuten nach Griechenland zurückzuholen. Was, wenn einer der Spieler von London City verkauft wird, bevor das Transferfenster schließt? Wie könnte der Verein der griechischen Regierung garantieren, dass diese Person zurückkehrt? Wir möchten also pragmatisch vorgehen und versuchen, die Angelegenheit aufzulösen, solange alle Betroffenen vor Ort sind und der Polizei helfen können. Wir sind guter Hoffnung, dass die Streiks der Gerichte und Krankenhäuser in Kürze enden, sodass die Ermittlungen des Chefinspektors mit der gebotenen Eile fortgesetzt werden können.«

»Muss ich Sie daran erinnern, dass die griechische Regierung als Unterzeichnerin des Schengener Abkommens dadurch ihre Verpflichtung verletzt, keinerlei Grenz- oder Passkontrollen zwischen diesem Land und anderen Unterzeichnern durchzuführen?«, fragte Toby Westerman. »Genau genommen benötigt die Mannschaft niemandes Erlaubnis, um das Land zu verlassen. Rein juristisch gesehen dürften diese Männer ohne Weiteres zum Flughafen fahren und nach England zurückfliegen.«

»Darauf würde ich es nicht ankommen lassen«, sagte der Generalleutnant der Polizei. »Großbritannien gehört nicht zu den Unterzeichnern des Schengener Abkommens. Die Beteiligung der britischen Regierung an der Praxis außerordentlicher Auslieferungen verbietet es ihren Vertretern, Griechenland in Rechtsfragen zu belehren.«

»Im Namen der britischen Regierung verurteile ich die Festsetzung der Mannschaft von London City durch die griechische Polizei aufs Schärfste.« Danach hielt Westerman aber für den Rest des Treffens den Mund, was wohl bedeutete, dass die britische Regierung nicht vorhatte, wegen uns auch nur einen Finger krumm zu machen.

»Mit Erlaubnis von Mr. Manson, Mr. Hobday und Mr. Sokolnikow würde ich die betroffenen Spieler und Betreuer des Vereins gerne so bald wie möglich verhören und ihre Fingerabdrücke abnehmen.«

»Sicher«, erwiderte Dr. Christodoulakis. »Ich muss allerdings darauf bestehen, dass die Polizei uns jegliche Entwicklungen in diesem Fall unverzüglich mitteilt.«

»Selbstverständlich«, sagte Varouxis. »Darüber hinaus muss ich Mr. Develis Mobiltelefon sowie alle Computer beschlagnahmen, die er in seinem Besitz hatte. Das wird uns bei der Identifikation der Toten helfen.«

Die Geräte befanden sich noch in Bekims Reisetasche, die mittlerweile in meinem Hotelzimmer lag, aber ich wollte mir Zeit lassen, bevor ich sie übergab.

»Nein, das ist leider unmöglich«, erwiderte ich. »Aber Sie dürfen die Geräte gerne in meiner Anwesenheit untersuchen. Ich glaube allerdings nicht, dass sie Ihnen helfen werden. Ich habe gestern Abend im Hotel sein Handy und seinen Laptop durchsucht. Er hatte ausschließlich mit seiner Freundin Alex telefonischen Kontakt.« Das stimmte, Bekim hatte außer Alex niemanden angerufen. Auch hatte er mit niemandem in Griechenland in E-Mail-Kontakt gestanden, was ich den Polizisten erklärte. »Ich habe mir sogar seinen Browserverlauf angesehen, ob er vielleicht auf den Seiten eines Escort-Service unterwegs war. Nichts. Wahrscheinlich haben Sie bessere Chancen, wenn Sie den Telefonverkehr der Hotelanlage überprüfen oder sich die PCs im Business Center des Hotels anschauen.«

»Haben Sie die auch schon überprüft?«, fragte der Chefinspektor mit sarkastischem Unterton.

»Nein«, erwiderte ich. »Hätte ich aber, wenn es mir früher eingefallen wäre.«

Varouxis seufzte gereizt und zündete sich eine neue Zigarette an. Mittlerweile sehnte ich mich auch nach einer. Meine normale Eine-Kippe-pro-Woche-Regel kam mir unter diesen Umständen übertrieben hart vor.

»Das hier ist eine Mordermittlung, Mr. Manson«, sagte er steif. »Es wäre mein gutes Recht, Ihnen die Geräte abzunehmen.«

»Ich weiß. Aber möglicherweise befinden sich darauf vertrauliche Informationen. Im Interesse von Bekims Familie müssen wir das erst prüfen. Vielleicht haben Sie es in den Nachrichten gesehen: Seine Freundin ist im Krankenhaus. Sie hat eine Überdosis Kokain genommen und liegt im Koma.«

»Das kann ich nicht als Grund gelten lassen, Mr. Manson.«

»Dann beschaffen Sie sich eben einen Durchsuchungsbefehl«, erwiderte ich. »Vielleicht können wir beim gleichen Richter einen Antrag stellen, das Land verlassen zu dürfen. Wenn Sie denn einen auftreiben können.«

Varouxis warf Generalleutnant Zouranis einen Blick zu. Es war offensichtlich, dass er auf weitere Anweisungen wartete.

»Dafür könnte ich Sie festnehmen lassen«, sagte Zouranis. »Dafür brauche ich keinen Richter. Strafvereitelung ist eine ernste Angelegenheit.«

»Mr. Manson vereitelt überhaupt nichts«, wandte Dr. Christodoulakis ein. »Er will Ihnen Mr. Develis Geräte ja nicht vorenthalten, sondern lediglich anwesend sein, wenn Sie sie untersuchen.«

»Genau«, sagte ich. »Wie wäre es heute Nachmittag um drei? Wir nutzen im Moment die Royal Suite im Hotel Grande Bretagne als unser Büro.«

Jetzt versicherte Generalleutnant Zouranis sich wiederum mit einem Blick bei seinem Minister. Der nickte.

»Gut«, sagte Zouranis. »Dann machen wir es so, wie Sie vorgeschlagen haben.« Er schaute Varouxis an, der zum Einverständnis mit den Schultern zuckte.

»Um Ihnen bei der Identifizierung der Toten zu helfen, möchte Mr. Sokolnikow eine Belohnung für Informationen ausloben, die zu einer Festnahme führen«, erklärte Dr. Christodoulakis.

»Gute Idee«, sagte Zouranis.

Dr. Christodoulakis sah mich an und hob die Augenbrauen, als hätte auch sie getan, was sie konnte. Da jetzt klar war, dass wir bis auf Weiteres in Athen festsaßen, stellte ich meine Idee vor, unser Rückspiel gegen Olympiakos im Apostolos-Nikolaidis-Stadion zu absolvieren. Dora Maximos, die Ministerin für Kultur und Sport, sprang eifrig darauf an.

»Auch das ist eine gute Idee«, sagte sie.

»Ja und nein«, erwiderte der Minister für Öffentliche Ordnung und Bürgerschutz. »Wenn Sie Ihr Heimspiel hier gegenüber spielen, machen Sie sich zu Verbündeten von Panathinaikos. Dadurch stellen Sie sich zwischen zwei Erzfeinde – mit allem, was dazugehört. Das Spiel müsste polizeilich besonders geschützt werden.«

»Wenn die das schaffen, schaffen wir es auch«, sagte der Generalleutnant der Polizei.

KAPITEL 23

»Mann, du warst aber auch fies gegenüber dem Chefinspektor, Scott«, sagte Phil, als er, Vik und ich unsere Anwältin und den Botschaftstypen los waren und wieder im Hotel Grande Bretagne saßen. »Ich hatte ganz vergessen, wie wenig du von der Polizei hältst.«

»Gegen Varouxis habe ich eigentlich gar nichts. Der macht nur seinen Job. Genau wie ich. Ich kümmere mich um meine Spieler, ob sie tot oder lebendig sind. Das ist meine Pflicht. Und auch wenn ich nicht glaube, dass Varouxis Geld von der Klatschpresse annehmen würde, kann ich mir bei seinen Untergebenen nicht so sicher sein. So ein diskreter Bargeldumschlag ist für einen griechischen Durchschnittsbullen bestimmt sehr verlockend. Ich kann mir die Schlagzeilen zu Hause schon vorstellen: *Immer der Latte nach: Premier-League-Fußballstar stößt an, was nicht bei drei auf den Bäumen ist.*«

»Trotzdem warst du ein bisschen streng mit ihm, fand ich«, sagte Phil.

»Ich habe Scott gebeten, Bekims iPhone und Laptop nicht sofort an die Polizei zu übergeben, falls sich darauf E-Mails von mir befinden«, erklärte Vik. »Vor ein paar Monaten hat Bekim in Knightsbridge eine Immobilie für mich gekauft, und davon muss die Welt nicht unbedingt erfahren.«

»Tut mir leid, das wusste ich nicht«, erwiderte Phil.

»Sobald Pete Scriven die Geräte vom Hotel in Vouliagmeni hergebracht hat, lösche ich alles, was mich mit dem Knightsbridge-Deal in Verbindung bringt. In Scotts Anwesenheit natürlich. Ihr sollt ja nicht glauben, dass ich irgendetwas im Schilde führe.«

»Natürlich nicht«, erwiderte Phil.

»Scott hat aber recht«, fügte Vik hinzu. »Bekim hatte eine bedenkliche Schwäche für Escort-Girls. Wahrscheinlich sollten wir das auch unter Verschluss halten, wenn es irgendwie geht.«

Phil zuckte mit den Schultern. »In Ordnung. Das hört sich gut an. Aber ich verstehe einfach nicht, warum die Bullen so ein Riesendrama aus der Sache machen. Mord fällt bei Nutten doch wohl unter allgemeines Berufsrisiko. Das kann man eben nicht ausschließen, wenn man mit Männern loszieht, die man gerade erst getroffen hat, oder?«

»Deshalb kann man das Mädchen doch nicht einfach abschreiben«, sagte Vik. »Sie war doch auch ein Mensch.«

»Ich mein ja nur – was denken die griechischen Bullen sich denn? Warum nehmen sie den Tod von einer kleinen Nutte so unheimlich ernst? In der Stadt gibt's doch Tausende davon. Seit 2009 die Rezession angefangen hat, ist das so ziemlich der einzige Wachstumssektor in diesem Scheißland.«

»Es hört sich immer noch ziemlich so an, als würdest du sie einfach abschreiben«, erwiderte Vik. »Okay, Phil, sie war eine Prostituierte, aber Mord ist Mord, und bei einer Prostituierten wird dann schnell eine eigene, kleine, etwas schlüpfrige Sensation draus. Ein schönes Mädchen wird mit einem Gewicht an den Füßen in den Hafen geworfen – die Zeitungen lieben solche dramatischen Details.«

»Ich glaube nicht, dass sie eine einfache Nutte war«, sagte ich. »Eher ein Nobel-Escort, da gibt es einen feinen Unterschied. Bekim hatte seine Fehler, aber bei Frauen hatte er extreme Ansprüche. Ich nehme an, sie war teuer und konnte sich ihre Kunden aussuchen. Und in der Preisklasse ist die Gefahr ziemlich gering, dass irgendein Kunde sie spontan kaltmacht. Also dürfte es auch nicht ganz so schwer sein, ihren Namen rauszufinden.«

Vik lachte. »Du bist ja anscheinend ein richtiger Experte auf dem Gebiet, Scott. Da fragt man sich doch, was du in deiner Freizeit so anstellst.«

»Vielleicht meint Scott, er kann den Mörder selbst finden«, sagte Phil. »Da hat er doch Erfahrung. Als Amateurdetektiv, meine ich.«

»Meinetwegen«, erwiderte ich. »Ich kann es auf jeden Fall mal versuchen. Bekim zuliebe.«

Warum nicht, dachte ich mir; nach meinem letzten Athen-Trip hatte ich schließlich einen vielversprechenden Kontakt vor Ort, den ich aber weder mit der Polizei noch sonst irgendwem teilen wollte. Das hatte Valentina genauso wenig verdient wie Bekim. Ich hatte keine Ahnung, was Bekims Freundin über seine Verbindung mit der Toten wusste, aber auf Twitter wurde bestimmt wild spekuliert. Das hatte Alex sicher nicht gutgetan und war womöglich sogar ein Faktor, der sie zu der Überdosis getrieben hatte.

»Und wenn ich nur der Polizeiermittlung ein bisschen Dampf machen kann. Egal, was die Griechen da eben versprochen haben, so richtig eilig haben sie es mit der Sache nicht. Und wenn die Bullen hier nur ansatzweise so unbeliebt sind, wie Dr. Christodoulakis meint, bekommen sie bestimmt nicht viele Tipps aus der Bevölkerung. Die können also ein bisschen Hilfe gut gebrauchen.«

»Und was ist mit der Mannschaft?«, fragte Phil. »Und mit dem Spiel nächste Woche?«

»Das Training kann Simon übernehmen. Wenn die wegen der Hitze schon morgens um acht auf den Platz müssen, können sie die Nächte nicht durchfeiern. Da weiß Simon sofort, wer sich rausgeschlichen hat. Und keiner verteilt bessere Anschisse als er.«

»Wenn du wirklich den Bullen spielen willst, dann häng das nicht an die große Glocke«, sagte Phil. »Wenn du der Londoner Polizei ans Bein pinkelst, ist das eine Sache, aber die Bullen hier sind ein ganz anderes Kaliber. In den Nachrichten sind die nicht gerade durch Zurückhaltung aufgefallen, die holen schon gerne mal den Knüppel aus dem Sack.«

»Klar, ich pass auf mich auf.«

»Eigentlich wollte ich heute kurz nach London fliegen und nach Alex sehen«, sagte Vik. »Aber unter diesen Umständen bleibe ich wohl lieber hier. Außerdem habe ich hier noch Geschäftstermine mit Gustave Haak und Cooper Lybrand.«

»Und Kojo?«, fragte Phil. »Hast du da schon eine Entscheidung getroffen?«

»Sprechen wir jetzt nicht darüber.«

»In Ordnung.«

»Mir gefällt die Vorstellung, dass du wieder den Detektiv spielst, Scott. Wie du damals herausgefunden hast, was mit Zarco passiert ist, während die Londoner Polizei noch in der Nase gebohrt hat – das hat mir zu denken gegeben. Da habe ich mir gesagt, vielleicht stimmt es, dass ein guter Trainer immer auch ein bisschen Detektiv sein muss: Er muss Menschen wie Bücher lesen, Hinweise finden, die Fassaden durchbrechen und wissen, wen er wirklich vor sich hat. Aber vor allem muss er geduldig sein. So sehe ich das. Und du, Scott, bist sehr geduldig.«

»Ein paar Monate hinter Gittern sind da genau das richtige Training«, erwiderte ich. »Ohne Geduld geht man da ein.«

»Mach dir keine Gedanken«, sagte Phil. »Wenn du nicht herausbekommst, wer das Mädchen umgebracht hat, machst du es einfach wie jeder andere Trainer auch: Schieb es dem Schiedsrichter in die Schuhe.«

KAPITEL 24

»Ich will dich nicht im Dunkeln darüber lassen, was ich hier suche«, sagte Vik, während er in der Suite im Hotel Grande Bretagne Bekims Posteingang und gesendete Nachrichten durchscrollte. »Ich wollte das Penthouse im One Hyde Park kaufen, aber meine Frau sollte nichts davon erfahren. Also hat Bekim sich bereit erklärt, den Strohmann zu spielen und das Geschäft über sein Unternehmen laufen zu lassen.«

»Das geht mich eigentlich gar nichts an«, erwiderte ich.

»Doch, weil wir vielleicht Dateien von einem Computer löschen, den die Polizei forensisch untersuchen will. Für so etwas wandert man schon mal in den Knast. Und weil du da nicht schon wieder hinwillst, hast du ein Recht darauf, zu erfahren, was genau ich hier mache.«

»Bullen anlügen ist kein Verbrechen«, erwiderte ich. »Für mich ist das genauso normal, wie wenn man seiner Frau sagt, dass ihr Hintern nicht dick aussieht.«

Vik grinste. »Dich hat sie also auch gefragt, was?«

Wie sich herausstellte, musste Vik aber gar keine Nachrichten von Bekims Laptop und iPhone löschen, weil dort nichts Vertrauliches ausgeplaudert wurde.

Nicht, dass ich das hätte beurteilen können, denn die Hälfte von Bekims E-Mails war in kyrillischer Schrift. Als Vik gegangen war, gab ich dieses Detail an Varouxis weiter, damit er jemanden mitbrachte, der Russisch sprach und vor allem auch lesen konnte.

»Ich habe Sie heute Morgen nicht angelogen«, erklärte ich ihm am Telefon. »Auf dem Handy und dem Laptop ist wirklich nichts zu finden. Wenn es so gewesen wäre, hätte ich es Ihnen gesagt. Wir wollen einfach nur nach Hause, okay?«

»In Ordnung. Tun wir mal so, als würde ich Ihnen glauben. Wie ist er dann mit dem Mädchen in Kontakt getreten?«

»Da gibt es tausend Möglichkeiten. Vielleicht hat er schon aus London mit ihr telefoniert. Oder er hat ihr von seinem Bürocomputer aus geschrieben. Vielleicht hat er sie auch in Athen mit dem Handy von jemand anderem angerufen. Oder vom Telefon in der Lobby. Vielleicht hat er einen webbasierten E-Mail-Dienst benutzt, der auf seinem Computer keine Spuren hinterlässt. Zum Beispiel Hushmail.«

»Hushmail?«

»Die bieten authentifizierte, verschlüsselte Nachrichten in beide Richtungen an. Genau das Richtige für einen Schwanzgesteuerten mit misstrauischer Freundin zu Hause in London.«

»Verstehe. Okay, ich rufe Sie zurück, wenn ich jemanden aufgetrieben habe, der Russisch kann. Danke für den Hinweis.«

»Gerne.«

»Und bitte halten Sie mich auf dem Laufenden, wenn sich jemand auf Ihre versprochene Belohnung hin meldet. Egal, was Sie hören, sagen Sie Bescheid.«

Er seufzte und tat mir fast schon leid, bis mir wieder einfiel, dass wegen diesem Drecksack meine Mannschaft hier festsaß.

»Klar. Sie hören als Erster davon.«

Als Varouxis aufgelegt hatte, rief ich Valentina an, aber sie ging nicht ran, also schrieb ich ihr eine E-Mail und eine SMS mit der Bitte, sich möglichst schnell bei mir zu melden. Ich hatte die raffinierte Eingebung gehabt, dass sie die Tote kannte; dass Valentina selbst sich hätte mit Bekim treffen sollen und die Tote an ihrer Stelle gekommen war. Bekim hätte sich niemals mit einem Trostpreis zufriedengegeben, also musste die Tote ähnlich schön wie Valentina gewesen sein, sonst hätte die sie nicht als Vertretung geschickt.

Bis zum Nachmittag hatte ich Valentina bestimmt ein Dutzend Mal angerufen und ebenso viele Textnachrichten geschickt, aber keine Antwort erhalten. So kannte ich sie von meinem ersten Besuch ganz und gar nicht, also musste ich die Möglichkeit in Erwägung ziehen, dass sie wusste, welchem Schicksal sie entgangen war, und untergetaucht war. Das konnte ich ihr nicht vorwerfen, aber ohne sie hatte ich keinen Plan mehr, mit dem ich der Athener Polizei zuvorkommen konnte. Trotzdem wollte ich Varouxis noch nicht von Valentina erzählen. Natürlich sollte meine Nacht mit Valentina nicht herauskommen, und weder sie noch Bekim wollte ich in irgendetwas hineinziehen. Vor allem hatte ich aber Angst, die laut Dr. Christodoulakis ziemlich rechte Polizei würde das Ganze unter den Teppich kehren und der Presse gegenüber als reine Ausländersache abtun, weil Bekim und Valentina Russen waren.

Da ich nicht so recht wusste, wo ich jetzt mit meiner Privatermittlung anfangen sollte, ließ ich mich von Viks Fahrer zur Marina Zea bringen, wo die Tote gefunden worden war. Ich bereute schon, dass ich gemeint hatte, ich könnte den Fall lösen, bloß weil ich ein bisschen mehr wusste als die Polizei. Die Hauptstraße führte uns am Karaiskakis-Stadion und dem Metropolitan Hospital vorbei. Es war ein eigenartig moderner Bau mit blauer Glasfront, der eher wie ein Ladbrokes-Casino aussah als wie das beste Privatkrankenhaus Griechenlands. Komische Vorstellung, dass Bekim dort gestorben war.

Die Marina Zea war ein großer Hafen voller teurer Tupperware-Boote, hinter dem sich ein Hang erhob, auf dem sich dicht an dicht beigefarbene Mietshäuser in größtenteils fragwürdigem Zustand aneinanderreihten. Das andere Ende der Marina war noch immer polizeilich abgesperrt, also ging ich ein bisschen spazieren und sah mir die schwimmenden Paläste an. Den größten und opulentesten von ihnen – die bescheidene *Monsieur Crésus* – erkannte ich wieder, auch wenn ich mich nicht sonderlich für Yachten interessiere. Diese hochgezüchteten Plastikkähne sehen doch alle gleich aus, und manche Leute verpulvern wirklich Abermillionen für dieses schwachsinnige Hobby. Haben die denn noch nie gehört, dass Boote untergehen?

Ziellos ging ich weiter. Wie schwer konnte es sein, ein Mädchen hierherzubringen und mit einem Gewicht an den Füßen im Wasser zu versenken? Nachts war das bestimmt ein Kinderspiel. Parkplätze waren reichlich vorhanden, und wenn sie sowieso schon auf einer Yacht gewesen war, wurde die Sache noch viel einfacher. Ich warf ein paar Steine ins Wasser, um die Tiefe zu prüfen, wobei ich einen kleinen Schwarm Fische aufscheuchte; das waren sicher diese *gavroi*, diese Fische, die Fäkalien fressen und mit denen unser Kontaktmann bei Panathinaikos die Spieler und Fans von Olympiakos verglichen hatte.

Es war ein heißer, klebriger Nachmittag. Ein paar der allgegenwärtigen Müllsammler, meist Roma, stocherten in den Mülltonnen und Containern der Marina. Einige Jungs sprangen immer wieder vom Kai ins Wasser und kletterten an den Leinen einer unbewachten Yacht wieder heraus. Das machte bestimmt mehr Spaß, als im Müll zu wühlen, und ich beneidete sie fast ein wenig um ihre Sorglosigkeit, als mir einfiel, dass solche Jungs auch die Tote gefunden hatten. Das brachte mich auf eine Idee.

Sie waren ungefähr elf, zwölf Jahre alt, braungebrannt und dünn, richtige Bilderbuch-Straßenkinder.

»Kannst du Englisch?«, fragte ich einen von ihnen.

Er schüttelte den nassen, dunklen Kopf.

Ich ging zurück zum Auto, um meinen Fahrer als Dolmetscher zu holen. Dann fragte ich die Jungs, ob sie es waren, die die Tote gefunden hatten.

Zwei von ihnen blickten einander an und nickten.

Ich hielt zwei Zwanzig-Euro-Scheine hoch, setzte mich auf die Hafenmauer und bat die beiden, mir alles so genau wie möglich zu erzählen. Sie setzten sich neben mich, und ich gab ihnen das Geld. Die anderen schauten zu, während Charilaos, mein Fahrer, hinter uns hockte und allen Zigaretten anbot, was fast so viel half wie das Geld.

»Gestern früh haben sie sie gefunden«, übersetzte er. »So gegen zehn. Sie lag drüben auf der Seite von Koumoundourou, wo die Polizei jetzt ist, in drei Meter Tiefe.«

»War da ein Boot in der Nähe?«

»Zwischen zwei Booten«, sagte Charilaos. »Beide stehen zum Verkauf, und es war niemand an Bord. Die Jungs haben auf beiden Booten nach Hilfe gesucht, deshalb wissen sie das.«

»Wie sah das Mädchen aus?«

»Sehr hübsch, mit langen, blonden Haaren und einem dunkelblauen Kleid. Das Wasser ist hier nicht besonders klar, und ohne das blaue Kleid hätten sie sie vielleicht schon früher gesehen. Die beiden haben sich fürchterlich erschrocken.«

Der eine Junge wirkte verlegen, als er weitersprach.

»Sie hatte keine Unterwäsche an, sagt er. Das Kleid wallte unter ihren Armen.«

»Waren ihre Hände gefesselt?«

Der gleiche Junge sprach weiter, und Charilaos übersetzte: »Nein, ihre Hände trieben frei im Wasser über ihrem Kopf. Nur ihre Füße waren an ein orangefarbenes Gewicht gefesselt, von der Art, wie man es aus einem Fitnessstudio kennt.«

»War sie geknebelt?«

»Nein.«

»Hatte sie Schuhe an?«

»Nein.«

Ich holte mein Notizbuch heraus und ließ mir von dem Jungen das Gewicht zeichnen. Eine Kugelhantel. Ich nickte.

»Haben die beiden irgendwelche anderen Verletzungen gesehen?«, fragte ich. »Schnittwunden, blaue Flecken, Blut?«

»Nein. Aber die Fische haben an ihr geknabbert.«

»Keine Beulen am Kopf? Schnittwunden an den Händen?«

»Er sagt, sie hatte sehr schöne Hände und Fingernägel. Fußnägel auch. Er meint wohl, sie hatte eine Maniküre.«

»Welche Farbe hatte der Lack?«, fragte ich.

»Lila, meinen sie.«

»Schmuck?«

Die Jungs wirkten etwas unruhig.

»Er behauptet, sie hatte keinen Schmuck«, sagte Charilaos, »aber ich glaube ihm nicht. Die beiden haben ihn bestimmt geklaut.«

»Egal. Sonst irgendwas, woran man das Mädchen wiedererkennen könnte?«

Einer der Jungs sagte etwas, was Charilaos nicht sofort verstand. Er bat ihn, es zu wiederholen.

»*Tatouáz*«, sagte der Junge.

»Sie hatte ein Tattoo«, erklärte mein Fahrer.

»Was für eins? Und wo?«, fragte ich.

»An der Schulter. Eine geometrische Figur in Schwarz. Ich glaube, er meint ein *lavýrinthos*. Wie in der Geschichte von Theseus und dem Minotaurus, verstehen Sie?«

»Ein Labyrinth?«

»Ja. Ungefähr so groß wie eine Teetasse.«

»Hat er das der Polizei gesagt?«

Charilaos lachte. »Glaub ich nicht. Die Bullen haben ihm bestimmt keine vierzig Euro in bar angeboten. Und außerdem: Hier in Athen, in Piräus …«

»Ich weiß, hier hassen alle die Polizei.«

Auf dem Rückweg zum Auto kamen wir wieder an der *Monsieur Crésus* vorbei, wo jemand auf dem Außendeck stand, den ich zufällig kannte; noch überraschender: Er erkannte mich auch. Es war Cooper Lybrand, der Hedgefonds-Manager. Er trug zwar nicht mehr den weißen Anzug, sah aber immer noch wie ein Arschloch aus.

»Hi! Was führt Sie denn hierher?«, fragte er.

»Die Neugier. Am anderen Ende der Marina haben sie ein totes Mädchen aus dem Wasser gefischt, das anscheinend die Nacht mit einem meiner Spieler verbracht hat. Deshalb dürfen wir die Stadt nicht verlassen. Ich wollte mir das Ganze mal aus der Nähe ansehen.«

»Hab ich gehört. Und das von Mr. Develi auch. Mein Beileid.«

»Ich dachte, Sie sind bei Viktor auf dem Boot untergebracht«, erwiderte ich.

»War ich auch. Aber dann hat sich ein Geschäft mit dem Eigner dieser Yacht ergeben. Gustave Haak. Und jetzt bin ich hier. Wir haben aber erst vor einer Stunde hier festgemacht, also sind wir wohl fein raus, was?«

»Wenn Sie das sagen.«

»Ich würde Sie ja an Bord einladen, aber es ist ja nicht mein Boot. Gustave legt großen Wert auf seine Privatsphäre.«

»Wer sagt das?«

Ein weiterer Kopf tauchte an Deck auf. Der Mann war älter und größer als Cooper Lybrand, hatte volle, halblange, dunkle Haare, ein Habichtsgesicht und eine fast unsichtbare Brille.

»Gustave. Das hier ist Scott Manson. Er trainiert Viks Fußballverein.«

»Ich werd doch wohl noch wissen, wer Scott Manson ist, für

wie blöd hältst du mich?«, sagte Gustave Haak. »Bitte vergeben Sie uns unsere Manieren, Mr. Manson, und kommen Sie an Bord. Wir wollten gerade ein Glas Wein trinken.«

Ich schaute auf die Uhr. »Gerne. Einen Drink kann ich gerade gut gebrauchen.«

Ich machte mit Charilaos aus, dass wir uns wieder am Auto treffen würden, und ging an Bord.

Mittlerweile hatte Cooper Lybrand Haak schon erzählt, warum ich in der Marina war, und dieser hatte nun tausend Fragen über die Tote, von denen ich kaum eine beantworten konnte.

»Aber es war eine gute Idee von Ihnen, dass Sie hergekommen sind und sich alles vor Ort angeschaut haben«, sagte Haak, als er mich in einen exquisiten Salon führte, dessen Gestalter bestimmt keine Kinder hatte – alles war weiß. »Mir kommen immer die besten, originellsten Ideen, wenn ich gerade nicht am Schreibtisch sitze. Wenn ich über ein Unternehmen recherchiere, das ich vielleicht übernehmen will, mache ich es immer genauso. Man braucht eben die besten Informationen, wenn man gute Entscheidungen treffen will. Ohne hat man verloren.« Er lächelte und winkte eine der vielen Cartoon-Blondinen heran, die alle hinreißende weiße Uniformen trugen – weiße Badeanzüge und weiße Sneaker.

»Wie wäre es mit diesem exzellenten deutschen Riesling, Mr. Manson?«

»Sehr gern, danke.«

Eins der Mädchen reichte mir ein Glas mit flüssigem Gold, und Haak erzählte weiter.

»Ich liebe Fußball«, verkündete er. »Und das Tolle an Fußballtrainern ist, dass man immer weiß, was sie machen. Sie trainieren eine Fußballmannschaft. Und das machen sie entweder gut oder schlecht. Die meisten anderen Unternehmen sind voller Führungspersonal, das gar nichts macht. Nein, das stimmt nicht ganz. Größtenteils bauen diese Leute nämlich Scheiße, was noch viel schlimmer ist, als gar nichts zu machen. Und ich suche Tag für Tag nach solchen Leuten, damit ich sie rauswerfen kann. Und sofort steigt der Wert des Unternehmens. Das ist schon fast unheimlich. Das ist mein Job, Mr. Manson, das Feuern unfähiger Manager.«

Er war wohl Holländer, denn sein Akzent erinnerte mich an Ruud Gullit. Zu seinem Glück hatte er nicht auch noch dessen Frisur.

»Vik sagt, Sie sind ein guter Trainer, Mr. Manson. Aber meinen Sie wirklich, es ist klug, sich in die Ermittlungen der Polizei einzumischen? Wäre es nicht besser, die Polizei ihre Arbeit machen zu lassen?«

»Haben Sie die Polizei hier in Attika schon kennengelernt, Mr. Haak?«

»Nein, bisher hatte ich noch nicht das Vergnügen.«

»So wie ich es sehe, Mr. Haak, habe ich in einer Situation wie dieser zwei Möglichkeiten. Ich kann versuchen, irgendwie zu helfen; oder ich kann Däumchen drehen. Tendenziell neige ich eher dazu, etwas zu unternehmen, auch wenn sich später herausstellen sollte, dass das nicht unbedingt viel war. Vielleicht bin ich dann tatsächlich einer der Männer, die Sie nicht mögen, weil sie Scheiße bauen. Aber ich baue lieber ein Mal zu viel Scheiße, als gar nichts zu tun. Nur so lernt man im Leben. Da habe ich wohl den gleichen Ansatz wie die Polizei: Die baut regelmäßig Scheiße, lässt sich beim nächsten Mal aber auch nicht davon abhalten.«

»Schön, schön«, erwiderte er. »Aber da ich Niederländer bin, müssen wir uns jetzt unbedingt mit etwas Wichtigerem beschäftigen. Reden wir über Fußball.«

KAPITEL 25

Als ich wieder im Hotel Grande Bretagne war, aß ich allein im Restaurant Winter Garden neben Alexander's Bar ein leichtes Abendessen und überlegte mir meinen nächsten Schritt. Anrufe und Textnachrichten bekam ich nur von Journalisten und einer Frau namens Anna Loverdos vom griechischen Fußballbund, die mir ihre Hilfe anbot. Außerdem meldeten sich ein paar Trainer mit Beileidsbekundungen in dieser schweren Zeit für unseren Verein, eine davon kam sogar von José Mourinho, was eigentlich überhaupt nicht zu ihm passte.

Ich beobachtete einen Typen, der in der Bar genau an dem Tisch mit einer Frau sprach, an dem ich Valentina kennengelernt hatte, und nach einer Weile sah ich, dass sie von dem gleichen Barkeeper bedient wurden wie wir damals. Ich setzte mein Essen auf die Rechnung von Viks Suite und machte es mir an der Bar unter den skeptischen Augen von Alexander dem Großen bequem, der sich mit Mord selbst ganz gut auskannte, hatte er doch mehr oder weniger seinen Vater auf dem Gewissen.

Der Typ mit der Frau an meinem alten Tisch gab sich alle Mühe, überzeugend rüberzukommen; er war Australier, die sockenlose Möchtegern-Lässigkeit mit Dauerdreitagebart in Person. Er war keine 1,70 groß und gab sich so entspannt, wie er konnte, erzielte dabei aber kaum die gewünschte Wirkung. Kleine Kerle wuseln immer herum wie Terrier, um ihre Größe zu kompensieren; das ist okay, wenn man Messi oder Maradona ist, aber für die meisten Männer stellt das ein echtes Problem dar. Vor allem, wenn sie es mit einer so großen Frau wie dieser hier zu tun haben; sie sah aus wie der feuchte Traum eines trojanischen Prinzen: endlose Beine, volles, schwarzes Haar und Lippenbögen, die selbst für Amor zu groß gewesen wären, mir aber genau richtig vorkamen.

Der Barkeeper kam zu mir, und ich bestellte einen Macallan 1973. Die dreihundertzehn Euro pro Glas sicherten mir seine ungeteilte Aufmerksamkeit. Und die war mir gerade wichtiger als der Scotch. Als er die Rechnung brachte, legte ich ihm vier Hundert-Euro-Scheine in die bordeauxrote Ledermappe und sagte, er könne das Wechselgeld behalten. Als er nach der Mappe griff, legte ich die Hand darauf.

»Vielleicht erinnern Sie sich an mich?«

Er schüttelte den Kopf. »Nein, Sir, tut mir leid.«

»Ich war vor ein paar Wochen schon mal hier, als Olympiakos gegen Hertha BSC gespielt hat. Ich war mit einer Frau hier, einer blonden Russin. Sie trug ein Tweed-Minikleid und Louboutin-High-Heels. Sie heißt Valentina, und ich hatte den Eindruck, dass Sie sie kannten. Sie ist mindestens eine acht Komma neun auf der Richterskala. So eine Frau richtet auch an erdbebenfesten Brieftaschen und Kreditkarten beträchtlichen Schaden an. Erinnern Sie sich?«

Ich zog die Hand weg, lehnte mich auf dem Hocker zurück und nippte an meinem Scotch. Er öffnete die Mappe, und ich war mir sicher, dass er sich in diesem Moment fragte, ob das Trinkgeld seinen Gesamtlohn für den Abend überstieg; wir wussten beide, dass es so war.

»Jetzt zieren Sie sich doch nicht so. Alois Alzheimer persönlich hätte sich an so eine Frau erinnert.«

Mit seinem Zuhälterschnurrbart, der dürren Taille und dem

Pferdegebiss sah er aus wie Freddie Mercury. Er legte die Mappe unter die Theke und sagte: »Valentina? Ja, die kenne ich. Sie ist vielleicht kein Stammgast, aber so ein, zwei Mal im Monat ist sie schon hier.«

»Jedes Mal mit einem anderen?«

»Nicht immer. Aber immer mit einem wie Ihnen – einem reichen Ausländer.«

»Ein Escort-Girl.«

Er zuckte mit den Schultern. »Wir sind hier in Griechenland, Sir. Heutzutage muss man froh sein, einen Job zu haben, der Geld bringt. Unseren Stolz müssen wir da begraben. Schauen Sie mich an: Ich war früher Chemiedozent an der Uni. Jetzt mixe ich Cocktails für anderthalbtausend Euro im Monat. Was weiß ich, was ich für anderthalbtausend Euro am Abend machen würde? Aber sie ist keine *poutána*. Dann würde der Portier sie nicht hereinlassen. Entschuldigen Sie mich bitte einen Augenblick.«

Für ein paar Minuten kümmerte er sich um die anderen Gäste, dann kam er zurück.

»Haben Sie sie jemals mit Bekim Develi, dem Fußballer, gesehen?«

»Ich mochte ihn«, erwiderte er. »Ich will seiner Familie keine Sorgen bereiten, jetzt wo er tot ist. Er hat fast so gute Trinkgelder gegeben wie Sie.«

»Ich gehöre zu seiner Familie. So gut wie zumindest. Ich bin der Trainer von London City. Mein Chef, Viktor Sokolnikow, hat die Royal Suite gemietet. Wir betreiben gerade ein bisschen Schadensbegrenzung, könnte man sagen. Dabei geht es auch um den Schaden an Bekims gutem Ruf. Unsere ganze Mannschaft sitzt in Athen fest, bis die Polizei sich sicher ist, dass es keine Verbindung zwischen Bekim und dem Tod eines anderen Escort-Girls gibt.«

»Ja, das stand in der Zeitung.«

»Wir kennen den Namen der Toten noch nicht. Aber vielleicht war sie eine Freundin von Valentina. Das will ich herausfinden. Eine andere perfekt gestylte Blondine mit Labyrinth-Tattoo auf der Schulter. Wir kommen am schnellsten nach Hause, wenn ich beweisen kann, dass Bekim nichts mit ihrem Tod zu tun hatte, aber das geht nur, wenn ich weiß, wer sie ist. Und dazu muss ich Valentina finden. Valentina und die Tote hatten nämlich eines gemeinsam: Bekim.«

»Das verstehe ich, Sir. Ich bin selbst *prasinos*. Grün durch und durch. Für Olympiakos habe ich nichts übrig. Es war eine Schande für unser Land, wie dieses Schwein Hristos Trikoupis sich nach dem Spiel aufgeführt hat. Ich habe mich gewundert, dass Sie ihm keine verpasst haben. Ich würde mich sehr freuen, wenn Sie diese Drecksäcke beim nächsten Spiel schlagen. Als der griechische Fußballbund den *gavroi* all die Punkte aberkannt und ihnen den Titel genommen hat, war das einer der schönsten Tage meines Lebens. Deshalb sage ich Ihnen alles, was ich weiß.

Valentina – ihren Nachnamen kenne ich nicht – war eine nette Frau, für eine Russin. Sie hat immer gutes Trinkgeld gegeben. Ihr Griechisch war auch sehr gut, genau wie ihr Englisch. Sie ging gerne in Kunstgalerien und Museen. Und sie hatte immer ein Buch dabei, was man selten sieht. Ich glaube, sie wohnt nicht weit von hier, denn einmal habe ich sie auf der Straße gesehen, als ich mit dem Roller nach Hause gefahren bin. Sie sah aus, als wäre sie auch auf dem Heimweg. Wo war das noch? Gleich hier vorne: Irgendwo zwischen der Odos Akadimias und der Odos Skoufa.«

»Warum glauben Sie, dass sie auf dem Heimweg war?«

»Die Straßen sind da sehr steil, und sie hatte die Schuhe ausgezogen. Das machen doch manche Frauen, wenn sie spätabends nach Hause gehen und es egal ist, ob sie schmutzige Füße bekommen.«

Ich nickte. »Okay.«

»Hier drinnen habe ich sie noch nie mit einem anderen Mann gesehen, den ich kannte. Aber mit einem Mädchen. Die hatte aber kein Labyrinth-Tattoo auf der Schulter.«

»Wissen Sie ihren Namen?«

»Nein, aber ich weiß, wer sie ist. Ich kann sie Ihnen sogar zeigen.« Er schaute über meine Schulter und nickte in Richtung der Frau mit den endlosen Beinen, die gerade mit ihrem kleinen Freund die Bar verließ. »Die war es. Ganz sicher. Sie ist eine Freundin von Valentina. Sie ist auch Russin.«

Ich leerte meinen Scotch und wollte den beiden gerade folgen, als der Barkeeper mich am Arm festhielt.

»Der Mann wohnt hier im Hotel. Wahrscheinlich gehen sie auf sein Zimmer. Warten Sie, ich schaue nach.«

Er folgte den beiden aus der Bar. Als er nach ein paar Minuten wiederkam, nahm er die Mappe mit der Rechnung von dem Tisch, an dem die beiden gesessen hatten.

»Mr. Overton ist mit ihr auf Zimmer 327 gegangen.«

»Woher wissen Sie das?«

Er grinste und klappte die Mappe auf. Auf der Rechnung standen der Name und die Zimmernummer des Australiers.

»Ich bin ihnen bis zum Aufzug gefolgt. Sie müssen nur abwarten, bis die Frau wieder herunterkommt.«

Ich sah auf die Uhr. Es war erst halb neun. »Es ist noch früh. Das kann eine Weile dauern, oder?«

Der Barkeeper schüttelte den Kopf. »So ein Mädchen ist teuer. Kurz vor zehn ist sie wieder hier, würde ich sagen. Nach manchen von denen kann man die Uhr stellen. Wie wär's damit: Ich rede mit dem Concierge – der soll sie Ihnen aufs Zimmer schicken, wenn sie mit dem Kerl fertig ist. Machen Sie sich keine Gedanken, und trinken Sie einfach noch einen.«

Ich bestellte ein Bier. Der Macallan 1973 war gut, aber keine dreihundertzehn Euro pro Glas wert. Aber was ist das schon?

KAPITEL 26

Ich war in der Royal Suite, und mein iPhone klingelte. Es war Pete Scriven, der Reiseplaner der Mannschaft.

»Der Hotelchef fragt mich schon, wie lange wir noch bleiben. Am Wochenende kommen neue Gäste an. Das Kulturministerium versucht, uns ein neues Hotel zu finden, aber es ist Hochsaison und alles ist voll.«

»Da müssen die sich schon entscheiden – entweder halten sie uns in ihrem Land fest, oder sie werfen uns aus dem verdammten Hotel. Beides geht nicht.«

»Das würde ich denen trotzdem zutrauen, Boss. Wir sind hier in Griechenland. Nach allem, was ich in der Zeitung gelesen habe, können wir von Glück reden, wenn sie nicht auch noch auf die Rückgabe der Elgin Marbles bestehen, bevor sie uns wieder gehen lassen.«

Es klingelte an der Zimmertür.

»Ich muss mich hier um etwas kümmern, Pete. Wir reden später weiter.«

Das Mädchen vor der Tür grinste breit, als sie sah, dass der Bewohner der Royal Suite nicht unbedingt wie ein Royal aussah, und sagte: »Hi, ich bin Jasmine. Panos hat gesagt, Sie wünschen Gesellschaft.«

»Panos?«

»Der Barkeeper unten.«

»Ach, klar. Komm rein, komm rein.«

»Danke.«

»Ich bin Scott«, sagte ich und schloss die Tür hinter ihr. »Schön, dich kennenzulernen, Jasmine.«

»Bist du geschäftlich hier?«

»Mehr oder weniger.«

Sie schritt langsam durch die Suite wie ein Nummerngirl im Boxring der MGM Grand Garden Arena in Las Vegas. Im Weinkeller quietschte sie vor Begeisterung, und im Speisezimmer blieb ihr die Luft weg. Als sie einen Moment auf Zehenspitzen den Blick durchs Fenster schweifen ließ, sah sie aus wie ein wunderschönes Erdmännchen.

»Tolle Aussicht«, sagte sie.

»Von hier aus auf jeden Fall«, murmelte ich. »Die Royal Suite ist mir eigentlich ein bisschen zu vornehm, aber ich bin ja auch kein König.«

»Mir gefällt sie. Sehr sogar.« Sie setzte sich auf eins der vielen Sofas und arrangierte ihre Beine sorgfältig, sodass sich eine perfekte Geometrie aus Haut und High Heels ergab, die Euklid sich nie erträumt hätte, deren einzige algebraische Formel aber nur $S=EX^2$ lauten konnte.

Ich bot ihr einen Drink aus der gutbestückten Bar an. Sie wählte eine Cola. Ich holte uns beiden jeweils eine aus dem Kühlschrank und setzte mich neben sie aufs Sofa. Sie war elegant frisiert und duftete dezent; kaum zu glauben, dass sie gerade erst bei einem anderen Mann aus dem Bett gestiegen war. Manche von diesen Mädchen machen sich schneller wieder frisch, als Crashkids ein Auto klauen können.

»Können wir das Geschäftliche vorher regeln?«, fragte ich wie ein echter Freier.

»Schön, dass du so direkt bist«, sagte sie. »Fünfhundert die Stunde, achthundert für zwei. Zweitausend für die ganze Nacht.

Es wäre ja auch eine Schande, in so einer schönen Suite nur zu schlafen.«

Ich zückte meine Brieftasche und zählte vier Hundert-Euro-Scheine auf den Kaffeetisch. »Hör zu, Jasmine, ich will nur reden.«

»Alles klar. Worüber denn, Scott?«

»Du bist Russin, Jasmine, oder?«

Sie nickte misstrauisch. »Du bist doch wohl kein Bulle?«

»Wir sind hier in der Royal Suite und nicht auf dem Revier, und da liegt Bargeld auf dem Tisch und kein Rettungspaket von der EZB. Ich bin kein Bulle. Ich hasse Bullen.«

Jasmine zuckte mit den Schultern. »Ein paar von denen sind ganz okay.«

»Kennst du eine Frau namens Valentina, Jasmine? Und sag bitte nicht Nein, denn ich weiß es besser. Dein Freund Panos hat es mir gesagt. Ich brauche nur ein paar Informationen über sie. Du sagst mir bloß, was du über sie weißt, du nimmst das Geld und dann gehst du. Ganz einfach.«

»Hat sie Probleme?«

»Nein. Noch nicht jedenfalls. Davor will ich sie bewahren. Ich muss unbedingt vor der Polizei mit ihr reden. Du würdest ihr wirklich einen Gefallen tun. Niemand will, dass die Bullen einem das Leben schwer machen. Zu Hause in London bin ich mal mit welchen aneinandergeraten, und ich habe heute noch daran zu knabbern. Bullen sind wie Herpes: Wenn man sie einmal gehabt hat, kommen sie immer wieder.«

»Willst du ihre Telefonnummer? Ihre E-Mail-Adresse? Die kann ich dir auch kostenlos geben.«

Sie zog ein kleines Notizbuch aus der Handtasche und schrieb mir nach einem Moment des Nachdenkens beides auf einen Zettel.

Die Nummer kannte ich auswendig, so oft hatte ich sie schon angerufen, mit der E-Mail-Adresse verhielt es sich ähnlich.

»Hast du noch eine andere Nummer? Eine Anschrift? Einen Skype-Namen? Die Nummer hier rufe ich schon den ganzen Tag an, aber keiner meldet sich.«

Jasmine schüttelte den Kopf. »Mehr hab ich nicht. Tut mir leid.«

»Schade.«

Ich hatte nicht eine Sekunde geglaubt, dass das Mädchen wirklich Jasmine hieß; wahrscheinlich hatte sie sich den Namen ausgesucht, weil sie damit verführerischer erscheinen wollte, was bei mir seine Wirkung verfehlte. Ich gab mich so kühl und nüchtern, wie es ging, hatte aber keinen großen Erfolg. Selbst wenn ich an den Mast der *Argo* gefesselt gewesen wäre, hätte sie nicht noch aufreizender wirken können.

»Okay. Versuchen wir es mal anders. Habt ihr jemals zusammengearbeitet? Mit einem Kunden, der zwei Frauen wollte? So was in der Art?«

Das war ein angenehmer Gedanke, der sich allzu einfach hätte umsetzen lassen können.

»Ich habe ihr das einmal vorgeschlagen, aber sie wollte nicht. Sie arbeitet lieber allein. Ohne Agentur. Sie will sich ihre Kunden selbst aussuchen. Sie hätte eigentlich noch viel mehr Geld verdienen können. Kennst du sie?«

»Ja.«

»Dann weißt du, was ich meine. Sie ist wunderschön. Und schlau.«

»Was kannst du mir noch über sie erzählen?«

»Sie kommt aus Moskau. Sie hat russische Literatur studiert. Sie mag Kunstgalerien und Museen. Vor allem Skulpturen, glaube ich.«

»Wo hast du sie kennengelernt?«

»Unten auf der Toilette. Sie hat mich angesprochen. Damals konnte ich meinen Job wohl noch nicht so gut verbergen. Nicht wie sie jedenfalls. Sie hat mir ein paar Tipps gegeben, wie ich mich ein bisschen dezenter geben kann, damit ich aus solchen Läden wie hier nicht rausgeworfen werde. Ein, zwei Mal habe ich sie hier gesehen, im Intercontinental oder im St George. Manchmal haben wir zusammen etwas getrunken, wenn wir auf jemanden gewartet haben. Sie war mir sympathisch.«

»Fällt dir sonst irgendwer ein, der sie kennt? Vielleicht andere Mädchen?«

»Nein. Wie gesagt hat sie mit keiner Agentur oder Website zusammengearbeitet. Sie hat sich auf Mundpropaganda verlassen.«

»Kennst du ein Mädchen mit einem Tattoo auf der Schulter? Mit einem Labyrinth als Motiv?«

Jasmine legte die Stirn in Falten. »Ich glaube, so eine habe ich mal mit Valentina sprechen sehen. Ich weiß aber ihren Namen nicht.«

»War sie auch Russin?«

»Glaub schon. Heutzutage sind viele von den Mädchen, die in Athen arbeiten, Russinnen.«

Ich wollte ganz offen mit Jasmine sein. Vielleicht fiel ihr dann ja noch etwas ein, oder der Schreck half ihrem Gedächtnis auf die Sprünge.

»Das frage ich dich nämlich deshalb, weil das Mädchen mit dem Labyrinth-Tattoo gestern Morgen tot aus der Marina Zea gefischt wurde. Man weiß bisher noch nicht, wer sie ist. Ich weiß nur, dass sie wahrscheinlich Valentina kannte und dass Valentina mir vielleicht helfen könnte, sie zu identifizieren.«

»Warum denn? Du hast gesagt, du bist kein Bulle.«

»Bin ich wirklich nicht. Wann hast du Valentina zum letzten Mal gesehen?«

»Schon länger nicht mehr.« Sie zuckte erneut mit den Schultern. »Seit der Rezession gibt es in Griechenland so viele von uns, dass man nicht immer alle auf dem Schirm hat. Und immer wieder geben welche das Geschäft auf. Aber es nehmen sofort neue ihren Platz ein.«

»Noch eine letzte Frage: Hast du Valentina jemals mit einem Kunden gesehen?«

»Kann sein. Aber über so was redet man nicht.«

»Komm schon, Jasmine, das ist wichtig.«

»Okay. Ich kann mich an zwei Kunden erinnern. Einmal habe ich sie in einem Restaurant hier in Athen gesehen, im Spondi. Da war sie mit dem einen Fußballer zusammen, der gerade gestorben ist: Bekim Develi. Und das andere Mal habe ich gesehen, wie sie zu einem Mann ins Auto gestiegen ist. Hier vor dem Hotel. In einen schwarzen Maserati.«

»Teuer.«

Sie wiegte den Kopf. »Das kann der sich schon leisten.«

»Hast du ihn erkannt?«

Jasmine zögerte. Sie schaute auf das Geld. »Wenn ich's dir sage, verrätst du mich aber nicht, oder?«

Ich legte noch einen Fünfziger auf den Tisch. »Kein Wort.«

»Hristos Trikoupis«, sagte sie.

»Der Trainer von Olympiakos?«

Sie nickte.

»Bist du dir da ganz sicher?«

»Ja.« Sie grinste höhnisch. »Der war's auf jeden Fall.«

»Du bist also kein Fan?«

»Von Olympiakos? Nein.«

»Warum nicht? Bist du für Panathinaikos?«

»Nein«, erwiderte sie. »Mein Freund ist PAOK-Fan. Er ist aus Thessaloniki. Die hassen Olympiakos genauso sehr wie die Drecksäcke von Panathinaikos.«

»Fußball! Neunzig Minuten Sport und eine Trajanssäule aus Hass und Missgunst.«

»Ist das in England anders?«

»Nein.«

»Tut mir leid, dass ich nicht mehr tun konnte.«

»Doch, du hast mir sehr geholfen, wirklich. Wenn du willst, kannst du jetzt dein Geld nehmen und gehen.«

Das tat sie auch.

KAPITEL 27

Als ich am nächsten Morgen um sieben das Hotel verließ, warteten ein paar Reporter und Fernsehcrews auf den Resten der Marmortreppe auf mich, die aussah, als hätte sich jemand mit dem Hammer an ihr vergangen.

»Was ist denn hier passiert?«, fragte ich den Portier.

»Gestern Abend wollten ein paar Leute unbedingt Steine auf das Parlament werfen, da haben sie sich an unserer Treppe bedient.«

»Das war's! Jetzt kriegt ihr die Elgin Marbles erst recht nicht wieder!«

Ich drängelte mich durch den Wald aus Mikrofonen und Kameras zu Charilaos' schwarzem Range Rover Sport, ohne einen der vielen Kommentare abzugeben, die mir durch den Kopf gingen.

»Morgen, Charilaos. Anscheinend hat die Presse mich aufgespürt.«

»Wo geht's hin?«, fragte er, als ich die Tür schloss.

»Apilion. Zum Training. Dann zum Krankenhaus Laiko. Und dann wieder hierher zurück zum Treffen mit Chefinspektor Varouxis um zwölf.«

»Alles klar, Sir. Und nennen Sie mich Charlie, das machen alle.«

Wir fuhren los. Auf dem Rücksitz lag eine Auswahl griechischer Zeitungen, bei den meisten war eine Polizei-Zeichnung der Toten auf der Titelseite. Der Zeichner hatte sie wie eine Disney-Prinzessin aussehen lassen, und man konnte sich nicht so recht vorstellen, dass irgendjemand sich auf dieses Bild hin bei der Polizei melden würde – außer vielleicht, um einen anderen Zeichner zu empfehlen.

Ich warf die Zeitungen zur Seite und las eine Weile in der *Times*, die ich mir aufs iPad heruntergeladen hatte. Der Notlage von London City in Athen wurde eine Menge Platz eingeräumt. Und jetzt, wo die UEFA ihr Einverständnis gegeben hatte, dass wir unser Heimspiel gegen Olympiakos im Panathinaikos-Stadion spielen, war die Story noch viel interessanter geworden.

»Brauchen Sie mich heute Nachmittag, Sir?«, fragte Charlie.

»Ja. Ich glaube, ich gehe mal meinen Kontrahenten Hristos Trikoupis besuchen. Dann können wir uns über das Spiel nächste Woche unterhalten. Sie wüssten nicht zufällig, wo ich ihn heute Nachmittag finden kann?«

»Rufen Sie ihn doch einfach an«, schlug Charlie vor.

»Ich würde ihn lieber überraschen.«

»Olympiakos hat am Sonntagabend ein Spiel gegen Aris. Im Moment ist er wahrscheinlich auf dem Trainingsgelände in der Agios Ioannis Rentis. Da sieht es ein bisschen anders aus als in Apilion. Die roten Drecksäcke haben viel mehr Geld.«

»Sie sind also kein Fan von Olympiakos?«

»Nein, Sir. Seit ich klein war, bin ich Panathinaikos-Fan.«

»Darum beneide ich Sie, Charlie. Diese Hingabe an einen einzigen Verein verliert man als Berufsfußballer. Wenn man für Geld spielt, wird man zwangsläufig zum Söldner, und nichts ist mehr wie vorher. Manchmal wünsche ich mir, ich könnte einfach nur einem Verein folgen; einfach das Spiel anschauen wie alle anderen, wissen Sie?«

»Gerade werden wohl eher wir verfolgt, Sir.«

Ich drehte mich um.

»Der silberne Skoda Octavia stand vor dem Hotel, als ich heute Morgen ankam«, erklärte er. »Ich bin zweimal um den Block gefahren, um mich zu versichern.«

»Verdammte Reporter«, sagte ich. »Wenn irgendwo ein Stück Scheiße liegt, stürzt sich sofort einer drauf und pickt darin rum.«

»Eher Bullen«, sagte Charlie.

Ich drehte mich noch einmal um.

»Woher wissen Sie das?«

»Weil in Athen keiner freiwillig das gleiche Auto fährt wie die Polizei. Und weil sie nur zu zweit sind.«

»Wenn sie Bullen sind, warum verfolgen sie mich dann, verdammte Scheiße?«

»Ich will Sie ja nicht beunruhigen, aber das ist wahrscheinlich zu Ihrem Schutz. Jetzt, wo bekannt gegeben wurde, dass Sie das Rückspiel gegen die roten *malakas* in unserem Stadion spielen, meinen bestimmt viele von denen, Sie haben sich mit ihren Todfeinden verbündet: den Grünen. Vielleicht sind Sie sogar selbst in Gefahr.«

»Das beruhigt mich ja.«

Eine knappe Viertelstunde später sahen wir den Hymettos. Die einzigen Wolken am blauen Himmel umringten die geschwungenen Höhen des Bergs, als wollten sie die Götter vor den zudringlichen Blicken der Menschen schützen. Auch ich wünschte mir so eine Abschirmung; die Presse lauerte in voller Besetzung am Trainingsgelände, und Charlie konnte sich nur mit Schrittgeschwindigkeit auf die Einfahrt zubewegen.

Das Training war schon in vollem Gange, und Simons Stimme donnerte über die Felder wie ein Gewitter über Yorkshire. Egal, wie oft ich ihm zuhörte, über seine Erklärungen musste ich immer grinsen.

»Es war Edson Arantes do Nascimento, besser bekannt als

Pelé, der Fußball zum ersten Mal als das ›schöne Spiel‹ bezeichnete. Im brasilianischen Fußball wird die Sohle viel stärker zur Ballkontrolle eingesetzt als im englischen. Nämlich so. Von links nach rechts. Nach links, nach rechts. Wenn euch das komisch vorkommt, ist das gut, deshalb trainieren wir es ja. Man kann mit der Sohle passen, dribbeln und den Ball stoppen. Cristiano Ronaldo macht fast alles damit. Der Junge kriegt mit den Fußsohlen mehr hin als ein verdammter Schimpanse. Und ihr passt jetzt mal den Ball von einer Sohle zur anderen, links, rechts, links. Erst langsam, das andere Bein fest auf dem Boden, und dann lauft ihr dabei auf der Stelle, links, rechts, links. Und schön weit auseinander das Ganze. Okay. Los geht's. Und nimm gefälligst die Augen vom Ball, Gary. Kopf hoch! Wenn das ein Spiel wäre, müsstest du schauen, wem du zupassen kannst. Das gilt auch für so ballgeile Säcke wie dich, Jimmy.«

Als Simon mich sah, kam er an die Seitenlinie und beobachtete von dort mit verschränkten Armen unsere Spieler.

»Wenn du Gary Ferguson dazu bringst, wie ein Brasilianer zu spielen, fress ich deine England-Kappe«, sagte ich. »Der hat so viel Ballgefühl wie ein Wildschwein.«

»Tja, aber er hat das beste Auge für den Ball, das ich bei 'nem Innenverteidiger je gesehen habe. Und Schienbeine wie Brecheisen. Gary könnte 'nem Esstisch die Beine weggrätschen.«

»Auf jeden Fall sieht er gefährlich aus. Vor allem seit er die Glatze hat. Wer sich dem in den Weg stellt, hat noch lange was davon.«

Eine Weile sahen wir den Spielern schweigend zu.

»Man muss schon zugeben, Prometheus hat's drauf«, sagte Simon. »Bei dem wirkt alles ganz natürlich.«

»Auch das verzogene Arschlochbenehmen.«

»Stimmt. Aber in den letzten Tagen spielt er sich nicht mehr ganz so groß auf. Vielleicht liegt das an Bekims Tod. Oder an der

Aussicht hier.« Sichtlich hingerissen atmete Simon tief durch. »Echt toll hier, oder?«

»Der Trainingsplatz soll nach einem griechischen Dichter benannt sein.«

»Tja, das kann ich gut verstehen. Wenn ich das alles hier jeden Tag vor Augen hätte, würde ich wahrscheinlich auch mal ein Gedicht schreiben.«

»Das will ich lesen!«, erwiderte ich und fragte mich, wie viele Reime auf »Scheiße« und »Arschloch« Simon wohl zustande bringen würde. »Wie ist die Stimmung so ohne Bekim?«

»Gute Frage.«

Er ging kurz aufs Spielfeld und erklärte die nächste Übung, bevor er zu mir zurückkehrte.

»Jetzt, wo wir unseren Mannschaftsjesus verloren haben, brauchen die anderen Jünger eine neue Quelle der Inspiration«, sagte ich.

»Bitte was, Boss?«

»Jedes Team braucht einen Jesus. Einen, der verdammt noch mal Wasser in Wein verwandeln kann, der Aussätzige und Blinde heilen und die Mannschaft von den Toten auferwecken kann, wenn wir in der Scheiße stecken. Unser Jesus war Bekim – wer wird der neue? Darum dreht sich jetzt alles, Simon. Gary ist ein guter Kapitän, aber besonders inspirierend ist er nicht gerade. Er sorgt für Disziplin und ist eine Maschine in der Verteidigung. Aber er kann dir nicht in die Augen gucken und dich überzeugen, dass er die Antwort auf deine Gebete ist.«

Simon brummelte vor sich hin, aber in Wirklichkeit wusste ich die Antwort schon selbst. Bevor das Transferfenster am einunddreißigsten August schloss, musste ich Vik überzeugen, für Horst Daxenberger, den Kapitän von Hertha BSC, einen anständigen Batzen Geld auf den Tisch zu legen. Mit seinen langen, blonden Haaren, den blauen Augen und dem Bart war Daxenberger der beste Jesus, den ich außerhalb von einem miesen Hollywoodfilm jemals gesehen hatte. Aber wenn wir ihn zu London City locken wollten, mussten wir vorher Olympiakos besiegen und uns für die Champions League qualifizieren; das war unser einziger Trumpf, bei dem Hertha nicht mithalten konnte.

Nach dem Training versammelte ich die Spieler und den Betreuerstab um mich herum in der warmen Sonne und hielt eine Ansprache.

»Ich weiß, dass ihr alle eure Familien vermisst, aber ich kann euch versichern, dass Viks Anwälte weiter Druck machen, damit die Polizei uns gehen lässt. Aber ohne ein Wunder bleiben wir wahrscheinlich erst mal hier. Und ehrlich gesagt könnte alles schlimmer sein. Die Jungs von Panathinaikos tun alles für uns, also wollen wir ihnen zeigen, wie dankbar wir sind. Die Sonne scheint, das Essen ist gut, und unser Hotel hat einen schönen Strand. Also geht Sonne tanken, ladet euch ein gutes Buch runter, tobt euch im Kraftraum aus, aber lasst die Flaschen aus dem Duty-free zu, denn nächste Woche kommt da so ein klitzekleines Champions-League-Spiel auf uns zu, bei dem wir auch noch drei Tore zurückliegen.

Also: Ich erzähle euch jetzt, was wir wissen, und danach darf sich bitte jeder melden, der mir auch nur das kleinste Detail an dieser ganzen traurigen Sache erklären kann – und ihr könnt euch drauf verlassen: Es hagelt dafür keine Strafen, und ich gebe kein Wort an die Bullen weiter. Keine Bußgelder und kein Anschiss für jemanden, der irgendwas weiß. Denn unsere beste Chance, hier wegzukommen, ist Teamarbeit. Wir müssen alle Informationen zusammentragen. Ich weiß, dass die Bullen euch schon befragt haben, ich weiß aber nicht, was ihr ihnen gesagt habt, aber viel wird's sicher nicht gewesen sein. Bekim war euer Mannschaftskamerad, und ihr haltet ihm immer noch den Rücken frei. Das finde ich toll. Ich mache es genauso. Aber jetzt stelle ich die Fragen, nicht die Bullen. Und ich will Antworten.«

»Wollen Sie wieder den Detektiv spielen, Boss?«, fragte Gary. »Wie am Silvertown Dock, als Sie rausgefunden haben, wer Zarco umgebracht hat?«

»Kann sein. Die Bullen wissen doch noch gar nicht, wo hinten und vorne ist, also warum nicht? Schaden wird's schon nicht. Okay, wie ihr sicher wisst, hat Bekim sich Frauen gemietet wie andere Leute Fahrräder. Gegen meine Anordnungen hatte er Montagabend vor dem Spiel ein Mädchen bei sich im Bungalow. Er hat sie dumm und dämlich gefickt, und am nächsten Tag wird sie mit einer Kugelhantel an den Füßen aus dem Hafenbecken gezogen. Deshalb werden wir hier festgehalten. Die Bullen wissen immer noch nicht, wer sie war. Weiß es einer von euch? Hat Bekim euch zu einem Dreier eingeladen? Habt ihr irgendwas gehört oder gesehen? Soweit ich weiß, war sie blond, hatte ein blaues Kleid an und ein Labyrinth-Tattoo auf der Schulter. Wahrscheinlich war sie Russin. Und sie stand auf Fußballer, was weiß ich warum.«

»Er hat mir vorher gesagt, dass eine in seinen Bungalow kommt«, erklärte Xavier Pepe. »Und dass sie etwas ganz Besonderes ist. Attikas bestgehütetes Geheimnis und die schönste Frau von Athen.«

»Genau so hat er das gesagt?«

Xavier nickte.

So hatte Bekim auch Valentina beschrieben, bevor ich zu dem Spiel Hertha gegen Olympiakos nach Athen gefahren war.

»Weißt du noch, wann genau er das gesagt hat?«

»Nach dem Abendessen«, erwiderte Xavier. »Gegen halb zehn.«

Ich zückte mein Notizbuch und vermerkte es. Möglicherweise

hatte Bekim tatsächlich die ganze Zeit Valentina erwartet, bis dann die andere bei ihm vor der Tür stand – Chefinspektor Varouxis zufolge um elf Uhr.

»Ich glaub, ich hab ihn sogar daran erinnert, dass sein Bungalow neben Ihrem ist. Und dass er bloß aufpassen soll, wenn er nicht will, dass Sie seine Eier zum Frühstück essen.«

»Und das hätte ich auch. Also reißt euch zusammen. Wenn irgendwer meint, er kann sich mit der örtlichen Nuttenschwesternschaft vergnügen, während wir hier festsitzen, hat er sich geschnitten. Das ist einfach nicht drin, bevor nicht die ganze Sache vom Tisch ist.« Ich hielt inne. »War's das, Xavi?«

Er nickte.

»Sonst noch wer?« Ich wartete einen Moment. »Was ist mit dem Amulett, das sie bei Bekim gefunden haben? Weiß irgendwer etwas darüber? Der eine Polizist hat es ein *hamsa* genannt. Es sieht wohl aus wie eine offene rechte Hand. Ich bin mir ziemlich sicher, dass ich Bekim so etwas in England nie habe tragen sehen. Und auch wenn er auf meine Anweisungen geschissen hat, glaube ich kaum, dass er ohne Grund so weit gegangen wäre, sich mit den UEFA-Offiziellen hier in Griechenland anzulegen. Gelb kassiert man schon für weit harmlosere Sachen.«

»Das Amulett habe ich ihm gegeben«, sagte Denis Abajew, unser Ernährungsberater und der Mann, der vor unserer Notlandung auf dem Flug nach Sankt Petersburg den allgemeinen Vorbeter gespielt hatte.

»Aber hat dich Bekim nicht als Dschihadi beschimpft?«

»Doch nur, weil er Angst hatte«, erklärte Denis. »Und außerdem hat er sich doch sofort bei mir entschuldigt. Das *hamsa* ist im Nahen Osten ein Glückssymbol. Es soll vor dem bösen Blick schützen. Das wollte ich dir eigentlich schon lange erzählen, aber du hattest ja gesagt, ich soll mich vor den Spielern mit religiösen Sachen zurückhalten.«

»Und warum hast du ihm das Teil dann gegeben?«

»Das *hamsa* sollte ihn beruhigen. Bekim hatte vielleicht nichts für Gott übrig, aber er war abergläubisch. Er hat mir erzählt, jemand wollte ihn mit einem Fluch belegen.«

»Willst du mich verarschen?«

Denis hielt einen kleinen, blauen Schmuckanhänger, eine Art Glasauge hoch und gab es mir. »Das hat er an unserem ersten Abend hier an der Klinke seiner Terrassentür gefunden.«

»Was ist das?«

»Ein *mati*«, erklärte Denis. »Ein böses Auge. Die gibt's hier überall; in Athen kann man sie an jeder Straßenecke kaufen. Bekim war total verunsichert. Er hat sich richtig Sorgen gemacht.«

Ich warf Denis das kleine Auge zurück.

»Hört zu, Jungs, der einzige böse Blick, der wirklich funktioniert, gehört Roy Keane. Der Ire gewinnt ein Wettstarren mit Medusa.«

»Bekim ist tot, Boss«, sagte Gary Ferguson. »Daran führt kein Weg vorbei. Das böse Auge hier hat also anscheinend sehr wohl funktioniert.«

»Meine Fresse, Gary, was laberst du für einen Dünnschiss? Hier hat sich einfach nur einer einen blöden Spaß erlaubt, okay? Vielleicht wollte uns ein Hotelmitarbeiter ärgern. Auf jeden Fall kapiere ich so langsam, warum die Jungs von Panathinaikos Olympiakos so hassen. Die Schweine versuchen so ziemlich alles, einem das Spiel zu versauen. Hast du den Bullen davon erzählt, Denis?«

»Nein, Boss.«

»Dabei kann's auch ruhig bleiben, okay? Wir haben schon genug Stress, ohne dass die griechische Polizei meint, irgendwer wollte Bekim umbringen.«

»Das können Sie laut sagen, Boss.« Gary schüttelte den Kopf. »Je schneller wir aus diesem Dreckloch raus sind, desto besser.

Als dieser Verrüxis mich verhört hat, bin ich immer fast ohnmächtig geworden, wenn er ausgeatmet hat.«

Ich nickte. »Wenn das wirklich was werden soll mit deiner Fernsehkarriere, nachdem du die Schuhe an den Nagel gehängt hast, dann musst du wohl noch ein bisschen an deinen Medienskills feilen.«

KAPITEL 28

Auf dem Rückweg zu meinem Treffen mit Chefinspektor Varouxis im Hotel fuhr ich kurz am Krankenhaus Laiko vorbei. Ich hatte mit ihm vereinbart, dass ich Bekims Leiche sehen und ihm die letzte Ehre erweisen konnte, aber hauptsächlich wollte ich mich nur versichern, dass sie anständig mit ihm umgingen. Wegen des Streiks hätte es mich auch nicht gewundert, wenn er in eine Mülltüte eingewickelt in der Kühltruhe unter den *keftedes* gelegen hätte.

Das Krankenhaus im Nordosten der Stadt war rosa gestrichen und unterschied sich kaum von jedem anderen öffentlichen Gebäude in Athen. Neben dem Eingang hinter einer Reihe Orangenbäume war das Wort *dolofonoi* an die Wand gesprüht. Ich mag Orangenbäume, aber in Athen lagen überall Orangen auf den Straßen wie alte Kippenschachteln, was ich ziemlich traurig fand.

»*Dolofonoi*. Was heißt das?«, fragte ich Charlie, der mir half, den Weg zur Gerichtsmedizin zu finden.

»Mörder.«

»Mann, das gibt den Patienten bestimmt Vertrauen.«

»Anarchisten eben. Die meinen, wenn sie alle verrückt machen, zwingen sie den Staat in die Knie.«

Der Staat sah mir sowieso nicht gerade gesund aus, aber das behielt ich für mich. Ich mochte Charlie.

Die Ärzte – also auch die Gerichtsmediziner – streikten, aber die Pflegekräfte waren in einer anderen Gewerkschaft, also waren sie im Dienst. Ein Pfleger führte mich einen langen, schlecht beleuchteten Flur entlang, der aussah wie ein Fundbüro mit Dutzenden von Kühlzellen, wie man sie von *CSI* kennt. Der Pfleger rauchte eine Zigarette, die bei dem beißenden Gestank menschlicher Verwesung zu seiner Arbeitsuniform hätte gehören können wie die grünen Klamotten. Mitten im Raum stand eine Trittleiter, als hätte jemand den Leuchtstoffröhren an der Decke die flackernden Morsezeichen austreiben wollen, es sich dann aber anders überlegt. Der Pfleger prüfte die Zahl auf seinem Klemmbrett und verschob dann die Leiter mit einem lauten Schnaufen und einem Seufzer. Er tat so, als wäre ihm jede einzelne Bewegung unbeschreiblich lästig, und ich hätte ihm am liebsten einen anständigen Schlag auf die alberne Dauerwelle verpasst. Sein geschwungener schwarzer Schnauzbart war nicht weniger lächerlich und sah aus wie zwei ausgefranste Topfreiniger.

Als die Leuchtstoffröhre gerade einmal einen Moment Ruhe gab, öffnete der Pfleger eine Tür und zog eine Schublade heraus, bloß die falsche, denn die Fußnägel waren perfekt in blassem Flieder lackiert.

»Wenn du endlich mal die Scheißkippe aus dem Maul nimmst, siehst du vielleicht auch, was du machst«, schimpfte ich vor mich hin.

Er schnaufte wieder und schob die Stahlschublade zu, aber ich interessierte mich auf einmal viel mehr für die Frau mit den lackierten Fußnägeln als für Bekims Leiche, denn einer der Jungs in der Marina hatte gesagt, die Tote hätte lila Fußnägel gehabt. Für einen kleinen Jungen sind Lila und Fliederfarben dasselbe.

Ich wartete, bis der Pfleger die richtige Schublade gefunden hatte, und starrte eine finstere Minute lang Bekims Leiche an – ich konnte immer noch nicht fassen, dass er tot war –, bevor ich mit einem kurzen Nicken anzeigte, dass ich mit ihm fertig war. Aber in der Leichenhalle hatte ich noch etwas vor. Ich wollte mir unbedingt die Leiche des Mädchens noch einmal ansehen, denn es musste einfach die Tote aus der Marina Zea sein. Wie viele Leichen mit so einer perfekten Pediküre konnten die hier schon auf Vorrat haben? Vorher war ich gar nicht auf die Idee gekommen, ihre Leiche könnte womöglich im gleichen Krankenhaus liegen wie die von Bekim. Andererseits war das auch nur logisch.

In Griechenland ist Sherlock Holmes spielen leichter als in anderen Länder. Wenn alle pleite sind, kann jemand mit Geld – jemand wie ich – sich alles kaufen, was er will. Aber ich lernte langsam, es mit der Großzügigkeit nicht zu übertreiben. Wenn der monatliche Durchschnittslohn bei tausend Euro liegt, macht schon ein hübscher Fünfziger fast zwei Arbeitstage aus. Ich hielt ihn dem Pfleger hin wie ein Ticket zum Pokalfinale und bat Charlie, ihm zu sagen, dass der Schein ihm gehörte, wenn er uns das Mädchen mit den fliederfarbenen Fußnägeln noch mal zeigte.

Der Pfleger zögerte nur so lange, wie er brauchte, um die Zigarette am Leitergestell auszudrücken. Die Kippe steckte er in die Tasche, wohl um sie später fertigzurauchen.

»Ich spreche Englisch«, sagte er und steckte den Schein in die Tasche zu der Zigarette. Das kam mir wie eine Metapher für die Finanzprobleme der EU vor: Aufgrund von griechischer Unbedarftheit lief der Euro Gefahr, in Rauch aufzugehen.

Er öffnete wieder die erste Tür, zog die Schublade heraus und schlug ein schmuddeliges, grünes Laken zurück, worunter die nackte Leiche einer jungen Frau zum Vorschein kam. Im gleichen Moment fing auch die Leuchtstoffröhre wieder an zu flackern, und nun verstand ich auch den Zweck der Leiter, als der Pfleger hinaufstieg und mit dem Finger gegen die Röhre schnipste, bis sie sich wieder beruhigte.

»*Eínai polý ómorfi*«, flüsterte Charlie. »Sie ist wunderschön.«

»Das kannst du laut sagen«, erwiderte ich. »Die haut einen wirklich um.«

Ich wusste sofort, dass sie die Richtige war. Sie war ungefähr Mitte zwanzig, hatte große, wahrscheinlich gemachte Brüste und einen winzigen blonden Schamhaarstreifen, der wohl nur zur Deko da war oder für Kunden, die auf so was standen. Vor allem aber hatte sie ein sauber gestochenes Labyrinth-Tattoo auf der linken Schulter. Da ich ahnte, dass meine fünfzig Euro nicht ewig vorhalten würden, zückte ich mein iPhone und fing an zu knipsen.

»Keine Bilder«, sagte der Mann, der noch immer auf der Leiter stand.

Ich machte trotzdem weiter.

»Keine Sorge, die sind nicht für Instagram«, erwiderte ich. »Ich will nur rausfinden, wie sie heißt, und nicht irgendwelche Muschibilder verticken.«

Das Licht funktionierte wieder, und der Pfleger stieg von der Leiter.

»Aufhören, bitte – wenn die Bilder in die Zeitung kommen, bin ich meinen Job los. Das kann ich mir nicht leisten. Auch ein Job ohne Bezahlung ist immer noch ein Job.«

Ich steckte das Handy wieder ein und fischte einen zweiten Fünfziger aus der Tasche. »Wer sagt denn, dass er ohne Bezahlung sein muss?«

Er nahm den Schein widerwillig an.

»Ich verspreche Ihnen, dass Sie die Bilder nicht in der Zeitung sehen werden«, fügte ich hinzu. »Sie haben bestimmt von der Sache gelesen und wissen, wer ich bin. Die Polizei hält meine Mannschaft während der Ermittlungen zum Tod dieses Mädchens hier in Athen fest. Am Montagabend hatte sie Sex mit Bekim Develi. Und bis raus ist, wie sie heißt und was genau mit ihr passiert ist, können wir nicht nach Hause. Zusätzlich streiken die Rechtsmediziner, also wird nicht mal eine Autopsie gemacht. Und so fleißig, wie die Bullen sind, könnten die genauso gut auch im Streik sein.«

»Sie haben mein Mitgefühl, Sir. Niemand in dieser Stadt mag die Bullen.« Er nickte. »Also müssen Sie die Bilder nicht löschen, wenn Sie mir eines versprechen.«

»Was denn?«

»Sie trainieren doch in Apilion, oder? Bei Panathinaikos?«

»Genau.«

»Haben die Ihnen erzählt, was die Olympiakos-Fans alles für Kranke sind? Dass sie alle Bastarde von amerikanischen Seeleuten und Nutten sind?«

»Ja, haben sie.«

»Dann habe ich eine Bedingung, Mr. Manson. Was auch immer nächste Woche passiert, wenn Sie dieses Land verlassen, denken Sie nicht schlimmer von meinem Verein, als er ist. Ich heiße Spiros Kapodistrias, und ich bin schon mein ganzes Leben lang Olympiakos-Fan. Aber was Hristos Trikoupis vor dem Spiel über Sie gesagt hat, war schlimm. Und als er Ihnen hinterher die vier Finger gezeigt hat, statt Ihnen die Hand zu geben? Unmöglich! Mit unserem Land geht es gerade steil bergab, das stimmt; aber Griechenland ist immer noch die Wiege der europäischen Zivilisation, und meiner Meinung nach spielt man so nicht Fußball. Unser Verein verdient etwas Besseres als diesen Mann. Wir sind nicht alle wie er.«

»Abgemacht«, sagte ich. »Vielen Dank.«

Er zeigte auf die Leiche in der offenen Schublade. Sie sah aus, als würde sie darauf warten, dass jemand die Sonnenbank anschaltete.

»Nur zu, Mr. Manson, machen Sie so viele Fotos, wie Sie wollen«, sagte er.

Ich zog wieder mein iPhone aus der Tasche und knipste eine

volle Minute weiter. Sie hatte keinerlei Abschürfungen oder Blutergüsse an den Fußknöcheln. Das wunderte mich, was ich auch aussprach.

»Dann hat sie sich wohl nicht besonders gewehrt«, erwiderte Spiros. »Vielleicht stand sie unter Drogen oder war betrunken. Hoffen wir es für sie, dann hätte sie nämlich nicht viel mitbekommen. Genaueres wird aber wohl nur Dr. Pyromaglou sagen können.«

»Wer ist Dr. Pyromaglou?«

»Sie ist die oberste Rechtsmedizinerin hier; sie hat den Fall von der medizinischen Leitung übertragen bekommen. Sie führt die Autopsie dieser armen Frau durch, wenn …«

»… der Streik vorbei ist.« Ich verzog das Gesicht. »Wann auch immer das sein wird.«

»Dr. Pyromaglou will ja gar nicht streiken. Aber es ist Wochen her, dass ein Einziger von uns hier im Krankenhaus bezahlt wurde.«

»Warum streikt Ihre Gewerkschaft dann denn nicht, Spiros?«

»Weil wir nicht dran sind. Und irgendwer muss sich doch um die Leichen kümmern. Es wäre ja ein öffentliches Gesundheitsrisiko, wenn man sie nirgends unterbringen könnte. Es ist jetzt schon so, dass alle anderen hier sich zu zweit eine Kühlzelle teilen.«

»Wie gemütlich.«

»Nur bei diesen beiden – bei Ihrem Spieler und dem Mädchen – hat die Polizei angeordnet, dass sie Einzelschubladen bekommen müssen.« Spiros nickte. »Sind Sie fertig mit ihr?«

»Ja.«

»Dr. Pyromaglou«, sagte er, als er die Leiche wieder zudeckte und zurück in die Dunkelheit ihrer stählernen Ruhestätte schob. »Ich kann Ihnen ihre Telefonnummer geben, wenn Sie wollen.«

»Und dann?«

»Wenn sie privat mit Ihnen etwas vereinbaren will, wäre das ihre Sache.«

Ich holte sofort mein Portemonnaie heraus und gab ihm meine Karte und die Karte des Hotel Grande Bretagne.

»Sie kann mich jederzeit anrufen«, sagte ich. »Es würde sich natürlich für sie lohnen.«

»Die Regierung könnte so etwas nie verlangen, müssen Sie wissen«, sagte Spiros. »Das wäre bei dieser Koalition ungeschickt. Und für die Polizei würde Dr. Pyromaglou es auch nicht machen. Sie hasst die Polizei. Ihr Sohn hat einen Schädelbruch erlitten, als er einem der Schläger von der MAT in die Quere gekommen ist. Aber vielleicht hilft sie ja Ihnen.« Er zuckte mit den Schultern. »Außerdem gibt es noch andere Möglichkeiten, das Mädchen zu identifizieren und herauszufinden, was mit ihr passiert ist. Dafür braucht man nicht unbedingt eine volle Autopsie.«

KAPITEL 29

Als ich wieder im Hotel Grande Bretagne war, verbrachte ich eine unangenehme Stunde mit Chefinspektor Varouxis. Er und eine Frau, die Russisch sprach, saßen im geräumigen Esszimmer der Royal Suite am einen Ende des Tisches, während ich als widerwilliger Anstandswauwau am anderen saß und auf dem iPad Zeitung las und einen mittelsüßen griechischen Mokka schlürfte. Das war an diesem Tag das Erste, was ich genießen konnte. Manche Leute nennen ihn auch türkischen Mokka, aber nach dem konnte man in Griechenland lange fragen und andersherum wohl genauso. Zwischen den beiden Ländern saß der Hass so tief, dass selbst Kaffee zum Politikum wurde.

Ab und zu rief Varouxis mich herüber in seine schwer erträgliche Atemwolke, damit ich ihm eine E-Mail auf dem Laptop erklärte. Nach dem letzten dieser Gänge inhalierte ich ausgiebig den Duft des Blumenstraußes auf dem Mahagoni-Sideboard, um seinen Pesthauch aus meiner Lunge zu vertreiben.

»Haben Sie etwas Verwertbares gefunden?«, fragte ich ihn, als die Übersetzerin gegangen war.

»Nein. Sie hatten recht. Das Mädchen hat sich nicht per E-Mail oder Handy bei ihm gemeldet. Wenigstens nicht auf diesem Laptop und Handy.«

»Gibt es schon irgendwelche Hinweise darauf, wer sie war?«

»Sie muss wohl im hochpreisigeren Milieu des Escort-Geschäfts gearbeitet haben. Ihr Kleid war von Alexander McQueen und kostet zweitausend Euro. Ihr BH von Stella McCartney, gut hundertfünfzig Euro. Beide wurden für NET-A-PORTER hergestellt, also kommen wir vielleicht über die Seriennummern an einen Namen. Aber das dauert. Mit ein bisschen Glück meldet sich vorher jemand auf Ihre Belohnung. In ganz Piräus hängen die Plakate, also hat Ihre Anwältin sicher alle Hände voll zu tun. Es gibt bestimmt viele Leute, die zehntausend Euro gut gebrauchen könnten. Mich eingeschlossen.«

Wahrscheinlich wusste er, dass das auch der Preis für eine Übernachtung in der Royal Suite war, denn er sah sich eine Weile um und nickte dann. »Ansonsten geht es Ihnen gut hier in Athen?«

»Ich kann mich nicht beschweren. Wenigstens nicht, wenn ich hier in der Suite sitze«, erwiderte ich.

»In der Tat.«

»Aber ich leihe sie mir ja nur kurz aus. Mr. Sokolnikow, unser Vereinsbesitzer, hat die Suite als Vereinsbüro hier in Athen angemietet.«

»Wussten Sie, dass Mr. Sokolnikow fast zwanzig Milliarden Dollar besitzt? Das ist ungefähr ein Hundertstel der griechischen Staatsschuld. Es kann doch nicht richtig sein, dass einer allein so viel hat, während alle anderen auf dem Zahnfleisch gehen. Oder was meinen Sie, Mr. Manson?«

»Dann klauen Sie eben die Seife, wenn es Sie glücklich macht.«

»Es war nur eine Beobachtung.«

Ich zuckte mit den Schultern. »Ich dagegen habe die Beobachtung gemacht, dass ich beschattet werde.«

»Zu Ihrem eigenen Schutz wurde beschlossen, dass einige Kollegen auf Sie aufpassen, Mr. Manson.«

»Aber warum ausgerechnet auf mich?«

»Mr. Sokolnikow hat schon mehrere Bodyguards, wie Sie wissen. Und Ihre Mannschaft wohnt sicher abgeschirmt im Hotel auf der Halbinsel in Vouliagmeni. Nur Sie laufen mehr oder weniger allein frei herum. Und natürlich waren Sie neulich auch im Fernsehen.«

»Also betrachten Sie mich nicht als Mordverdächtigen?«

Varouxis zupfte an dem kleinen Bärtchen unter seiner Lippe; ein wenig erinnerte es mich an den winzigen Schamhaarstreifen, den ich am Morgen bei der Toten gesehen hatte.

»Ich bin Polizist, Mr. Manson. Ich bin von Natur aus misstrauisch. Aber nein, Sie persönlich stehen für mich nicht unter Mordverdacht. Für so etwas bekommt man ein Gefühl. Genauso wie Sie wahrscheinlich für Ihre Spieler. Sie sind sicher abgebrüht, aber kein Mörder. Andererseits frage ich mich schon, ob Sie auch hier wieder versuchen wollen, was Sie den Zeitungen zufolge in London nach dem Tod von João Zarco getan haben.«

»Wie kommen Sie denn darauf?«

»Weil Sie hier in Athen sind und nicht bei Ihrer Mannschaft im Hotel. Weil Sie möglicherweise frustriert sind, dass die Ermittlungen nicht so schnell voranschreiten, wie Sie sich das erhofft haben. Und wenn nicht Sie, dann Mr. Sokolnikow – russische Oligarchen sind nicht gerade für ihre Geduld bekannt. Außerdem sind Sie zur Hälfte Deutscher, also glauben Sie wahrscheinlich, dass wir Griechen alle so dumm und faul sind, dass wir nicht mal unser eigenes Arschloch finden könnten. Sollte es aber tatsächlich so sein, dann würde ich Sie dringend dazu anhalten, die Angelegenheit uns zu überlassen. Athen ist nicht London, Mr. Manson. Diese Stadt steckt voller unerwarteter Gefahren.«

»Vielen Dank, Herr Chefinspektor, ich werde das im Hinterkopf behalten. Aber im Moment bin ich eher darauf aus, den Spion zu spielen als den Detektiv.«

Varouxis legte die Stirn in Falten.

»Ich habe mir gedacht, ich fahre mal zum Trainingszentrum

nach Rentis«, erklärte ich. »Um unsere Gegner unter die Lupe zu nehmen. Mal schauen, wie die sich so die Zeit bis zum Rückspiel vertreiben.«

»Die werden Sie ganz sicher nicht reinlassen«, erwiderte Varouxis. »Und das Gelände hat rundherum einen Sichtschutz. Außerdem beendet Olympiakos das Training freitags schon um eins. Danach fährt Trikoupis mit seiner Frau Melina immer ins gleiche Restaurant zum Mittagessen.«

»Oh, vielen Dank für den Tipp.« Ich sah auf die Uhr. »Vielleicht gehe ich dann selbst mal mittagessen. Wie heißt der Laden noch gleich? Nur damit ich ihm aus dem Weg gehen kann.«

»Das ist ein altes Familienrestaurant namens Dourambeis. Irgendwann sollten Sie da aber unbedingt mal hingehen. Man bekommt dort den besten Fisch der Stadt.«

»Danke.«

»Keine Ursache.«

Varouxis war wohl doch kein so schlechter Kerl, und ich bereute schon meinen Kommentar mit der Seife.

»Was machen Sie eigentlich morgen Nachmittag? Ich habe zufällig ein paar Tickets. Panathinaikos gegen OFI. Wer auch immer die sind.«

»Heraklion. Eine gute Mannschaft. Das wird sicher ein großartiges Spiel. Ich würde wirklich sehr gern hingehen, aber ich kann leider nicht. Wenn mein Chef rausfindet, dass ich beim Fußball bin, statt an der Ermittlung zu arbeiten, wird er sehr ungehalten, glaube ich.«

»Okay, aber rufen Sie mich an, wenn Sie es sich anders überlegen. Fast meine ganze Mannschaft wird dort sein. Und wer weiß, vielleicht verplappert sich ja einer, und Sie kommen sogar mit Ihrer Ermittlung voran. Genau deshalb wurde Fußball doch erfunden – damit die Männer in Ruhe miteinander reden können. Das ist genauso wie bei den Frauen und ihren Literaturzirkeln.«

KAPITEL 30

Als ich diesmal aus dem Hotel kam, sah ich sie – zwei Kerle Mitte dreißig, die lässig an der Motorhaube eines silberfarbenen Skoda Octavia lehnten, Zigaretten rauchten und sich die Nachmittagssonne auf die unrasierten Gesichter brennen ließen.

»Wo geht's jetzt hin, Sir?«, fragte Charlie.

»Nach Piräus zu einem Restaurant namens Dourambeis.«

»Das kenne ich.«

»Und versuch mal, ob wir es ohne Polizeieskorte dorthin schaffen«, sagte ich. »Heute Nachmittag müssen die Bullen nicht unbedingt dabei sein. Überhaupt passt es mir nicht so, wenn ich verfolgt werde. Das kommt mir wie Manndeckung vor, da werde ich ganz unruhig.«

Charlie nickte. »Klar, Sir. Kein Problem.«

Er startete den Motor und fuhr langsam los.

»Kannst du sie denn abschütteln?«

»Wir sind in Athen, Sir, wir haben hier den schlimmsten Verkehr von ganz Europa. In dieser Stadt könnte ich auch Sebastian Vettel abhängen.«

Am unteren Ende des Syntagma-Platzes gab Charlie Gas, bog scharf rechts ab und raste durch eine enge, schattige Gasse, bevor er plötzlich links einen Hügel hinauffuhr und rückwärts in einen kleinen Parkplatz stieß. In Charlies Händen kam einem der große Range Rover wie ein Mini vor, und es bestand kein

Zweifel, dass er ein professioneller Fahrer war. Wen wundert's, fast alle von Viks Fahrern hatten ein spezielles Fahrtraining hinter sich; Vik nahm den Schutz seiner Person sehr ernst, vor was auch immer: vor Verfolgern, vor Finanzämtern, vor seiner Frau. Selbst sein Privatjet war mit ausgeklügelten elektronischen Sicherheitssystemen ausgerüstet, wie man munkelte.

Charlie wartete ab, bis der Skoda bei seiner hoffnungslosen Aufholjagd an uns vorbeigerast war, und schoss dann geradeaus über die Straße und einen anderen Hang hinunter.

»Die sehen wir erst mal nicht wieder«, sagte Charlie.

»Saubere Arbeit.«

Am Ende der Straße bog er links ab und fuhr dann auf der Hauptstraße Richtung Piräus nach Süden.

»Dourambeis ist eines der besten Restaurants Attikas«, sagte Charlie. »Aber die Betreiberfamilie macht meistens bis Ende August Urlaub. Haben Sie angerufen, ob die wirklich auf haben?«

»Die machen mitten im Sommer zu? Wenn Athen von Touristen nur so wimmelt?«

»Nein, nur ein paar Wochen im August, Sir.«

»Das ist doch bekloppt! Da würde ich doch eher im Winter Urlaub machen.«

»Machen sie auch.«

»Kein Wunder, dass ihr hier 'ne verdammte Rezession habt. In der Hauptsaison lässt man den Laden gefälligst offen und verpisst sich nicht selbst in den Urlaub! Da kann man als Restaurantwirt ja genauso gut Mittagspause machen.«

Charlie grinste. »Wir sind hier in Griechenland, Sir. Hier machen die Leute nicht unbedingt das, was sinnvoll ist, sondern oft das, was schon immer so gemacht wurde. Aber egal; im Dourambeis sollten Sie unbedingt den Skorpionfisch essen. Direkt vom Fischtresen drinnen. Das ist der beste in der ganzen Stadt.«

»Eigentlich will ich da gar nichts essen«, sagte ich.

»Schade.«

»Zumindest nicht heute. Hristos Trikoupis isst da gerade zu Mittag. Ich will wissen, wer bei ihm ist, und ihm hinterher vielleicht folgen. Ich muss mich nämlich dringend mal unter vier Augen mit ihm unterhalten.«

Charlie grinste. »Mit Ihnen macht die Arbeit Spaß, Boss. Das erinnert mich an früher.«

»Früher?«

»Bevor ich in den privaten Personenschutz gewechselt bin, war ich selber Bulle.«

»Ach ja? Was war denn dein Sachgebiet?«

»Einfache Ermittlungen. Nichts Besonderes. Einbrüche, Diebstahl und so.«

»Warum hast du den Job aufgegeben?«

»Geld. Es geht doch immer ums Geld.«

»Dann kennst du nicht zufällig Chefinspektor Varouxis?«

»Jeder kennt Ioannis Varouxis«, sagte Charlie. »Er ist der berühmteste Ermittler Athens. Er hat Thanos Leventis geschnappt, den Busfahrer, der in Piräus drei Prostituierte ermordet und es bei mindestens drei anderen versucht hat. Angeblich hat er ihnen die Nippel abgeschnitten, sie gebraten, gesalzen und gegessen. Die Zeitungen haben ihn Hannibal Leventis genannt.«

»Komisch, dass Varouxis das nie erwähnt hat.«

»Er ist sehr bescheiden.«

»Nein, ich meine, wenn er den Mord an einer Prostituierten aufklären will, die wahrscheinlich Sex mit Bekim Develi hatte, warum erwähnt er dann diese anderen Prostituiertenmorde nicht? Das könnte doch wichtig sein. Haben die Zeitungen darüber berichtet?«

»Nein, Boss. Werden sie wohl auch nicht. Zumindest nicht, bevor nicht noch eine Frau umgebracht wird, Gott bewahre. Eine der Frauen, die Leventis angegriffen hatte, war eine englische

Touristin, müssen Sie wissen. So was hängt das Tourismusministerium nicht gerne an die große Glocke. Schon gar nicht mitten im Sommer. Das würde den Wirtschaftsaufschwung ernsthaft gefährden. Und ganz so stabil ist der sowieso nicht. Tourismus ist eine der wenigen Branchen, die wir überhaupt noch haben.«

»Dieser Hannibal Leventis – haben sie da vielleicht den Falschen geschnappt?«

»Er hat vor Gericht alles gestanden. Zwischendurch gab es mal Gerede von einem Komplizen, der nicht geschnappt wurde. Die Engländerin hatte ausgesagt, sie wäre von zwei Männern verschleppt worden. Der eine wäre gefahren, der andere hätte sie vergewaltigt. Aber von den anderen beiden, die überlebt haben, hat keine etwas von einem zweiten Mann erzählt, also wurden die Aussagen der Engländerin nicht ernst genommen.«

»Versuch doch mal, ob du ihren Namen rausfinden kannst, ja?«

»Klar. Kein Problem, Boss. Ich telefoniere gleich mal rum, wenn wir da sind.«

Er fuhr eine Weile schweigend weiter, dann sagte er: »Gerade sind mir noch zwei Sachen zu Leventis eingefallen.«

»Was denn?«

»Ab und zu hat er den Mannschaftsbus von Panathinaikos gefahren. Aber nur manchmal.«

»Hat er den Bus auch für die Verschleppungen benutzt?«

»Nein, nicht den, Boss. Aber einen ähnlichen. Deshalb sind die Frauen ja überhaupt erst eingestiegen. Die dachten, das wäre ein ganz normaler Linienbus.«

»Und was war das Zweite?«

»Panathinaikos und Olympiakos – das sind Erzfeinde, wie Sie wissen. Seit dem Peloponnesischen Krieg 400 vor Christus hat sich da zwischen Athen und Piräus nichts geändert. Also: Auf der Website von Olympiakos haben die so ein Forum, eine Shoutbox. Dort behaupten viele Fans von den Roten, dass die Athener

Polizei jemanden decken würde, der mit den Morden zu tun hat. Weil die Bullen alle Fans der Grünen sind. Und deshalb hätten sie damals Hannibals Komplizen laufen lassen.« Charlie schüttelte den Kopf. »Das ist natürlich alles Quatsch. So was hätte Varouxis nie gemacht. Den kenne ich. Der ist durch und durch ehrlich.«

Ein paar Minuten später hielten wir vor einem großen, aber ansonsten unauffälligen Restaurant um die Ecke vom Karaiskakis-Stadion in Piräus. Davor parkten mehrere Autos, darunter ein schwarzer Maserati Quattroporte, der wahrscheinlich Hristos Trikoupis gehörte.

»Ist es das?«

»Ja, Boss, das ist das Dourambeis«, sagte Charlie. »Was jetzt?«

Ich erzählte ihm, was Jasmine über den Maserati gesagt hatte.

»Okay«, erwiderte er. »Warten Sie hier, Boss. Ich geh mal nachschauen.«

Er stieg aus dem Range Rover, ging über die Straße und verschwand im Restaurant. Eine gute Minute später kam er wieder raus, schaute durch die Fenster ins Innere des Maserati und lief zurück zu mir ans Beifahrerfenster.

»Drinnen war er nicht«, sagte er. »Aber die haben viele Privaträume, vielleicht ist er in einem von denen. Hinter der Windschutzscheibe liegt ein Ausweis für den Parkplatz vom Olympiakos-Trainingszentrum und auf dem Beifahrersitz die Autobiographie von Alex Ferguson. Der richtige Wagen ist es also schon mal.«

»Alles klar. Dann warten wir.«

Charlie zündete sich eine Zigarette an und telefonierte kurz. Danach berichtete er mir, dass die Engländerin, die von Hannibal Leventis verschleppt worden war, Sara Gill hieß und aus einem Dorf namens Little Tew in Oxfordshire kam. Grund genug, selbst jemanden anzurufen. Louise.

»Ich bin's. Hast du Zeit?«

»Ja. Kurz. Ich vermisse dich, Scott.«

»Ich dich auch, Süße.«

»Du bist überall in der Zeitung.«

»Ich oder die Mannschaft?«

»Hauptsächlich die Mannschaft. Und Bekim. Manche Leute haben sehr schöne Sachen über ihn gesagt. Es scheint fast so, als ob du recht hättest, Scott: Es ist nicht nur ein Spiel, sondern etwas, was Menschen zusammenführt.«

Außer in Griechenland, dachte ich. Oder in Glasgow.

»Du siehst müde aus auf den Fotos.«

»Könnte schlimmer sein. Wie geht's Bekims Freundin?«

»Sie liegt im Koma, wahrscheinlich hat sie Hirnschäden. Wegen dem Kokain hat ihr Herz aufgehört zu schlagen und ihr Gehirn mindestens eine halbe Stunde keinen Sauerstoff abbekommen.«

»Scheiße.«

»Aber gut, dass du anrufst. Ich wollte dir gerade schreiben. Ein Freund von mir, ein ehemaliger Polizist namens Bill Wakeman, der für die Sportwetten-Ermittlungsstelle bei der Glücksspielbehörde arbeitet, hat mich nach deiner Nummer gefragt. Kann ich sie ihm geben? Er ist ein anständiger Kerl, du kannst ihm vertrauen.«

»Wenn du meinst.«

»Die ermitteln wegen einiger sehr großer Wetten auf euer Spiel gegen Olympiakos. In Russland hat einer einen Riesenhaufen Geld gemacht, weil er gegen euch gesetzt hat.«

»Was hat das mit der britischen Wettbehörde zu tun, wenn es in Russland passiert ist?«

»Ein paar der betroffenen Buchmacher sitzen hier.«

»Und was will dein Bekannter von mir?«

»Reden. Schauen, was dir dazu einfällt. Ob du meinst, dass das Spiel manipuliert gewesen sein könnte.«

»Von mir auf jeden Fall nicht. Bedeutet das, dass er mich fragen will, ob Bekim ermordet wurde?«

»Weiß nicht. Wurde er?«

»Er ist direkt vor meiner Nase gestorben, Louise. Es war ein Herzinfarkt. Das Gleiche ist Fabrice Muamba im März 2012 im Spiel Bolton gegen die Spurs passiert. Ich kann mir einfach nicht vorstellen, wie man auf so was wetten soll.«

»Sprich doch einfach mal mit ihm, ja? Für mich.«

»In Ordnung. Du kannst mir übrigens auch einen Gefallen tun. Kannst du für mich eine Frau namens Sara Gill ausfindig machen? Letzter bekannter Wohnort Little Tew in Oxfordshire. Vor vier, fünf Jahren wurde sie hier in Athen von einem Mann namens Thanos Leventis verschleppt. Der sitzt jetzt wegen dreifachen Mordes lebenslänglich ein. Ich würde gerne alles wissen, woran sie sich erinnern kann. Vor allem, ob noch jemand anderes dabei war.«

Louise schnaufte. »Du spielst doch wohl nicht schon wieder Detektiv?«

»Warum sagen das alle Leute bloß immer? Ich spiel hier gar nichts. Meinst du, ich mach das zum Spaß? Ermittlungsarbeit ist eine ernste Sache!«

»Was du nicht sagst.«

»Und überhaupt, je schneller ich weiß, was hier passiert ist, desto schneller komme ich auch wieder zu dir nach Hause, Baby.«

»Hauptsache, du kommst überhaupt wieder. Okay, ich schau mal, was sich machen lässt.«

Ich legte mit einem Seufzen auf und warf das Handy auf den Sitz.

»Kannst ruhig das Radio anschalten, Charlie.«

»Ich habe eine bessere Idee, Boss. Warum schlafen Sie nicht

mal eine Weile, und ich halte Wache. Ich bin Grieche, ich habe vierzehn Augen.«

Ich wusste nicht genau, was das bedeuten sollte, aber ich lehnte mich mit dem Sitz zurück, machte die Augen zu und träumte von einer perfekten Fußballwelt, in der die Zukunft immer besser ist als die Vergangenheit. Mir erschien Bekim Develi, wie er kühne Tore schoss, die an Zauberei grenzten, und danach seine triumphale Siegerpose einnahm – nicht den Daumenlutsch-Gruß an seinen Sohn, sondern die des großen Zeus, dem er so sehr ähnelte, und als der er den gegnerischen Fans wohlverdiente Blitze entgegenschleuderte.

KAPITEL 31

Bei Southampton hatten Hristos Trikoupis und ich beide in der Verteidigung gespielt, erst unter Glenn Hoddle und dann unter dem kleinen Gordon Strachan. Ich weiß nicht, warum Glenn heute keine Mannschaft mehr trainiert. Glenn hat die Saints allen Widrigkeiten zum Trotz in der Premier League gehalten; mich hatte er von Crystal Palace gekauft, und umstrittenerweise Hristos Trikoupis von Olympiakos. Umstritten deshalb, weil Hristos vor der EM 2000 eine Spielerrevolte gegen den griechischen Nationaltrainer angezettelt hatte. Neben ihm sahen Roy Keane und Nicolas Anelka aus wie brave Streberbubis. Wir haben gut zusammen gespielt; wir waren vielleicht nicht unbedingt Steve Bould und Tony Adams, aber wir haben solide Arbeit abgeliefert. Hristos war alles, was man von einem Rechtsverteidiger erwartet: groß, ein Schädel wie ein Hammer und das bedingungslose, knallharte Auftreten eines Profikillers. Ich habe mich immer gewundert, warum Arsenal danach mich wollte und nicht ihn. Vielleicht ist er deshalb immer noch sauer auf mich, was weiß ich. Ich ging zu Arsenal, er zu den Wolves. Ich habe ihn nie gefragt, wie er das fand. Nachdem ich die Saints verlassen hatte, habe ich überhaupt erst nach Bekims Tod wieder mit ihm gesprochen.

Er wirkte jetzt gepflegter; er hatte sich die hellen Haare etwas wachsen lassen und ein bisschen Gewicht zugelegt, was ihm ganz gut stand. Er kam mit einem marineblauen Anzug und einem sauberen weißen Hemd, das bis zum haarigen Nabel aufgeknöpft war, aus dem Restaurant; die Frau an seiner Seite war sehr dünn, hatte lange, braune Haare und trug ein Kleid im Layering-Look, mit dem sie aussah wie Victoria Beckham. Ich erkannte sie wieder: Nana Trikoupis, Sängerin und ehemalige Eurovision-Teilnehmerin. Sie wurde Sechzehnte mit einem Song namens *Play a Different Love Song*, den der Kommentator Terry Wogan umbenannt hatte in *Sing a Different Song, Love.*

Sie stiegen in den schwarzen Maserati und fuhren los.

»Das ist er«, sagte Charlie und startete den Wagen. »Und sie auch. Queen Sophia. So nennen die griechischen Zeitungen seinen Hausdrachen, weil sie so ein fürchterlicher Snob ist.«

»Ich kenne sie. Ich war bei der Hochzeit. Sie hat ein Glas Champagner nach dem Trauzeugen geworfen, als er mit seiner Rede fertig war.« Ich grinste. »Sie hatte wohl nicht kapiert, dass ›sich trauen‹ in dem Zusammenhang nicht unbedingt hieß, dass ihr Gemahl fürchterliche Angst vor ihr hatte.«

Wir folgten ihnen nach Osten die Hauptstraße entlang und folgten der südlichen Küste in Richtung Vouliagmeni, wo das Hotel unserer Spieler stand. Nach gut der halben Strecke dorthin bog er erst in die Leoforos Alimou ein und dann noch einmal rechts ab.

»Er fährt wohl nach Glyfada«, sagte Charlie. »Das ist das Beverly Hills von Athen. Da leben die Millionäre. Von Christos Dantis bis Konstantinos Mitsotakis.«

Das waren wohl berühmte Griechen, aber ich hatte noch nie von ihnen gehört.

»Jeder Grieche träumt davon, im Lotto zu gewinnen und nach Glyfada zu ziehen. Da gibt es keine Graffitis, die Straßen sind sauber, kein Laden steht leer und alle Autos sind neu. Ich verstehe nie, warum die großen Demos und Unruhen immer auf dem Syntagma-Platz veranstaltet werden und nicht in Glyfada. Wenn die hier ein paar Häuser anzünden würden, würde die Regierung das mitbekommen.«

Der Maserati hielt vor einem Automatiktor in der Nähe des Golfclubs von Glyfada und verschwand dann die kurze Auffahrt hinauf.

»Nobler geht's in Athen nicht«, sagte Charlie. »Ein Haus auf der Odos Miaouli. Bestimmt hat er sogar einen eigenen Zugang zum Golfplatz.«

Ich nickte und erinnerte mich an Hristos' altes Haus in Romsey außerhalb von Southampton – ein schickes Sechs-Zimmer-Einfamilienhaus auf der Gardener's Lane; aber das hier war etwas ganz anderes. Schon durchs Tor sah dieses Anwesen wie das Feinste vom Feinsten aus.

Ich stieg aus, drückte die Klingel an der Sprechanlage und wartete, bis die Überwachungskamera meine Grinsefresse und mein Daumen-hoch-Zeichen scharfgestellt hatte. Dann fragte eine verzerrte Stimme – eindeutig Trikoupis selbst – auf Griechisch, was ich wollte.

»Ich will zu Hristos Trikoupis.«

»Der ist nicht da.«

»Ach komm, Trik. Ich weiß, dass du das bist.«

»Hör zu, ich will keinen Streit. Wenn es um die Sache nach dem Spiel geht; ich habe den Zeitungen schon gesagt, dass es mir leidtut. Ich hab's wohl ein bisschen übertrieben.«

Ich wusste genau, dass Trikoupis sich in keiner Weise dafür entschuldigt hatte; stattdessen hatte er irgendeinen Blödsinn gelabert, von wegen solche Konfrontationen müssten an der Seitenlinie ja zwangsläufig passieren, so nah wie die Coachingzonen nebeneinanderlagen; und auch wenn das vielleicht stimmte, wusste ich auch, dass er mich einen »schwarzen Nazi«, einen »schlechten Verlierer« und einen »Jammerlappen« genannt hatte, als hätte der Tod meines Spielers am Abend vorher schon gar nichts mehr zu bedeuten.

»Ach, Schnee von gestern«, erwiderte ich gelassen. »Ich war bloß grad in der Gegend und wollte mal reinschauen. Damit wir uns mal in Ruhe aussprechen können, ohne dass wir dabei die Presse an den Hacken haben.«

»Das ist echt eine tolle Idee, Scott, aber leider passt es gerade nicht so. Wir wollten uns gerade an den Esstisch setzen.«

»Ist schon okay, Trik. Kein Problem. Aber kann ich dich eins fragen?«

»Klar, Scott.«

»Bist du alleine an der Sprechanlage? Oder hört noch jemand mit?«

»Nein, ich bin alleine.«

»Gut. Ich bin nämlich hier, weil ich mit dir über eine gemeinsame Bekannte von uns reden möchte. Über eine russische Schönheit namens Valentina.«

»Kenne ich nicht.«

»Anscheinend kannte sie aber das arme Mädchen, das neulich aus der Marina Zea gefischt wurde – mit einem Gewicht an den Füßen. Und damit meine ich keine Schuhe von Jimmy Choo. Wahrscheinlich hat Valentina sie sogar selbst an ihrer Stelle zu Bekim geschickt. Und deshalb muss ich dringend mit ihr reden.«

»Wie gesagt: Ich kenne sie nicht«, beharrte Hristos.

»Ach, klar doch. Du hast sie doch neulich Abend mit deinem schicken schwarzen Maserati vor dem Hotel Grande Bretagne abgeholt. Und wie ich sie kenne, bist du mit ihr bestimmt ins Spondi gefahren. Das ist ihr Lieblingsrestaurant. Bekims war es auch. Er war da auch mit ihr. Hört sich toll an, der Laden. Ich muss da unbedingt hin, wo ich schon mal in der Stadt bin. Vielleicht gehe ich morgen nach dem Panathinaikos-Spiel dort essen.

Dann kann Chefinspektor Varouxis gleich mitkommen – der ist ein großer Fan der Grünen. Vielleicht erzähle ich ihm von Valentina. Er weiß nämlich nichts von ihr. Noch nicht. Aber ehrlich gesagt, Trik, weiß ich noch nicht so genau, ob er wirklich von ihr erfahren muss. Nicht nur wegen ihr, sondern auch wegen uns beiden. Ich kann den Stress ab, ich bin ja nicht verheiratet. Aber bei dir sieht das ja ein bisschen anders aus.«

Er schwieg.

»Also, was darf's sein? Ein kurzes Gespräch mit mir jetzt gleich oder später ein längeres mit den Bullen? Ganz zu schweigen von einer etwas peinlichen Audienz bei Queen Sophia hinterher.«

Hristos seufzte. »Was genau willst du, Scott?«

»Alle Kontaktdaten, die du von Valentina hast: Handynummern, Adressen. Alles. Und den Namen von jedem, der sie womöglich kennt: Zuhälter, Freier, Tripperdoktor. Von jedem. Ich tue dir einen Gefallen. Entweder du redest mit mir oder mit Varouxis, so einfach ist das.«

»Okay, okay. Warte. Ich komme runter zum Tor.«

»Geht klar.«

Ich wartete und starrte die moderne dreistöckige Villa an; sie sah aus wie der Flügel einer Nobelklinik oder wie ein kleines Boutique-Hotel. Der Rasen war so perfekt, dass er auch hätte aufgemalt sein können.

Dann kam Hristos eilig die Auffahrt runtermarschiert. Er schob mir ein Blatt Papier durchs Tor.

Ich schüttelte den Kopf.

»So willst du mich abfertigen? Als wäre ich der UPS-Heini? Da hätte ich mehr von dir erwartet, Trik. Nach allem, was wir im St Mary's Stadium durchgemacht haben. Ich bin richtig beleidigt. Ich dachte, du wärst ein Mann und würdest dich nicht hinter deinem Tor verstecken.«

Ich schaute auf den Zettel und erkannte die gleiche gedruckte

Nummer und E-Mail-Adresse, die sich mir schon unauslöschlich ins Gehirn gebrannt hatten.

»Die hab ich schon. Erzähl mir was, was ich nicht weiß.«

Hristos wirkte unruhig und verlegen. »Mehr hab ich nicht. Mann, was soll ich denn sagen? Ich hab mich doch nur ein einziges Mal mit ihr getroffen.«

»Das glaube ich dir nicht.«

»Doch, ich schwör's.«

»Du hast das hier eben ausgedruckt. Das heißt, du wusstest sofort, wo du die Nummer findest. Das sieht nicht gerade so aus, als hättest du dich nur einmal mit ihr getroffen. Wie heißt sie mit Nachnamen? Hast du sie unter V für Valentina gespeichert oder woanders?« Ich zerknüllte den Zettel und warf die Papierkugel zurück durchs Tor. »Unter F wie Fremdgehen? Oder unter P wie Pleite, was du nämlich bist, wenn Nana rauskriegt, was du für ein treuloser Hund warst. Ich war bei eurer Hochzeit, falls du das schon vergessen hast. Ich weiß, was sie für ein Temperament hat. Das ist fast so gruselig wie ihre Singstimme.«

»Ach, komm schon.« Hristos schüttelte verzweifelt den Kopf. »Wer lässt sich denn von so einer den Nachnamen geben? Die zeigen dir doch nicht den Ausweis. Außerdem haben die alle Pseudonyme für den Job. Aphrodite, Jasmine und so weiter.«

Darauf ging ich nicht ein. Vielleicht kannte er Jasmine, vielleicht auch nicht, aber an ihrer Verbindung zu Bekim war ich nicht weiter interessiert.

»Bitte, Scott. Ich weiß wirklich gar nichts über sie. Du hast recht, ich war mit ihr im Spondi. Vielleicht kennen die sie da ja besser. Ich will dir ja helfen, aber mehr hab ich einfach nicht.«

»Wo hast du sie nach dem Essen gevögelt?«

»Ich hab eine kleine Wohnung beim Trainingsplatz.«

»Wie hast du sie kennengelernt?«

»Bei einer Veranstaltung des griechischen Fußballbunds im

Onassis-Kulturzentrum. An der Leoforos Andrea Syngrou. Das war so'n Benefizding für behinderte Sportler.«

»Wer hat euch vorgestellt?«

»Du sagst aber keinem, dass du das von mir hast?«

»Ich sag deiner Frau alles, wenn du nicht redest, du Drecksack. Ich will einfach nur nach Hause.«

»Das war eine Frau namens Anna Loverdos. Sie ist im Komitee für internationale Zusammenarbeit beim griechischen Fußballbund.«

»Ich weiß. Die ruft mich dauernd an und will mir ihr Beileid wegen Bekim ausdrücken. Bisher bin ich nicht rangegangen, aber jetzt muss ich mich wohl mal bei ihr melden. Am besten gleich heute Abend.«

»Ich bin mir ziemlich sicher, dass Anna auch Bekim und Valentina zusammengebracht hat. Mehr weiß ich nicht, Scott, wirklich. Bitte, bitte häng das nicht an die große Glocke. Anna könnte ihre Arbeit verlieren.«

»Ich weiß doch, wie sehr ihr alle an euren Jobs hängt.« Ich nickte. »Unter einer Bedingung.«

»Ja?«

»Wenn wir uns beim Spiel nächste Woche wiedersehen, gibst du mir die Hand. Vor und nach dem Spiel. Auf korrekte Art und Weise. Wir sind für die Fans schließlich Vorbilder. Wenn wir keinen Respekt voreinander haben, haben wir gar nichts. Und ich hab genug davon, dass die britische Presse ewig nach Gründen sucht, warum wir uns nicht verstehen.«

Als er nickte, packte ich ihn durchs Tor am Hemdkragen und riss ihn zu mir, sodass er mit voller Wucht mit dem Kopf gegen die Stäbe prallte.

»Und wenn du mich noch einmal einen schwarzen Nazi nennst, du Arschloch, dann schleif ich dich vor die FIFA-Disziplinarkommission.«

Ich stieg in den Wagen, und Charlie fuhr los.

»Als durch und durch Grüner muss ich sagen: Gut gemacht, Boss!«, sagte Charlie. »Sehr gut! Wie Sie ihm den Schädel gegen das Tor gerammt haben – das war schöner als jeder Kopfball.«

Auf der Rückfahrt zum Hotel sah ich ein Tattoo-Studio und ließ Charlie anhalten, damit ich eine Expertenmeinung zu dem Tattoo einholen konnte, von dem ich jetzt Bilder auf dem iPhone hatte. Dort – wie auch in einem zweiten Studio näher am Hotel – war der Konsens, dass das Labyrinth professionell gestochen war, aber das Motiv weiß Gott nicht ungewöhnlich, nicht in Griechenland, wo Labyrinthe ja mehr oder weniger erfunden worden waren.

Über Labyrinthe wusste ich eigentlich nur eines mit Sicherheit: Am Ende lauert immer ein Monster.

KAPITEL 32

Als ich wieder im Hotel Grande Bretagne war, saß Vik bei einem Meeting im Esszimmer der Royal Suite mit Phil Hobday, Kojo Ironsi, Gustave Haak, Cooper Lybrand und ein paar Griechen, die ich nicht kannte. Ich ging ins Schlafzimmer, schloss die Tür und rief Anna Loverdos an, deren Name sich eher englisch als griechisch anhörte.

»Wunderbar, dass Sie mich zurückrufen«, sagte sie. »Und mein tiefstes Beileid wegen Bekim Develi. Wie geht es seiner armen Frau?«

»Nicht gut.«

»Wenn ich irgendetwas für Sie und Ihre Spieler tun kann, während Sie in Athen sind, Mr. Manson, ganz egal was, melden Sie sich einfach bei mir.«

»Tja, eine Sache fiele mir da ein«, erwiderte ich. »Aber darüber möchte ich nicht am Telefon sprechen. Wie wäre es, wenn wir uns auf einen Drink treffen?«

»Selbstverständlich. Das wollte ich auch gerade vorschlagen. Wo wohnen Sie?«

»Im Hotel Grande Bretagne.«

»Der Fußballbund ist nur zehn Minuten mit dem Auto von dort. Sagen wir heute Abend um sechs?«

»Okay, bis dann.«

Ich ging in den Medienraum, schaltete den Widescreen-Fernseher an und suchte nach Fußball. Es gab die Wiederholung eines Playoff-Spiels der Europa League vom Vorabend, Saint-Étienne gegen Stuttgart.

Die Tür ging auf, und Kojo kam herein, der mit seinem Fliegenwedel herumfuchtelte wie ein afrikanischer Diktator.

»Ach schön, du schaust das Spiel«, sagte er. Er nahm sich ein Bier aus der Minibar und setzte sich.

»Worüber reden die da draußen?«, fragte ich.

»Über Geld, mein Freund, was sonst? Diese Leute kennen kein anderes Thema. Versteh mich nicht falsch, jeder mag Geld – ich natürlich auch. Aber für mich ist es nur ein Mittel zum Zweck. Die dagegen reden den ganzen Tag nur darüber, was sie kaufen können, was verkaufen und wie viel Profit dabei rauskommt. Da kommt man sich vor wie beim IWF. Zahlen, Zahlen, Zahlen. Das macht mich ganz verrückt, Scott.«

»Deshalb bleiben die Reichen reich, Kojo. Weil sie sich für die ganze Scheiße interessieren. All die kleinen, hübschen Zahlen addieren sich und bedeuten etwas – normalerweise, dass wir anderen abgezockt werden.«

»Kann sein.« Kojo trank einen Schluck Bier. »Egal, ich bin nur hier, weil ich das Spiel schauen wollte. Den Kanal kriegen die auf dem Boot nicht rein.«

»Das ist dann wohl das Einzige, was man auf dem Boot nicht haben kann.«

»Außerdem spielt einer meiner Klienten bei Saint-Étienne. Kgalema Mandingoane, ein Junge aus Südafrika, steht im Tor.«

»Einer von deiner Akademie?«

»Genau.«

»Du bist doch genauso schlimm wie die da nebenan. Hinsetzen und Spiel gucken, jetzt!«

Ich grinste, aber wir wussten beide, dass ich es ernst gemeint hatte.

Mein Handy klingelte; es war Bill Wakeman von der Glücksspielbehörde, und ich ging kurz aus dem Zimmer. Wir sprachen eine Weile miteinander, aber ich konnte ihm nicht viel sagen.

»Ist es möglich, dass Bekim Develi sabotiert oder vergiftet wurde?«, fragte er.

»Ausschließen kann man das wohl nicht«, gab ich zu. »Aber Genaues wissen wir erst, sobald die Gerichtsmediziner ihren Streik beenden und einer seine Autopsie übernimmt. Aber für mich sah es nach einem Herzinfarkt aus. Ehrlich gesagt hat es mich an Fabrice Muamba erinnert. Wir haben vor dem Spiel sehr streng auf die Ernährung unserer Jungs geachtet, daran kann es also schon mal nicht gelegen haben. Unser Ernährungsberater hat aufgepasst wie ein Schießhund.«

Ich erzählte ihm von der Lebensmittelvergiftung bei den Spielern von Hertha BSC. »Sicher wäre das auch bei uns möglich gewesen, aber ich weiß nicht, wie jemand nur Bekim und sonst niemanden hätte vergiften können«, fügte ich hinzu. »Er war hier in Griechenland beim Essen sogar doppelt so vorsichtig wie alle anderen.«

»Was ist mit den anderen Spielern?«, fragte er. »Könnte einer von ihnen vielleicht das Spiel geschmissen haben?«

»Es wäre naiv, das auszuschließen, es kommt ja oft genug vor. Aber im Endeffekt bedeutet das ja, Sie fragen mich, welcher meiner Spieler so falsch ist, dass er absichtlich ein Spiel verlieren würde.«

»Und?«

»Mir fällt keiner ein.«

»Wirklich nicht? Einige von denen kennen Sie doch kaum. Prometheus ist doch gerade erst zu London City gekommen.«

»Dem Jungen kann man bestimmt alles Mögliche vorwerfen, aber ein Betrüger ist er nicht«, erwiderte ich.

»Er ist doch Afrikaner, oder? Nigerianer? Jeder zweite großangelegte Internet-Betrug wird von Nigeria aus gesteuert, wussten Sie das? Das sind doch alles windige Typen. Und nach allem, was ich gelesen habe, ist Prometheus mit der windigste von allen.«

»Ich tu mal so, als hätte ich das nicht gehört, Mr. Wakeman.«

»Tut mir leid, Mr. Manson. Ich wollte Sie wirklich nicht verärgern. Bloß hat jemand in Russland – er wird der Russische Bär genannt – ein Vermögen mit einer Wette auf dieses Spiel gewonnen. Wie viel genau, verraten sie nicht, aber die Buchmacher sagen, das Spiel hat sie gute zwanzig Millionen Pfund gekostet.«

»Das tut mir aber leid. Ich würde Ihnen ja gerne helfen, aber ich weiß nicht, was ich von hier aus machen kann. Ich will einfach nur so schnell wie möglich meine Mannschaft zurück nach London kriegen.«

Ich beendete das Gespräch und ging zurück in den Medienraum.

»Ich an deiner Stelle würde mir überlegen, ob ich diesen Jungen nicht zu London City hole«, sagte Kojo. »Du brauchst doch dringend einen zweiten Torwart, jetzt wo Didier Cassell aufhören muss. Ich kenne Mandingo ganz gut, wie die Franzosen ihn nennen …«

Ich holte mir eine Cola aus dem Kühlschrank.

»Wo wir gerade alleine sind, Scott, ich wollte mal was mit dir besprechen. Es geht um Prometheus.«

Ich seufzte. »Warum will ich bloß sofort irgendwem die verdammte Leber rausreißen, wenn ich den Namen höre?«

»Er hat Bekim am Abend vor seinem Tod das böse Auge an die Bungalowtür gehängt.«

»Hätte ich mir ja denken können, dass er damit etwas zu tun hatte.«

»Es sollte ein Witz sein; ein blöder, zugegeben. Aber jetzt macht er sich schreckliche Sorgen, dass es wirklich funktioniert hat. Das macht ihn ganz krank.«

»Ach komm, Kojo. Das ist doch Blödsinn.«

»Nicht für ihn. Er ist Afrikaner, Scott. Du würdest dich wundern, wie viele bei uns noch an so was glauben.«

»An Hexerei? Gleich erzählst du mir noch, dass er auch an Elfen und Voodoopuppen glaubt. Bekim Develi hatte einen Herzinfarkt, Kojo. Genau wie Fabrice Muamba. *Sudden Adult Death Syndrome.* Das ist die medizinische Bezeichnung für das alte griechische Sprichwort: ›Wen die Götter lieben, der stirbt jung.‹ Traurig, aber so war es eben.«

»Die Frage lautet jetzt, was machen wir? Der Junge isst nichts. Er kann nicht schlafen. Er meint wirklich, dass er an Bekims Tod schuld ist.«

»Warum hat er mir das nicht selbst gesagt? Zum Beispiel heute Morgen beim Training.«

»Er wollte ja, aber dann hat er doch die Nerven verloren.«

»Wenn er überhaupt mal welche hatte. Und wenn er wenigstens den Arsch in der Hose gehabt hätte, mir das zu beichten, hätte ich vielleicht ein bisschen Respekt vor ihm gekriegt.«

»Vor all den anderen? Schlimm genug, dass er glaubt, er hätte Bekim umgebracht, das müssen die anderen doch nicht auch noch glauben. Er ist nicht der einzige abergläubische Trottel in deiner Mannschaft.«

»Da hast du ausnahmsweise mal recht.«

»Du redest ihm das doch aus, oder? Vor dem Rückspiel gegen Olympiakos. So etwas kann man nicht einem Mann wie Simon Page überlassen. Der kann Psychologie wahrscheinlich nicht mal buchstabieren.«

»Ach, das schon. Aber der strapaziert sein Gehirn grundsätzlich nur beim Besäufnis auf der Weihnachtsfeier.« Ich nickte. »Okay, ich spreche mit Prometheus.«

»Danke, Scott. Er hat Respekt vor dir. Er braucht nur ein bisschen Anleitung.«

»Alles klar.«

Genau in dem Moment lieferte Mandingo – Kojos Klient – eine absolute Glanzparade. Sogar ich war beeindruckt.

Kojo grinste. »Siehst du? Mandingo ist erst zweiundzwanzig und hat jetzt schon für seine Nationalmannschaft gespielt.«

»Wenn er wirklich zweiundzwanzig ist, ist das allein schon beachtlich.«

»Ich sag's dir, Scott, der Junge wird der nächste David James.«

Ich wusste nicht, ob das gut oder schlecht war, aber ich zuckte mit den Schultern und versprach, darüber nachzudenken. Zu meiner Freude steckte Phil kurz danach den Kopf durch die Tür und lud mich zum Abendessen aufs Boot ein. Ich war froh, dass ich einen Vorwand hatte zu gehen.

»Halb neun«, sagte Phil. »Da wartet ein Tender in der Marina Zea auf alle.«

»Alle?«

»Da kommen wohl so ein paar Mädchen an Bord.«

Ich hätte ja gesagt, dass ich zu tun hatte, aber ich wollte ihn und Vik fragen, ob wir Horst Daxenberger als Ersatz für Bekim einkaufen konnten.

»Ich bin da«, erwiderte ich.

Mein Handy klingelte wieder, und diesmal war es eine griechische Nummer, die ich nicht kannte.

»Mr. Manson?«

»Ja?«

»Hier spricht Dr. Eva Pyromaglou.«

KAPITEL 33

Anna Loverdos schlug ihre gebräunten Beine übereinander und gab mir ihre Karte, die wie sie selbst auf der einen Seite griechisch und auf der anderen englisch war. Aber die Beine waren wohlgeformt und auf jeden Fall interessanter als irgendwelche Kontaktdaten. Wenn die richtigen Beine übereinandergeschlagen werden, können sie einen Mann von so ziemlich allem ablenken.

»Meine Mutter ist aus Liverpool«, erklärte sie. »Sie hat meinen Vater im Urlaub auf Korfu kennengelernt. Ein bisschen wie bei *Shirley Valentine*. Ich bin hier geboren und kam dann auf ein Mädcheninternat in England.«

Anna war Mitte dreißig, attraktiv und eloquent. Sie trug einen rosafarbenen Wickellook-Satinrock, eine weiße Seidenbluse und Leder-Wedge-Sandalen. Der Champagner in ihrer Hand hatte die gleiche Farbe wie ihre Haare.

»Und dann bin ich hierher zurückgekommen. Vor der Wirtschaftskrise natürlich. Ich hatte ein Business-Entertainment-Unternehmen. Eventmanagement für globale Konzerne und so weiter. Dann habe ich in der PR für die Investment Bank of Greece gearbeitet. Und jetzt leite ich das Komitee für Internationale Beziehungen des griechischen Fußballbunds, was natürlich viel mehr Spaß macht.«

»Kann ich mir vorstellen. Und welchen Verein feuern Sie an, Anna?«

»Gar keinen. Bei meinem Job vermeidet man am besten jede Parteinahme. Die Griechen nehmen sich als Fans sehr ernst.«

»Habe ich auch schon gemerkt. Im Stadion kommt man sich vor wie im Bürgerkrieg.«

»Weil meine Mum aus Liverpool kommt, sage ich immer, ich bin Everton-Fan. Das sind keine Griechen, und in die Champions League schaffen sie es auch nie, also passt das hier ganz gut. In diesem Land muss man verdammt aufpassen. Aber das brauche ich Ihnen sicher nicht zu sagen.« Sie schüttelte den Kopf. »In der Landespresse sind ein paar ziemlich schlimme Sachen über Sie und Ihre Mannschaft gesagt worden, Mr. Manson. Und das nach Bekim Develis Tod. Das Land war früher freundlicher. Neuerdings ist die Atmosphäre im Fußball vergiftet. Das habe ich so noch nicht erlebt. Heutzutage meinen die Griechen, der Sport wäre verlogen und korrupt wie alles andere auch.« Sie lächelte. »Aber deswegen sind wir nicht hier. Ich werde dafür bezahlt, Ihren weiteren Aufenthalt in Griechenland so angenehm wie möglich zu gestalten. Ihr Job ist gerade sicher alles andere als einfach. Mal ehrlich, selbst in besseren Zeiten lässt sich so eine Reisegruppe wilder, junger Männer wohl nicht leicht unter Kontrolle behalten.«

Ich grinste. »Ich musste sie schon aus einem Strip-Club namens Alcatraz auf der Leoforos Andrea Syngrou schleifen. Fußballer und Stripperinnen. Fußballer und Escorts. Darauf steht die Regenbogenpresse. So was haben Sie noch nicht erlebt.«

Sie lachte und leerte ihr Glas.

»Oder wahrscheinlich doch«, fügte ich hinzu.

»Nein, aber ich kann es mir gut vorstellen.«

»Ja? Mehr nicht, Anna?«

»Okay, ich geb's ja zu«, erwiderte sie verlegen. »Ich war selbst schon mal im Alcatraz. Ein einziges Mal.«

»Hab ich's mir doch gedacht. Kannten Sie Bekim Develi gut?«

»Einigermaßen. Armer Kerl.«

»Haben Sie ihn Valentina vorgestellt?«

»Wem?«

»Witzig, genau das hat Hristos Trikoupis auch gefragt. Nein, sagen Sie noch nichts. Sie kennen doch sicher den alten Anwaltsgrundsatz, dass man nur Fragen stellt, auf die man die Antworten schon kennt. Genau so eine Frage war das, Anna. Bloß bin ich kein Anwalt und Sie stehen auch nicht vor Gericht. Niemand wirft Ihnen irgendetwas vor. Aber Sie brauchen wirklich nicht abzustreiten, dass Sie sie kennen.«

»Was soll das alles?«

»Bitte beantworten Sie einfach meine Frage, Anna.«

Sie ließ sich in den Sessel zurücksinken und starrte ausdruckslos auf den Tisch. Sie sah gedankenverloren ihre eigene Visitenkarte an.

»Okay. Aber genaugenommen hat Bekim Develi mich Valentina vorgestellt.«

Ich atmete nicht nur aus dramatischen Gründen tief durch. Endlich erzählte mir mal jemand etwas.

»Aber was heißt das schon? Mir werden dauernd neue Leute vorgestellt.« Sie drückte mir zum zweiten Mal ihre Visitenkarte in die Hand. »Da steht's doch: ›Internationale Beziehungen‹. Da geht es um mehr als mal eine E-Mail hier und da.«

»Trinken Sie doch noch einen. Sie sehen aus, als könnten Sie es gebrauchen.«

Ich winkte den Kellner heran und bestellte zwei Gläser Champagner.

»Ich will doch bloß meine Mannschaft zurück nach London kriegen. Ich will hier keinem wehtun und niemanden den Job kosten. Sie schon gar nicht. Sie sind ein nettes Mädchen, das weiß ich, aber ich muss wissen, was Sie wissen. Also bringen Sie mich auf den neuesten Stand. Wenn Sie mir alles erzählen, müssen Sie von der ganzen Sache nie wieder etwas hören.«

»Warum wollen Sie das alles wissen?«

»Meinetwegen, wenn's sein muss: Ich vermute, dass Valentina Bekim das Callgirl vorgestellt hat, das jetzt im Krankenhaus Laiko auf Eis liegt. Mit diesem Mädchen hat Bekim in der Nacht vor seinem Tod in seinem Bungalow im Astir Palace Hotel eine kleine Party gefeiert. Sie ist bis heute nicht identifiziert worden. Und ich nehme an, da könnte Valentina uns helfen.« Ich hielt inne. »Sie können mit mir reden oder mit der Polizei, das ist Ihre Entscheidung. Allerdings sind die nicht so nett wie ich.«

Sie seufzte müde.

»Funktionäre der FIFA und UEFA nehmen in Athen nicht selten die Dienste solcher Frauen in Anspruch, müssen Sie wissen. Ich befolge nur meine Anweisungen. Wie es mir erklärt wurde – und ich sage nicht von wem –, müssen wir uns um unsere VIP-Gäste kümmern, damit sie nicht in Schwierigkeiten geraten. Das heißt, wir halten sie von den Prostituierten am Omonia-Platz fern. Da unten ist es richtig gefährlich. Massenweise Drogensüchtige und Obdachlose und dauernd Polizeieinsätze. In der Odos Sofokleous gibt es über dreihundert Bordelle, und viele der Frauen sind HIV-positiv. Also wurde beschlossen, unsere wichtigeren Gäste aus der Welt des Sports von dort wegzulotsen und sie in Kontakt mit vornehmeren Mädchen zu bringen. Also habe ich eine Dame angeheuert, die alles für mich regelt: Valentina. Sie war die perfekte Besetzung. Immer wenn ein hoher FIFA-Funktionär oder ein Spitzenfußballer in der Stadt ist, setzt sie sich mit ihm in Verbindung. Bei den FIFA-Funktionären bezahlen wir, mit den Fußballern handelt Valentina selbst einen Preis aus. Manchmal kümmert sie sich selbst um den VIP-Gast, aber genauso oft vergibt sie den Job weiter. Also kann es gut sein, dass Valentina Bekim das Mädchen zugeführt hat. Sie mochte ihn, das weiß ich, und normalerweise hat sie ihn selbst getroffen, aber diesmal hatte sie wohl keine Zeit und hat eine andere einspringen lassen. Ich weiß nicht, wer das war. Aber Valentinas richtiger Name ist Swetlana Jaroschinskaja, und sie kommt aus Odessa in der Ukraine. Ich glaube, sie hat Kunst studiert. Sie hat irgendwo in Athen eine Wohnung, ich weiß nicht wo. Ich habe mich immer über Skype mit ihr in Verbindung gesetzt. Da heißt sie SwetJaro99. Aber in der letzten Zeit ist sie nicht mehr online und hat mich auch nicht zurückgerufen. So kenne ich sie gar nicht.«

Der Kellner kam mit dem Champagner. Ich schrieb mir den Skype-Namen auf und ließ ihn von Anna überprüfen.

»War sie – Swetlana – Ihr einziger Kontakt in der Szene?«

»Ja.«

»Ganz sicher?«

Ich zückte mein iPhone und zeigte ihr die Bilder vom Tattoo der Toten, die ich im Krankenhaus aufgenommen hatte.

»Wie sieht es mit dem Tattoo aus? Es ist vielleicht nicht ganz Lisbeth Salanders Drache, aber doch recht markant, oder?«

»Nie gesehen«, erwiderte sie nervös. »Sie lassen doch meinen Namen da raus, ja? Mit der Polizei haben wir es ja alle nicht so. Aber vor allem will ich nicht unbedingt in der Zeitung stehen, schon gar nicht in der Presse zu Hause. Meine Mum lebt heute wieder in Liverpool.«

»FIFA-Funktionären werden kostenlos Luxus-Callgirls zugeschanzt?« Ich schüttelte den Kopf. »Wo soll denn da die Story sein? Davon gehen doch sowieso schon alle aus, würde ich sagen.« Ich wischte auf dem Handy zum nächsten Bild, auf dem das Gesicht der Toten zu sehen war. »Haben Sie die schon mal gesehen? Kein tolles Bild, ich weiß, aber unter den Umständen …«

»Nein, nie gesehen«, erwiderte Anna.

»Schauen Sie sie sich mal in Ruhe an.«

»Kenne ich nicht. Was ist denn mit ihr los? Schläft sie da?«

»Hab ich das nicht gesagt? Sie ist tot. Das ist mit ihr los. Das ist das Mädchen, das aus der Marina Zea gefischt wurde, nachdem sie Bekim Develi gevögelt hatte.«

Anna klappte die Kinnlade runter, und Tränen schossen ihr in die Augen.

Ich trank noch einen Schluck Champagner, stand auf und warf einen Fünfziger vor ihr auf den Tisch.

»Das ist für die Drinks.« Ich blätterte ihr noch einen Zwanziger hin. »Und der ist für Sie, Anna.«

»Drecksack!«

Ich grinste. »Aus Ihnen machen wir schon noch einen richtigen Fußballfan.«

KAPITEL 34

Ich fuhr nicht zum Essen auf die *Lady Ruslana*. Dazu war keine Zeit. Außerdem hatte ich keinen Hunger und war auch nicht gerade in geselliger Laune, weil ich an meine weiteren Pläne für diesen Freitagabend dachte. Das Gespräch mit Vik und Phil über den Einkauf von Horst Daxenberger als Ersatz für Bekim musste warten. Ausnahmsweise waren die Toten mal wichtiger als die Lebenden.

Als ich mich von Anna Loverdos verabschiedet hatte, rief ich sofort den Skype-Namen an, den sie mir gegeben hatte, aber niemand meldete sich; mehr Erfolg hatte ich bei unserer Anwältin Dr. Christodoulakis, die um neun Uhr immer noch im Büro saß.

»So spät noch bei der Arbeit?«

»Wie erwartet hat es eine enorme Reaktion auf die Aushänge mit der Belohnung in Piräus gegeben«, erklärte sie. »Wir brauchen die ganze Nacht, bis wir die echten Hinweise aus der Masse der Zeiträuber herausgepickt haben.«

Das kannte sie bestimmt schon; Zeitraub war in Griechenland anscheinend Volkssport. Sie tat mir aber nicht leid, Anwälte lieben Arbeit, schließlich rechnen sie nach Stunden ab.

»Ich will Ihnen ja wirklich nicht noch mehr aufs Auge drücken«, log ich, »aber könnten Sie mir mal einen Namen überprüfen? Vielleicht kommt ja was dabei raus. Echter Name: Swetlana Jaroschinskaja, Pseudonym Valentina. Ein Luxus-Callgirl. Möglicherweise eine Freundin der Toten. Geboren in Odessa. Ich habe ihren Skype-Namen, eine Handynummer und eine E-Mail-Adresse. Schauen Sie mal, was Sie rauskriegen können. Vorstrafen, Steuernummer, Augenfarbe, alles.«

»In Ordnung. Mal sehen, was sich machen lässt. Noch etwas?«

»Gerade nicht, es wird aber langsam spannend.«

Ich erklärte Dr. Christodoulakis nicht, wo ich hinwollte. Abstiege in die Unterwelt behält man am besten für sich. Man wird quasi zum Pilger, wenn man ein Verbrechen aufklären will; erst muss man sich klarmachen, was man wissen will, und dann muss man tun, was getan werden muss, auch wenn alle dagegen sind. Zum Beispiel Leute, denen gegenüber man sich wie das letzte Arschloch aufgeführt hat. Ich hätte Anna Loverdos nicht die Fotos der Toten zeigen sollen; das war brutal gewesen. Aber irgendwie fand ich doch, dass sie einen Teil der Schuld spüren sollte, die ich empfand. Männer wie ich hatten das Mädchen gevögelt und ermordet; aber eine Frau wie Anna Loverdos hatte diese Situation mit herbeigeführt.

Ich duschte, um einen klaren Kopf zu bekommen, und zog ein altes T-Shirt an. Ich griff mir eine Handvoll Bargeld und zwei Fläschchen Whisky und stieg hinab in den Hotelkeller. Ich hatte ein schlechtes Gewissen, weil ich Charlie draußen warten ließ, aber ich brauchte einen Lockvogel, denn meine Polizeieskorte würde sich sicher nicht noch mal so leicht abschütteln lassen. Man wundert sich manchmal, wie schnell Bullen lernen.

Ein paar schmuddelige, feuchte Flure und nichtssagende Gänge später trat ich durch einen unauffälligen Hintereingang hinaus auf die Odos Voukourestiou, wo mich die Abendhitze empfing wie ein riesiger, warmer Schwamm. Ich ging ein Stück Richtung Westen auf die Odos Stadiou und stieg in ein Taxi, das mich einmal um den Platz und dann nach Norden fuhr, vorbei am belagerten Parlamentsgebäude, wo eine durchmischte Menge aus

Touristen und Demonstranten den Evzonen – einer Zeremonieeinheit der griechischen leichten Infanterie – bei der Wachablösung vor dem Grab des unbekannten Soldaten zusah.

Natürlich drehten sich meine Gedanken gerade sowieso um Gräber und ihren unheimlichen Inhalt, aber ich musste von der Rückbank des Taxis doch über die angestrahlte Zeremonie grinsen. Solche Wachablösungen sind immer kolossaler Blödsinn, egal in welchem Land; aber Griechenland setzte noch mal einen drauf: mit ihren bebommelten Schnabelschuhen, den weißen Partykleidern, breiten Schnurrbärten und Quastenmützen sehen die Evzonen sowieso schon aus wie die Clowns aus irgendeinem obskuren Balkanzirkus, aber durch die ganze Drillchoreographie wirken die bemitleidenswerten Soldaten, als wären sie in Monty Pythons *Ministry of Silly Walks* angestellt.

Kurz vor elf kam ich an der Plateia Agiou Thoma vor dem Krankenhaus Laiko an. Dr. Pyromaglou hatte angeboten, sich die Leiche mit mir gegen Mitternacht anzusehen, wenn möglichst wenige Leute im Krankenhaus waren, damit sie nicht als Streikbrecherin erwischt wurde.

»Ich führe keine volle Autopsie durch«, hatte sie mir am Telefon erklärt. »Aber wahrscheinlich muss ich das auch nicht. Ziehen Sie ein altes Hemd an und nehmen Sie sich ein frisches für den Heimweg mit; wir dürfen nicht in OP-Kitteln oder Arztklamotten gesehen werden, sonst fliegt die ganze Sache sofort auf.«

Spiros, der Pfleger aus dem Kühlhaus, hatte Eva Pyromaglou zu Hause angerufen und ihr meine Nummer gegeben. Er würde wohl auch kommen und für uns Schmiere stehen.

Ich war mit der Ärztin in dem Freiluftrestaurant unter den Orangenbäumen verabredet, direkt neben der Kirche mit den vielen Dächern. Sie saß alleine und hatte Alex Fergusons Autobiographie auf dem Tisch liegen, damit ich sie erkannte. Das Buch gehörte ihrem Mann. Ich konnte mir nicht vorstellen, dass sie Freude an so etwas hatte. *Freude* ist in diesem Fall aber wahrscheinlich sowieso das falsche Wort: Das Buch beglich mehr Rechnungen als die letzte Viertelstunde von *Der Pate*, und das sahen nicht nur Roy Keane und Steven Gerrard so. Beim Lesen hatte ich erfahren, dass Fergie sein Leben lang Dokumente und Artefakte zum Kennedy-Attentat gesammelt hatte. Er hatte sogar Kennedys Autopsiebericht auf dem Nachttisch liegen. Mit einem Urteil sollte ich mich in dieser Sache aber wohl zurückhalten, schließlich spielte ich ja gerade selbst in einer Art Frankenstein-Film mit, so wie ich mich mit Dr. Pyromaglou um Schlag Mitternacht daranmachen würde, an der Leiche einer jungen Frau herumzupfuschen.

Die Ärztin war Mitte vierzig, sehr blass, hatte ein mandelförmiges Gesicht, lange, kastanienbraune Haare und Sorgenfalten auf der Stirn. Sie hatte einen Krankenhausausweis an einer Kette um den Hals hängen, trug eine Brille mit dickem Rahmen, ein schwarzes Poloshirt, Jeans, vernünftige Schuhe. Generell erweckte sie den Eindruck, in einer Bücherei gezeugt und geboren worden zu sein. Wir gaben uns die Hand.

Es war noch eine halbe Stunde bis zum Anfang der nächsten Schicht, also bestellten wir einen Kaffee.

»Ich weiß, dass Sie schon mal eine Leiche gesehen haben«, erklärte sie. »Spiros sagt, Sie hätten sich gut gehalten. Aber wir haben heute noch ein bisschen mehr vor. Wahrscheinlich brauche ich Ihre Hilfe bei ein paar Abstrichen und Schnitten. Wenn Sie also kein Blut sehen können, sagen Sie es jetzt. Ich will nicht, dass Sie mir da drinnen zusammenklappen.«

»Kein Problem«, erwiderte ich tapfer. »Wenn man mit Martin Keown Fußball gespielt hat, weiß man, wie Blut aussieht.«

Sie lachte nicht. Ich wedelte mit den beiden Whisky-Fläschchen aus dem Hotel und leerte gleich eines davon. »Außerdem habe ich mir ein bisschen Mut von zu Hause mitgebracht.«

»Wir arbeiten auf engem Raum«, sagte sie. »Haben Sie sich ein zweites Hemd mitgebracht, falls Sie etwas abbekommen?«

Ich zeigte auf die Plastiktüte neben meinen Beinen.

»Vielen Dank, dass Sie mir helfen«, sagte ich. »Und ihr natürlich auch. Dem Mädchen in der Schublade, meine ich. Die Polizei lässt sich da ja so ihre Zeit.«

»Schnell sind die nur beim Köpfe-Einschlagen.«

»Spiros hat mir von Ihrem Sohn erzählt. Tut mir leid. Geht's ihm gut?«

»Den Umständen entsprechend. Aber danke der Nachfrage.«

Das hört sich nie gut an, also hakte ich nicht weiter nach.

»Außerdem müssen Sie sich darüber im Klaren sein, dass heute Abend nichts aufgeschrieben wird, zumindest nicht von mir«, erklärte sie.

Ich nickte.

»Was wir heute herausfinden, können Sie nicht vor Gericht verwenden, weil wir illegal arbeiten. Und noch etwas: Ich helfe Ihnen, Mr. Manson, nicht der Polizei. Das ist eine Privatvereinbarung zwischen uns beiden. Wenn in diesem Land jeder schwarzarbeitet, kann ich das auch.«

»Verstehe.«

»Haben Sie etwas für mich?«, fragte sie.

Ich gab ihr einen Umschlag mit fünfhundert Euro.

Sie nickte. »Wenn Sie jemand anspricht, antworten Sie einfach auf Englisch, dann ist sofort klar, dass Sie den Streik nicht brechen.«

Ich nickte. »Worum geht es bei dem Streik überhaupt?«

»Um Geld«, erwiderte sie. »Es gibt keins mehr. Wenigstens nicht für den öffentlichen Dienst.«

»Ja, davon habe ich schon gehört.«

»Für die Fußballer reicht's anscheinend noch. Sogar hier in Athen.«

Ich trank schweigend meinen Kaffee; Fußballergehälter sind immer schwierig zu rechtfertigen, erst recht Ärzten gegenüber. Zum Glück piepste mein iPhone, bevor ich es trotzdem versuchen konnte: Maurice hatte mir einen Link zu einem *Independent*-Artikel geschickt, in dem es hieß, Viktor Sokolnikow wolle mich am Ende der Saison feuern. Ich machte mir aber keine Sorgen deswegen; wer liest schon den *Independent*.

Dr. Pyromaglou nickte mit dem Kopf in Richtung des strengen Lächelns, das das Buchcover zierte. »Den kann ich mir jedenfalls nicht gerade als Hobbydetektiv vorstellen.«

Sie schaute auf die Uhr. »Los geht's«, sagte sie forsch. »Machen wir uns an die Arbeit.« Sie schrieb Spiros eine kurze Handynachricht, dass wir auf dem Weg waren.

KAPITEL 35

Im Krankenhaus war es dunkel wie in einer Kirche und auch fast so leise. Nachts wurden die meisten Lichter ausgeschaltet, um Stromkosten zu sparen.

»Das soll uns recht sein«, sagte Eva Pyromaglou, die mich durch die dunklen Flure führte. »Aber passen Sie auf, wo Sie hintreten. In einem staatlichen Krankenhaus in Griechenland sollte man lieber keinen Unfall haben.«

Ich grinste; langsam wurde sie mir sympathisch.

Hinter der nächsten Ecke wartete Spiros auf uns. Er war nicht alleine. Auf einem Rollwagen vor ihm lag unter einem Tuch eine Frauenleiche.

»Hier lang«, sagte er und schob den Wagen einen weiteren finsteren Flur entlang und durch die offenen Türen eines großen, hell erleuchteten Aufzugs. Als wir drinnen waren, drehte er schnell einen Schlüssel um und sprang nach draußen, sodass Eva und ich allein mit der Leiche zurückblieben. Sie drückte einen der Knöpfe, die Türen schlossen sich, und der Aufzug setzte sich in Bewegung. Fast sofort drehte sie den Schlüssel noch einmal, und wir blieben mit einem Ruck zwischen den Stockwerken stehen.

Sie schlug das Tuch zurück, und ich kapierte, dass sie die Leiche hier im Aufzug untersuchen wollte.

»Was für eine Schande«, sagte sie. »Sie war sehr schön.«

»Hier drinnen wollen Sie das machen?«, fragte ich.

»Ja. Hier stört uns keiner. Spiros schreibt mir, wenn die Luft rein ist und wir wieder runterkönnen.«

»Haben Sie das schon mal gemacht?.«

»Hier im Aufzug? Nein, da ist sie die Erste und hoffentlich auch die Letzte. Aber ich kann mir diesen Streik nicht mehr lange leisten. Hoffentlich brechen nicht auch noch Krawalle aus. Gegen Streikende wird es in Griechenland meistens brutal. Passen Sie bloß auf, dass Sie da nicht zwischen die Fronten geraten!«

»Das sagen Sie mir jetzt.«

In einer Tasche zwischen den Füßen der Leiche steckte alles, was Eva brauchen würde: Skalpelle, Tupfer, Scheren, Asservatentüten, Nadeln, antiseptisches Handgel und Latexhandschuhe. Sie stellte die Tasche auf den Boden und begann, die Leiche systematisch bis auf die kleinste Hautverfärbung hin abzusuchen. Schweigend ließ ich sie eine Weile arbeiten und bewunderte ihre Sorgfalt und ihren respektvollen Umgang mit der Leiche.

»Ich suche nach Hämatomen«, flüsterte sie. »Nach Nadeleinstichen, Abschürfungen, Schnittwunden, Kratzern, eben allem.« Nach ein paar weiteren Minuten schüttelte sie den Kopf. »Nichts.«

»Für mich sieht sie schwanger aus«, versuchte ich zu helfen.

»Nein, das ist keine Schwangerschaft.« Sie ächzte. »Ertrunken ist sie? In der Marina Zea?«

»Das sagen die Bullen.«

»Dann wollen wir mal auf Nummer sicher gehen. Normalerweise würde ich sie einfach aufschneiden und schauen, was sie in der Lunge hat, aber das geht hier nicht. Wie gesagt ist das hier keine richtige Obduktion. Aber ein kleiner Schnitt an der Oberfläche wird schon erlaubt sein. Fassen Sie mal mit an, wir drehen sie auf den Bauch, sodass ihr Kopf über die Kante hängt.«

Wir drehten sie um, und Eva zog ein Papptablett aus ihrer Tasche, das sie der Toten unter den Unterkiefer stellte.

»Und jetzt?«

»Jetzt lehnen Sie sich bitte mit vollem Gewicht auf sie. Mittlerweile hat sich sicher eine Menge Gas angestaut, also wird sie wahrscheinlich wenig Damenhaftes von sich geben. Mir geht es aber um das Salzwasser in ihrer Lunge.«

»Ah, okay.«

Als Eva so weit war, lehnte ich mich auf den Rücken der Toten, aber erst mal passierte gar nichts.

»Fester. Sie können Ihr nicht mehr wehtun. Wie würde das ein Physiotherapeut machen? Füße vom Boden. Los! Zeigen Sie es ihr!«

Ich gehorchte, und nach ein paar Sekunden entwichen aus dem Unterleib der Leiche verdammt übelriechende Gase.

»Und so was schimpft sich stummer Zeuge«, sagte ich und drehte mich weg.

Endlich tröpfelte etwas aus dem Mund auf das Tablett. Eva füllte die Flüssigkeit in eine Flasche und steckte sie in ihre Tasche.

»Gut. Jetzt drehen wir sie wieder auf den Rücken«, sagte sie.

Wir hievten sie herum. Ich kam ins Schnaufen und trat einen Schritt zurück. Es wurde langsam warm und stickig im Aufzug. Ich war froh, dass ich ein altes T-Shirt anhatte.

»Und jetzt?«

»Jetzt widmen wir uns ihren Brüsten. Schauen Sie doch mal!«

»Hab ich. Tu ich. Ich kann gar nicht anders. Haben sicherlich besser ausgesehen, als sie noch herumgelaufen ist. Ein bisschen natürlicher.«

»Wenn Sie das sagen.« Am Fuß des Wagens reihte sie ihre Instrumente so akkurat wie möglich auf.

»Die stehen aber auch steif ab. Noch viel mehr als gestern, finde ich.«

»Wenn Silikon abkühlt, wird es etwas härter. Manchmal auch kleiner.« Eva nahm ein Skalpell in die eine Hand und schob mit der anderen die Brust der Toten hin und her, als würde sie überlegen, wo sie die Klinge ansetzen sollte.

»Die hier hat immerhin noch ihre Nippel«, murmelte sie.

»Davon habe ich gehört. Hannibal Leventis, richtig? Der Athener Busfahrer, der die ganzen Mädchen ermordet hat?«

»Sie sind gut informiert.«

»Aber nicht von der Polizei.«

»Die sind hier auch ein ganz anderer Verein als bei Ihnen zu Hause.«

»Sie kennen sich also mit den Fällen aus?«

»Ja. Ich habe die Frauen obduziert.«

»Es hieß, Leventis hätte vielleicht einen Komplizen gehabt.«

»Richtig. Hatte er meiner Meinung nach auch. Aber die Polizei hat beschlossen, dass er allein gearbeitet hat. Das hat Leventis ausgesagt. Und denen hat die Version gut gepasst.«

»Okay.«

»So, und jetzt aufgepasst. Dafür bezahlen Sie mich nämlich. Hier haben wir eine kaum sichtbare Narbe unter der Brust. Da wurden die Implantate reingeschoben; und da holen wir sie auch wieder raus.«

»Tun wir? Und warum?«

»Haben Sie eine Audiorekorder-App auf dem Handy?«

»Ich meine, klar hat sie große Brüste, aber wegen denen ist sie doch nicht auf den Grund der Marina gesunken. Das lag dann doch eher an dem Gewicht an ihren Füßen.« Ich fummelte das Handy aus der Tasche und tippte auf die App.

»Mit ein bisschen Glück verraten uns die Implantate ihren vollen Namen, inklusive Adresse. Also nehmen Sie besser alles auf.«

»Zählt das hier nicht als invasiver Eingriff?«, fragte ich.

»Das mag sich für Sie vielleicht wie Haarspalterei anhören, aber nein, zählt es nicht, weil wir durch eine bestehende Narbe rein- und auch wieder rausgehen. Hinterher sieht alles wieder aus wie vorher. Mehr oder weniger.«

Sie wischte das Implantat mit einem Papiertuch ab, ließ es wie eine Qualle von der einen Hand in die andere rutschen und knetete es einen Augenblick.

»Durch die Wärme meiner Hand ist es schon wieder viel weicher und geschmeidiger geworden. Und genau danach hatte ich gesucht: Auf der hinteren Oberfläche befindet sich ein Stempel mit dem Herstellernamen, dem Modell, der Größe und der Seriennummer. Beim Einsetzen wurden alle diese Angaben auch an den Hersteller geschickt, damit das Implantat zu Zwecken der Qualitätssicherung und Forschung zurückverfolgt werden kann. Dieses hier wurde von Mentor hergestellt. Das heißt, ich muss nur morgen früh bei denen anrufen, und die sagen mir, was sie wissen.« Sie las die Seriennummer und die Größe laut vor. »Und das war's schon. Wenn wir nicht gerade großes Pech haben, haben wir die Kleine in vierundzwanzig Stunden identifiziert.«

Sie schob das Implantat zurück an seinen Platz und nähte die Brust zügig wieder zu.

»So einfach ist das?«

»Mmm-hmm. Spiros hatte mir schon von den Brüsten erzählt, da habe ich mir das gleich gedacht. An solchen Implantaten kann man die Mädchen heutzutage identifizieren wie Hunde und Katzen an ihren Mikrochips.«

»Toll.«

Eva verdeckte die Naht mit einer Schicht Körperbutter und ein bisschen Grundierung. Danach war kaum noch etwas zu sehen.

»Respekt«, sagte ich.

Nun nahm sie der Toten noch eine Blutprobe ab.

»Soll ich weiter aufnehmen?«

»Nein, Sie können abschalten. Ganz fertig sind wir aber noch nicht, Mr. Manson. Zu Hause untersuche ich ihr Blut, ob sie bei ihrem Tod Drogen oder Alkohol im Körper hatte.«

»Alles klar.« Ich steckte das Handy wieder in die Tasche.

»Ich nehme außerdem Abstriche von ihrer Vagina, ihrem Mund und Anus. Wenn sich irgendwo Spuren finden, die nicht ihrer eigenen Blutgruppe entsprechen, ist das ein nützlicher Hinweis auf den, mit dem sie Sex hatte. Vielleicht auf ihren Mörder. Wenn es denn einen gibt. Denn bisher finde ich keine Anzeichen dafür, dass sie sich großartig gewehrt hätte. Da hab ich schon Fälle von plötzlichem Kindstod auf dem Tisch gehabt, die brutaler aussahen.«

»Vielleicht war sie ja wirklich mit Drogen ruhiggestellt worden.«

»Wenn wir auf den Abstrichen irgendetwas finden, können wir anfangen, Spieler aus Ihrer Mannschaft auszuschließen. Von denen brauchen wir auch Proben. Und von Ihnen natürlich.«

»Natürlich.«

»Je eher wir Sie ausschließen, desto besser, Mr. Manson.«

Ich half ihr beim Eintüten der Abstriche; außerdem schnitt sie dem Mädchen eine Strähne Kopf- und ein bisschen Schamhaar ab.

Dr. Pyromaglou war mit unserer Untersuchung zufrieden.

»Was jetzt?«, fragte ich.

»Jetzt hoffen wir, dass der Aufzug startet, wenn ich den Schlüssel umdrehe. Ich will nicht die ganze Nacht hier festsitzen.«

Wie auf Stichwort furzte die Leiche wieder.

»Oh ja, ich bin ganz Ihrer Meinung.«

Eva wollte die Tote wieder mit dem Tuch zudecken, aber ich hielt sie auf.

»Moment.« Ich schaute der Toten ins Gesicht. »Die Fahndungszeichnung taugt nichts, und auf meinen Handyfotos erkennt man sie auch nicht richtig. Wenn man auf einem Foto die Augen zu hat, sieht man nie aus wie man selbst. Könnten Sie sie vielleicht öffnen?«

»Das und noch viel mehr«, erwiderte sie.

Sie zückte ihr Schminktäschchen, und nach ein paar Minuten hatte sie mit ein bisschen Grundierung, Lidschatten, Mascara, Rouge und Lippenstift aus der Toten einen normalen Menschen gezaubert; sie besprühte die offenen, starrenden Augen sogar kurz mit Optrex-Augenspray und gab ihnen so ein bisschen Schimmer zurück.

»Wunderbar«, sagte ich und knipste mehrere Bilder mit dem iPhone.

»Nein.« Eva schüttelte den Kopf. »Ich hab's mit dem Rouge ein bisschen übertrieben. Sie sieht ja aus wie … eine Hure.«

»Nein, sie sieht nicht schlecht aus. Genau richtig.« Ich begutachtete die Bilder auf dem Handy und verzog das Gesicht. »Komisch, jetzt wo Sie sie so rausgeputzt haben, sieht sie genauso aus wie meine Exfrau.«

KAPITEL 36

Ich las auf meinem iPad die Sportseiten, schaute Football Focus auf BBC World und kam mir vor wie ein Fisch auf dem Trockenen. Ich hätte alles dafür gegeben, wieder in London zu sein und die Mannschaft auf das Spiel gegen Chelsea vorzubereiten. An der Stamford Bridge bin ich immer gerne, gerade im August. Chelsea im Sommer ist etwas ganz Besonderes. Deshalb wohne ich da wohl auch.

Hätten wir die Blues geschlagen? Am Anfang der Saison, wenn die ganze Mannschaft topfit ist, scheint alles möglich; deshalb muss man auch bei den Aufsteigern wie Leicester City so aufpassen. Im Laufe der Saison wird es dann immer schwieriger, gegen die besten Vereine anzustinken. Wenn man, wie die Blues, eine Mannschaft aus fünfundzwanzig Spielern von internationalem Niveau hat, ist es nur logisch, dass man es unter die ersten vier schafft. Genauso logisch ist es aber auch, dass man als Trainer gefeuert wird, wenn man es mit so einer Truppe nicht schafft.

Für Trainerrauswürfe war es eigentlich noch ein bisschen früh in der Saison, aber in den Zeitungen stand, dass es einen alten Kumpel von mir trotzdem erwischt hatte. Nick Broomhouse war erst zwei Monate lang Trainer von Leeds United, aber nach einem miserablen Saisonstart mit einer 6:0-Niederlage gegen die frisch aufgestiegenen Wolves und einem 5:0-Desaster gegen Huddersfield erklärte der neue Clubvorsitzende und Besitzer, dass er kein

Vertrauen mehr in den Trainer habe. Ein Derby gegen Huddersfield muss man mit Leeds einfach gewinnen. Wahrscheinlich war der neue Vorsitzende einfach froh über eine Ausrede, den Mann seines Vorgängers loszuwerden. Ich hatte zwar selbst genug Probleme, schickte dem armen Broomhouse aber dennoch schnell eine Mitleids-SMS.

Natürlich erwartet man als Trainer jederzeit den Rauswurf, wie man als Einbrecher wohl auch jederzeit damit rechnet, gefasst und in den Knast gesteckt zu werden. Der Rauswurf als Berufsrisiko brennt sich einem im Hirn fest, was vielleicht einer der Gründe ist, warum wir so gut bezahlt werden. Aber das Geld macht es nie wett, wenn einem von jetzt auf gleich der Verein weggenommen wird. Mir ist das noch nicht passiert, aber irgendwann werde auch ich dran sein. Manchmal läuft's da nach dem Drehtürprinzip. Bei einem Sechsjahresvertrag wie meinem würde sich manch einer wohl sicher fühlen. Ich nicht. Wenn man so reich ist wie Viktor Sokolnikow, spürt man die fünf Millionen Pfund kaum, die es kosten würde, mich loszuwerden. Ein Niemand bin ich für ihn vielleicht nicht, aber ersetzbar auf jeden Fall.

Darüber machte ich mir gerade Gedanken, als Louise mich aus meiner Wohnung in Chelsea anrief. Wir unterhielten uns gewohnt verspielt wie zwei Menschen, die vermuten, dass sie ernsthaft verliebt sind, es aber nicht als Erster zugeben wollen.

»Ich vermisse dich«, seufzte sie.

»Ich dich auch.«

»Ich liege nackt zwischen all den Zeitungen auf deinem Bett und sehne mich nach dir.«

»Solange es nur die Zeitungen sind.«

»Hoffentlich weißt du, was du verpasst, Scott.«

»Und wie! Das Spiel gegen Chelsea zum Beispiel. Und was wir uns da für einen Bonus hätten verdienen können, wenn wir gegen die Dreckskerle gewonnen hätten. Da hätten wir gute Chancen gehabt. Auch ohne Bekim.«

»Das meinte ich nicht.«

»Ich weiß, was du gemeint hast, Louise. Aber wenn du mich so quälst, quäl ich dich eben auch ein wenig.« Ich lachte. »Deshalb wurde Fußball doch erfunden: Damit die Frauen uns nicht immer vorhalten können, wir würden jede Sekunde nur an Sex denken.«

»Und funktioniert das?«

»Klar. Genau fünfundvierzig Minuten lang. Dann können wir zur Halbzeit wieder eine Viertelstunde an Sex denken.«

»Denkst du während des Spiels nie an mich? Überhaupt nicht?«

»Vielleicht ein, zwei Mal.«

»Ja?«

»Aber nur, bis unsere Jungs treffen. Wenn man ManU drei reinwürgt und Fergie von der Tribüne zuguckt mit einer Fresse wie ein versohlter Arsch – das ist für jeden Trainer besser als Sex, das ist was für die Memoiren.«

»In deinem Buch steht das nicht so.«

»Hast du es gelesen?«

»Hier stehen zehn Stück davon im Regal, ich konnte gar nicht anders.«

»Du hast aber nur das eine gelesen, oder?«

»Sehr witzig. Ich dachte, danach werde ich ein bisschen schlauer aus dir.«

»Da hilft dir mein Buch nicht großartig weiter.«

»Nicht?«

»Wenn du wissen willst, was ich denke, lies die Stadionzeitung.«

»Ich weiß aber, dass du es selbst geschrieben hast, Scott. Das Buch, meine ich. So ein paar Formulierungen …«

»Klar hab ich es selbst geschrieben. Ich bin doch nicht Wayne Rooney!«

»Da stand viel, was ich noch nicht wusste.«

»Das hat Wayne auch gesagt.«

»Dass du dich gerne mal in Schwierigkeiten bringst, zum Beispiel. Dass ich vielleicht mal nach Athen fliegen sollte. Dass du mich brauchst, um dir den Rücken freizuhalten.«

»Das steht alles in meinem Buch?«

»Dass meine Gesellschaft in der Royal Suite dir guttun würde.«

»Gute Idee. Wenn du einen Flug bekommst. Wieso nicht? Ich lass schon mal das Badewasser ein. Die Wanne ist auf jeden Fall groß genug für zwei.«

»Okay, dann schau ich mal. Das wird dir auch nicht zu viel? Es gibt bestimmt haufenweise griechische Mädchen, die mit dir ins Bett wollen.«

»Hab seit dem Frühstück keine mehr getroffen.«

»Kannst du ruhig. Das macht mir nichts aus.«

»Ich weiß.«

Ich schnaufte laut und wechselte das Thema. »Ich habe mit deinem Freund Wakeman gesprochen.«

»Wie war's?«

»Er war ein bisschen unverschämt. Er meint wohl, alle Afrikaner sind Verbrecher. Viele schon, okay. Aber das muss er mir doch nicht groß aufs Brot schmieren. Vor gar nicht mal so langer Zeit war ich selbst noch aus Afrika.«

»Tut mir leid.«

»Du kannst ja nichts dafür, Baby.«

»Dafür hab *ich* mit Sara Gill geredet.«

»Mit wem?«

»Mit der Frau aus Little Tew in Oxfordshire, die von Thanos Leventis verschleppt wurde. Dem Mörder, den die griechischen

Zeitungen Hannibal genannt haben. Ich schicke dir ihre Handynummer und ihren Skype-Namen.«

»Die ist dazu bereit, mit mir zu reden? Über die Entführung?«

»Ja, sie redet mit dir. Sie ist da ganz offen. Bloß hat ihr bis heute kaum einer zugehört.«

»Ich höre ihr zu. Ich kann gut zuhören.«

Louise lachte. »Wenn du das sagst. Dabei wirst du ja eigentlich zum Reden bezahlt, Scott. Du musst immer im richtigen Moment die richtigen Sachen sagen. Also sagst du in der Regel nur, was andere glauben sollen, das du gerade denkst. Was natürlich oft nicht stimmt. Da hast du eine ziemliche Begabung: eine besonnene Eloquenz.«

»Das denkst du von mir?«

»Was ich wirklich von dir denke, willst du gar nicht wissen, Süßer.«

»Aber unbedingt. Deshalb steige ich doch überhaupt mit dir ins Bett. Damit ich dir zuhören kann, wenn du im Schlaf vor dich hin murmelst.«

»Ich glaube, eigentlich bist du ein ziemlich einsamer Mann. Wie so viele Fußballtrainer. Du allein gegen die Welt. Du gegen die nächste Mannschaft. Du gegen die Menge. Du gegen den Kerl auf der anderen Bank. Du gegen deinen Vater. Du gegen die Zeitungen. Du gegen die Metropolitan Police. Und jetzt auch noch du gegen die griechische Polizei. Du musst dir immer etwas beweisen, Scott. Du beißt dich durch. Du bist ein Getriebener. Deshalb spielst du jetzt wieder Detektiv. Weil du nichts hinnehmen kannst. Weil du immer recht haben musst.«

»Und ich dachte, ich will einfach nur Bekim Develis guten Namen retten und meine Jungs zurück nach London bringen.«

»Das glaubst du wahrscheinlich wirklich, ich weiß. Aber es stimmt nicht. Du tust es, weil du dich wie die meisten Männer tief in deinem aufgeplusterten Ego, das du dein Herz nennst, für den geborenen Detektiv hältst. Für dich ist das bloß wieder ein neuer Wettkampf.«

Ich grinste. Louise hatte mich durchschaut. Das war einer der Gründe, warum ich sie so toll fand. »Kann sein.«

»Aber lass dir eins sagen, Süßer: Kein Fall auf der Welt lässt sich so lösen, wie man es gerne hätte, zur vollen Zufriedenheit. In diesem Job geht es nie so aus, wie es das eigentlich sollte. Je eher du das weißt, desto besser.«

KAPITEL 37

Charlie fuhr mich runter zum Astir Palace Hotel in Vouliagmeni. Diesmal war es mir egal, dass die Bullen uns folgten. Ich hatte ja nichts Geheimes vor.

Wie ich am vorigen Abend mit Kojo Ironsi ausgemacht hatte, wartete Prometheus vor dem Haupteingang auf mich. Er trug ein blaues Denim-Shirt, eine Jeans, die scheinbar von Granatsplittern zerfetzt worden war, rosa S-Dot-Sneaker, eine Sonnenbrille von Alexander McQueen und mehr Goldkettchen als der Bürgermeister von Hatton Garden. Er zupfte sich die roten Dr.-Dre-Beats aus den diamantverkrusteten Ohren und stapfte in einem Dunst aus Eau de Toilette und Miesepetrigkeit auf mich zu. Und falls ich immer noch nicht wusste, womit ich es zu tun hatte, stand auf seiner Baseballcap freundlicherweise in großen, weißen Lettern *DOPE*.

Ich ließ ihn seine Tasche in den Kofferraum werfen und einsteigen.

»Wie war das Training heute Morgen?«

Er zuckte mit den Schultern. »Okay.«

Wir fuhren zur Astir Marina. Ich hatte mir den Tender von Viks Yacht für ein paar Stunden ausgeliehen, weil ich mit dem Jungen auf den Saronischen Golf rausfahren wollte – einen Streifen blaues Meer am Rande der Welt, bevor er auf magische Weise zu einem Ort wurde, wo Helden sich mit Göttern und Ungeheuern maßen; wo schon Aristoteles den jungen Alexander Lektionen fürs Leben lehrte; wo es kein Handynetz gab und wir völlig ungestört waren.

Das Boot war eine Regulator mit dreiunddreißig Fuß Länge, einer Mittelkonsole und zwei Außenbordern, die es auf bis zu zweiundfünfzig Knoten beschleunigten. Es war schon eine Zeit lang her, dass ich ein Boot gesteuert hatte, also blieb ich in Küstennähe, bis ich ein Gefühl für den Kahn und die Bedingungen hatte. Schließlich gab ich Gas und setzte Kurs Nordwest aufs Meer raus. Wir sahen die *Lady Ruslana*, die vor der Küste ankerte wie die stahlgepanzerte *Argo*. Ich konnte gerade so die Crewmitglieder ausmachen; über dem dunkelblauen Rumpf sahen sie mit den orangefarbenen Shorts und Polohemden aus wie die Figuren auf einer riesigen griechischen Vase.

»Fahren wir zu Mr. Sokolnikows Yacht?«, fragte Prometheus.

»Heute nicht«, erwiderte ich.

»Schade. Hab gehört, die soll ziemlich cool sein. Würd ich gerne mal sehen.«

»Das kommt schon noch. Aber heute steht eine kleine Lektion in Geschichte auf dem Plan.«

»Mit Geschichte hatte ich es nie so«, gab Prometheus zu.

»Die Lektion ist wichtiger als die Geschichte«, erklärte ich.

Als wir nach gut fünfzehn Kilometern an einer Meerenge ankamen, verlangsamte ich die Fahrt und kuppelte schließlich aus. Den Anker warf ich nicht. Die Lektion war nicht lang. Außerdem musste ich manövrieren können.

»Wir sind da«, sagte ich.

»Wo da?«

»Am Ort der Lektion.«

Prometheus nickte, lehnte sich mit dem Handy in der Hand über die Seite und starrte in die blauen Tiefen, als würde er Poseidon persönlich dort vermuten oder vielleicht ein Seeungeheuer.

Der Seegang war ganz anständig, und keiner von uns hätte sich gewundert, wenn plötzlich etwas Großes im Wasser vorbeigezogen wäre. Ein Thunfisch vielleicht oder ein Hai.

»Wissen Sie, Boss«, sagte er und schaute weiter ins Wasser, als traute er sich nicht, mir ins Gesicht zu sehen. »Es tut mir schrecklich leid, was ich Bekim angetan habe. Das war falsch, und ich mach mir ewig Vorwürfe. Ich hab ihm das Böse Auge gegeben, und das macht mich ganz krank, okay? Ich wollt ihn nur ein bisschen erschrecken, Gott ist mein Zeuge. Hätte ich geahnt, dass das wirklich funktioniert, hätte ich es nie im Leben gemacht, das müssen Sie mir glauben. Ich kann kaum schlafen und essen deswegen. Wenn ich die Uhr zurückdrehen könnte, würd ich's machen, okay? Da würd ich alles für geben. Alles. Ehrlich.«

»Das ist doch alles vollkommener Schwachsinn«, sagte ich. »Es gibt kein böses Auge. Du hast dich wie ein Idiot aufgeführt, das ist alles.«

»Echt jetzt, da komm ich nie im Leben drüber weg, Boss.«

»Tja, dann kann ich dich auch nicht mehr gebrauchen«, sagte ich, setzte mit dem Schuh an seinem Hintern an und stieß ihn über Bord.

Prometheus platschte laut ins Wasser und verschwand.

Ich setzte mich sofort hinters Steuerrad und fuhr mit dem Boot ein Stück weit von ihm weg – nur ein paar Meter, damit es gerade außer Reichweite war und die Lektion wirklich ankam.

»Scheiße, Mann!«, rief er, als er auftauchte und wütend aufs Wasser schlug. »Scheiße, was soll das denn? Ich hab meine Sonnenbrille verloren. Und mein Handy. Und meine Mütze.«

»Die Mütze hat mir sowieso nicht gefallen«, gab ich zu. »Sei froh, dass du sie los bist. Und dein Handy brauchst du hier draußen auch nicht. Man kriegt hier sowieso kein Netz.«

Er schwamm auf das Boot zu; doch ich hielt den Abstand.

»Hey! Was soll das, Mann? Was haben Sie vor? Das ist nicht

lustig! Das Handy war ein Vertu Signature mit Bang & Olufsen-Lautsprecher, Concierge-Service und allem. Das hat mich fast siebentausend Pfund gekostet.«

»Siebentausend für ein Handy? Da haben die ja den Richtigen gefunden.«

»Leck mich, Mann!« Wieder schwamm er auf das Boot zu, wieder fuhr ich langsam davon.

»Bleib, wo du bist!«, rief ich. »Oder ich lass dich hier draußen zurück. Ich mein's ernst!«

»Du bist doch verrückt, Nigger!«, rief er und schwamm nur noch auf der Stelle. Eins der Kruzifixe von seinen Halsketten hielt er in der Hand, als wollte er beten.

»Meinst du? Dann hast du wohl Pech gehabt. Denn ich bin der Nigger im Boot, und du bist der Nigger im Wasser. Genauer gesagt bist du in der Straße von Salamis. Hinter dir im Westen haben wir die Insel Salamis, und im Osten hinter mir das Festland mit dem Hafen von Piräus. Wahrscheinlich könntest du mit ein bisschen Glück beide Seiten erreichen. Ich weiß natürlich nicht, wie die Strömungen sind oder wie gut du schwimmen kannst. Allerdings muss ich dich darauf hinweisen, dass es entgegen der landläufigen Meinung sehr wohl Haie im Mittelmeer gibt, darunter auch solche Größen wie den Weißen Hai, den Bullenhai und den Tigerhai. Auf jeden Fall steht dir das Wasser bis zum Hals, du kleiner Wichser. Und das kannst du wörtlich nehmen.«

»Okay, Sie sind sauer auf mich, klar, Mann. Aber ich hab doch gesagt, das mit Bekim tut mir leid. Was soll ich denn noch machen?«

»Du kannst mir zuhören – nicht, dass du da eine Wahl hättest.«

»Alles klar, ich hör ja zu, Mann!«

»Und was es hier zu hören gibt!« Ich hob ein Ohr in die Brise. »Hier draußen auf dem Meer. Wir befinden uns hier nämlich am Schauplatz einer großen Seeschlacht. Der Schlacht von Salamis.

Viele Historiker vertreten die Ansicht, dass es sich dabei um eine der wichtigsten Schlachten der Menschheitsgeschichte handelte. Kaum zu glauben, oder? Dieser kleine Streifen tiefes, blaues Meer überzogen von Blut, Pech und Öl. Männer, die vor Höllenqualen schreien. Aber das ist wirklich passiert, nämlich im Jahr 480 vor unserer Zeitrechnung, gar nicht lang nach der Schlacht bei den Thermopylen, und über *den* Teil der hiesigen Geschichte kennst du dich schon aus. Denn deiner Facebook-Seite nach ist 300 dein Lieblingsfilm.«

Eine große Welle schwappte über den Nigerianer, und einen Augenblick lang verschwand er. Als er wieder hochkam, stand ihm die Angst in den Augen.

»Hey, wenn du das nächste Mal abtauchst, erzähl mir mal, was du da unten gehört hast. Vielleicht ja die Stimmen all der Männer, die hier ihr Ende fanden – ertrunken, mit dem Speer aufgespießt, von Pfeilen durchbohrt, vom griechischen Feuer verbrannt. Abertausende Männer, die ihre Familien nie wieder sahen, deren Knochen den Seeboden hundert Meter unter deinen Füßen bedecken.«

Ich gab Gas und fuhr einen Kreis um den Kopf des Nigerianers; er sah im Wasser ganz klein aus, wie eine Kokosnuss, die auf den Wellen trieb.

»Also: Xerxes, der Perserkönig – den kennst du ja schon –, fuhr mit der größten Flotte, die jemals aufgestellt worden war, hier hoch und war wie immer in großer Eile. Zwölfhundert persische Schiffe, hieß es, gegen dreihundertsiebzig griechische, genannt Trieren. Und auch hier passierte wieder so ziemlich das Gleiche wie bei den Thermopylen. Da wollten einfach zu viele persische Schiffe durch die schmale Seestraße, und genau wie wir neulich gegen Olympiakos haben sie ihre Formation nicht eingehalten. Aber Themistokles, der griechische Feldherr, sorgte dafür, dass die Griechen ihre hielten. Und natürlich ihre Disziplin.

An Bord der griechischen Schiffe befanden sich die Hopliten, gepanzerte Infanteristen für den Nahkampf. Die trugen ein Schwert und einen Speer und vor allem einen Schild am linken Arm, mit dem sie nicht nur sich selbst schützten, sondern auch den Kameraden zu ihrer Linken. Jeder verließ sich auf den Schutz seines Nebenmanns. Und wie die Schiffe die Formation einhielten, taten es auch die Hopliten. Bei den Griechen war aber nicht alles eitel Sonnenschein. Die Spartaner und Griechen waren alte Rivalen und hassten einander wahrscheinlich. Aber gegen die Perser taten sie sich zusammen und siegten, allen Widrigkeiten zum Trotz.

Das ist deine Lektion. Du kümmerst dich um den Mann zu deiner Linken, wie der zu deiner Rechten um dich. Die Griechen waren zwar ein abergläubischer Haufen, aber wenn ihnen ein Perser einen Speer in den Hals rammen wollte, verließen sie sich nicht auf ihre Götter. Im Kampf rettete einem der rechte Mann den Arsch, und daran änderte kein Glücksbringer oder Gebet der Welt irgendetwas. Das ist Teamwork, Junge. *Daran* kannst du glauben. Krieg, Fußball, scheißegal. Du kümmerst dich um deinen Nebenmann, und dann kannst du nach dem Spiel auch deinen Mannschaftskameraden in die Augen schauen und dir sicher sein, dass ihr wirklich alles gegeben habt. Wenn man das nicht kann, ist die Mannschaft einen Scheiß wert.«

Ich schaltete den Motor ab und setzte mich ans Heck.

»Und damit sind wir beim letzten Teil der Lektion: Bei dir, Prometheus. Du kannst jetzt natürlich Gott fragen, ob er dich aus dem Wasser fischt – und wer weiß, vielleicht kommt ja wirklich ein Schiff vorbei und rettet dich. Oder du vertraust auf deinen Nebenmann, auf mich. Also, was darf's sein?«

Ich lehnte mich über die Seite und streckte die Hand aus. »Gott oder ich?«

Prometheus grinste und griff zu.

Ein paar Minuten später lag er auf dem Deck der Regulator, starrte in den Himmel und lachte.

»Was ist denn so witzig?«, fragte ich.

»Ich hab mir nur grad gedacht, dass das die spannendste Geschichtsstunde war, die ich je gehört hab. Wenn ich früher einen Lehrer wie Sie gehabt hätte, vielleicht hätte ich dann auch mal eine Prüfung bestanden und nicht immer nur geklaute Handys geknackt.«

Ich schüttelte den Kopf. »Mach dir da mal keine Gedanken, Junge. Wenn du gut in der Schule gewesen wärst, wärst du nie zu dem geworden, der du bist: Zu einem der begabtesten Mittelstürmer, die ich je gesehen habe. Im Ernst. Aus dir wird ein Star.«

Er setzte sich auf und grinste immer noch. Er war wirklich ein kleiner Sonnenschein, das musste ich ihm lassen.

»Meinen Sie echt, Boss?«

»Absolut. Du musst nur noch lernen, für die Mannschaft zu spielen. Wenn dir egal ist, wer den Ruhm einfährt, kannst du auf dem Fußballplatz Wunder vollbringen.«

Er nickte.

»Und die schwierigste Prüfung von allen hast du doch schon längst bestanden, mein Freund. Du spielst in der Premier League bei einem der besten Vereine Englands. Wenn du auf mich hörst, wirst du einer von den ganz Großen, Junge. Wenn du das willst.«

Prometheus streckte mir die Hand entgegen. Ich griff zu. Diesmal standen ihm die Tränen in den Augen. »Ich will nichts anderes.« Dann grinste er wieder. »Na ja, vielleicht noch ein neues Handy.«

»Ich kauf dir eins.«

»Nein, ist schon okay. Ich hab ein paar billige im Hotelzimmer liegen. Man weiß ja nie.«

KAPITEL 38

»Wo waren Sie denn?«, fragte Eva Pyromaglou. »Ich versuche schon seit einer Stunde, Sie zu erreichen.«

Ich war in meinem Bungalow im Astir Palace Hotel und hatte eine Stunde Zeit, bevor ich mit dem Mannschaftsbus zum Panathinaikos-Spiel fahren würde. Ich beantwortete E-Mails und untersuchte den Inhalt von Bekims Louis-Vuitton-Reisetasche. Irgendwie schockierte es mich, dass Bekim Frigo-No.-1-Unterhosen getragen hatte, aber ich wusste nicht so recht, warum. Obwohl: Die Fetzen kosten gute hundert Pfund das Stück.

»Ich war mit dem Boot draußen«, sagte ich.

»Ich habe wegen dieser Sache den ganzen Morgen im Labor gehockt, dabei hätte ich mich eigentlich um meinen Sohn kümmern müssen.«

Ich antwortete nicht; langsam war ich daran gewöhnt, dass die Griechen sich immer über alles Mögliche beschwerten. Wenn man sie lässt, nörgeln sie immer noch darüber, dass die Römer alles bei ihnen abgekupfert haben – und das ist jetzt zweitausend Jahre her.

»Was haben Sie für mich, Doktor?«

»Sie hatten einen Bonus erwähnt, Mr. Manson?«

Ich lachte. »Sie sollten Fußball spielen.«

»Wie gesagt habe ich einen Sohn, der teure Medikamente braucht.«

»Das hatten Sie mir eigentlich noch nicht gesagt, aber meinetwegen. Wir hatten ausgemacht, noch mal fünfhundert Pfund, wenn Sie etwas finden. Haben Sie denn etwas?«

»Ja.«

»Ich lasse Ihnen das Geld noch heute Morgen per Kurier vorbeibringen. Okay?«

So langsam verstand ich die Probleme, die das Leben in Griechenland mit sich brachte. In diesem Land klebte auf allem ein Strichcode, umsonst gab es gar nichts.

»Das soll mir recht sein«, sagte sie kurz. »Also dann; ich habe einen Namen für Sie. Natalija Matwijenko, fünfundzwanzig Jahre alt. Ihre Implantate wurden vor zwei Jahren in einer Klinik in Thessaloniki eingesetzt. Sie hat bar bezahlt.« Eva seufzte. »Gut fünftausend Euro.«

»Haben Sie eine Adresse gefunden?«, fragte ich.

»Ja. In Piräus, ein Mietshaus an der Odos Dimitrakopoulou. Das ist keinen Kilometer weit weg von der Stelle, wo ihre Leiche aus der Marina Zea gezogen wurde. Sie hatte Salzwasser in der Lunge, was zum Tod durch Ertrinken passt. Außerdem Spuren von Diesel, was sich durch den Fundort erklärt. In ihrem Anus gab es Spuren von Gleitgel – aber nicht von Sperma –, und im Blut von Kokain. Etwaige Spermaspuren in Mund oder Vagina hätte das Salzwasser höchstwahrscheinlich zerstört; Salzwasser hat einen extremen pH-Wert und ist ein wirksames Antibiotikum. Außerdem habe ich Spuren von Epinephrin gefunden. Ich tippe – und es ist wirklich nur ein Tipp –, dass sie auf Antidepressiva war. Das sind viele von diesen Mädchen. Warum, weiß ich auch nicht; die sollten es mal mit der Arbeit in einem griechischen Krankenhaus versuchen.«

»Noch etwas?«

»Über sie? Nein, das ist leider alles. Ich schicke Ihnen das Ganze gerade per E-Mail. Meine Adresse steht in der Signatur, also bitte wahren Sie die vereinbarte Vertraulichkeit. Ich will nicht, dass die Polizei davon Wind bekommt.«

»Wenn Sie nur wüssten, wie wenig ich für die Bullen übrighabe, würden Sie sich da keine Sorgen machen.«

Auf meinem Mac tauchte eine E-Mail mit griechischer Endung auf.

Einen Augenblick später klopfte es an der Bungalowtür, sicher das Zimmermädchen.

»Ich muss dann mal. Vielen Dank, Doc. Ich schicke Ihr Geld sofort los. Rufen Sie mich an, falls Ihnen noch etwas auffällt.«

Ich legte auf und öffnete die Tür. Da stand Simon Page mit dem Trainingsreport und einer Liste möglicher Verletzungen vor mir. In seinem tiefgebräunten Gesicht schimmerten seine Augen wie Marmor.

»Es gibt unter Umständen die Möglichkeit, dass Ayrton Taylor Mittwoch wieder fit ist. Ich will es mal hoffen, denn der kleine Prometheus hat im Moment anscheinend null Bock auf Fußball. Hab schon versucht, ihm eine Rakete in den Arsch zu stecken, aber er glotzt mich immer nur so dämlich unverschämt an, dass ich ihm gleich eine verpassen will. Ich glaube wenigstens, dass das dämliche Unverschämtheit ist. Manchmal hab ich aber Angst, dass es doch nur die pure Dummheit ist. Im Ernst, heute Morgen wollte er sich seine Jeans hochziehen, ist dabei mit den Füßen in den ganzen Scheißketten an seinem Gürtel hängen geblieben, und dann hat er sich auf die Fresse gelegt wie der letzte Vollpfosten. Wenn er sich nicht mal alleine anziehen kann, wie soll er dann den Unterschied zwischen 4-4-2 und 4-3-3 verstehen? Kommt für den doch nur beides bei zehn raus.«

»Mach dir um den keine Sorgen«, erwiderte ich. »Wir hatten ein sehr konstruktives Gespräch, der Kleine und ich. Ich habe geredet, er hat zugehört. Ich kann natürlich auch falschliegen, Simon – das passiert sogar mir manchmal –, aber ich glaube, mit dem Jungen läuft es von jetzt an rund. Sobald er herausgefunden hat, in welche Hosentasche ich ihm seine Eier gesteckt habe. Auf jeden Fall ist er nicht so dumm, wie du meinst. Ich glaube, der hat sogar einiges auf dem Kasten.«

»Wollen wir's hoffen«, sagte der große Mann aus Yorkshire.

Wieder klingelte mein Handy. Ich erkannte die Nummer nicht, ging aber trotzdem ran. Hinterher hätte ich es lieber nicht getan; Simon hörte jedes Wort mit.

»Mr. Manson?«

»Ja.«

»Hier ist Francisco Carmona. Von Orientafute.«

Orientafute – oder die Representação Sports e Agência de Orientação – ist die größte Agentur für Fußballer und Fußballtrainer in Europa; und Francisco Carmona war ihr unersättlicher brasilianischer Gründer. Er hatte schon mit allen großen Vereinen Verträge abgeschlossen, und angeblich hatte er zwölf Millionen Euro verdient, als Getúlio im Sommertransfer für hundertfünfundzwanzig Millionen zu Real Madrid wechselte – die höchste Gebühr, die ein Spielervermittler jemals eingestrichen hatte.

»Sehr traurig, das mit Bekim Develi. Er war ein großartiger Spieler. Ein guter Mann.«

»Ja, war er.«

»Hören Sie, ich bin Montag in Athen, und falls Sie dann noch da sind, könnten wir uns ja mal unterhalten, wenn Sie wollen.«

»Mr. Carmona, ich weiß nicht, woher Sie diese Nummer haben, aber ich habe weder jetzt noch irgendwann anders das geringste Interesse daran, mit Ihnen zu reden. Ich habe schon eine Agentin, vielen Dank.«

»Kein Problem. Ich übernachte im Astir Palace Hotel, falls Sie es sich anders überlegen.« Ich legte auf und schüttelte den Kopf.

»Frank Carmona, meine Fresse. Der ist doch garantiert hier, um uns unsere Spieler abspenstig zu machen.«

»Tja, nichts hört ein Spieler lieber, als wenn ihm einer erzählt, wie viel mehr er bei einem anderen Verein verdienen könnte.«

Ich spürte, dass Simon das auch über Trainer dachte, aber ausnahmsweise war er mal so diplomatisch, das nicht laut auszusprechen.

»Da können wir nichts machen«, sagte ich. »Das Transferfenster schließt erst in einer Woche.«

»Hast du schon mit Vik über Bekims Ersatz gesprochen?«

»Noch nicht.«

»Mann, ich hab die Nase voll von diesem Land«, sagte Simon. »Ich hätte ja nicht gedacht, dass ich das jemals sagen würde, aber ich will so schnell wie möglich zurück nach London fliegen.«

»Ich arbeite dran.«

»Bei allem Respekt, Boss, optimistisch bin ich da nicht gerade. Als du zu Hause Zarcos Mörder gefunden hast, war das eine Sache, aber hier? Das ist ein anderes Kaliber.«

»Gar nicht mal so, Simon. Und nur deshalb tu ich mir das Ganze schon die letzten Tage an. Oder meinst du, ich gehe auf Sightseeingtour? Die Akropolis, der Parthenon. Oder vereinbare vielleicht ein heimliches Treffen mit Francisco Carmona?«

»Was du in deiner Freizeit machst, geht mich 'nen Scheiß an, Boss.«

»Mach ich nicht, nur um das klar zu sagen. Mit dem Drecksack hatte ich bis eben noch nie ein Wort gewechselt.«

»Das glaub ich ja. Hör zu, Boss, ich muss dir noch was erzählen. Gestern Abend hab ich mit 'nem Engländer hier im Hotel geredet, sein Kumpel moderiert hier in Griechenland eine Radiosendung. George Hajidakis heißt der. Die Sendung ist wohl so was Ähnliches wie TalkSport. Auf jeden Fall hat der Typ hier aus dem Hotel – Kevin heißt der – mir erzählt, dass Hajidakis meint,

Olympiakos lässt Mittwoch nichts anbrennen. Er meint, die haben jetzt schon den Schiri gekauft. Das ist ein Ire.«

»Ach komm, Simon, die Griechen reißen immer erst groß die Klappe auf. Wenn die sich mal über irgendetwas einig sind, dann darüber, dass die Gegenseite sie bescheißen will.«

»Ja, aber der Typ hat erzählt, George Hajidakis wollte das mit dem korrupten irischen Schiri in seiner Sendung sagen, bloß ist er vorher von zwei Schränken mit Schlagringen vermöbelt worden. Jetzt liegt er im Krankenhaus.«

»Sagen und Wissen sind zwei Paar Schuhe. Und es dann auch noch zur Zufriedenheit der UEFA beweisen ist noch mal etwas ganz anderes. Mann, als José Mourinho bei Madrid war, haben die Schweine ihm über fünfzigtausend Euro Strafe dafür aufgedrückt, dass er nur angedeutet hat, dass man gegen Barcelona keine Chance auf ein faires Match hat. Also vergib mir, wenn ich verdammt noch mal die Klappe halte deswegen, Simon. Wenn dein Kumpel recht hat und die den Schiedsrichter gekauft haben, müssen wir einfach drum herum spielen wie um einen Hundehaufen auf der Torlinie.« Ich schüttelte den Kopf. »Tut mir leid. Das kann ich gerade gar nicht gebrauchen.«

»Du bist echt eiskalt, Scott Manson, das kann ich dir sagen. Ich erzähl dir, dass der Schiri wohl geschmiert wurde, und du tust das ab wie den Wetterbericht von gestern. Also sollen wir einfach so tun, als wär nichts, oder was?«

»Im Ernst, Simon, wir haben schon genug Ärger, da brauchen wir nicht auch noch selbst Stunk anzuzetteln. Wir dürfen nicht mal das Land verlassen, falls du das schon vergessen hast. Das ermordete Mädchen …«

»Die Nutte. Stimmt.«

»Behalt's für dich, aber ich habe ihren Namen rausgefunden. Ich rufe jetzt mal unsere Anwältin an und gebe ihn ihr durch.«

»Okay. Soll ich gehen?«

»Nein, bleib lieber da. Falls mir etwas zustößt, soll noch jemand ihren Namen kennen. Und zwar ein Landsmann.«

»Was soll das denn heißen?«

»Nur, dass ich eigentlich keine Ahnung habe, was zum Teufel ich hier mache oder mit wem ich mich anlege. Vielleicht ist das Ganze doch eine Nummer größer, als ich gedacht habe.«

Ich rief Dr. Christodoulakis mit eingeschaltetem Lautsprecher an, damit Simon mithören konnte, und verriet ihr den Namen des Mädchens; ich sagte aber nicht, was ich als Nächstes vorhatte.

»Wie haben Sie den Namen herausgefunden?«

»Ist nicht wichtig.«

»Sie wissen, dass es strafbar ist, vor einer Mordermittlung Informationen zurückzuhalten? Selbst in Griechenland. Ich sollte eigentlich sofort Chefinspektor Varouxis informieren. Ich könnte meine Lizenz verlieren.«

»Jetzt machen Sie mal langsam«, erwiderte ich. »Geben Sie mir Zeit, bis ich der Sache nachgegangen bin.«

»In Ordnung. Aber nur bis Montag, ja?«

»Okay. Und wie laufen Ihre Nachforschungen so? Haben Sie etwas über Swetlana Jaroschinskaja herausfinden können?«

»Bisher nicht. Wie gesagt haben wir Wochenende. Die meisten Griechen arbeiten samstags nicht.«

Am liebsten hätte ich sie gefragt, wann sie denn überhaupt mal arbeiteten, aber das wäre wohl unnötig unhöflich gewesen.

»Okay. Rufen Sie mich an, wenn Sie etwas für mich haben.«

Ich legte auf und sah Simon an.

»Ich habe also keine achtundvierzig Stunden.«

Er legte die Stirn in Falten.

»Um herauszufinden, wer sie umgebracht hat und warum.«

»Sei vorsichtig«, sagte er. »Im Moment bist du zwar der Einzige, der vielleicht überhaupt eine Chance hat, uns alle wieder nach Hause zu bringen. Wenn du dich umlegen lässt, hilfst du uns kein bisschen, Boss. Also sei vorsichtig, okay? Mir ist schon einer von meinen Jungs draufgegangen, seit wir hier sind, das muss nicht noch mal passieren.«

KAPITEL 39

Panathinaikos schickte einen Bus, der uns zu ihrem Spiel gegen OFI im Leoforos fuhr, wie die Einheimischen das Apostolos-Nikolaidis-Stadion nannten. Als wir am Hotel losfuhren, ging ich ganz nach hinten und schaute aus dem Heckfenster, ob wir von einem silbernen Skoda Octavia verfolgt wurden. Wurden wir. Ich musste grinsen; es ist immer schön, wenn man recht hat, vor allem, wenn es um die Polizei geht.

Ich setzte mich hin und schloss die Augen. Zu einem Fußballspiel fahren war ein tolles Gefühl, auch wenn wir nicht selbst spielten. Nur schade, dass ich das Spiel nicht sehen würde. Ich hatte andere Pläne für den Nachmittag. Die Stimmung im Bus war ausgelassen; derzeit führte Gary Ferguson die Mannschaft nicht nur im Spiel, sondern auch im Witzereißen, die allerdings gröber gestrickt waren als die Weihnachtssocken von meiner Oma.

»Guckt euch mal an, wie es in diesem Land aussieht«, beschwerte er sich, während der Bus Richtung Norden rauschte. »Verbretterte Schaufenster. Überall Schlaglöcher. An jeder Ecke wollen sie einem für ein bisschen Klimpergeld die Windschutzscheibe putzen. Hab gehört, das liegt an der Kreditkrise, was auch immer das sein soll. Seit wir hier sind, glotz ich jeden Tag in meinem Bungalow Bloomberg TV, und ich weiß immer noch nicht, wie sie den Laden hier in die Scheiße geritten haben.« Die

Vorstellung, dass Gary gebannt Bloomberg schaute, sorgte für ihren eigenen Lacher. »Das ist dieser Finanzsender mit den ganzen kleinen Zahlen unten im Bild. Hab am Anfang gedacht, das wären Spielstände, aber es ist wohl doch nur Börsenkram, Aktien und so'n Rotz. Auf jeden Fall haben die auch keine Erklärung, warum hier so 'ne Flaute herrscht, Jungs, das könnt ihr mir glauben. Wenn ihr wirklich wissen wollt, was hier gerade passiert, guckt euch lieber die örtlichen Pornosender an. Da wird alles sofort ganz klar. Kurz gesagt: In Griechenland sind alle gefickt.«

Gelächter.

»Deshalb fühle ich mich in diesem Dreckloch auch ganz wie zu Hause. Hier kochen sie den Kaffee für Deutschland, wie wir in Schottland den Tee für England. Aber die Griechen könnten den Schotten mal Nachhilfe geben, wie man durch den Tag kommt, ohne einen Finger zu rühren.«

Garys Schimpftiraden waren immer großes Kino. Vielleicht würde doch noch etwas aus seiner Fernsehkarriere werden – als Komiker. Aber nach einer Weile kroch mir etwas anderes an den Rand des Bewusstseins wie ein Kerl mit Warnweste am Ende des Spiels, der mit Ärger rechnet, und so sehr ich auch wollte, konnte ich es nicht ignorieren. Ich stand auf und setzte mich hinter den Fahrer. Er war wohl schon über sechzig; wallende weiße Haare, große Sonnenbrille, Haut wie Leder, Nikos-Galis-T-Shirt (Nikos Galis war ein griechischer Basketballspieler), Körpergeruch wie das letzte Handtuch in der Sauna und Atem wie eine Tabakplantage.

An der nächsten roten Ampel legte ich einen leicht angeschwitzten Zwanziger vor ihn auf die Konsole.

»Ich habe mich gefragt, ob Sie vielleicht Thanos Leventis kannten.« Nach einer Pause fügte ich hinzu. »Hannibal Leventis?«

»Ich kannte ihn.« Er schüttelte den Kopf. »Das war wirklich schrecklich. Ganz ehrlich, Sir, das hätte ich ihm niemals zugetraut. Man muss doch wahnsinnig sein, dass man so was macht, oder? Aber er war nicht verrückt. Nicht mal unsympathisch. Er war ganz normal.«

Ich schwieg, während er den Bus um eine schwierige Ecke manövrierte. Dann sagte ich: »Es hieß, Leventis hätte nicht alleine gearbeitet. Er hätte einen Komplizen gehabt.«

»Ja, Sir. Das hat eins der Opfer gesagt. Aber die Polizei hat ihre Aussage bezweifelt. Sie war natürlich schlimm zugerichtet. Wahrscheinlich haben sie sie deshalb nicht als zuverlässige Zeugin betrachtet.«

Mit unzuverlässigen Beweisen hatte ich so meine Erfahrungen gemacht.

»Und was glauben Sie?«

»Ich habe gehört, sie hat ausgesagt, der andere hätte für die UN gearbeitet, weil er ein T-Shirt von denen hatte oder so. Auch deshalb hat die Polizei ihr nicht geglaubt. Wer läuft denn bitte mit einem UN-T-Shirt herum? Und gerade ein UN-Mitarbeiter soll Vergewaltiger und Mörder sein? Die sollen doch gegen so was angehen.«

»Da haben Sie wohl recht.«

»Aber wenn es einen zweiten Mann gab, dann schnappen sie den schon noch früher oder später. Wenn man so was einmal gemacht hat, macht man es auch wieder.«

»Wenn er das nicht schon hat.«

Wir bogen in die Leoforos Alexandras ein. Einige unserer Spieler hatten das Stadion noch nicht gesehen und waren erstaunt über seinen Zustand.

»Das ist ja nicht gerade Stamford Bridge«, sagte Xavi Alonso. »Nicht mal Silvertown Dock.«

»Das sieht ja abrissreif aus«, bemerkte ein anderer.

Ayrton Taylor konnte das Ganze erklären.

»Das Stadion sollte vor über zehn Jahren wirklich abgerissen werden. Panathinaikos war hier schon 1984 ausgezogen und ins neue Olympiastadion gegangen. Das musste aber 2000 renoviert und auf UEFA-Standard gebracht werden, also waren sie übergangsweise wieder hergekommen. Dann ist aber das Geld ausgegangen, und jetzt sitzen sie erst mal hier fest.«

»Hab ich doch gesagt«, erwiderte Gary. »Das Land ist fertig.«

»Und wenn man bedenkt, was die Leute in Großbritannien für einen Aufstand machen, weil hier und da was gestrichen wird«, sagte jemand anders. »Die wissen gar nicht, wie gut sie es haben.«

»Nach einem Griechenland-Trip wählt wohl jeder die Tories«, sagte Ayrton.

Antonis Venizelos, unser Kontaktmann bei Panathinaikos, begrüßte uns vor dem Haupteingang. Er trug ein grünes Kurzarm-Hemd und einen weißen Schlips; mit seinen haarigen Armen sah er aus wie ein iranischer Chirurg.

Er verteilte die Tickets, zündete sich eine Mentholzigarette an, und wir marschierten ihm hinterher ins Stadion.

Ich machte freundliche Konversation: »Die anderen, OFI, wo kommen die her?«

»Von Kreta«, erwiderte er, »wo englische Schlampen sich im Urlaub von hübschen griechischen Jungs flachlegen lassen.«

»Das ist doch wohl nicht der einzige Grund«, sagte Simon steif.

»Englische Schlampen und Sandaffen.«

»Sandaffen?« Ich runzelte die Stirn. »Wer oder was sind das denn?«

»Auf Kreta steuern die ganzen Illegalen von Libyen und Ägypten aus mit ihren Lastkähnen zu.« Venizelos zuckte mit den Schultern. »Das ist richtig schlimm für die und für uns, und die EU tut gar nichts. Solange die aus Deutschland und Frankreich rausbleiben, rührt keiner einen Finger. Unsere Küstenwache rettet jede Woche ganze Bootsladungen von denen. Neulich waren vierhundertacht in einem Boot. Vierhundertacht Leute, die wir jetzt versorgen müssen. Meiner Meinung nach hätten wir die Schweine ersaufen lassen müssen. Dann würde uns vielleicht endlich mal jemand helfen.«

Die Menge applaudierte, als sie uns sah. Wir setzten uns auf unsere Plätze, und Venizelos verließ uns. So kaputt das Stadion auch wirkte, die Stimmung war toll; und auch der Rasen sah vorbildlich aus.

»Zum Glück ist der weg«, sagte Simon. »Für einen, der Mentholzigaretten raucht, sagt er ziemlich widerliche Sachen. Am liebsten würd ich dem mal ordentlich die Meinung geigen.«

»Mann, lass das bloß. Das sind hier unsere einzigen Freunde in Griechenland.«

»Du weißt schon, dass der ein Scheißnazi ist, Mitglied bei der Goldenen Morgenröte? Hat er mir selbst gesagt.«

»Das sind hier viele. Die haben achtzehn Sitze im Parlament.«

»Das heißt noch lange nicht, dass es okay ist.«

»Nein, natürlich nicht.« Ich schaute auf die Uhr. »Pass auf, ich muss mal eben weg, und wahrscheinlich bin ich nicht vor dem Abpfiff zurück. Mir passt es ganz gut, wenn die Bullen meinen, ich sitze die nächsten hundertfünf Minuten hier. Aber keine Angst, ich verschwinde jetzt nicht einfach wie Zarco.«

»Wo geht's denn hin, Boss?«

»Das sage ich dir lieber nicht. Viel Spaß beim Spiel. Und wenn hinterher irgendwer fragt – ich war die ganze Zeit hier.«

Simon nickte. »Geht klar, Boss. Pass auf dich auf.«

Ich ging durch den Südeingang, wo vor dem offiziellen Fanshop Charlie mit dem Range Rover wartete. Wir fuhren zügig Richtung Westen und bogen dann nach Süden ab auf die Straße nach Piräus.

»Ich hätte nie gedacht, dass ich das jemals sagen würde, aber schade, dass Sie sich kein Olympiakos-Spiel angeguckt haben«, sagte Charlie. »Das wäre viel näher und wir hätten mehr Zeit.«

»Geht nicht anders. Aber wenn wir den Abpfiff verpassen, ist es auch nicht so schlimm. Hauptsache, wir haben mal wieder die Bullen abgehängt.«

Charlie versicherte sich mit einem Blick in den Spiegel und nickte.

KAPITEL 40

Die Odos Dimitrakopoulou lief nördlich an einem kleinen Platz mit sauberen Gärten, hohen Bäumen und einem Spielplatz vorbei, wo unter den wachsamen Augen ihrer Mütter ein paar Kinder lautstark herumtobten.

Charlie stieg aus dem Wagen und holte ein altes, blaues Polizei-Sweatshirt mit passender Baseballcap aus einer Plastiktüte im Kofferraum.

»Die hab ich von zu Hause mitgebracht«, erklärte er, streifte das Sweatshirt über und setzte die Kappe auf. »Einen echten Polizisten könnten wir damit nicht täuschen, aber für alle anderen reicht es. Lassen Sie mich reden und bleiben Sie ruhig. Am besten tun Sie übellaunig und überarbeitet und behalten die Sonnenbrille auf; dann sehen Sie einem echten Inspektor zum Verwechseln ähnlich.«

Natalija Matwijenkos Wohnung befand sich im Obergeschoss eines ockerfarbenen Gebäudes, dessen Balkons von so vielen grünen Stoffsegeln vor der heißen Nachmittagssonne geschützt wurden, dass es etwas von einem Windjammer hatte. Im Erdgeschoss gab es eine Apotheke, die der Plastikuhr an der Tür zufolge gleich für den Nachmittag schließen würde, und daneben eine moderne Glastür mit mehreren Klingelschildern.

»Hier gibt es eine Natalija Boutzikos«, sagte Charlie, »aber keine Natalija Matwijenko.«

»Das muss sie sein. Oder?«, fragte ich.

Charlie nickte und klingelte; es konnte gut sein, dass noch jemand in der Wohnung lebte – Mr. Boutzikos zum Beispiel –, aber es gab keine Reaktion.

»Und jetzt?«, fragte ich.

»Jetzt warten wir auf die Kavallerie.«

»Scheiße, was?«, sagte ich. Ein Polizeiauto mit Blaulicht rollte langsam die Straße entlang.

»Ganz ruhig«, sagte Charlie. »Da ist sie ja, die Kavallerie. Die haben nichts mit der GADA zu tun. Das sind Freunde von mir. Ich habe bei der Polizei Piräus um einen Streifenwagen gebeten, damit das Ganze hier ein bisschen überzeugender aussieht. Wenigstens für die Nachbarn. Die stehen Schmiere, während wir in die Wohnung einbrechen. Haben Sie mal eben zwei Zwanziger?«

Ich gab ihm vier Zehner und sah zu, wie er zum Polizeiauto ging und sich ins Fahrerfenster lehnte. Ich sah nicht direkt, wie er das Geld übergab, aber das tat er wohl, denn plötzlich ging das Blaulicht aus und die Polizisten machten es sich mit einer Zigarette gemütlich und ließen uns an die Arbeit gehen. Als Charlie wieder am Eingang war, kam der Apotheker im strahlend weißen Kittel aus seinem Laden und fragte sich wohl, was die Polizei hier wollte.

Charlie redete mit ihm, und einen Augenblick später ging der Apotheker wieder nach drinnen. Um meine Nerven zu beruhigen, zückte ich mein Handy, ging die Anrufliste durch und rief Francisco Carmona von Orientafute zurück.

»Frank? Hier ist Scott. Tut mir leid, dass ich eben nicht sprechen konnte.«

»Ist schon okay, Scott. Ich bin's gewohnt, dass die Leute so tun, als würden sie mich nicht kennen.«

»Ich hatte mich nur ein bisschen gewundert, dass du nach Athen kommen willst, Frank. Das letzte Mal hatte ich dich angerufen, weil ich über einen Spieler bei einem anderen Verein mit dir reden wollte. Über einen, den du vertrittst. Horst Daxenberger von Hertha.«

»Du willst Bekim Develi ersetzen?«

»Genau. Warum stornierst du nicht deinen Flug nach Athen und guckst lieber mal in Berlin, ob der Junge nicht vielleicht Lust auf London hätte, statt hier meinen Spielern mit deinem Orientafute-Quatsch den Kopf zu verdrehen.«

»Deine Spieler interessieren mich nicht, Scott, sondern du. Wegen dir wollte ich nach Athen. Ich will dich vertreten. Was man so hört, brauchst du vielleicht einen neuen Agenten.«

Charlie kam vom Polizeiauto zurück.

»Ich kann gerade nicht gut reden. Sprich mal mit dem deutschen Jungen, ob er interessiert wäre.«

Ich legte auf und sah Charlie an.

»Wir haben aber auch ein Glück«, sagte er. »Mr. Prezerakou ist Natalijas Vermieter, und er geht für uns die Schlüssel holen. Ich habe ihm gesagt, wir suchen nach illegalen Einwanderern, und da wollte er natürlich sofort helfen. Hier mag keiner die Illegalen. Er hat Natalija seit Tagen nicht gesehen, aber das ist zu dieser Jahreszeit normal. Er sagt, sie macht oft Urlaub auf Korfu. Sie soll aber auch eine gute Mieterin sein und immer pünktlich zahlen. Und er versichert mir nachdrücklich, dass er sich ihre Papiere genau angesehen hat, bevor er ihr die Wohnung vermietet hat. Ursprünglich lief der Vertrag über ihren Mann, Mr. Boutzikos, aber der arbeitet jetzt in London, und seitdem hat Natalija hier allein gelebt.«

Zehn Minuten darauf waren wir in Natalijas Wohnung und durchwühlten ihre Besitztümer, was mir persönlich ziemlich unangenehm war. Charlie machte es jedoch sichtlich wenig aus. Die Latexhandschuhe trugen wir nicht nur als Requisite: Mr. Prezerakou war zwar unten in der Apotheke geblieben, aber die Bullen hatten meine Fingerabdrücke schon und sollten sie bloß nicht überall in Natalijas Wohnung finden.

Die war aufgeräumt und sauber und mit diesem Ligne-Roset-Zeugs ausgestattet, das auf dem Kontinent anscheinend alle smart und modern finden. An der Wand hing ein großes, signiertes Terry-O'Neill-Foto von Faye Dunaway am Pool des Beverly Hills Hotel. Vielleicht hatte Natalija mit gewissem Recht das Gefühl gehabt, dass sie der Oscar-Gewinnerin ähnelte. Ansonsten sah die Wohnung nach jemandem aus, dessen Liebe eher den Büchern als den Filmen galt – es gab keinen Fernseher, und die Regale ächzten unter dem Gewicht unzähliger griechischer, russischer und englischer Bücher. Der Kleiderschrank war voller Designerware, und in dem winzigen Bad stand ein Make-up-Trolley, der eine größere Mädchenschule hätte versorgen können.

Charlie hatte ihren Pass in der Ablage eines kleinen Schreibtischs gefunden.

»Sie war Ukrainerin«, sagte er. »Geboren in Kiew 1989.«

Er gab mir das Dokument, und ich legte es auf den Küchentisch, bevor ich auf den Balkon trat und den Blick über die Dächer schweifen ließ; all die Wassertanks, Wäscheleinen und Satelliten boten keine schöne Aussicht, aber eine typische.

Auf dem Balkon selbst lagen eine Yogamatte und ein paar säuberlich angeordnete Gewichte, darunter eine Kugelhantel, und ich fragte mich, ob Natalijas Mörder hier die hatte mitgehen lassen, die er ihr an die Füße gebunden hatte, bevor er sie in der nahen Marina versenkte. Ich machte ein Foto mit dem iPhone. In der Zwischenzeit hatte Charlie ihre Handtasche gefunden – oder wenigstens die Tasche, die sie wahrscheinlich an dem Abend bei Bekim dabeigehabt hatte; ich hatte sie von den Überwachungsaufnahmen des Astir Palace Hotel noch ungefähr im Kopf. Wie alles andere hier war auch die Tasche ein sündhaft teures Designerstück.

Charlie leerte den Inhalt auf den Küchentisch neben den Pass. Wir setzten uns beide und gingen die Sachen durch. Dort lagen nun ein Schminktäschchen, ein Portemonnaie mit tausend Euro in Hundertern, Kredit- und Ausweiskarten, ein Führerschein, ein Handy, eine kleine Duftkerze, Augentropfen, Ohrringe, Schuhclips, ein Schlüsselbund, ein Foto von einem Mann, wahrscheinlich Boutzikos, Kondome, Gleitgel, Handschellen, ein Vibrator, antiseptisches Handgel, ein Päckchen Feuchttücher, frische Unterwäsche und ein Paar halterlose Strümpfe. Charlie fand aber vor allem ihre Medikamente interessant: vier Epinephrin-Autoinjektoren und je ein Fläschchen Ceftriaxon und Flunitrazepam.

Ich fotografierte alles – auch den Pass und den Führerschein – mit dem iPhone.

»Anscheinend war sie gegen irgendetwas allergisch«, sagte ich und nahm einen der Autoinjektoren aus der Schachtel. Er war unbenutzt, wie die anderen auch.

»Nicht unbedingt«, erwiderte Charlie. »Epinephrin erweitert die Gefäße. Das Zeug haben viele Nutten in Griechenland als schnellen Viagra-Ersatz dabei, wenn ein Kunde keinen hochkriegt. Es ist ja nichts anderes als Adrenalin. Und im Gegensatz zu Kokain nehmen die Bullen einen nicht gleich mit, wenn sie einen damit erwischen.«

»Und was ist Ceftriaxon?«, fragte ich.

»Ihr Notfallplan«, sagte er.

»Für welchen Notfall?«

»Tripper. Viele Geschlechtskrankheiten in Griechenland sind penicillinresistent, also wird Ceftriaxon verschrieben. Oder Azithromycin. Wenn man es kriegen kann. Da wollte sie wohl kein Risiko eingehen.«

»Und Levonelle?«, fragte ich, als ich eine kleine Schachtel mit griechischer Schrift begutachtete. »Wogegen ist das?«

»Babys. Das ist die Pille danach.«

»Und das Flunitrazepam?« Ich schüttete mir ein paar kleine, blau-weiße Tabletten in die Hand. »Das ist doch ein Beruhigungsmittel, oder? Gegen Depressionen.«

Charlie lachte. »Wenn Sie Griechisch lesen könnten, würden Sie sehen, dass der Handelsname auch auf der Packung steht. Das ist Rohypnol. Die sogenannte Date-Rape-Droge. Das geben viele Nutten ihrem Kunden in den Drink, wenn er sich nicht benehmen kann. Nein, die Kleine war wirklich auf alles vorbereitet.«

»Bis auf eins. Auf Mord nicht.«

»Nein.« Charlie fegte alles zurück in die Handtasche. »Niemand ist auf seine Reise zu Persephone vorbereitet«, sagte er.

Ich nahm Natalijas iPhone 4, das in einer schicken, kleinen Plastikhülle steckte, die mit ihrem Goldkettchen wie eine elegante Abendtasche aussah. Als ich einen Latexhandschuh abgestreift hatte, tippte ich auf den Bildschirm. Der Akku war zwar im roten Bereich, hatte aber prinzipiell noch genug Saft, allerdings brauchte man wie bei meinem eigenen Gerät einen Sicherheitscode, um darauf zugreifen zu können.

»Das müssen wir knacken«, sagte ich. »Dann wissen wir, mit wem sie an dem Abend zusammen war. Wir leihen uns das Gerät nur kurz aus, bis unsere Anwältin Montag der Polizei von dieser Wohnung erzählen muss.«

»Dann nehmen wir doch lieber gleich die ganze Handtasche mit«, sagte Charlie. »Sonst kommt es dem Ermittler vielleicht seltsam vor. Wenn Sie mit der Tasche fertig sind, können wir problemlos ein paar Roma dazu bringen, sie für die Belohnung bei eurer Anwältin abzugeben. Die erzählen dann, dass sie sie in einem Müllcontainer an der Marina gefunden haben.« Er schüttelte den Kopf. »Ein bisschen wundern wird er sich aber sowieso, wenn der Apotheker unten sagt, dass die Polizei schon mal hier war. Aber griechische Bullen rechnen damit, dass ihre Kollegen auch mal ein bisschen für Bares arbeiten. Er wird also natürlich wissen, dass Sie dahinterstecken.« Er schaute auf die Uhr. »Dann wollen wir Sie mal zurück zu Ihrem Alibi-Spiel fahren.«

Als ich das Handy in die Tasche steckte, fügte er hinzu: »Aber wie Sie an dem Code vorbeikommen, weiß ich auch nicht. Da kann ich Ihnen nicht weiterhelfen.«

»Mach dir keine Gedanken, da weiß ich genau den Richtigen.«

KAPITEL 41

Ich saß gerade wieder eine gute Minute auf meinem Platz, als Panathinaikos das einzige Tor der Begegnung schoss. Es war aber kein tolles Tor; die Viererkette von OFI verteidigte wie mit Bleischuhen, und der Torwart hechtete kühn in die falsche Richtung, obwohl der Stürmer in Grün klar und deutlich angesagt hatte, wohin er schießen wollte. Die Menge feierte aber trotzdem, als wäre es 1999: Riesige grüne Pyrotechnik explodierte auf der Gate-13-Seite so laut, dass alle meine Spieler und Betreuer – ich eingeschlossen – sich wegduckten, als hätte ein Apache-Helikopter eine Rakete ins Stadion gefeuert.

»Scheiße, Mann!«, brüllte Simon. »Was war das denn?«

Eine grüne Rauchwolke driftete übers Spielfeld und vernebelte die Sicht, sodass es eine Minute lang wirkte, als lägen wir am Seeboden bei den ertrunkenen Kriegern der Schlacht von Salamis.

»So feiert Alexis Sorbas wohl einfach das schönste Spiel der Welt«, sagte ich.

»Wie die hier wohl ausgeflippt sind, als sie 2004 die EM gewonnen haben? Mann, wenn ich Griechisch könnte, würden die mich glatt für Platon halten. Jeder von den Verteidigern hat gemeint, ein anderer geht in den Zweikampf. Vier Spieler im Strafraum, und nicht einer deckt seinen Mann. Weißt du, wie es sein muss, wenn einer an unseren Sechzehner rankommt? Dann muss sich unsere Viererkette gefälligst den Arsch aufreißen und dem Schwein keinen Meter schenken! So hast du damals verteidigt, so hab ich damals verteidigt. Wenn man so spielt, braucht man Herz, Boss. Und das hatten die vier da eben nicht. Guck sie dir doch an: Vollgekleistert mit ihren kackdämlichen Tattoos! Einen einzigen Satz müsste man jedem Verteidiger fett und breit auf die Brust schreiben: *¡No pasarán!* Hier kommt keiner durch. Das würd ich mir sogar selber stechen lassen, wenn ich heute Verteidiger wär.«

Auf der Rückfahrt im Mannschaftsbus zum Astir Palace Hotel setzte ich mich neben Prometheus.

»Und, wie fandst du es?«, fragte ich.

»Ging so. Sind ziemliche Rassisten. Wenn ein Schwarzer am Ball war, gingen immer gleich die Affenschreie los. Und ich dachte, Griechen wären zivilisiert.«

»Wie kommst du denn darauf?«

»Na ja, Wiege der Demokratie und so.«

»Kann sein. Aber ich glaube, davon haben die sich schon damals nicht groß beeindrucken lassen. Wenn du Mittwochabend Affenschreie hörst, schießt du einfach ein Tor. Und dann schießt du noch eins. Nur so stopfst du den Schweinen das Maul. Wenn du da heute auf dem Platz gestanden hättest, hättest du garantiert dreimal verwandelt. Vor der Halbzeit.«

Prometheus grinste breit.

»Und das da eben war der griechische Meister«, sagte ich. »Okay, auch nur weil den anderen ein Haufen Punkte aberkannt wurde, aber sie sind auf jeden Fall ein Top-Verein hier. Genau wie Olympiakos. Und wenn wir Mittwochabend gegen die auflaufen, lieferst du mir einen Hattrick. Nicht für Bekim, sondern für dich selbst. Wie Aristoteles sagt: ›Gesegnet ist der, der den Blinden die Augen öffnet.‹ Ich will Mittwoch also den Spieler sehen, der du wirklich bist.«

»Okay, Boss.«

»Übrigens, noch mal was ganz anderes. Heute Morgen hast du mir erzählt, dass du als Jugendlicher geklaute Handys geknackt hast.«

Er zuckte mit den Schultern. »Mach ich immer noch. Man will ja nicht einrosten. Den ganzen Kram find ich total spannend.«

Ich gab ihm Natalijas iPhone.

»Kannst du hier den Sicherheitscode aushebeln? Aber bitte diskret, ohne viel Gerede, denn dafür könnten wir beide verhaftet werden.«

»Wär nicht das erste Mal, Boss.«

»Das glaube ich dir gerne. Aber das hier ist eine ernste Sache. Da verstehen die Bullen keinen Spaß. Wenn wir uns erwischen lassen, landen wir ein halbes Jahr im griechischen Knast.«

Prometheus nahm das Handy an sich.

»Bei mir ist es in guten Händen, Boss. Wenn ich es nicht hinkriege, kenne ich zu Hause wen, der es schafft.«

Als ich wieder in meinem Bungalow im Astir Palace Hotel war, rief ich meine E-Mails ab und ging noch einmal Bekims Louis-Vuitton-Reisetasche mit passender Kulturtasche durch; ich wusste zwar schon, was für Unterhosen er getragen hatte, aber ich suchte etwas anderes – irgendeinen Hinweis, der Natalijas Tod erklären könnte, der mir einen weiteren Vorsprung vor der Polizei verschaffte. Ihr Name und ihr Handy allein würden nicht reichen.

Ich kippte die Reisetasche aus, so wie es der Ex-Bulle Charlie mit Natalijas Handtasche getan hatte. Ich lerne schnell. Während ich immer noch den verstreuten Inhalt anstarrte wie beim Memory, gurgelte plötzlich der Skype-Klingelton aus meinem Laptop. Es war Sara Gill, die Engländerin, die damals in Athen vergewaltigt und fast ermordet worden war. Ich hatte versucht, sie zu erreichen, und ihr eine Nachricht hinterlassen.

Ich klickte den kleinen, grünen Knopf für ein Videogespräch an und hatte eine Asiatin mit kurzen, braunen Haaren von vielleicht Mitte dreißig vor mir; sie war leicht übergewichtig und trug ein weißes T-Shirt und eine graue Jacke. Ihr Zimmer sah ganz nach den Cotswolds aus, hinter ihr war ein großer Kamin, und auf dem Boden schlief ein Hund.

»Hallo, Mr. Manson«, sagte sie. »Ich bin Sara Gill. Sie hatten mich angerufen. Ich war im Garten. Detective Inspector Considine hat mir Ihre Lage am Telefon erklärt. Und von der armen jungen Frau hatte ich natürlich in der Zeitung gelesen. Ich möchte Ihnen gerne helfen, wenn ich kann.«

»Danke, dass Sie anrufen. Es ist natürlich ein Schuss ins Blaue, aber ich frage mich, ob der Tod der jungen Frau etwas damit zu tun hat, was Ihnen und mehreren anderen Frauen damals in Athen passiert ist. Die Frau, die diese Woche gestorben ist, war Prostituierte, und ich fand es ein bisschen seltsam, dass die Polizei verschweigt, dass die anderen Toten auch Prostituierte waren. Auch die Nähe zum Fußball wird verschwiegen; Thanos Leventis fuhr den Mannschaftsbus für Panathinaikos.«

Sie hörte geduldig zu, während ich mir einen abbrach. Mit der Feinfühligkeit der englischen Rugbymannschaft erklärte ich, dass ich um Himmels willen nicht hatte andeuten wollen, sie sei auch eine Prostituierte; und auch die Bitte um eine Schilderung ihrer Entführung fiel mir nicht leicht, aber selbst über Skype merkte Sara das und war sehr zuvorkommend. Sie erzählte mir ihre Geschichte klar und ohne Eile, und erst nach mehreren Minuten merkte ich, dass sich ein leichtes Beben in ihre Stimme geschlichen hatte. Am Ende des grauenvollen Berichts schluckte sie hörbar, und ihre Hände zitterten.

»Danke«, sagte ich. »Das war sicher nicht leicht.«

»Nein. Aber nur, wenn ich rede, kann ich jemals auf Gerechtigkeit hoffen.«

»Können Sie sich vorstellen, warum die Polizei Ihnen nicht glaubte, als Sie sagten, dass Sie von zwei Männern angegriffen worden waren?«

»Zum einen hatten sie ein Geständnis von Thanos Leventis. Zum anderen hat er ja selbst gesagt, dass er alleine war. Ich glaube, sie wollten nicht, dass seine Version Löcher bekommt. Außerdem hatten sie mich bewusstlos geprügelt, und ich konnte erst nach Tagen wieder klar denken. Ich stand natürlich unter Schock, und deshalb habe ich mir bei der ersten Vernehmung wohl selbst widersprochen. Also haben sie mich als unzuverlässige Zeugin abgestempelt. Als sie Leventis dann geschnappt haben, war ich wieder in England, und keinen interessierte mehr, was ich zu sagen hatte. Ich habe die Polizei ein paar Mal angerufen und daran erinnert, dass es einen zweiten Mann gegeben hatte, aber das wollten die nicht hören. Dann habe ich mich an die griechischen Zeitungen gewandt. Aber die meisten Leute wollten das Ganze lieber unter den Teppich kehren. Damals brach auch gerade die griechische Wirtschaft zusammen. Es gab öffentliche Unruhen, und die Leute versuchten erfolglos, ihr Geld aus der Bank zu holen. Da hatten die Zeitungen natürlich Wichtigeres zu berichten. Nicht einmal zur Gerichtsverhandlung wurde ich als Zeugin vorgeladen. Die Sache war ruckzuck vorbei, und ich habe Thanos Leventis nicht mal dort konfrontieren können.«

Sie wischte sich den Augenwinkel mit einem Taschentuch trocken.

»Tut mir leid, dass Sie wegen mir darüber reden müssen, Sara.«

»Nein. Wenn es irgendeine Chance gibt, dass Sie dazu beitragen, den zweiten Mann zu fassen, bin ich Ihnen sehr dankbar, Mr. Manson.«

»Können Sie ihn denn beschreiben?«

»Ja. Er war älter als Leventis. Ende dreißig, würde ich sagen. Groß, dunkle Haare, haariger Körper, wie viele Griechen. Das weiß ich, weil er mich zum Oralsex gezwungen hat. Ich weiß noch, dass er einen sehr süßen Atem hatte, als hätte er Pfefferminzbonbons gelutscht.« Sie lachte. »Ganz und gar nicht griechisch, wenn Sie wissen, was ich meine.«

»Aber klar.«

»Und dann ist da noch das Detail, weswegen mich die Polizei wohl als verrückt abgestempelt hat; er hatte drei Augenbrauen.«

»Drei Augenbrauen?«

»So kam es mir auf jeden Fall vor.«

»Würden Sie ihn wiedererkennen?«

»Glaub schon. Ja, doch, ganz sicher.«

»Was hatte er an?«

»Jeans und ein T-Shirt mit so einer Art UN-Logo. Da bin ich mir nicht so ganz sicher. So etwas wie ein Kranz aus Olivenzweigen? Bloß war darin keine Weltkarte abgebildet, sondern eher eine Art Labyrinth.«

»Ein Labyrinth?«

»Wie das in der Geschichte von Theseus und dem Minotaurus. Aber ein einfacheres. Manchmal glaube ich, das ist der Schlüssel zu allem. Nicht im übertragenen Sinne, sondern ganz praktisch. Wenn ich herausfinden kann, was das Zeichen bedeutet, dann finde ich den Mann, der mich vergewaltigt hat. Nicht Leventis. Der hat nämlich keinen hochgekriegt, wenn ich das mal so platt sagen darf. Deshalb hat er mich auch k.o. geschlagen. Und deshalb bin ich heute noch am Leben. Weil sie dachten, ich wäre schon tot. Dann haben sie mich in den Hafen geworfen, und das kalte Wasser hat mich aufgeweckt.«

»Die haben Sie in den Hafen geworfen? Das wusste ich noch gar nicht. Wo denn genau?«

»Das weiß ich auch nicht. Wohl irgendwo in Piräus. An mir vergangen haben sie sich auf einer Brache neben einem Fußballstadion. Das war nicht weit vom Hafen, denn da war ich spazieren, als sie mich entführt haben. Ich weiß noch, dass die Leute, die mich aus dem Wasser gefischt haben, mit mir in ein Hotel in der Nähe gegangen sind.«

»Wissen Sie noch den Namen?«

»Ja, es war das Hotel Delfini. Die waren da sehr freundlich und haben gleich die Polizei gerufen. Dann wurde ich ins Metropolitan Hospital gebracht, das direkt neben dem Stadion steht, wo ich vergewaltigt wurde. Ich konnte es vom Krankenhausbett aus sehen. Es war aber nicht das von Panathinaikos, sondern das von der anderen Athener Mannschaft: Olympiakos. Ja, jetzt weiß ich es wieder; das war die andere Verbindung zum Fußball neben der, dass der Busfahrer für Panathinaikos arbeitete.«

»An welchem Wochentag ist es passiert?«

»An einem Samstagabend im September.«

»Wissen Sie vielleicht noch, ob es an dem Tag ein Fußballspiel gab?«

»Nein. Es war aber der letzte Samstag im September, also können Sie das sicher überprüfen.«

Nach unserem Skype-Gespräch öffnete ich Google Maps und sah, dass das Karaiskakis-Stadion von Olympiakos genau dreieinhalb Kilometer vom Hotel Delfini an der Marina Zea entfernt ist und dass südwestlich des Stadions in Richtung Piräus tatsächlich eine große Brache lag. Wenn man bedachte, wo sie ins Wasser geworfen worden war, erschien es immer wahrscheinlicher, dass Natalijas Tod mit den Angriffen auf Sara und die anderen Frauen in Verbindung stand. Hatte der Rassismus der Griechen eine Rolle gespielt, war Sara wegen ihres asiatischen Aussehens angegriffen worden? Die griechischen Zeitungen berichteten oft von Übergriffen durch die ultrarechte Goldene Morgenröte auf Roma und Pakistaner. Und ich wusste aus eigener Erfahrung, dass andersfarbige Haut völlig ausreicht, um Hass und Verachtung anzuziehen. Außerdem faszinierte mich

Saras Beschreibung des Logos auf dem T-Shirt ihres Vergewaltigers: Als sie »Labyrinth« gesagt hatte, hatte mich das natürlich sofort an das Tattoo auf Natalijas linker Schulter erinnert. Gab es auch da eine Verbindung?

Ich starrte Bekims Habseligkeiten an, die vor mir auf dem Bungalowboden verstreut lagen, und dachte an das, was Sara Gill am Ende gesagt hatte. In meinem Hinterkopf nahm halb bewusst, halb unterbewusst ein Gedanke Form an. Ein, zwei Augenblicke später wurde mir klar, dass der Schlüssel zu allem mir schon seit geraumer Zeit ins Gesicht starrte. Ich bückte mich und hob ihn auf.

Es war kein Schlüssel zu einem Koffer, einem Auto, Hotelzimmer oder Schließfach, sondern der zu Bekims Haus auf Paros.

KAPITEL 42

Am nächsten Tag stieg ich mittags in ein klappriges Propellerflugzeug vom Typ DHC-8-100 und flog nach Paros. Paros ist eine der Kykladen, die aus der Luft aussehen wie ein zerrissener Wettschein, dessen Reste auf einem blauen Teppich verstreut worden waren. Paros war nicht mal die kleinste der Inseln, auch wenn man sich das bei der Briefmarke von einer Landebahn gut hätte vorstellen können.

Dem verschlafenen Flugplatz-Terminal gegenüber mietete ich mir bei Loukis einen kleinen Suzuki-Geländewagen und ließ mir den Weg zur Südwestspitze der Insel erklären, wo Bekims Haus stand. Die Insel sah aus wie ein riesiger Golfplatz – Buschland mit Trockenmauern und sehr wenigen Bäumen. Bis auf das allgegenwärtige Zirpen der Zikaden hätte man meinen können, man wäre in einem entlegenen Teil Irlands, den eine ungewohnt starke Hitzewelle heimgesucht hatte. Die Einheimischen wirkten genauso verhutzelt und rustikal. Fast jedes einzelne Haus bestand aus weißem Stein und Türen, Fensterrahmen und -läden, Balkongeländern und Toren im selben Blauton, als könnte man im örtlichen Heimwerkerbedarfsladen keine andere Farbe bekommen. Oder vielleicht war die Insel auch ein riesengroßer Everton-Fanclub.

Nach einer knappen Viertelstunde fuhr ich auf einem zerfurchten Feldweg auf eine Ansammlung rechteckiger Häuser zu, die von Brachland umgeben war, das an einen perfekten, kleinen Privatstrand grenzte. Bekims Haus sah aus wie ein Außenposten einer vergessenen französischen Kolonie. Ich parkte im Schatten dahinter und wollte Prometheus anrufen, wie es mit Natalijas Handy lief, bekam aber kein Netz.

Im Inneren war das Haus weniger traditionell: offene Bauweise, polierte Holzböden und Eames-Möbel wie aus einer Folge *Mad Men*. Am Ehrenplatz dem großen Kamin gegenüber hing ein wunderbares Gemälde eines Fußballspiels von Peter Howson, das ich sofort haben wollte. Im Esszimmer hing noch ein Howson, ein Porträt von Henrik Larsson in seiner siebten Saison bei Celtic 2003/2004; auch das löste bei mir blanken Neid aus. Außerdem fand ich zahlreiche moderne Skulpturen aus weißem Marmor und poliertem schwarzen Granit von einem Künstler namens Richard King, die so schön waren, wie sie der Hand schmeichelten. Soweit ich sehen konnte, gab es keinen Fernseher, kein Telefon und kaum Post auf der Fußmatte oder sonst irgendwo.

In der Küche kochte ich mir einen griechischen Mokka, setzte mich an den Tisch und blätterte alte Ausgaben der *Athens News* durch, einer Zeitung in englischer Sprache. Das war sehr deprimierend. Die meisten Titelseiten zeigten Farbbilder von der hellenischen Polizei, die sich gegen Randalierer vor dem griechischen Parlament in Stellung brachte. Auf einer anderen Titelseite sah ich einen Schlägertypen mit einer großen, schwarzen Flagge mit einem Logo, das dem der UN ähnlich sah; zwischen den Zweigen war eine Art kleines, goldenes Labyrinth abgebildet. In Wirklichkeit war es natürlich überhaupt kein Labyrinth, sondern ein vereinfachtes Hakenkreuz. Ich blätterte um und fand noch ein Foto, diesmal von einem Mann mit einem schwarzen T-Shirt mit demselben Zeichen. Der Bildunterschrift zufolge gehörte der Mann zur ultrarechten Partei Goldene Morgenröte. Jetzt wusste ich also, was für ein T-Shirt Sara Gills Vergewaltiger getragen hatte. Er war ein Faschist, ein Neonazi.

Ich trank meinen Kaffee aus und durchsuchte anschließend systematisch das Haus, wobei rein gar nichts herauskam – bis auf die Tatsache, dass Bekim wohl sehr auf Heinz-Suppen und Fertigspaghetti in Dosen stand. Er hatte Schränke voll von dem Zeug. Ich wollte mir schon eingestehen, dass die ganze Reise reine Zeitverschwendung gewesen war, als sich die Hintertür öffnete und eine kleine, hobbitartige Frau mit einem Korb voll Putzzeug in die Küche gestapft kam. Als sie mich sah, schrie sie und ließ den Korb fallen. Ich entschuldigte mich dafür, dass ich ihr so einen Schrecken eingejagt hatte, und erklärte, dass ich ein Freund von Mr. Develi war.

»Er nicht da«, sagte die Frau – Zoi hieß sie –, und mir wurde klar, dass sie keine Ahnung hatte, dass ihr Arbeitgeber tot war. Das würde ich ihr nicht sofort erzählen, schließlich wollte ich Informationen und keine Tränen. »Er spielt Fußball in London.«

»Ja, ich weiß«, erwiderte ich und zeigte ihr den Schlüssel. »Mr. Develi hat mir den Schlüssel gegeben.«

Sie nickte, wirkte aber immer noch misstrauisch.

»Ich war auf dem Festland, in Athen, und Bekim hat gesagt, wenn ich Zeit habe, soll ich unbedingt mal herkommen.«

Das stimmte sogar.

»Sie hier übernachten?«, fragte sie.

»Ja, wenn das in Ordnung ist. Nur bis morgen.«

»Soll ich Ihnen Bett machen?«

»Nein, das kriege ich schon hin.« Ich sah mich um. »Arbeiten Sie schon lange für ihn?«

»Ich putze Haus für Mr. Develi, seit er auf der Insel ist. Acht Jahre. Ihm gefällt hier, weil Paros sehr ruhig und die Leute lassen ihn in Ruhe. Die meisten hier wissen nicht, dass er so großer

Fußballer ist. Er lebt hier sehr zurückgezogen. Wie andere reiche Leute auf Andiparos.«

Andiparos ist die kleinere Nachbarinsel im Westen.

Es hörte sich komisch an, wie sie von Bekim in der Gegenwart sprach; als wäre er gar nicht tot. Für sie war er das natürlich auch nicht.

»Bekim Develi. Die Familie Goulandris. Tom Hanks. Seine Frau Rita Wilson ist Griechin. Die sind alle gerne hier, weil es sonst keiner weiß. Das ist großes Geheimnis.«

Damit konnte es nicht weit her sein, so bereitwillig wie sie es ausgeplaudert hatte.

»Kochen Sie auch für ihn? Für Bekim?«

»Nein. Er sagt, er ist da etwas eigen. Er mag kein griechisches Essen. Nur griechischen Wein. Nur sehr einfache englische Sachen. Eier, Brot, Salat. Das bringe ich ihm, aber er macht sich sein Essen selbst.«

Es kam mir seltsam vor, dass ausgerechnet jemand ein Ferienhaus auf einer griechischen Insel besaß, der kein griechisches Essen mochte; andererseits lebten wohl die meisten englischen Touristen in diesem Land von nichts als Hamburgern und Pommes.

»Ich kann aber für Sie kochen, Mr. ...?«

»Manson. Scott Manson.« Ich nahm eins der Fotos von einem Küchenregal und zeigte es ihr; es war eine Teamaufnahme vom Ende der letzten Saison, als wir gerade erfahren hatten, dass wir es auf den vierten Platz geschafft und uns für die Champions League qualifiziert hatten. Wer weiß, was passiert wäre, wenn wir Fünfter geworden wären? Würde Bekim dann noch leben? »Das da bin ich.«

»Ja.« Sie wirkte etwas beruhigter. »Das sind Sie.«

»Ich gehe heute Abend wohl in einer Taverne in der Stadt essen«, sagte ich. »Sie müssen sich also keine Umstände machen.«

»Keine Umstände. Ich koche gern. Aber wie Sie wünschen, Mister.«

»Und sonst kann ich mir auch eine Dose Spaghetti warm machen. Wie Mr. Develi.«

Sie verzog das Gesicht. »Bah. Ich weiß nicht, wie er das Dosenzeug essen kann.«

»Er ist wohl ein schwieriger Arbeitgeber«, sagte ich.

»Mr. Develi?« Zoi zog die Augenbrauen zusammen und schüttelte den Kopf. »Er ist ein wunderbarer Mann. Hat wohl noch nie jemand einen besseren Chef gehabt. Er ist freundlich und großzügig wie keiner sonst. Das kann Ihnen jeder sagen, der ihn kennt.«

»Ja? Ich dachte, er würde hier ganz zurückgezogen leben.«

»Er hat Freunde auf der Insel. Natürlich. Die Künstlerin in Sotires kennt ihn wohl am besten. Mrs. Yaros. Sie und Mr. Develi sind gute Freunde. Sie ist Bildhauerin. Auf Paros gibt es viele Bildhauer. Früher kamen die wegen dem guten Marmor her, aber der beste ist wohl schon weg. Ich glaube, sie kennt ihn besser als jeder andere hier.«

»Diese Mrs. Yaros würde ich gerne mal kennenlernen. Meinen Sie, sie ist zu Hause?«

Zoi nickte. »Ich habe sie heute Morgen gesehen. Im Supermarkt.«

»Wie ist ihre Adresse?«

»Weiß nicht. Aber das Haus ist leicht zu finden. Wenn Sie hier losfahren, vorne links, dann fünf Kilometer geradeaus, hinter der alten Autowerkstatt rechts, dann wohnt sie oben auf einem steilen Hügel. Das Haus ist grau-weiß mit einem großen, blauen Tor und manchmal einem Hund. Der Hund ist nicht so nett, also warten Sie lieber im Auto, bis sie Sie abholt.«

»Danke für den Tipp.«

Obwohl ich im Schatten geparkt hatte, war es in dem kleinen

Suzuki heiß wie im Krematorium. Ich schaltete die Klimaanlage ein, startete den Motor und fuhr den Feldweg zurück auf die Autowerkstatt zu. Ein paar Minuten später war ich durch das blaue Tor und kämpfte mich eine steile, gepflasterte Steigung hinauf, bei der der kleine Suzuki alles geben musste. Hätte ich nicht den Tipp mit dem Hund bekommen, wäre ich vielleicht schon unten ausgestiegen und zu Fuß gegangen. Oben lag ein Terrassengarten, und außer dem Motorgeräusch hörte ich jetzt auch ein Kreischen wie von einem Zahnarztbohrer. Ich dachte kurz, ich hätte das falsche Haus erwischt. Doch dann sah ich in einer Atelierwerkstatt eine schmale Gestalt im Blaumann voller weißem Staub. Die Person trug eine Schutzmaske, also konnte ich nicht erkennen, ob es sich um einen Mann oder eine Frau handelte. Ich fuhr in den Schatten eines Carports und wartete auf den Hund oder sein Herrchen oder Frauchen. Als niemand kam, öffnete ich vorsichtig die Tür und rief: »Mrs. Yaros? Bitte entschuldigen Sie, dass ich so hereinplatze. Mein Name ist Scott Manson. Ich bin ein Freund von Bekim Develi.«

Als ich die paar Meter zur Werkstatt gegangen war, hatte die Gestalt im Blaumann schon die Druckluftflasche zugedreht, die den winzigen Bohrer angetrieben hatte, mit dem sie an einer unfassbar schönen Marmorspirale gearbeitet hatte, die aussah, als befände sie sich im freien Fall. Die Gestalt nahm die Maske ab und warf ihre blonde Mähne von der einen Schulter auf die andere.

Ich erkannte die Frau sofort. Es war Swetlana Jaroschinskaja, mir besser bekannt als Valentina.

KAPITEL 43

»Was zum Teufel machst du hier? Ich fasse es nicht. Das hier ist Privatbesitz. Hat Bekim dir gesagt, wo du mich findest?«

Irgendwie sah die Frau im verstaubten Blaumann noch schöner aus, was vielleicht daran lag, dass sie ihn schon ein Stück weit aufgeknöpft und dadurch einen wunderbaren Ausschnitt hervorgezaubert hatte. Ich öffnete den Mund, um ihr alles zu erklären, aber sie hörte nicht zu.

»Das war wirklich ausgesprochen unfreundlich von ihm, dass er verraten hat, wo ich bin. Richte ihm von mir aus, dass ich sehr wütend bin. Er hat mein Vertrauen missbraucht.«

Die rosafarbenen Sandalen und die lackierten Fußnägel waren auf dieser Insel wohl ihre einzigen Zugeständnisse an ihre Weiblichkeit.

»Bekim hat mir nicht gesagt, wo ich dich finde«, erklärte ich. »Sondern Zoi, seine Haushälterin.«

»Woher wusstest du überhaupt, dass ich auf der Insel bin?«

»Wusste ich nicht. Ich wollte zu Mrs. Yaros. Und stattdessen bist du hier, Valentina. Ich bin ehrlich gesagt genauso überrascht wie du. Ich dachte, Mrs. Yaros ist Griechin. Hört sich auf jeden Fall griechisch an.«

Sie nickte. »Das ist auch Sinn der Sache. Yaros ist kurz für Jaroschinskaja – meinen echten Namen. Und nenn mich bitte nicht Valentina. Nicht hier auf Paros. Ich heiße Swetlana.«

»Okay.« Ich hob die Hände und ergab mich. »Kein Problem.«

»Warum bist du denn dann hier?«

Wie Zoi hatte Valentina keine Ahnung, dass Bekim tot war. Ich überlegte kurz, ob ich ihr erzählen sollte, dass ich eine Skulptur von ihr kaufen wollte, um ihre Gefühle zu schonen, aber mit dem verstaubten Blaumann sah sie stark genug für die schlechten Neuigkeiten aus, ohne dass ich ihr vorher eine große Rede hielt.

»Ich bin hier, weil Bekim tot ist«, sagte ich. »Letzten Dienstagabend ist er bei einem Spiel gegen Olympiakos auf dem Platz zusammengebrochen und gestorben.«

»Oh Gott. Armer Bekim. Das wusste ich nicht.«

»Das dachte ich mir.«

»Komm rein.«

Sie führte mich an einem seltsam geformten Pool vorbei zu einer kleinen Hintertür und stieg über einen schlafenden Hund.

»Zoi hat gesagt, der wäre gefährlich«, erklärte ich unsicher.

»War er auch mal. Aber jetzt ist er zu alt, um sich noch große Kämpfe zu liefern.«

»Das kenne ich.«

Ich folgte ihr in das spärlich eingerichtete Haus, das wohl vor allem als Museum für ihre Arbeit diente. Wir gingen durchs Wohnzimmer in die Küche, wo sie sich eine Zigarette anzündete und uns einen griechischen Mokka kochte. Neben dem Herd stand ein Foto von Swetlana in Sankt Petersburg neben einer riesigen Reiterstatue von Peter dem Großen. Die hatte ich auf unserer Russlandtour vor Saisonbeginn vom Mannschaftsbus aus gesehen. Die Tour war mir wie eine Katastrophe vorgekommen, aber wer hätte damals schon wissen können, was uns noch bevorstand?

»Woran ist er gestorben?«, fragte sie. »An einem Herzinfarkt, nehme ich an.«

»So etwas in der Richtung. Wir warten leider immer noch auf die Autopsie. In Athen geht wohl nichts schnell. Schon gar nicht, wenn alle streiken.«

Sie seufzte. »Es tut mir so leid. Ich hatte keine Ahnung.«

»Langsam verstehe ich, warum Bekim es hier so toll fand«, sagte ich. »Es kommt einem fast so vor, als wären das Fernsehen, das Internet und die Zeitung nie erfunden worden.«

Swetlana antwortete mit einem Schulterzucken. »Die meisten, die auf die Insel kommen, fliehen vor der Welt«, sagte sie. »Wir sind hier ein bisschen wie die Lotophagen in Homers *Odyssee*, weißt du? Wenn man von der Frucht gegessen hat, will man nicht mehr gehen. Wie die meisten hier möchte ich wohl einfach nur in Ruhe und Frieden leben. Heutzutage gibt es doch nur noch schlechte Nachrichten im Fernsehen und in den Zeitungen. Auf Paros achten wir so wenig wie möglich auf alles, was in Athen passiert. Das deprimiert einen doch nur.

Alex ist wohl zu mitgenommen von seinem Tod, um hier alles zu regeln. Deshalb bist du doch hier, oder?«

Ich schaute eine gerahmte Zeichnung an der Wand an; es war ein gekonntes Porträt einer jungen Frau, die Natalija ähnelte.

»Ich bin nicht wegen ihr oder ihm hier, sondern wegen mir und meiner Mannschaft. Keiner von uns darf Athen verlassen, bevor die Polizei nicht sichergestellt hat, dass Bekim nichts mit dem Tod eines Mädchens zu tun hatte, mit dem er am Abend vor seinem Tod Sex hatte. Eine Russin, die du wahrscheinlich kennst.«

Als Swetlana seufzte, füllte sich die Küche mit Rauch, und ich wünschte mir auch eine Zigarette. »Natalija.«

»Ist sie das auf der Zeichnung?«

»Ja.«

»Sie wurde am Grund des Hafens mit einem Gewicht an den Füßen gefunden.«

»Oh Gott.« Tränen traten ihr in die Augen. Sie riss sich ein

Blatt Küchenpapier ab und tupfte sich die Wangen trocken. »Das arme Mädchen.«

»Bisher tue ich dir den Gefallen und halte deinen Namen aus der Sache raus, so gut es geht.«

»Danke.«

»Deinen Namen, deine Telefonnummer, deinen Skype-Namen, deine E-Mail-Adresse. Nicht, dass das irgendeinen Unterschied gemacht hätte. Du antwortest ja doch nie.«

»Ich habe hier draußen kein Netz. Ein Festnetztelefon habe ich auch nicht, und mein Computer wird gerade repariert, der hat irgendeine Macke.« Sie schaute finster. »Und was glaubt die Polizei? Dass Bekim etwas mit Natalijas Tod zu tun hatte?«

»So in der Richtung.«

»Unmöglich. Er war immer sehr gut zu ihr. Und sie mochte ihn. Fast so sehr wie ich.«

Sie nahm die Zeichnung von der Wand und betrachtete sie traurig.

»Gut«, sagte ich. »Ich gehe nämlich auch ein paar Spuren nach, weil ich seinen guten Namen retten will. Weniger als die hellenische Polizei werde ich schon nicht zustande bringen. Ich bin hier auf die Insel gekommen, weil ich nach irgendeinem Hinweis suche, wie oder warum Natalija gestorben ist. Und ich hatte wohl recht. Ich habe wirklich etwas gefunden.«

»Ja? Was denn?«

»Dich natürlich.«

»Mich? Ich kann dir nicht sagen, was ihr passiert ist.« Sie hängte die Zeichnung zurück an die Wand und rieb sich gedankenverloren die Brust.

»Das vielleicht nicht, aber du kannst mir dabei helfen, dem Bild Farbe zu geben. Wenn du dazu bereit bist, muss die Polizei deinen Namen nie erfahren.«

»Erst muss ich mich waschen und ein wenig abkühlen.« Sie

knöpfte den Blaumann auf, ließ ihn zu Boden fallen und schlürfte nackt an ihrem köstlichen Kaffee. Die Tasse, und vor allem wie sie die Untertasse hielt, ließen ihre zwanglose Erscheinung noch verführerischer wirken.

»Du kannst dir gar nicht vorstellen, wie heiß es in meinem Atelier ist. Die Klimaanlage ist ausgefallen. Ich habe Staub in jeder Pore.«

Egal ob nass oder trocken, Swetlana war mit Abstand der schönste Anblick auf dieser Insel. Während sie duschte, bewunderte ich die Skulpturen, die um den Pool standen: elegante Marmorobjekte mit organischen Formen – Pflanzen, Muscheln, Meerestiere –, bei denen man fast vergessen konnte, dass sie aus Stein waren.

Ich drehte mich um, als Swetlana mit einem Handtuch auf dem Arm nach draußen kam und in der Sonne glänzte. Sie hängte das Handtuch über die Lehne eines Korbstuhls und sprang ins Wasser, schwamm ein paar Bahnen und kam dann an den Rand. Ich setzte mich vor ihr auf einen Stuhl.

Sie ließ sich unter die Oberfläche sinken, stieß sich wieder hoch und zog sich mit ungeahnt muskulösen Armen auf den Rand. Dort blieb sie sitzen wie die Kleine Meerjungfrau in Kopenhagen.

»Dann erzähl mal, was du zu wissen glaubst«, sagte sie.

Ich berichtete ihr alles. Es dauerte nicht lange. Als mir klar wurde, wie wenig ich wirklich wusste, war mir das fast peinlich. So ist das bei der Detektivarbeit wohl. Man weiß überhaupt nichts, und ein paar Minuten später meint man schon, man wüsste so gut wie alles.

»Mit Bekim habe ich vor zwei Wochen zum letzten Mal gesprochen«, sagte sie. »Er hat mir aus London eine E-Mail geschickt und wollte sich in Athen mit mir treffen. Ich habe geantwortet, ich könne nicht kommen, weil ich arbeite. Das verstand er. Also hat er sich natürlich bei Natalija gemeldet. Nein, Moment. Ich muss von vorne anfangen; alles begann vor gut sechs Jahren. Ich habe nicht das Gefühl, dass ich mich dir gegenüber rechtfertigen muss, Scott, wirklich nicht. Aber wenn du der Polizei meinen Namen vorenthältst, tust du mir einen riesigen Gefallen. Dafür schulde ich dir die ganze Geschichte.«

KAPITEL 44

»Als 2008 die Rezession dieses Land voll erwischte, sah es so aus, als würden einige Banken pleitegehen. Wie viele Russen hatte ich Geld in der Bank of Cyprus, und eine Weile hatte ich Angst, ich würde alles verlieren. Meine Skulpturen verkauften sich nicht mehr. Kunst ist immer der erste Posten, an dem die Leute sparen. Aber nicht Bekim, er hat ein gutes Auge für Gemälde und Bildhauerei. Er hat mich vor dem Bankrott gerettet. Er hat mehrere meiner Werke gekauft und mir einen Tipp gegeben, wie ich ein geregeltes Einkommen verdienen kann. Er sagte, auch in Griechenland gebe es im Fußball viele, die gutes Geld für eine GFE – *girlfriend experience* – bezahlen würden, also die Betreuung durch eine, die kein Profi-Callgirl ist.

Ich dachte erst, das wäre ein Witz. Aber dann hat er mich einer Engländerin vom griechischen Fußballbund vorgestellt, Anna Loverdos, und einem Griechen von der UEFA, auf den sie stand. Die waren ganz heiß auf Bekims Idee. Das Ganze ist auf seinem Mist gewachsen. Er meinte, wir würden einer Menge Jungs einen Gefallen tun, die sonst nur im Athener Rotlichtviertel an der Odos Sofokleus in Schwierigkeiten geraten würden. An erster Stelle natürlich Bekim selbst. Der Mann hat eine Libido wie ein Ziegenbock.

Der Erste war ein alter Sack von der FIFA. Da ging es irgendwie um die WM in Katar. Ich war das Sahnehäubchen auf dem

Bestechungsgeld für seine Stimme. Der Sex war eklig, aber das Geld war toll. Ich bekam fünftausend Euro für ein Wochenende mit ihm, wovon ein Anteil Schweigegeld war. Zusätzlich hat der Kerl mir tausend Euro Trinkgeld gegeben. Das konnte er sich natürlich leisten. Später habe ich in der Zeitung gelesen, dass er über eine Million Dollar für seine Stimme gekriegt hat.

Dann rief Anna mich wieder an, und bald pendelte es sich bei ein-, zweimal im Monat ein. Dann sollte ich mich immer bei irgendeinem Fußballer melden oder bei einem FIFA- oder UEFA-Funktionär. Für eine Nacht gab es gut und gerne zweitausend Euro bar auf die Hand. Ich sagte mir, dass Anschaffen für eine Künstlerin auch nicht unbedingt das Schlechteste ist. Mit ein paar Typen zu vögeln war auch nicht schlimmer als manche der Sachen, die Caravaggio und Cellini gemacht haben.« Sie zuckte mit den Schultern. »Wenn man es darauf anlegt, kann man sich alles schönreden. Wichtig war mir nur meine Arbeit, und wenn ich irgendeinen reichen Kerl ficken musste, damit ich sie weitermachen konnte, würde ich das eben tun. Ich will auch gar nicht abstreiten, dass es mir oft sogar gefallen hat. Gerade bei den Spielern. Es gibt Schlimmeres als Sex mit sportlichen, gutaussehenden jungen Männern.

Wie gesagt war es am Anfang ein Teilzeitjob. Ich konnte meine Schulden abbezahlen und hatte sogar noch genug übrig, um mir eine kleine Wohnung in Athen zu kaufen. Doch dann rief Anna immer häufiger an. Anscheinend gibt es im Fußball nicht gerade wenige Typen mit Geld. Agenten, Trainer, Spieler, Funktionäre, sogar ein paar Schiedsrichter, die jemand vor einem großen Spiel freundlich stimmen wollte. Also suchte ich mir ein anderes russisches Mädchen, das mir aushelfen konnte, wenn ich zu viel zu tun hatte. Natalija. Sie war viel professioneller als ich und auch viel besser. Entweder übernahm ich einen Kunden also selbst, wenn ich das Geld brauchte, oder ich vermittelte ihn weiter an Natalija und nahm zehn Prozent. Das erschien mir fair. Mein Galerist nimmt mehr. Ich glaube, Bekim mochte sie sogar lieber als mich. Sie war abenteuerlustiger als ich. Wenn er in Athen war, rief er immer sofort Natalija oder mich an. Er meinte es nur gut. Und er hat uns an andere weiterempfohlen. An dich zum Beispiel.

Nach einer Weile wollte ich nicht mehr. Ich verkaufte ein paar Skulpturen an eine Kreuzfahrtfirma und war auf einmal kaum noch motiviert, für Geld Fußballer zu vögeln. Ich weiß nicht, ob du mir das glaubst, aber du warst mein letzter Kunde. Ich habe dich eigentlich nur als Gefallen für Bekim angenommen. Er hat im Voraus bezahlt und meinte, ich müsste nicht mit dir ins Bett, du wärst aber ein netter Kerl und könntest dich benehmen. Ich hab es dann nur mit dir getan, weil ich wollte. Aber hier auf Paros nie. Nicht mal mit Bekim. In Athen bin ich Valentina. Hier bin ich Swetlana Yaros, die Bildhauerin. Und das war bis heute nie ein Problem.«

Sie drehte sich die Haare zu einem Pferdeschwanz und presste das Wasser heraus.

»Bleib hier«, sagte sie.

Sie stand auf und holte sich nicht etwa ihre Klamotten oder einen Bademantel, sondern eine Zigarette aus der Küche. Das sollte mir recht sein. Kalypso persönlich hätte nicht verführerischer aussehen können.

»Erzähl mir von Hristos Trikoupis«, sagte ich.

»Hat er dir von mir erzählt?«

»Nein. Das war Jasmine.«

»Ah, Jasmine. Du hast deine Hausaufgaben gemacht. Ich hatte mal etwas Regelmäßiges mit Trikoupis laufen. Er wollte mich als Geliebte, aber an so etwas war ich nicht interessiert. Dazu war er mir zu haarig. Zu sehr wie ein Tier. Und aus dem Mund gestunken hat er auch.« Sie rümpfte die Nase. »Wir haben immer im Spondi zu Abend gegessen, und dann bin ich mit ihm in seine

Wohnung beim Stadion gefahren und hatte Sex mit ihm. Aber irgendwann habe ich mich nicht mehr mit ihm getroffen. Als er uns zusammen bei dem Spiel gegen Hertha gesehen hat, war er stinkwütend. Das hatte ich nicht geplant. Aber er war unheimlich eifersüchtig auf dich. Er hat dich richtig gehasst.«

»Das erklärt so einiges«, sagte ich. »Er hat in den Zeitungen ein paar verdammt fiese Sprüche über mich abgelassen, die ich unter Psychotricks vor dem Spiel verbucht hatte. Da habe ich wohl falschgelegen.«

»Ich weiß nicht. Kann sein.«

»Wann hast du Natalija zum letzten Mal gesehen?«

»Im Mai, glaube ich. Da haben wir im Hotel Grande Bretagne mit zwei schwarzen Typen etwas getrunken. Mit einem Panathinaikos-Spieler und seinem Agenten. Zum Essen sind wir alle in ein Restaurant namens Nikolas tis Schinoussas gegangen, wo wir uns mit einem anderen Spieler getroffen haben, einem Rumänen. Er spielt für Olympiakos. Dann sind wir zu der Wohnung des Rumänen nach Glyfada gefahren. Der Agent ist alleine zurück ins Hotel gegangen.« Sie runzelte die Stirn. »Und jetzt soll ich mich wahrscheinlich an die ganzen Namen erinnern, was? Damit hab ich es eigentlich nicht so.«

»Versuch's mal.«

»Der Rumäne hieß Roman irgendwas.«

»Roman Boerescu?«

Sie nickte.

»Und die anderen? Die beiden Schwarzen?«

»Hmm. Der Spieler hieß irgendwie wie ein Engel. Ja. Séraphim.«

Ich nickte. »Séraphim Ntsimi. Den hat Panathinaikos diesen Sommer von Crystal Palace gekauft.«

»Wenn du das sagst. Ich kenne mich da nicht aus. Ich schlafe nur mit denen.«

»Und der Agent?«

»Tojo. Glaube ich wenigstens. Großer Kerl. Kopf wie eine Bowlingkugel.«

Ich nickte. »Ja, den kenne ich.«

Ich schwieg eine Weile.

»Wie schlage ich mich bisher?«, fragte sie.

»Gut.«

Sie schloss die Augen und hob das Gesicht zur Sonne.

»Bleibst du heute Abend in Bekims Villa?«, fragte sie.

»Habe ich vor.«

»Wo willst du essen?«

»Ich dachte, ich schau mich mal in der Stadt um und suche mir eine kleine Taverne. Und natürlich Handynetz und am besten WLAN.«

»Du kommst nirgendwo mehr rein. Nicht im August. Alle guten Restaurants sind ausgebucht. Bleib doch zum Essen hier. Ich habe schon etwas fertig. Du hast Glück, ich koche eigentlich immer für zwei, das hält dann zwei Tage.«

»Gerne. Aber unter einer Bedingung: Du musst dir etwas anziehen.«

»Sicher? Manche Männer würden einen Haufen Geld dafür bezahlen, von einer nackten Frau bekocht zu werden. Und überhaupt, zu Hause ziehe ich mir eigentlich nie etwas an außer meinem Blaumann. Und in dem will ich dir nicht unbedingt das Essen servieren.«

»Auf den können wir vielleicht wirklich verzichten«, erwiderte ich vage. »Es ist ja auch unglaublich heiß.«

KAPITEL 45

Swetlana war eine gute Köchin und hatte verschiedene griechische Köstlichkeiten vorbereitet.

»Schön, mal wen zum Essen da zu haben«, sagte sie und brachte zwei Teller raus auf die Terrasse, von der aus man einen kleinen Hof sah, der voller Steinblöcke stand. »Wenn ich hier bin, lebe ich normalerweise wie eine Nonne.«

Sie schenkte mir ein Glas kalten Weißwein ein, ging wieder ins Haus und ließ mich eine Weile alleine. Aus irgendeinem Grund dachte ich an Sara Gill und gleichzeitig an Fußball. Natürlich denke ich fast immer an Fußball; und wenn ich an Fußball denke, erinnere ich mich meistens an irgendeinen Spruch von João Zarco. Kaum einer wusste, was für ein origineller Denker er war. Ich konnte ihn fast hören:

»Ich lese gerade etwas über den griechischen Philosophen Zenon. Die Geschichte vom Pfeil im Flug, weißt du?«, hatte er mal angefangen. »Die ist ein Argument gegen Bewegung. Die Zeit setzt sich angeblich ausschließlich aus einzelnen Augenblicken zusammen, sodass in jedem einzelnen Augenblick keine Bewegung stattfindet. Ich habe mich gefragt, ob diese Denkweise sich auf den Fußball übertragen lässt. Ich glaube schon. Im Fußball kann alles in unabhängige Einzelpassagen des Spiels unterteilt werden, genau wie die Bewegung des Pfeils; und jede Spielpassage lässt sich weiter aufteilen in Übergangsmomente, in denen sich das Spiel entscheiden kann: ein Zweikampf, ein schlechter Befreiungsschlag, ein perfekter Pass. Diese Übergangsmomente können Offenbarungen sein, wenn man sie als solche erkennt. Und dann handelt man entsprechend. Und nichts anderes ist die Zukunft.«

Eine Offenbarung hatte ich vielleicht nicht unbedingt, aber ich stand vom Tisch auf und ballte die Faust. Swetlana hatte irgendetwas gesagt – ich war nicht einmal sicher, was genau es war –, das mich darauf gebracht hatte, wer der zweite Angreifer von Sara Gill gewesen war, der sie vergewaltigt und scheinbar tot in den Hafen geworfen hatte.

Als Swetlana wieder nach draußen kam, trug sie eine elegante schwarze Hose mit passendem Longsleeve-Shirt und duftete nach Parfum.

»Du machst aber einen zufriedenen Eindruck«, beobachtete sie.

»Das wäre wohl das erste Mal auf dieser Reise«, sagte ich und setzte mich wieder. »Im Grunde zerbreche ich mir nämlich ständig den Kopf über das, was hätte sein können. Ich glaube, alle Fußballtrainer sind so. Manchmal kommt es mir vor, als hätte ich einen kleinen Kerl im Kopf, der immer sauer auf mich ist.« Ich seufzte. »Armer Bekim. Das hätte seine beste Saison überhaupt werden können.«

Swetlana setzte sich, und wir aßen.

»Du hast ja einen Appetit, bewundernswert!«, sagte ich, als sie sich über einen großen Teller Moussaka hermachte. »Nicht viele Frauen können mit gutem Gewissen so essen.«

Eigentlich waren abgedroschene Komplimente zu ihrer Figur überflüssig – wir wussten beide, dass sie absolut perfekt war –, aber ich wollte mir ihre weitere Kooperation sichern. Swetlana hatte mir zwar schon einiges erzählt, aber ich musste unbedingt alles wissen.

Nach dem Essen zündete sie sich eine Zigarette an, und da es Sonntagabend war – der einzige Abend, an dem ich mir das erlaube –, nahm ich mir auch eine.

»Vielen Dank für das ausgezeichnete Essen«, sagte ich. »Und für deine Rettung vor einem einsamen Abend. Außer der örtlichen Taverne wären mir nur noch Dosenspaghetti geblieben.«

»Dosenspaghetti?«

»Bekims Küchenschränke stehen voll von dem Zeug.«

»Ach ja, klar. Er stand unheimlich auf englisches Essen. Die Letzte, für die ich hier gekocht habe, war wohl Natalija. Die ist vor einem halben Jahr mal für ein paar Tage hergekommen. Da hatte sie eine schlimme Phase, die arme Kleine. Sie hatte Depressionen. Ich bin mir nicht ganz sicher, aber ich glaube, sie hatte sogar einen Selbstmord versucht, nachdem ihr Freund nach England gezogen war.«

»Das war dann wohl dieser Boutzikos.«

»Nikos Boutzikos. Ja.«

»Wart ihr befreundet? Du und sie?«

»Es war auf jeden Fall mehr als nur Geschäft. Wir waren – sagen wir mal, wir haben einander nahgestanden.«

»Nein, du hast gesagt, du erzählst mir alles, weil die Polizei deinen Namen nicht unbedingt erfahren muss«, sagte ich. »Also bitte: die ganze Geschichte.«

»In Ordnung.« Sie blies Rauch aus beiden Nasenlöchern wie ein Drache vor dem Feuerspucken. »Wenn du es unbedingt wissen musst: Wir sind miteinander ins Bett gegangen. Das war ihre Idee. Sie wollte mich mehr als ich sie, und ich habe es nur getan, weil ich hoffte, dass es ihr guttun würde. Aber dann hat es mir sehr gefallen. Bei ihr bin ich gekommen wie nie zuvor. Das fand ich eigentlich komisch, denn ich hatte kaum Erfahrung mit Frauen.«

Ich zuckte mit den Schultern. »Dann wusste sie wohl, was sie macht. Sie war ja schließlich Profi, und das war ihr Job. Dreier, Vierer, was weiß ich? Was eben so verlangt wird.«

»Bei dir hört sich das ja widerlich an.«

»Das meine ich gar nicht so. Aber den Eindruck habe ich eben von ihr: Sie war ein Profi. Wie soll ich eine sonst nennen, die dazu bereit war, ihre Kunden mit Drogen kaltzustellen?«

»Blödsinn! So eine war sie nicht.«

»Und was sollen die hier sein? Pfefferminzbonbons?«

Ich tippte auf die Foto-App auf meinem Handy und zeigte ihr Natalijas Rohypnol-Tabletten.

»Die waren in ihrer Handtasche«, erklärte ich.

Swetlana schüttelte den Kopf.

»Das hast du falsch verstanden. Mit denen hat sie keine Kunden außer Gefecht gesetzt. So läuft das Geschäft nicht. Wenigstens nicht auf unserem Niveau. Die Tabletten waren für sie. Das sind Antidepressiva. Die Mädchen vom Omonia-Platz machen so was vielleicht, aber niemals eine wie Natalija. Bei zweitausend Euro für eine zweistündige GFE war sie nicht gerade eine Straßennutte.«

Ich zeigte ihr das nächste Bild. »Und das Ceftriaxon war wahrscheinlich bloß gegen Schnupfen.«

»Unfälle kommen vor. Vorsicht ist besser als Nachsicht.« Sie schaute finster. »Woher weißt du das alles eigentlich? Das mit dem Rohypnol? Du hast doch gesagt, die Polizei hat nichts gefunden.«

»Hat sie auch nicht. Aber ich und mein Fahrer Charlie. Der war mal bei der Polizei. Wir haben ihren Vermieter in Piräus überredet, uns in ihre Wohnung zu lassen. Ihre Tasche habe ich sicherheitshalber mitgenommen und den Inhalt fotografiert, wie du siehst.«

Ich gab Swetlana mein Handy, damit sie sich alle Bilder anschauen konnte.

»Im Moment habe ich die Tasche noch, aber unsere Anwältin meint, früher oder später müssen wir sie der Polizei geben.«

Swetlana hielt inne, als sie das Bild von Natalijas iPhone sah.

»Dann wird die Polizei also doch früher oder später mit mir reden wollen. Auf dem Handy finden die auf jeden Fall meine Nummer und wahrscheinlich auch ein paar Textnachrichten.«

»Nicht unbedingt. Einer meiner Spieler hat früher beruflich Handys geknackt. Er versucht es gerade bei dem von Natalija. Vielleicht kann ich ein, zwei Sachen löschen, bevor ich es übergebe.«

»Ach so.« Swetlana wischte weiter zum nächsten Bild und runzelte die Stirn. »Moment mal.«

»Was denn?«

Sie zeigte mir das Bild von einem von Natalijas vier Epinephrin-Autoinjektoren.

»Die Injektoren. Ich wüsste nicht, dass sie allergisch auf irgendetwas gewesen wäre. Ich bin mir sogar ziemlich sicher, dass sie es nicht war. Ich habe für sie gekocht, da hätte sie es mir doch vorher gesagt.«

»Charlie meinte, dafür hatte sie die Teile auch nicht. Er hat gesagt, in Griechenland wäre die Viagra-Versorgung knapp, und mit einem Schuss Adrenalin kriegt ihn jeder hoch.«

»Blödsinn. Kein Viagra der Welt wirkt stärker als eine Fünfundzwanzigjährige wie Natalija.«

Sie zoomte näher an den Injektor heran.

»Und schau dir doch mal die Aufschrift auf der Packung an. Das ist Russisch. Das waren gar nicht ihre. Die Injektoren wurden in Sankt Petersburg verschrieben, und zwar Bekim.«

»Was?«

»Anscheinend hat sie die mitgenommen. Die alle.«

Kurz fragte ich mich, ob Bekim sich vielleicht mit Epinephrin gedopt hatte wie Paddy Kenny damals, der bei Sheffield United mit Ephedrin erwischt wurde. Plötzlich erschien es möglich, dass er seinen Herzinfarkt selbst verursacht hatte.

»Mann, der Idiot«, murmelte ich. »Bekim hat sich die Dinger selber reingejagt.«

»Tja, kann sein, aber nicht so, wie du meinst«, sagte Swetlana. »Bekim war vielleicht alles Mögliche, aber sicher kein Betrüger. Du wusstest doch wohl, dass er eine schwere Allergie hatte?«

»Eine Allergie? Wogegen?«

»Kichererbsen. Er ist nie irgendwo ohne einen von diesen Injektoren hingegangen.«

»Sicher?«

»Klar. Das hat er mir selbst erzählt.«

»Ich habe den medizinischen Bericht vor seinem Transfer gelesen. Da stand nichts von irgendwelchen Allergien.«

»Dann hat er den Arzt wohl angelogen. Oder der Arzt hat die Hand aufgehalten.«

»Das hätte unser Doc nie getan.« Ich schüttelte den Kopf. »Aber Kichererbsen. Das kann doch nicht so schlimm sein.«

»In London vielleicht nicht. Aber hier in Griechenland muss man das ernst nehmen. Hummus ist aus Kichererbsen. Und für Currygerichte nimmt man die auch.«

»Mann. Das erklärt die ganzen Dosenspaghetti.«

Swetlana nickte. »Seit ich Bekim kenne, passt er mit seinem Essen unheimlich auf. Vor allem in Griechenland.«

»Kein Wunder, dass er Zoi nicht hat für sich kochen lassen.«

»Wenn er Kichererbsen gegessen hätte, hätte er einen anaphylaktischen Schock erlitten.«

»Und ohne seinen Injektor kann der tödlich ausgehen.«

Sie nickte.

»Aber sein voriger Verein Dynamo Sankt Petersburg wusste doch wohl davon, oder?« Ich fragte nicht sie, sondern mich selbst.

»Und hätten sie es erwähnt …« Das ließ sie ein paar Sekunden in der Luft hängen, bevor sie aussprach, was ich auch schon dachte. »Dann hätte das doch Einfluss auf die Ablösesumme gehabt, oder?«

»Das hätte den ganzen Transfer infrage gestellt«, erwiderte ich.

»Mit Russen kenne ich mich besser aus als mit Fußball«, sagte Swetlana. »Von so einer Kleinigkeit wie einer Offenlegung medizinischer Informationen lassen die sich nicht den großen Zahltag vermiesen. Nicht nur sein alter Verein, sondern Bekim selbst auch. Er war ganz begeistert davon, für einen großen Londoner Verein spielen zu können. Russen lieben London.«

»Also haben die sich abgesprochen. Er und Dynamo«, sagte ich.

»Warum nicht?«, erwiderte Swetlana. »Euer eigener Arzt hat ihn wahrscheinlich nur gefragt: ›Bist du auf irgendetwas allergisch?‹ Darauf musste er einfach nur mit ›Nein‹ antworten.«

Ich zog ein letztes Mal an der Zigarette und drückte sie aus; das brachte mir lebhafte Erinnerungen an den Knast zurück, wo eine einzige Fluppe so gut schmecken kann wie ein ganzes Menü in einem Nobel-Restaurant. »Die Frage lautet also, was Bekims Injektoren in Natalijas Handtasche zu suchen haben«, sagte ich.

Swetlana antwortete nicht. Sie zündete sich eine zweite Zigarette an. Ich nahm mir auch noch eine. Wir mussten über eine Menge nachdenken, und nichts davon war angenehm.

»Das ist ernst, oder?«, sagte sie nach einer Weile.

»Sieht leider so aus. Wenn Natalija ihm die Injektoren abgenommen hat, muss sie jemand dafür bezahlt haben.«

»Wer?«

»Keine Ahnung. Aber vor achtundvierzig Stunden hat mich so ein Kerl von der englischen Glücksspielbehörde gefragt, ob Bekim womöglich sabotiert worden sein könnte. Das habe ich zwar erst ausgeschlossen, aber so langsam sieht es doch danach aus.«

»Sabotiert?«

»Manipuliert. Behindert. Vergiftet wie ein Rennpferd.«

Ich erinnerte mich an unser spätes Mittagessen im Hotel, das unsere eigenen Köche nach den Richtlinien unseres Ernährungsberaters Denis Abajew zubereitet hatten: Grillhähnchen mit reichlich grünem Gemüse und Süßkartoffeln und zum Nachtisch gebackener Apfel mit griechischem Joghurt. Kein Grund zur Sorge. Auch nicht für jemanden mit Kichererbsenallergie. Außer, jemand hatte Bekim absichtlich Kichererbsen untergemischt.

»Er muss vor dem Spiel irgendetwas mit Kichererbsen gegessen haben«, sagte ich. »Es gibt keine andere Erklärung.«

»Okay, mal sehen. Wie lange vor dem Spiel war das Essen?«

»Drei, vier Stunden.«

»Das kann es nicht gewesen sein. So eine allergische Reaktion kommt quasi sofort. Er hätte einen anaphylaktischen Schock gehabt, sobald er das Falsche gegessen hatte. Im Flugzeug gibt es oft keine Nüsse, weil sie Angst haben, dass ein Allergiker auch nur ein winziges Stückchen aus Versehen einatmet.«

»Ja, stimmt. Für einen Allergiker kann eine Nuss oder Kichererbse so gefährlich sein wie der Schierlingsbecher.«

»Und überhaupt, warum sollte jemand so etwas tun?«, fragte sie.

»Ganz einfach. Am Abend, als Bekim gestorben ist, hat in Russland jemand eine bedeutende Wette auf unser Spiel abgeschlossen. Heutzutage wetten die Leute auf alles Mögliche: was in den ersten zehn Minuten passiert, den Zeitpunkt der ersten Ecke, den nächsten Torschützen, den ersten Spieler, der vom Feld geht – alles. Das heißt, jemand von Olympiakos oder jemand aus Russland muss Bekim irgendwie sabotiert haben. Ein Zehn-Minuten-Ereignis, dass Bekim ein Tor schießt und dann den Platz verlässt oder so ähnlich. Das muss es gewesen sein.«

»Sabotiert. Ja, verstehe.«

Ich schaute auf mein iPhone, hatte aber noch immer kein Netz. »Scheiße, ich muss jetzt unbedingt ein paar Leute anrufen.«

»Geht nicht«, sagte sie. »Nicht hier oben. Ich kann dich aber nach Naoussa fahren. Im Hotel Aliprantis gibt es Netz. Und ein Freund von mir lässt uns da auch ins Internet, wenn du es brauchst.«

»Ja, auf jeden Fall. Swetlana, wenn ich recht habe, wurde nicht nur Natalija umgebracht, sondern auch Bekim.«

KAPITEL 46

Naoussa war eine typische kleine griechische Küstenstadt mit vielen verschlungenen Pflasterstraßen, flachen weißen Häusern und massenweise Touristen, hauptsächlich Engländern. Die Luft war feucht und durchzogen vom Aroma von Lammfleisch und Holzrauch von den vielen offenen Küchenfeuern. Fröhliche Bouzouki-Musik klang aus kleinen Bars und Restaurants, und auch trotz der vielen englischen Stimmen hätte man sich nicht gewundert, wenn ein unrasierter Anthony Quinn im Sirtaki-Schritt um die nächste Ecke getanzt gekommen wäre. Eine Leine mit Griechenland-Wimpeln verband die eine Seite des kleinen Hauptplatzes mit der anderen, und hinter einer Gruppe uralter Olivenbäume stand eine Taverne, die zum Hotel Aliprantis gehörte.

Als wir hereinkamen, hatte ich sofort fünf Balken Netz auf dem iPhone, und die SMS und E-Mails kamen reingebimmelt wie die Punktzahlen beim Flippern; bald stand eine kleine, rote 21 auf der SMS-App und eine 6 auf der Mail-App, nur die Voicemails hielten sich zum Glück in Grenzen. Ich stöhnte, als mich das Leben wieder einholte, und Swetlana führte mich durch das Restaurant in die winzige Hotellobby. Noch viel schlimmer war aber, dass vier halbstarke englische Biersäufer mich erkannt hatten, deren Gesichter so rosa waren wie alte Karten des British Empire. Die unschuldige Urlaubsatmosphäre des Restaurants war bald zerstört, als die vier einen typisch englischen Fußballrefrain anstimmten:

Wer ist rot?
Wer ist tot?
Wer kriegt kein Abendbrot?
Develi, Develi.

Und genauso widerlich, auch wenn ich die Hälfte schon kannte:

Scott, Scott, du Vergewaltigerschwein,
Ins Kittchen sollst du endlich rein,
Bekim Develi ist uns scheißegal,
Der Russenwichser kann uns mal.

Swetlana sprach den Hoteldirektor auf Griechisch an, einen wuchtigen, dunklen Kerl mit einem Bart wie eine Klobürste, und stellte uns dann einander vor. Wir gaben uns die Hand, und während er uns hinauf zu seinem Büro führte, wo ich in Ruhe telefonieren und E-Mails schreiben konnte, entschuldigte ich mich für den Gesang, der durch den Fußboden drang. In dieser einen Woche in Griechenland hatte ich wohl schon vergessen, dass englische Fans mindestens so unangenehm sein können wie die schlimmsten von Olympiakos oder Panathinaikos, wenn sie es denn darauf anlegen. Das ist Fußball.

»Das tut mir leid«, sagte ich.

»Nein, Sir, ich muss mich bei Ihnen und Ihrer Mannschaft entschuldigen. Sie wurden nicht freundlich empfangen in Griechenland. Bekim hat hier oft etwas getrunken. Und jeder Freund von Bekim Develi ist ein Freund von mir.«

»Ich hätte mir denken können, dass ich erkannt werde. Ich gehe lieber, bevor es Ärger gibt.«

»Nein, Sir, ich werfe *die* raus. Sie bleiben hier und erledigen Ihre Sachen, ich sorge für Ruhe.«

»In Ordnung«, erwiderte ich. »Aber unter einer Bedingung. Ich bezahle für deren Essen.« Ich legte einen Hundert-Euro-Schein auf den Schreibtisch. »Dann denken die, sie können die Zeche prellen, und verziehen sich ohne Stress.«

»Ist nicht nötig.«

»Bitte«, erwiderte ich. »So ist es am besten.«

»Okay, Sir. Aber ich bringe Ihnen etwas zu trinken, ja?«

»Einen griechischen Mokka, bitte.«

Er schaute Swetlana an, die einen Ouzo bestellte.

Ich nahm mein iPhone in die Hand und ging die Textnachrichten durch.

Peter Scriven:
Konnte Direktor von Astir Palace Hotel überreden, Mannschaft bis Freitag bleiben zu lassen. Dann MÜSSEN wir raus. Suche noch nach Ausweichhotel.

> Frank Carmona:
> Habe mit Horst Daxenberger gesprochen. Ist für Transfer zu London City offen; kann ihn wohl für 35 Mio EUR kriegen. Musst aber schnell entscheiden; Dortmund auch interessiert.

Jim Brown, *Daily Express*:
Könnten Sie das Gerücht kommentieren, dass Scheich Abdullah Ihnen den Trainerposten vom FC Málaga angeboten hat?

Louise Considine:
Bin im Grande Bretagne angekommen; schönes Zimmer; aber wo bist du? Xxxx

Simon Page:
Gute Neuigkeiten: Ayrton ist für Mittwoch wieder fit. Und Prometheus war heute beim Training super. Dummerweise hat Kenny was am Daumen. Vielleicht gebrochen. Organisiere Röntgenbild für morgen früh.

Charlie:
Habe einen Jungen angeheuert, der Natalijas Handtasche für uns »finden« und bei Dr. Christodoulakis abgeben wird, sobald Sie wollen. 100 Euro.

Lookers Land Rover:
Land Rover Battersea ist für die Dauer des Umbaus umgezogen, jetzt 44 Weir Road, Wimbledon SW19 8UG. Tel 02072283001. TXT ABBESTELLEN unter 66777

Kojo Ironsi:
Habe heute mit Phil Hobday über St. Étienne Keeper Kgalema Mandingoane gesprochen, er ist interessiert; sollst ihn heute zurückrufen und ein Meeting mit Vik ausmachen. Wie ich höre, ist Kenny verletzt!

Maurice McShane:
Tottenham verliert; Arsenal verliert; Crystal Palace verliert; West Ham verliert; Burnley Spitzenreiter Premier League. Was hab ich denn geschluckt?

Sara Gill:
Vielen Dank für Ihre Hilfe. Melden Sie sich, wenn ich noch etwas tun kann. Sara Gill.

Bastian Höhling:
Halt die Ohren steif, Scott; ruf an, wenn ich irgendwie helfen kann. Oder besser: Komm mal für ein Wochenende nach Deutschland, wenn du alles überstanden hast; dann gehen wir aufs Oktoberfest.

Prometheus:
Hab mit nem Kumpel in Lagos geredet und das Handy geknackt. Schwieriger als gedacht. Man hält den An-Knopf, bis man zum Abschalten wischen soll; dann tippt man Abbrechen, hält aber den Knopf weiter fest, okay? Dann wählt man Notruf, lässt den aber nicht rausgehen; dann den An-Knopf kurz loslassen und gleich wieder halten; jetzt ist man wieder bei Wischen zum Abschalten; also wieder auf Abbrechen, und der Bildschirm wird schwarz, okay? Jetzt drückt man den Home-Button und lässt gleichzeitig den An-Knopf los. Dann blinkt der Bildschirm auf und Sie sind drin. Zweimal Home-Button drücken, und das Handy ist Ihres. Können auf Bilder und alles zugreifen. Das Mädchen hatte eine E-Mail im Ausgang stecken, die zu lang zum Abtippen ist. Leite sie weiter. Simon sagt, heute beim Training war ich gut. Bin heiß auf Mittwoch, Boss. Werd Sie nicht enttäuschen. P

Dr. Christodoulakis:
Chefinspektor Varouxis hat mich angerufen; er will mit Ihnen sprechen; morgen hört der Ärztestreik wahrschein-

lich auf, und wir können mit den Autopsien von Bekim Develi und Natalija rechnen. Keine Sorge, ich habe ihm nichts erzählt.

Louise Considine:
Wo bist du, Scott? Ich mache mir langsam Sorgen. Lieb dich. XX

Sarah Crompton:
Kannst du die nächsten Tage mal ein Interview mit Henry Winter, dem Fußballreporter vom *Daily Telegraph* für sein Blog Henry Winter's Google Plus Hangout machen? Henry ist ein guter Kerl. Er ist schlau. Und es wäre wirklich mal Zeit für ein bisschen Publicity.

Phil Hobday:
Kojo sagt, wir sollen da so einen Torwart kaufen. Mandingo. Was sagst du? Und was ist das eigentlich für eine Geschichte, dass du angeblich zu Málaga willst?

Detective Chief Inspector Byrne:
John und Mariella Cruikshank kommen morgen in einer Woche vor Gericht; wären Sie dann wieder in London und könnten als Zeuge aussagen? Geben Sie mir bitte asap Bescheid.

Viktor Sokolnikow:
Komm doch heute Abend zum Essen auf die Lady Ruslana; bring Louise mit; ich habe sie im Grande Bretagne gesehen. Wusste gar nicht, dass sie in Athen ist. Ruf Russell Gordon, den Kapitän, an, er lässt euch dann mit dem Tender abholen.

Paolo Gentile:
FC Málaga sucht neuen Trainer. Besitzer Scheich Abdullah würde sich gerne mit Ihnen treffen. Seine Yacht, die Al Mirqab, ankert derzeit in Hydra. Er lässt Sie mit dem Hubschrauber abholen. Scheich hat große Pläne für den Verein und sucht neuen Trainer mit Vision.

Dad:
Muss für ein paar Routine-Untersuchungen ins Krankenhaus; keine Sorge, mir geht's gut; wollte nur Bescheid sagen. Rangers auf erstem Platz in der Scottish Championship. Nächstes Jahr sind sie zurück. X

Chefinspektor Varouxis:
Ich habe noch andere Überwachungsvideos, die Sie sich mal anschauen müssten; können Sie sich bei mir melden? Ich schicke Ihnen einen Wagen oder komme zu Ihnen ins Hotel.

Der Gesang war aus dem Restaurant ins Freie gewandert. Ich trat ans Fenster und beobachtete die vier Übeltäter, die sich unten auf dem Platz an den Brunnen vor dem Büro der Blue Star Ferries setzten, tranken und rauchten. Einer von ihnen trug ein *Keep-Calm-and-Carry-On*-T-Shirt; ein anderer eins mit einem Aufdruck, den ich fast schon genauso oft gesehen hatte: *Lookin' to Score BRAZIL*. Dort saßen sie eine Weile, bevor sie zur allgemeinen Erleichterung gingen.

Ich rief meine Mailbox ab, aber darauf waren fast nur die gleichen Leute, die mir sowieso schon geschrieben hatten. Die Verbindung reichte nicht aus, um den Anhang von Prometheus' E-Mail runterzuladen, und alles andere war unwichtig. Ich rief meinen Dad an, ob wirklich alles okay war; dann meldete ich mich bei Louise.

»Hey, tut mir leid, dass ich nicht da war, als du angekommen bist«, sagte ich. »Ich hätte dich vom Flughafen abholen sollen.«

»Ist schon okay. Wo bist du denn? Ich habe mir Sorgen gemacht.«

»Auf Paros.«

»Paros? Was machst du denn da?«

»Ich habe mich ein bisschen in Bekims Haus umgesehen. Zum Glück, denn jetzt ist alles schon viel klarer.«

»Bist du denn jetzt fertig da unten, Sherlock?«

»Ja, aber leider schaffe ich es erst morgen Abend zurück nach Athen, Baby. Vorher gibt es keinen Flug.«

Im Hintergrund hörte ich Gelächter.

»Wo bist du eigentlich?«, fragte ich.

»Auf Viks Yacht«, erwiderte sie. »Er hat mich zum Abendessen eingeladen. Moment, er will mal mit dir reden.«

Es gab eine Pause, und dann war Viktor dran.

»Scott? Was machst du denn auf Paros? Warum bist du nicht hier bei deiner Freundin?«

Ich wiederholte, was ich Louise gerade erzählt hatte.

»Paros ist von hier doch nur eine halbe Stunde entfernt«, sagte er. »Ich schicke dir gleich den Hubschrauber. Fahr zum Hotel Astir an der Nordküste. Da gibt's einen Landeplatz, den wir nehmen können. Dann bist du in einer Stunde bei uns.«

»Ach, macht doch nicht so einen Aufwand.« Ich wollte Louise gerne wiedersehen, aber es war mir auch schrecklich peinlich, dass ich vergessen hatte, dass sie nach Athen kam; außerdem hatte ich keine große Lust auf einen Nachtflug im Hubschrauber. »Ich kann auch einfach morgen mit dem Flugzeug kommen.«

Gleichzeitig wusste ich aber auch, dass es schlauer war, so schnell wie möglich wieder aufs Festland zu fahren. Ich konnte meine Erkenntnisse nicht mehr vor der Polizei geheim halten. Außerdem war das WLAN an Bord der *Lady Ruslana* so schnell wie am Festland, und ich musste unbedingt die E-Mail aus Natalijas Postausgang lesen. Sie enthielt bestimmt wichtige Hinweise auf ihren Mörder.

»Unfug«, erwiderte Vik. »Das ist überhaupt kein Problem.«

»Sicher?«

»Sicher bin ich sicher. Ihr könnt gerne beide an Bord übernachten. Der Tender fährt euch dann morgen früh wieder an Land. Okay? Außerdem muss ich mit dir über diesen deutschen Jungen reden, Horst Daxenberger. Und über Kojos Torwart, Mandingo. Und dann kannst du mir alles erzählen, was du herausgefunden hast.«

KAPITEL 47

Wir stiegen wieder in Swetlanas Auto und fuhren langsam aus der Stadt Richtung Westen um die Bucht auf Kolymbithres und den Hubschrauberlandeplatz des Hotel Astir zu. Wir hatten Zeit. Das Hotel war keine zehn Kilometer weit weg, und auf der Straße waren nur Geckos unterwegs.

»Ich kenne den Typen von der Autovermietung Loukis«, sagte sie. »Ich fahre morgen früh hin und sage ihm, dass er den Wagen bei mir abholen kann. Zoi schließt das Haus ab, sie ist da sehr gewissenhaft.«

»Ich hatte leider nicht die Nerven, ihr zu sagen, dass Bekim tot ist.«

»Ist schon okay. Ich bringe es ihr bei. Was meinst du, was jetzt mit dem Haus passiert?«

»Keine Ahnung«, erwiderte ich. »Tut mir leid, dass ich so plötzlich weg muss. Ich war zwar nicht lange hier, aber ich verstehe, warum du hier hängen geblieben bist. Die Insel ist wunderschön. Und ich verspreche dir, dass ich alles tue, damit die Polizei deinen Namen nicht erfährt, Swetlana. Aber dazu muss ich vielleicht noch mal mit dir reden. Also müsstest du bitte morgen und die nächsten Tage mal ins Hotel Aliprantis fahren oder irgendwohin, wo du eben deine SMS und E-Mails abrufen kannst, okay?«

»Okay. Ich verspreche es.«

Ich drückte ihr die Hand auf dem Schalthebel.

Wir hatten Naoussa gut drei Kilometer hinter uns gelassen, als ich zwei Anhalter am Straßenrand erkannte. Ich warf einen Blick auf die fette Hublot an meinem Handgelenk; ich hatte gerade noch genug Zeit, um eine Rechnung zu begleichen.

»Halt mal an, die beiden kenne ich«, sagte ich.

»Sind das die Halbstarken aus der Stadt?«

»Zwei davon wenigstens.«

»Bitte, Scott, ich glaube nicht, dass das eine gute Idee ist.«

»Das ist sogar eine sehr gute Idee«, erwiderte ich. »Bleib einfach im Auto, und wenn sie dir was tun wollen, fahr los und warte nicht auf mich. Okay?«

Swetlana schwieg.

»Das meine ich ernst. Hau einfach ab, ohne zu zögern.«

Ich nahm die Uhr ab, legte sie vorsichtig auf die Konsole, knöpfte mein Hemd bis zum Hals zu und stieg aus; weit und breit war sonst niemand zu sehen, was genau in meinem Sinne war. In der Ferne konnte ich gerade so ein bläuliches Schimmern ausmachen, das wohl vom beleuchteten Pool des Hotel Astir stammte. Und von irgendwo aus der Ferne – möglicherweise auch von dort – kam Musik; Pharrell Williams. Wir standen unter einem krummen Olivenbaum, und die beiden Männer rannten schon auf uns zu, weil sie glaubten, wir würden sie nach Hause fahren. Aber als sie sahen, auf wen und was sie da zurannten, blieben sie plötzlich stehen.

Ich ging im Mondlicht auf sie zu, klatschte in die Hände und sang zur Melodie von »Cwm Rhondda« ein fröhliches Schmählied, das man wohl an jedem Spieltag auf allen englischen Fußballplätzen hören konnte.

»You're not singing any more. You're not singing anymore.«

Der mit dem *Lookin'-to-Score-BRAZIL*-T-Shirt war 1,80 groß, stämmig, trug ein Goldkettchen um den rosafarbenen Hals und hatte so viel goldene Stoppel im Gesicht stehen, dass er aussah wie ein frisch abgeerntetes Weizenfeld. Der andere mit dem *Keep-Calm-and-Carry-On*-T-Shirt war größer und schmaler, hatte einen Mund so dünn wie ein Schnitt in einer Kartoffel und eine Stirn mit Falten voller Wut und Sorgen. Ohne einen Gedanken an die Waldbrände, die diesen Teil der Welt oft verwüsten, schnippte er seine Kippe weg; allein dafür hatte er einen Kinnhaken verdient. Mit den Klügsten und Besten hatte ich es hier wohl nicht zu tun, aber einigermaßen hart sahen sie schon aus.

»Wir wollen keinen Ärger, Alter«, sagte er.

»Nicht?«

»Nee. Echt nicht.«

»Das hättet ihr euch vorhin in der Stadt überlegen sollen«, erwiderte ich. »Was ihr da gesungen habt, hat mir gar nicht gefallen. Wichser wie ihr verderben den guten Ruf des englischen Fußballs. Wichser wie ihr verderben den anständigen Fans den Spaß. Aber deswegen bin ich nicht hier, sondern wegen meines Freundes Bekim Develi. Dem hat euer Gegröle auch nicht gefallen.«

»Okay, Manson, du dummer Kackneger, du steigst jetzt mal schnell wieder in deine Scheißkarre und fährst weiter, okay?«

Ich grinste; alle Zweifel an meinem weiteren Vorgehen waren verflogen.

»Genau das habe ich auch vor.« Ich ging weiter auf die beiden zu. »Aber erst mal bringt dieser dumme Kackneger euch Manieren bei.«

Wenn ich eins im Knast gelernt hatte, dann, wie man sich prügelt, um zu gewinnen; nur so läuft das im Knast nämlich. Ganz anders als bei irgendwelchen Halbstarken auf der Straße, wenn man das überhaupt prügeln nennen will. Bei denen läuft es wie bei den Schimpansen – das meiste ist nur Show; die rennen aufeinander los, schubsen sich, brüllen herum, hören wieder auf, treten ein paar Schritte zurück, und dann geht es wieder von vorne los. Dabei stacheln sie alle anderen an, gucken, wer es ernst meint und wer der Schwächste ist, auf den sie dann wirklich losgehen. Aber im Knast muss es schnell gehen – bevor ein Wärter dazwischengeht und Schluss ist – und richtig hart sein, damit der andere wirklich etwas spürt; ob man selber etwas abkriegt, ist einem scheißegal, für solche Gedanken hat man keine Zeit. Und wenn man rangeht, bleibt man dran, was auch passiert. Vor allem aber behält man gefälligst die Füße fest am Boden und zielt mit Kopf und Ellenbogen auf kleine, empfindliche Stellen, denn in der Zelle oder auf dem Flur hat man nicht viel Platz für Kunststückchen. Als besonders prädestiniertes Ziel empfiehlt sich daher die Nase.

Ohne zu zögern rammte ich dem Großen die Stirn zwischen die Augen, spürte etwas splittern wie ein rohes Ei und hörte ihn laut brüllen; er ging zu Boden und hielt sich das Gesicht – der Kampf war schon halb vorbei. Les Ferdinand wäre stolz auf mich gewesen; so sah saubere Kopfarbeit aus.

Eins zu null für mich.

Der andere stürzte auf mich zu und warf mir seine schwere Rechte entgegen, die sicher Schaden angerichtet hätte, hätte sie getroffen; aber er war müde und wohl auch betrunkener als ich, und der Schlag kam wie der EasyJet-Airbus aus Luton mit einiger Verspätung. Ich konnte ihn locker mit dem linken Unterarm abwehren und dem Kerl den rechten Ellenbogen in die linke Gesichtshälfte treiben. Das hätte wahrscheinlich schon gereicht, aber ich gab ihm noch einen Hammer auf die Nase hinterher, der ihn umkippen ließ wie einen Stapel Pappkartons. Jetzt sah er auch so hässlich aus, wie er sich im Hotel Aliprantis angehört hatte. Auch wenn ich es den beiden anders erklärt hatte, hatte ich nicht nur Bekim gerächt: Ich hatte auch für jede Banane zugeschlagen, die jemals nach mir geworfen worden war, und für jede rassistische Beleidigung und jeden obszönen Spruch, den ich mir bei einem Spiel hatte anhören müssen. Ganz im Ernst: In der ganzen Premier League gibt es bestimmt keinen einzigen Mann, der bestimmten Fans nicht ab und zu mal gerne eins zurückgeben würde. Da muss man nur mal Eric Cantona fragen.

Das Ganze war in nicht mal sechzig Sekunden vorbei; anscheinend hatte keiner von beiden vor, aufzustehen und weiterzumachen. Ich überlegte kurz, ob ich noch ein, zwei Mal nachtreten sollte, verwarf die Idee aber gleich wieder. Wissen, wann man aufhört, ist genauso wichtig wie wissen, wann man anfängt. Ich machte nicht mal den Mund auf. Alles Nötige war schon vorher gesagt worden. Wahrscheinlich dauerte es eine Weile, bis die beiden wieder irgendetwas sangen, erst recht irgendwelche Scheiße über einen Toten.

Ich stieg in den Wagen, knöpfte den Hemdkragen auf, legte ruhig die Armbanduhr um und schaute in den Spiegel; ich war unverletzt. Ich hatte nicht mal Kopfschmerzen.

»Fahr los«, sagte ich.

»Bist du jetzt glücklich?«

Der Wind wehte wieder die Musik herüber. Pharrell Williams.

»Ich bin …« Ich grinste. »Happy.«

Und mir ging es wirklich gut. Als hätte ich den Siegtreffer in einem wichtigen Spiel erzielt. Selbst die Zikaden jubelten mir zu.

KAPITEL 48

Als der Hubschrauber über dem Hotel Astir in die Höhe stieg, zog ich Schuhe und Socken aus, legte auf dem cremefarbenen Ledersitz den Gurt an und vergrub in einem hoffnungslosen Entspannungsversuch die Füße im Hochflor-Teppich. Auf dem Flachbildschirm über einem polierten Walnussschränkchen wurden eine Karte von Paros sowie unsere Flughöhe und Geschwindigkeit angezeigt. Nach ein paar Minuten war die Insel im dichten, tiefpurpurnen Dunst verschwunden, und wir flogen knapp unterhalb der Maximalhöhe von fünfzehntausend Fuß mit 250 km/h Richtung Nordwesten. Eingemummelt in einem Vier-Millionen-Dollar-Hubschrauber mit jedem erdenklichen Luxus hätte ich mich eigentlich wohler fühlen sollen; stattdessen war ich unruhig wie eine Ratte im Labor. Ich bediente mich am Schnapsschränkchen und schenkte mir ein großzügiges Glas Cognac ein. Nachdem ich unseren Flug eine Weile auf der Karte beobachtet hatte, nahm ich die Fernbedienung und suchte mir lieber einen BBC-Kanal mit einem Fußballspiel; Burnley gegen was weiß ich wen. War mir auch egal; der Cognac war aber verdammt gut.

Nach gut vierzig Minuten setzten die Kufen des Explorer auf dem Deck der *Lady Ruslana* auf wie mein Arsch auf Grundeis. Ich stieg wacklig nach draußen auf den sicheren Boden der Yacht. Dort wurde ich von einem Mädchen von Viks Crew begrüßt, das mich unter Deck zu einer luxuriösen Prunkkabine führte, wo ich ein paar Minuten mit Louise allein sein konnte.

»Ich hab dich so vermisst«, sagte sie.

Ich nahm sie in den Arm und küsste sie auf den Hals und dann auf den Mund.

»Du wirkst angespannt«, bemerkte sie. »Ruhelos.«

Ich schüttelte den Kopf, aber sie hatte natürlich recht. Mein Magen hing immer noch in der Luft, aber vor allem dachte ich an mein iPhone: Bevor ich die SMS von Chefinspektor Varouxis beantworten würde, musste ich unbedingt die E-Mail von Natalijas Handy lesen, die Prometheus mir weitergeleitet hatte.

»Ich weiß«, fuhr sie fort. »Das Gesicht sehe ich jeden Tag. Das ist ein Bullengesicht. Du hast ein dunkles Geheimnis, das du lieber nicht kennen würdest, oder dir fehlt die Antwort auf eine zentrale Frage. Wenn du dich mehr für mich interessieren würdest, würdest du das Gesicht auch manchmal bei mir sehen. Ist okay. Ich bin ja selbst schuld. Ich hätte vorher wissen sollen, dass du mit den Gedanken woanders bist.«

»Und ich hätte wissen sollen, dass du meine Gedanken lesen kannst.«

»Ich bin Polizistin, schon vergessen?«

Ich küsste sie noch einmal. »Ich freue mich unheimlich. Aber jetzt muss ich erst mal dringend pissen.«

Auf dem Klo schaute ich aber als Erstes, ob ich endlich Natalijas E-Mail öffnen konnte. Zu meinem Ärger war sie auf Russisch, und die einzigen Leute an Bord, die sie mir übersetzen konnten, waren Vik und Phil. Vik wollte ich damit wirklich nicht nerven, also beschloss ich, Phil zu bitten, ob er mir am nächsten Morgen vor dem Frühstück eine Übersetzung schicken konnte, bevor ich mich wieder bei der Polizei melden musste.

Als ich aus dem Bad kam, küsste ich Louise noch einmal, und diesmal richtig.

»So gefällst du mir«, sagte sie.

»Tut mir leid.«

»Komm, wir gehen zu den anderen«, sagte sie und nahm mich am Arm. »Ich bin aber ein bisschen müde. Ich war den ganzen Tag unterwegs, und der Flug hatte Verspätung. Wenn es dir nichts ausmacht, bleibe ich nicht lang. Außerdem kann ich es gar nicht abwarten, in dem Zimmer hier ins Bett zu gehen.«

Auf den zu einem Hufeisen arrangierten cremefarbenen Sofas saßen Gustave Haak, Cooper Lybrand, Phil Hobday, Kojo Ironsi, die beiden griechischen Geschäftsmänner und mehrere Mietfreundinnen, die so jung und fit waren, dass sie auch zur Crew hätten gehören können. Gemeinsam genossen sie unter den Sternen die abendliche Seeluft und eine Magnumflasche Domaines Ott Rosé. Vik stellte mich den beiden Griechen vor. Ihre Namen hatte ich nach fünf Minuten schon wieder vergessen. Da ich mir vorher schon den Cognac gegönnt hatte, bestellte ich lieber eine Flasche Mineralwasser, damit ich einen klaren Kopf bekam. Wenn wir später allein waren, würde ich Vik und Phil herbe Neuigkeiten überbringen müssen, und ich wollte den anderen den Abend nicht verderben; also ertrug ich eine Weile großmütig die Sticheleien wegen des Gerüchts, dass ich bald der neue Trainer beim FC Málaga werden würde.

»An der Costa del Sol wird's dir gefallen«, sagte Phil. »Die haben die wärmsten Winter von ganz Europa. Mein Boot liegt dort in der Nähe. In Puerto Banús. Das ist so ziemlich der einzige Ort in Spanien, wo es keine Arbeitslosen gibt. Deshalb gefällt es mir da wohl so gut.«

»Vergiss das Wetter«, sagte Vik. »Wie ist der Verein überhaupt?«

Phil zuckte mit den Schultern. »Arabische Besitzer, glaube ich. Kojo, was sagst du zu denen?«

»Málaga?« Kojo verzog das Gesicht. »Schwach. Die Katarer

haben den Verein 2010 gekauft und Manuel Pellegrini zum Trainer gemacht. Der hat gute Arbeit geleistet und es auf den vierten Platz gebracht. Außerdem hat er die erste Champions-League-Qualifikation des Vereins überhaupt geschafft. Aber irgendetwas hat wohl nicht gepasst, sonst wäre er nicht zu Manchester City gegangen.«

»Hört sich so an, als würden die Scott wirklich brauchen«, sagte Gustave Haak.

»Er ist ein Mann mit vielen Talenten«, sagte Vik.

»Den Eindruck habe ich auch«, erwiderte Haak. »Als wir uns das letzte Mal unterhalten haben, hat er gerade im Hafen über den Tod einer Prostituierten nachgeforscht.« Für einen Augenblick hörte er auf, mit den Haaren einer seiner Freundinnen zu spielen. »Das ist doch richtig, Scott, nicht wahr? Ganz nah bei meinem Boot sogar.«

Dem Thema wollte ich lieber ausweichen; ich hatte den seltsamen Eindruck, dass bei dem Gedanken an tote Luxus-Callgirls am Grund des Hafens mindestens zweien seiner Begleiterinnen ein bisschen mulmig wurde. Ich lenkte das Gespräch höflich wieder aufs Thema Málaga.

»Ich weiß wirklich nicht, wo dieses Gerücht herkommt«, erklärte ich geduldig. »Wahrscheinlich hat Paolo Gentile es in die Welt gesetzt. Ihr wisst doch, wie es mit Agenten und narrativen Streubomben ist.«

»Was ist eine narrative Streubomben?«, fragte Louise.

»Das habe ich mich auch gerade gefragt«, gab Lybrand zu.

»Das ist gerade so ein Modewort für eine Kommunikationswaffe: ein Gerücht, das der Konkurrenz das Leben schwer machen soll. Die gibt es im Fußball überall, und sie haben fast so eine Zerstörungskraft wie die Sprengfallen in Afghanistan. Wenn man jemanden zügig zu Verein A bringen will, setzt man am besten das Gerücht in die Welt, dass er Verein B verlässt und zu Verein C will. Fußballspieler verunsichern ist einfacher als ein Baby aufwecken. Da braucht man nur ganz sachte mit einem Geldschein zu knistern.«

»Und einen guten Preis für einen Spieler bekommt man am besten, wenn man behauptet, er wäre unter keinen Umständen zu verkaufen«, sagte Vik. »Stimmt's, Kojo?«

Der nickte. »Man gibt grundsätzlich erst zu, dass etwas überhaupt möglich ist, wenn man es schon getan hat. Oft nicht mal dann.«

»Weißt du, Scott, wir sind sehr zufrieden mit deiner Führung der Mannschaft«, sagte Phil. »Du genießt unser vollstes Vertrauen. Oder, Vik?«

Vik lachte und zündete sich eine Zigarre an. »Jetzt hast du ihm aber Angst gemacht.«

»Ich weiß.«

»Bitte entschuldige uns, Louise«, sagte Vik. »Wenn Scott zu müde ist, um sich zu wehren, nutzen wir das gerne aus. Normalerweise bekommen wir bei ihm ja kein Wort dazwischen, wenn er die Chancen unserer Mannschaft betont oder ihre Schwächen herunterspielt.«

»Meistens Letzteres«, nörgelte Phil.

Louise nahm meine Hand, drückte sie und küsste mir die Fingerspitzen.

»Tja, ich bin selbst etwas müde, also verabschiede ich mich jetzt, wenn es recht ist. Es war ein langer Tag.«

»Ich komme gleich nach«, sagte ich.

Louise schaute mich an und grinste.

»Nein, im Ernst«, versicherte ich ihr.

Die Männer standen höflich auf.

»Ihr redet doch über Fußball«, sagte sie.

»Nein, nein.«

»Doch«, erwiderte Louise. »Bis dann.«

Das war auch das Stichwort für Haak, Lybrand, die beiden Griechen und die meisten der Damen, mit Viks Tender an Land oder zu Haaks eigener Yacht, der *Monsieur Crésus*, zu fahren. Als sich danach die restlichen Mädchen auf der *Lady Ruslana* zurückgezogen hatten, wohin auch immer sie für diese Nacht beordert worden waren, war ich allein mit Vik, Phil und Kojo.

Wir schwiegen für einige Zeit.

»Vielleicht kann mich ja mal einer aufklären«, sagte Kojo schließlich. »Wenn wir nicht über Fußball reden, worüber denn dann?«

KAPITEL 49

Der Cognacnebel lichtete sich. Oder vielleicht pustete mir die Seeluft ein bisschen den Kopf durch; das tat ihm mal ganz gut. Nach allem, was passiert war, fühlte sich mein Gehirn an, als würde es mit einem Golfball hochhalten spielen.

Vom Boot aus wirkte die griechische Küste wie eine andere Galaxie; und für alle in Viks Umfeld und Einflussbereich war sie das auch mehr oder weniger. Arbeitslosigkeit, Finanzkrise, Streiks – all das war weiter weg von der *Lady Ruslana* als die zwei, drei Kilometer tintenschwarzes Meer, die uns vom Festland trennten. Trotz allem waren die Griechen mir aber ans Herz gewachsen, und ich hatte fast ein schlechtes Gewissen, weil ich hier an Bord dieses schwimmenden Palasts war.

Ich kam wieder etwas in Schwung, und eine Weile sprachen wir darüber, wie ich das kommende Spiel gegen Olympiakos angehen wollte.

»Normalerweise traue ich ja keiner Taktik«, sagte ich. »Wenn das Spiel erst mal angepfiffen wird, stellen sich die meisten Taktiken doch oft genug als grober Unfug heraus. Erinnert ihr euch noch an die vielbeschworene *Trivote*? Das Hochdruck-Dreieck, das Mourinho im Bernabéu eingesetzt hat? Die hat nie so recht funktioniert. Madrids Generaldirektor Jorge Valdano hat sie damals Scheiße am Stiel genannt. Aber für dieses Spiel habe ich eine Strategie, die ich auch vorher schon eingesetzt habe. Im Gegensatz zu Mourinho habe ich keinen großspurigen Namen dafür, aber wenn es sein muss, würde ich sie wohl Fußballdarwinismus nennen. Ich habe mir ein paar der letzten Spiele der Roten angeschaut und mir deren schwächsten Mann rausgepickt, den Mittelfeldspieler Mariliza Mouratidis. Er ist jünger als die anderen. Und seine Mutter liegt im Krankenhaus. In einem griechischen Krankenhaus. Also ist er mit den Gedanken woanders. Wäre ich auch, wenn meine Mutter in einem griechischen Krankenhaus liegen würde.«

Ich hielt einen Moment inne, weil mir einfiel, dass mein Vater auch gerade im Krankenhaus war.

»Aber Mouratidis hat noch eine Macke: Die meisten Fußballer wollen den Ball. Er dagegen kann ihn gar nicht schnell genug wieder loswerden. Anscheinend kommt er mit der Verantwortung nicht klar. Das heißt, wenn Mouratidis den Ball hat, gehen wir doppelt so schnell und doppelt so hart in den Zweikampf und wenn möglich am besten mit zwei von unseren Jungs gleichzeitig. Kurz gesagt, wir machen ihn fertig wie die fiesen großen Jungs auf dem Spielplatz und schauen, ob wir ihn kleinkriegen. Bei Hühnern sieht man das manchmal; die versammeln sich um das schwächste Huhn und hacken es tot. Ich gehe davon aus, dass er entweder unter dem Druck zusammenbricht oder, wahrscheinlicher, zurückschlägt. Mit ein bisschen Glück kassiert er Rot. Nach dem Hinspiel haben wir auf jeden Fall nichts zu verlieren.«

Vik lachte. »Das gefällt mir.«

»Du bist aber auch ein skrupelloser Drecksack«, sagte Phil.

»Nein«, erwiderte ich. »Aber ich will das Spiel unbedingt gewinnen. Das wird unsere Rache für den ganzen Ärger, den wir haben, seit wir hier sind.«

Danach sprachen wir über die geplanten Einkäufe von Horst Daxenberger und Kgalema Mandingoane; das war gut, denn es zögerte das Gespräch über Bekim Develis wahres Schicksal heraus. Vik hatte Bekim von uns allen am längsten gekannt und ihn sehr gemocht. Und jetzt musste ich ihm erzählen, dass sein Freund vergiftet worden war.

Über Daxenberger brauchten wir gar nicht zu diskutieren: Er war mit Ball so stark wie ohne – ein Spieler wie ein Talisman. Thierry Henry war so ähnlich gewesen; wenn er auf dem Platz war, war Arsenal eine ganz andere Mannschaft. Er hatte nicht nur Können – das haben alle Profis –, er hatte noch mehr. Napoleon wusste, was Generäle wert waren, die Glück hatten; und Glück hatte Henry eimerweise. Auch die anderen Spieler konnten davon zehren; wenn er dabei war, brauchte sich keiner zu bekreuzigen oder aus einem imaginären Koran zu rezitieren.

Mandingo – der Name gefiel mir nicht, aber was sollte ich deswegen herumstänkern – war noch nicht unter Dach und Fach, also hatte Kojo sich ein paar von seinen besten Paraden aufs iPad geladen, so auch die aus dem Spiel gegen Stuttgart, das ich am vorigen Freitagabend gesehen hatte. Ich musste zugeben, dass ich von seinen Leistungen beeindruckt war. Und als ich von Simon noch eine SMS bekam, dass Kenny Mittwochabend mit Schmerzmitteln auf jeden Fall spielen könne, der Junge aber doch sehr wahrscheinlich einen gebrochenen Daumen habe, waren jegliche Zweifel am Einkauf des Afrikaners verflogen. Wir brauchten unbedingt einen zweiten Keeper.

Als wir uns alle einig waren, dass wir beide Spieler einkaufen würden, schickte ich Frank Carmona eine SMS mit einem Angebot, das knapp unter der Ablösesumme lag, die er erwähnt hatte, und ein sichtlich begeisterter Kojo, der mit dem Fliegenwedel wackelte wie ein Hund mit dem Schwanz, verzog sich in eine ferne Ecke des Boots, um Mandingo in Saint-Étienne per Telefon zu gratulieren, dass er wohl einen neuen Verein hatte.

»Der sieht aber fröhlich aus«, sagte Phil.

»Das will ich meinen«, erwiderte ich. »Wie viel er dem armen Jungen wohl an Provision abknöpft? Fußball, Mann! Die letzte Möglichkeit, sich legal einen Afrikaner zu kaufen.«

Vik deutete ein Nicken an, das wohl etwas zu bedeuten hatte. Also hakte ich nach: »Hast du eigentlich deinen Anteil an der King Shark Academy vergrößert, Vik?«

»Ach, ich habe den Laden lieber gleich ganz gekauft. Von jetzt an können wir uns die besten Spieler direkt von der Akademie rauspicken.«

»Das heißt, bei diesem Deal mit Mandingo – da zahlst du die Provision quasi an dich selbst.«

»Wenn man so will, ja.«

»Wir haben Neuigkeiten für dich, Scott. Sie sind vielleicht erst mal ein bisschen schwer zu verdauen, aber du gewöhnst dich schon dran. Vik?«

»Kojo wird unser neuer Technischer Direktor«, sagte Vik. »Er wird die Entscheidungen über neue Spieler treffen.«

»Seine Entscheidungen? Oder deine Entscheidungen?«

»Wir können froh sein, dass wir ihn bekommen«, sagte Vik. »Er kennt sich mit Spielern besser aus als jeder andere. Außerdem ist er beim King-Shark-Paket dabei. Also bekommen wir seine Expertise eigentlich kostenlos dazu.«

»Du müsstest dich also in Zukunft mit allen Einkaufsvorhaben an Kojo wenden«, fügte Phil hinzu.

Ich biss mir auf die Zunge; noch wollte ich mich nicht um Kopf und Kragen reden – oder um meinen Job.

»Sag mal, wie sieht es eigentlich mit deinen Mordermittlungen aus?«, fragte Vik. »Deshalb warst du doch auf Paros, oder? Du wolltest doch Bekims Haus durchwühlen.«

Ich schluckte die Wut darüber runter, dass Kojo jetzt die Verantwortung für etwas hatte, was jeder Trainer eigentlich ganz gut selber hinbekam, und nickte. Von Swetlana wollte ich ihnen aber nichts erzählen.

»Es geht voran. Ich glaube, ich stehe vor einem großen Durchbruch. Gestern Nachmittag habe ich erfahren, dass das Mädchen, das aus der Marina Zea gefischt wurde, Natalija Matwijenko hieß«, sagte ich. »Sie hat mit ihrem Freund oder Mann, einem Typen namens Boutzikos, in Piräus gewohnt. Sie war ein Escort-Mädchen, ein Luxus-Callgirl, das ursprünglich aus Kiew kam.«

»Wunderbar«, sagte Vik. »Wie hast du das denn herausgefunden?«

»Es ist wahrscheinlich besser, wenn du das nicht weißt«, erwiderte ich. »Noch nicht.«

»Verstehe.«

»Bisher dürfen nur die Mannschaft und die Betreuer das Land nicht verlassen. Du kannst dich noch frei bewegen und Phil auch. Ganz zu schweigen von deinem neuen Technischen Direktor. Das kann auch ruhig so bleiben.«

»Ja, da hast du vielleicht recht.«

»Wahrscheinlich weiß ich deutlich mehr über Natalija und vielleicht sogar ihren Mörder, wenn ich eine Übersetzung ihrer letzten E-Mail habe. Die lag in ihrem Postausgang und war aus irgendeinem Grund nicht abgeschickt worden.«

»Hast du ihr Handy?«, fragte Vik.

»Nicht nur das, sondern den ganzen Inhalt ihrer Handtasche.«

»Du warst fleißig.«

»Okay, macht euch auf etwas gefasst. Ich sage es wirklich nicht gerne, aber ich bin mir ziemlich sicher, dass Bekim ermordet wurde. Natalija hatte Epinephrin-Autoinjektoren in der Handtasche, die Leute brauchen, die stark allergisch auf etwas sind und deshalb immer mit der Gefahr eines anaphylaktischen Schocks leben. *Leute wie Bekim.* Die Injektoren waren ihm verschrieben worden. Aus irgendeinem Grund hat diese Natalija sie mitgehen lassen, als sie am Abend vor Bekims Tod bei ihm im Bungalow im Astir Palace Hotel war. Wahrscheinlich wurde sie dafür von jemandem bezahlt, der Bekim am Spieltag vergiftet hat. Wahrscheinlich von dem, der eine bedeutende Wette auf das Spielergebnis oder ein bestimmtes Ereignis im Spielverlauf gesetzt hat. Wer genau das war, weiß ich noch nicht. Wahrscheinlich jemand in Russland. Das hat mein Kontaktmann bei der Wettkommission wenigstens angedeutet.«

»Moment«, sagte Vik. »Du meinst, Bekim ist an einer … allergischen Reaktion gestorben? Nicht an einem Herzinfarkt?«

»Nein, ich meine, der Herzinfarkt wurde wahrscheinlich von einem anaphylaktischen Schock ausgelöst. Was sich hätte verhindern lassen können, wenn wir von seiner Allergie gewusst hätten.«

»Aber ich kenne Bekim schon seit Jahren«, sagte Vik. »Er hat nie irgendetwas in der Richtung erwähnt. Wogegen war er denn allergisch?«

»Kichererbsen.«

»Kichererbsen? Soll das ein Witz sein? Sicher?«

»Ganz sicher. Und absolut kein Witz. So eine Allergie hätte in England wahrscheinlich kein großes Problem dargestellt. Aber hier in Griechenland – hier sind in jedem zweiten Gericht Kichererbsen. Ich weiß wirklich nicht, warum er sich ausgerechnet hier ein Ferienhaus gekauft hat, wo die Gefahr doppelt und dreifach so hoch war.« Ich zuckte mit den Schultern. »Aber das war eben Bekim.«

»Das erklärt wohl auch, warum er nie mit zum Inder gekommen ist«, sagte Phil. »Ende der letzten Saison hatten wir doch mal das Red Fort in Soho für eine Feier gebucht. Wisst ihr noch? Da hat er abgesagt.«

»Das hatte ich vergessen«, erwiderte ich. »Ich weiß natürlich nicht, wie viel davon die Autopsie zeigen wird. Die Symptome allergischer Reaktionen können einem normalen Herzinfarkt sehr ähneln. Trotzdem bin ich mir absolut sicher, dass ihn das umgebracht hat. Irgendwer hat ihm Kichererbsen unters Essen gemischt. Und für einen Mann wie Bekim hätte es genauso gut Polonium sein können.«

Vik erschauderte. »Das Wort hört keiner gern, der mit den Russen Geschäfte macht.«

Ich lächelte; die Neuigkeiten hatten die beiden umgehauen.

»Warum haben unsere Mannschaftsärzte das nicht herausgefunden?«, fragte Phil. »Haben die das verbockt?«

»Nicht unbedingt«, sagte ich. »Auf so was testet man ja nicht immer. Bei der Untersuchung haben sie ihn wahrscheinlich nur nach Allergien gefragt. Ich gehe aber davon aus, dass die bei Dynamo Sankt Petersburg das verschwiegen haben, damit Bekims Transfer zu uns im Januar glattlief. Und Bekim selbst war da wohl auch nicht ganz unschuldig.«

»Ich kann mir auch gut vorstellen, wer dahintersteckt«, sagte Vik. »Semjon Michailow, einer der Vereinsbesitzer.«

Ich war froh, dass ich es nicht selbst hatte aussprechen müssen; niemand erklärt seinem milliardenschwerden russischen Chef gerne, dass er sich hat übers Ohr hauen lassen.

»Natürlich«, sagte Phil. »Der verschlagene Drecksack hat dir doch Geld geschuldet. Und Bekim hast du von ihm als Teil der Tilgung bekommen.«

Vik nickte mit düsterem Gesicht. »Was ihn auch bei der Vergiftung zum Hauptverdächtigen macht. Semjon ist ein leidenschaftlicher Spieler. Und wie die meisten mag er am liebsten sichere Sachen. Wer hätte unser Champions-League-Spiel hier in Athen besser ausnutzen können? Hast du das Handy des Mädchens hier, Scott?«

Ich rief auf meinem eigenen iPhone die E-Mail auf, die Prometheus mir weitergeleitet hatte, und reichte es Vik. »Nein, aber die E-Mail aus ihrem Postausgang. Sie war an mehrere Empfänger adressiert.«

»Gehe ich recht in der Annahme, dass die Polizei auch diese Informationen noch nicht hat?«, fragte er.

»Genau, aber nur bis morgen.« Ich schaute auf die Uhr; es war kurz vor zwei. »Oder genauer gesagt heute. Ich muss Natalijas Handtasche samt Inhalt heute Vormittag bei Chefinspektor Varouxis abgeben. Wir haben es hier immerhin mit einer Mordermittlung zu tun, also rät unsere Anwältin uns davon ab, der Polizei weiterhin Beweise vorzuenthalten.«

»Da hat sie auch recht«, murmelte Phil. »Für so was kannst du ins Gefängnis kommen. Wir alle. Das ist ernst, Scott. Eigentlich müssten wir jetzt sofort die Polizei anrufen. Lies das nicht, Vik. Damit machst du dich mitschuldig an allen bisherigen Rechtsbrüchen.«

Aber Vik war bereits dabei, die E-Mail zu lesen.

»Hör zu, Phil«, sagte ich. »Ich will der griechischen Polizei Feuer unterm Arsch machen, und das klappt mit dieser E-Mail hoffentlich. Danach muss ich mich voll und ganz auf das Spiel am Mittwoch konzentrieren. Ich will heute Vormittag mit genügend Beweisen ins Polizeihauptquartier marschieren, dass die Ermittlung endlich richtig in Schwung kommt. Vielleicht sogar mit dem Namen des Auftraggebers, der das Mädchen angestiftet hat, die Injektoren zu klauen. Am besten wäre es natürlich, wenn ich bis dahin weiß, wer sie mit einem Gusseisenfußkettchen in den Hafen geworfen hat. Das Interesse des Chefermittlers ist mir aber allemal sicher, da ich außerdem Beweise habe, die diesen Fall mit einer alten Mordserie in Verbindung setzen. Das war nämlich nicht das erste Mal, dass ein Callgirl hier in der Marina versenkt wurde. 2008 ist etwas ganz Ähnliches passiert. Der Kerl, den sie deswegen hopsgenommen haben, hatte einen

Komplizen, der nie gefasst wurde. Und ich weiß, wer er ist. Mit ein bisschen Glück steht sein Name in der E-Mail.«

»Mann«, sagte Phil.

»Wie sieht's aus, Vik? Schon erste Erfolge zu vermelden?«

»Ja und nein. Die E-Mail, die sie schicken wollte – die sieht ganz nach einem Abschiedsbrief aus.«

KAPITEL 50

»Und, worüber habt ihr geredet?«, fragte Louise. Sie trug ein schwarzes Negligé, mit dem sie wie eine Sexgöttin aussah, lag auf einen Ellenbogen aufgestützt und beobachtete mein Gesicht. »Wenn nur noch Phil und Vik da waren, wahrscheinlich nicht nur über Fußball, oder?«

Ich legte den Kopf aufs Kissen.

»Er hat dich doch wohl nicht rausgeworfen?«

»Nein. Es ist aber fast so schlimm.«

Ich erklärte, dass Kojo jetzt der Technische Direktor des Vereins war.

»Was heißt das?«

»Zum einen wohl, dass wir bald deutlich mehr afrikanische Spieler in der Mannschaft haben werden. Aber wahrscheinlich heißt es auch, dass Vik von nun an alle fußballerischen Entscheidungen selbst treffen will. Er meint wohl, im Gegensatz zu mir tut Kojo brav, was er ihm sagt. Wenigstens wenn es um den Ein- und Verkauf von Spielern geht.«

»Da hat er wahrscheinlich sogar recht.«

»Was soll das denn heißen?«

»Ach komm schon, Scott. Du warst gegen den Verkauf von Christoph Bündchen und gegen den Einkauf von Prometheus. Damals hattest du nicht mal Bekim haben wollen. Wahrscheinlich gab es noch jemanden, von dem ich nichts weiß, den Vik kaufen oder verkaufen wollte, und du hast die Idee in der Luft zerrissen und ihn dumm dastehen lassen. Das kannst du manchmal ziemlich gut.«

Ich dachte kurz nach. »Ich wollte Ken Okri nicht an Sunderland verkaufen. Und John Ayensu nicht verlieren.«

»Da haben wir's. Du darfst nicht vergessen, dass es um Viks Geld geht, Scott. London City ist sein Spielzeug und nicht deins. Genau wie seine blöde Yacht.«

»Warum ist die denn blöd?«, fragte ich, obwohl ich wusste, dass sie recht hatte; die Yacht war wirklich blöd.

»Wenn man möglichst schnell horrende Summen Geld verbrennen will, gibt es nichts Besseres als eine Superyacht. Außer vielleicht einen Fußballverein in der Premier League. Der ist wahrscheinlich der größte weiße Elefant, den man sich als Milliardär leisten kann. Oder eher ein weißes Mammut.«

»Ich weiß nicht. Die Gesetze der Wirtschaft funktionieren im Fußball ein bisschen anders. Wahrscheinlich hätte Maynard Keynes da ein eigenes Kapitel schreiben müssen. Bei großen Vereinen bedeuten Gewinn und Verlust nicht immer das, was man sonst darunter versteht.«

»Kann sein. Du wärst aber nicht der erste Trainer, der nicht einfach kaufen und verkaufen kann, wen er will. Mourinho hat doch bei Chelsea mit Abramowitsch ganz ähnliche Probleme. Wie man so hört, hat nicht ManU gesagt, dass er Rooney nicht haben konnte, sondern der Russe.«

»Du weißt ja auf einmal richtig gut Bescheid.«

»Wenn du einen Spieler nicht ausgesucht hast, kannst du auch nicht dafür verantwortlich gemacht werden, wenn er nicht trifft. Mourinho hatte Fernando Torres nicht gekauft, also konnte es ihm keiner vorwerfen, wenn Torres keine Kisten gemacht hat. Denk doch mal drüber nach, so können dich die Zeitungen nicht fertigmachen.«

»Kann sein.«

»Klar. Jetzt kannst du dich darauf konzentrieren, was auf dem Platz passiert. Deinen eigentlichen Job machen. Und meinen natürlich.«

»Wahrscheinlich hast du recht.«

»Wie machst du dich in meinem Job eigentlich?«

»Der geborene Ermittler bin ich schon mal nicht.«

»Das ist doch keiner. Wenigstens nicht so wie im Fernsehen. Spuren nachgehen, Beweise sichern; das braucht seine Zeit.«

»Eigentlich habe ich schon eine ganze Menge herausgefunden, Louise. Aber wie du schon gesagt hast, es gibt wirklich etwas, was ich lieber nicht wissen würde.« Ich erzählte ihr alles, was ich erfahren hatte. »Jetzt muss ich nur noch alle Puzzleteile zusammensetzen.«

»Das hört sich nach einem sehr produktiven langen Wochenende an. Die meisten Polizisten ruhen am siebten Tag. Selbst die, die im Dienst sind. Aber du hast den Fall anscheinend schon so gut wie gelöst. Nicht schlecht.«

»Vieles weiß ich aber immer noch nicht«, sagte ich.

»Gewöhn dich dran«, sagte sie. »Selbst wenn es ein Fall vor Gericht schafft, weiß man noch nicht alles. Eigentlich nie. Man muss nur so viel wissen, dass es mit der Verurteilung klappt. Wenn wir einen in den Knast schicken, wissen wir meistens nur die halbe Geschichte.«

»Das kannst du laut sagen«, erwiderte ich.

Louise verzog verlegen das Gesicht.

»Jetzt lautet die Frage doch wohl: Hat Natalija sich wirklich umgebracht, oder wurde sie von jemandem gezwungen, die E-Mail zu schreiben? Es kommt mir schon ein bisschen extrem vor, dass man sich ein Gewicht an die Füße kettet und ins Hafenbecken springt, weil man sich Vorwürfe macht, dass man für den Tod eines anderen mitverantwortlich ist.«

»Selbstmord ist *sui generis* extrem«, sagte sie.

»Wenn ich wüsste, was das heißt, könnte ich dir vielleicht zustimmen.«

»In seinen Charakteristika einzigartig. Außerdem hast du doch gesagt, dass Natalija zu Depressionen neigte. Und ihre Hände waren nicht gefesselt. Und sie hat ihm die Injektoren geklaut. Sie hat ihn verraten. Also hatte sie Schuldgefühle. Das hört sich für mich nicht ganz so unplausibel an. Aber traurig. Für mich lautet die wichtigste Frage daher eher: Wer hat sie zu dem Diebstahl angestiftet? Und bevor du dich mit dem griechischen Polizisten triffst, solltest du dir die E-Mail richtig übersetzen lassen. Wenn du dich da nur auf Vik verlässt, machst du den Bock zum Gärtner.«

»Bloß weil sie beide Ukrainer sind?«

Louise zuckte mit den Schultern. »Zum Beispiel. Außerdem ist er der Szene ja selbst nicht ganz fremd. Die Mädchen hier an Bord heute Abend waren auch nicht vom Roten Kreuz. Meinst du nicht, dass er zumindest ein klein bisschen verdächtig ist?«

»Ich weiß überhaupt nicht mehr, was ich von ihm halten soll. Ich weiß nur, dass ich nie wieder versuche, einen Fall zu lösen, während ich eigentlich eine Mannschaft trainieren müsste. Dankbarkeit schlägt mir deshalb ja nicht gerade entgegen. Es tun ja fast alle so, als hätte ich die ganze Scheiße persönlich zu verantworten.«

»Wie gesagt: Gewöhn dich dran. Wenn man als Polizist seinen Job macht, ist oft die einzige Belohnung, dass man selbst behandelt wird wie ein Verbrecher. Denk doch nur mal dran, wie die Hillsborough-Katastrophe in den Zeitungen dargestellt wurde; da kommt es einem doch vor, als hätten die anwesenden Polizisten die ganzen armen Fans höchstpersönlich umgebracht. Klar haben die sich blöd angestellt, sie haben sogar richtig große Scheiße gebaut. Aber Mörder sind sie deswegen nicht.«

»Meinst du, ich könnte für meine Arbeit hier in den Knast wandern?«

»Für solche Zweifel ist es jetzt ein bisschen spät, Schatz.« Sie zuckte mit den Schultern. »Durchführen einer illegalen Durchsuchung, Bestechung von Zeugen, Unterschlagung von Beweismaterial – das sind keine Kavaliersdelikte, Scott. Die könnten sogar argumentieren, dass deine Handlungen ihre eigenen Ermittlungen behindert haben. Und da hätten sie vielleicht sogar recht.«

»Mann. Kannst du mir da irgendwie helfen, Louise? Du bist doch Polizistin. Was soll ich dem griechischen Ermittler denn erzählen?«

»Du meinst, was sollst du machen, damit er sich nicht wie der letzte Depp vorkommt?«

»Genau.«

»Ich würde sagen, weniger: ›Ich fand, ihr seid die letzten Trottel, also wollte ich euch mal ein bisschen unter die Arme greifen‹, und mehr: ›Tut mir leid, ich bin da über ein paar Informationen gestolpert, die vielleicht für Ihre Ermittlung relevant sein könnten, also wollte ich sie Ihnen so schnell wie möglich mitteilen.‹ So in der Art. Du hast doch eine griechische Anwältin, nimm die doch mit. Lass sie das Ganze auf Griechisch aufsagen.«

»Nein, das wäre bestimmt nicht so gut. Sie mag die Polizei nicht besonders.«

»Die mag doch keiner. Schon vergessen?«

»Nein, aber sie ist immerhin Anwältin. Die sollten doch auf der gleichen Seite sein.«

»Das ist leider nur in fünfzig Prozent der Fälle so.«

»Mein Hauptproblem ist folgendes: Ich weiß wirklich nicht, wie ich Chefinspektor Varouxis erklären soll, dass Natalija sich umgebracht hat, ohne gleichzeitig zu erwähnen, dass Bekim wahrscheinlich ermordet wurde. Wenn Bekim ermordet wurde, lässt er die Mannschaft doch genauso festhalten wie vorher. Dann habe ich ihm nur eine neue Erklärung für das Ganze geliefert, die uns aber langfristig überhaupt nicht weiterhilft. Dann kriegen wir es eben in den Mund statt in den Arsch. Gefickt sind wir so oder so.«

»Du und dein Juristenlatein. Aber okay.« Sie dachte kurz nach. »Ich kann auch mitkommen, wenn du willst. Mein Griechisch ist zwar nicht so toll, aber ich kann ihm meinen Dienstausweis vor die Nase halten. Mit ihm von Profi zu Profi reden. Und wenn er dich allzu hart rannimmt, kann ich ihm immer noch anbieten, ihm einen zu blasen.«

»Das könnte klappen.«

»Der ist Grieche. Natürlich klappt das. Die haben Arschficken und Schwanzlutschen erfunden.«

»Guter Plan.«

Ich gähnte, und sie lehnte sich über mich und ließ mir eine Brust in den Mund fallen, sodass ich eine Weile am Nippel nuckeln konnte. Ich hatte ganz vergessen, wie einen das in solchen Stresssituationen beruhigen kann.

»Einen guten Rat habe ich noch«, sagte sie. »Unter uns Ermittlern: Bei mir funktioniert das immer, wenn ich an einem Fall arbeite. Schlaf dich aus. Am Morgen sieht alles schon viel klarer aus.«

KAPITEL 51

Natalijas Handtasche und ihr Inhalt, darunter Bekims Epinephrin-Autoinjektoren, lagen als Beweise auf dem Tisch vor mir neben einem Aschenbecher mit meiner noch glimmenden Zigarette. Ich hatte ein paar Züge gebraucht, während ich Varouxis meine Geschichte erzählte. Der Rauch driftete auf ihn zu. Ich beugte mich vor und drückte sie aus.

»Also fassen wir noch einmal zusammen«, sagte Varouxis. »Sie sagen, ein rumänischer Zigeuner hat eine Damenhandtasche am Kai der Marina Zea gefunden, erkannt, dass sie womöglich dem Mädchen gehört hatte, das dort ertrunken war, und sie dann für die zehntausend Euro Belohnung bei Ihrer Anwältin Dr. Christodoulakis abgegeben.«

»Richtig«, erwiderte ich. »Er heißt Mircea Stojka und wohnt in dem Roma-Lager in Chalandri.« Ich schob ihm einen Zettel zu.

Varouxis las die Adresse mit ausgestrecktem Arm, als hätte er seine Brille vergessen.

»Kenne ich. Das Lager ist ironischerweise neben der Münzprägeanstalt, wo wir unser Geld herbekommen. Sie sollten es mal Ihrem Chef zeigen. Damit er sieht, wie seit der Rezession manche Leute in diesem Land leben.«

Ich war mit Varouxis, Louise und einem jüngeren Kollegen des Griechen, den ich zum ersten Mal sah und der der Kleinste im Raum war, im Konferenzsaal des obersten Stockwerks der GADA an der Leoforos Alexandras. Er hieß Kaolos Tsipras und untersuchte gerade Natalijas Handtasche, aus der ich vorher das Papiergeld entfernt hatte; selbst für eine üppige Belohnung hätte wohl niemand tausend Euro in bar einfach so abgegeben. Seit ich Varouxis das letzte Mal gesehen hatte, hatte er sich den albernen Bartfitzel unter der Lippe abrasiert, wodurch eine Harry-Potter-Narbe zum Vorschein gekommen war. An die Fensterbank gelehnt, die Arme verschränkt, die blauen Hemdsärmel hochgerollt und den obersten Knopf geöffnet rauchte er eine Zigarette; er sah aus, als hätte er die Nacht durchgearbeitet. Sein iPad lag neben ihm auf der Fensterbank. Gelegentlich warf er einen Blick durch das schmutzige Fenster auf das Apostolos-Nikolaidis-Stadion, wo London City bald gegen Olympiakos spielen sollte, als wünschte er, er könnte mich auf die heruntergekommene Tribüne verbannen.

»Und außerdem sagen Sie, dass Sie einen Abschiedsbrief im Postausgang ihrer E-Mail-App gefunden haben? Und diese haben Sie bereits aus dem Russischen ins Englische übersetzen lassen?«

»Ja. Und ins Griechische. Ich wusste ja, dass ich heute hierherkommen würde, und da dachte ich mir, das könnte Ihrer Ermittlung nützen.«

»Sehr aufmerksam von Ihnen, Sir.«

Ich zuckte mit den Schultern. »Natürlich weiß ich, dass ich das Handy eigentlich gar nicht hätte anrühren dürfen. Das tut mir auch sehr leid. Aber ehrlich gesagt hatte ich nicht den Eindruck, mir noch große Sorgen wegen der Fingerabdrücke machen zu müssen. Mr. Stojka hatte offensichtlich selbst schon länger an dem Telefon gearbeitet. Er hat mir gesagt, dass er den Sicherheitscode umgangen hatte, weil er das Gerät auf dem Schwarzmarkt hatte verkaufen wollen. Er hat es uns nur ausgehändigt, weil unsere Belohnung weit über dem lag, was er selbst für ein neues hätte bekommen können.«

Varouxis nickte geduldig.

Er nahm mir kein einziges Wort ab, das wusste ich nach meinen ausgiebigen Erfahrungen mit Polizisten; ein müdes Seufzen und ein misstrauischer Blick kennen keine Sprachgrenzen. Aber da er mit seiner eigenen Ermittlung bisher kaum weitergekommen war, wollte er mich nicht konfrontieren; noch nicht. Trotzdem fühlte ich mich verpflichtet, Louises Rat zu befolgen und einen auf reumütig zu machen.

»Ich muss mich wohl noch einmal bei Ihnen entschuldigen, Chefinspektor. Sie hatten ganz recht: Natalija Matwijenko kannte Bekim Develi gut. Diesen Eindruck erweckt zumindest ihr Abschiedsbrief. Finden Sie nicht auch?«

»Könnten Sie uns die E-Mail noch einmal vorlesen, Mr. Manson?«

»Sicher.«

»Darf ich?«, fragte Louise, nahm ein Blatt vom Tisch und las mit vornehm-unschuldiger Stimme vor:

Alles ist schrecklich und hoffnungslos. Ich dachte, ich wüsste, wie es ist, wenn man am Boden ist, aber das stimmte nicht. Ich habe einen tiefschwarzen Punkt in meiner Seele erreicht, von dem es keine Rückkehr gibt. Ich will nur noch einschlafen und nie mehr aufwachen. Mit dieser E-Mail will ich ein paar Dinge erklären und mich bei allen entschuldigen, die mir in den letzten Monaten geholfen haben. Ihr habt alle versucht, mich zu retten, aber ich weiß jetzt, dass ich so nicht weiterleben kann. Ich ertrage es nicht mehr. Was passiert ist, tut mir schrecklich leid. Ich bin daran schuld. Bitte vergebt mir. Ich habe Bekim Develi umgebracht. Hätte ich seine Injektoren nicht mitgenommen, würde er vielleicht noch leben. Ich wollte ihm nicht wehtun. Er war immer gut zu mir, ein richtiger

Freund. Man hatte mir gesagt, dass er sich vielleicht ein bisschen schummrig fühlen würde, nicht mehr. Ich hatte keine Ahnung, dass er daran sterben könnte. Hätte ich das gewusst, hätte ich es niemals getan. Als ich sah, was bei dem Fußballspiel passierte, packte mich das Grauen. Als ich hörte, dass er gestorben war, wollte ich selbst sterben. Ich kann nichts tun, was ihn zurückbringt. Wie immer habe ich alles kaputt gemacht. Ich muss immer an Bekims Freundin Alex und seinen wunderbaren kleinen Sohn Peter denken. Bekim war so stolz auf ihn. Er hat mir so viele Bilder von ihm gezeigt, dass ich sein Gesicht nie vergessen werde. Und ich habe dem kleinen Peter den Vater genommen. Das ertrage ich nicht. Nicht heute, nicht morgen, nie. Es tut mir leid, aber mit diesem Wissen kann ich nicht weiterleben.

Louise seufzte und legte das Blatt zurück auf den Tisch. Sie wirkte ernsthaft mitgenommen.

»Anders als Natalija es schreibt, hat sie ihn natürlich nicht umgebracht«, sagte ich. »Sie wirft sich etwas vor, was eindeutig jemand anders getan hat, nämlich ihr Auftraggeber, der auch Bekims Essen manipuliert haben muss.«

»Zu schade, dass sie nicht schreibt, wer das war«, bemerkte Varouxis.

»Es wird noch seltsamer«, fuhr ich fort. »Ich habe mit unserem Ernährungsberater Denis Abajew gesprochen, der mir versichert, dass Bekim vor dem Spiel nur noch einen Bananen-Proteinshake zu sich genommen hat, den Denis persönlich aus Zutaten zubereitet hat, die er selbst aus England mitgebracht hatte. Und das war mindestens zwei Stunden vor dem Spiel.«

»Die Substanzen, die die tödliche allergische Reaktion ausgelöst haben, waren also nicht in diesem Shake«, sagte Varouxis. »Aber im Hinblick auf diese neuen Erkenntnisse muss ich unbedingt noch einmal mit Ihrem Ernährungsberater sprechen.«

Ich nickte. »Selbstverständlich.«

»Und wenn das Ganze doch nur Zufall war?«, sagte Tsipras. »Vielleicht ist Mr. Develi doch eines natürlichen Todes gestorben, der nichts mit den gestohlenen Autoinjektoren zu tun hatte.«

Varouxis sah seinen Untergebenen mit müder Enttäuschung an. »Polizisten glauben genauso wenig an Zufälle wie an die Güte von Fremden. Erst recht nicht, wenn, wie Detective Inspector Considine uns erklärt hat, nachweislich eine bedeutende Wette auf das Ergebnis des Spiels abgeschlossen wurde. Von einem Russen. In Russland. Möglicherweise von dem Mann, der Bekim Develis alten Verein besitzt, nämlich Semjon Michailow, dem Develis Allergie höchstwahrscheinlich bekannt war. Nein, irgendjemand ist an Develi herangekommen. Jemand, der mit Semjon Michailow gemeinsame Sache gemacht hat. Das können wir als gegeben hinnehmen.«

»Selbstverständlich«, erwiderte Tsipras.

»Ich möchte Ihnen etwas zeigen«, sagte Varouxis.

Er nahm das iPad von der Fensterbank und weckte es mit einem Fingerwisch auf. Einen Augenblick später schauten Louise und ich uns ein kurzes, körniges schwarz-weißes Video von einem Mercedes an, der am Hotel der Mannschaft in Vouliagmeni abfuhr.

»Das ist die Aufnahme einer Sicherheitskamera am Haupttor zum Hotel, die gerade erst aufgetaucht ist. Wir sind uns so gut wie sicher, dass dort Natalija auf der Rückbank sitzt. Leider ist weder das Nummernschild zu erkennen noch der Fahrer oder die Person neben Natalija, die möglicherweise ihr Anstifter ist, den sie im Abschiedsbrief erwähnt.«

Ich sah mir den Film mehrmals an, bis ich beschloss, dass er mir auch nichts Neues über Bekims Tod verraten konnte.

»Sie hätten nicht zufällig eine Ahnung, wer diese Person im Auto sein könnte, Mr. Manson?«, fragte Varouxis.

Ich war ihm jetzt so nah, dass mir sein Aftershave in die Nase stieg, das mich an diesen stechenden Taxi-Lufterfrischer-Geruch erinnerte; wie ein künstlicher Blumenduft.

»Keine Ahnung.«

»Sie wüssten keinen Spieler, der sich an dem Abend möglicherweise eine Mercedes-Limousine bestellt hätte?«

»Wie gesagt sollten die vor dem Spiel eigentlich alle früh ins Bett gehen.«

»Natürlich.«

»Sie könnten doch die Limousinenvermietungen in Athen abklappern, ob sich jemand daran erinnert, dass er an dem Abend eine russische Frau vom Hotel abgeholt hat«, schlug Louise vor.

»Ja, das tun wir natürlich, vielen Dank«, sagte Varouxis. »Derzeit gehen wir davon aus, dass diese Person möglicherweise Natalijas Zuhälter war oder vielleicht ihr nächster Kunde, höchstwahrscheinlich irgendein Perverser.«

»Warum sagen Sie das?«, fragte Louise.

Varouxis spielte das Video noch einmal ab und tippte dann auf Pause.

»Wenn Sie sich hier die Rückablage des Wagens ansehen – warten Sie, lassen Sie mich das vergrößern –, dann sehen Sie etwas, was aussieht wie eine Peitsche. Genauer gesagt eine neunschwänzige Katze.«

»Tatsächlich«, sagte Louise.

»Ich muss Sie noch einmal fragen. Sie haben niemanden in der Mannschaft, der möglicherweise eine Schwäche für derart sadistisches Verhalten hat?«

Ich schüttelte den Kopf. »Nein.«

»Trug Natalijas Leiche denn Anzeichen, dass sie ausgepeitscht worden war?«, fragte ich, obwohl ich wusste, dass dem nicht so war. Die Anblicke, Geräusche und Gerüche Natalijas sterblicher Überreste bei der Mitternachtsautopsie durch Dr. Pyromaglou würde ich so bald nicht vergessen. »Sie hatten nämlich bisher keine erwähnt.«

»Nein, keine«, erwiderte Varouxis. »Soweit wir wissen. Aber jetzt, wo der Ärztestreik vorüber ist, können wir für Bekim Develi und Natalija Matwijenko endlich richtige Autopsien ansetzen. Heute schon, wie ich hoffe.«

»Vielleicht war die Peitsche nur ein Spielzeug. Teil eines Sexspiels.«

»Jemanden schlagen hört sich für mich nicht nach einem Sexspiel an«, sagte Louise. »Außer natürlich, sie hätte ihn ausgepeitscht. Das könnte ich verstehen, wenn eine Frau es bei einem Mann tut. Bei manchen meiner sogenannten Vorgesetzten bei Scotland Yard käme mir so eine Peitsche ganz gelegen.«

»Daran hatte ich nicht gedacht«, gab Varouxis zu. »Vielleicht wurde tatsächlich er damit geschlagen und nicht sie.«

»Das würde erklären, warum sie keine Striemen auf der Haut hatte«, sagte Louise. »Die wären auf jeden Fall geblieben, wenn sie ausgepeitscht worden wäre. Die Teilnahme an dieser Art sexueller Aktivität ohne ein Davontragen sichtbarer Spuren erscheint mir unmöglich. Vielleicht sollten Sie bei Ihren Spielern auf derartige Anzeichen achten, wenn Sie Ihre Mannschaft das nächste Mal unter der Dusche sehen, Mr. Manson. Das wäre am Mittwochabend, richtig?«

»Ich werde auf jeden Fall daran denken«, erwiderte ich.

KAPITEL 52

»Wir müssen Ihnen noch etwas erzählen, Chefinspektor«, sagte ich vorsichtig. »Es hat mit einem Ihrer alten Fälle zu tun. Nun, so alt ist er auch wieder nicht. Mit der Angelegenheit um Thanos Leventis.«

»Was ist damit?« Varouxis wirkte angespannt.

»Ich finde, es gibt gewisse Ähnlichkeiten zwischen dem Fall und dem Tod von Natalija Matwijenko.«

»Hauptsächlich die Tatsache, dass auch eins von Leventis' Opfern in der Marina Zea ins Hafenbecken geworfen wurde«, ergänzte Louise. »Nämlich Sara Gill. Eine Engländerin.«

»Ich habe mit Sara Gill über ihre Entführung 2008 gesprochen«, sagte ich.

»Tatsächlich?«

»Das haben wir beide«, ergänzte Louise trocken. »Wir wollten überprüfen, ob es möglicherweise eine Verbindung zum Tod von Natalija Matwijenko gab.«

»Und zu welchem Schluss sind Sie gekommen?«, fragte Varouxis.

»Es gibt keine Verbindung«, erwiderte Louise. »Trotzdem plane ich, über den britischen Botschafter ein formales Gesuch an Ihre Regierung zu stellen, dass die Sonderabteilung Gewaltverbrechen Athen den Fall wieder öffnet.«

»Darf ich fragen warum?«

»Wie Miss Gill mir erzählt hat, kamen Sie zu der absolut nachvollziehbaren Einschätzung, dass sie wegen ihrer schweren Verletzungen keine verlässliche Zeugin war. Sie gibt selbst zu, dass sie verwirrt war. Und dass ihre Geschichte scheinbar keinen Sinn ergab.«

Varouxis nickte und zündete sich in Ruhe eine neue Zigarette an. »Ehrlich gesagt war es nicht meine Entscheidung, ihrer Schilderung der Ereignisse nicht weiter nachzugehen, sondern die des Generals. Aber fahren Sie doch fort.«

»Heute sieht die Lage anders aus«, erklärte Louise. »Sie hat sich erholt und erinnert sich noch an vieles, was ihr damals angetan wurde. Vor allem glauben wir, dass sie imstande ist, ihren zweiten Angreifer zu identifizieren.«

»Wir?«

»Während eines Skype-Gesprächs am Samstagabend hat Miss Gill mir eine Beschreibung dieses Angreifers gegeben«, sagte ich. »Eine sehr detaillierte Beschreibung, nach der ich mir ziemlich sicher bin, dass ich ihren Angreifer schon persönlich kennengelernt habe.«

»Und wer soll das sein? Nein. Moment. Tsipras?«

»Ja, Sir?«

»Am besten verlassen Sie eben mal den Raum«, sagte Varouxis. »Falls Mr. Manson hier gleich jemanden verleumdet, sollte das nur vor einem einzigen Zeugen geschehen. Aus Gründen der diplomatischen Beziehungen zwischen unseren Ländern. Ich möchte nicht, dass Mr. Manson in noch größere Schwierigkeiten gerät.«

»Sehr wohl, Sir.« Tsipras stand auf und ging.

»Also dann«, sagte Varouxis, als sich die Tür geschlossen hatte. »Was möchten Sie mir sagen?«

»Er heißt Antonis Venizelos und er arbeitet für …«

»Ich weiß, für wen Antonis Venizelos arbeitet. In diesem Gebäude kennt jeder Antonis Venizelos. Er ist sehr beliebt. Er versorgt uns mit Freikarten zu jedem Spiel von Panathinaikos. Er geht hier im Hauptquartier ein und aus, als wäre es eine Erweiterung des Stadions auf der anderen Straßenseite.« Er nickte aus dem Fenster und seufzte. »In Ordnung, sagen Sie mir, weshalb Sie glauben, dass er Miss Gill vergewaltigt hat.«

»Sie hat gesagt, dass er haarig war. Sehr haarig. Wie Venizelos. Außerdem hatte der Mann einen sehr süßen Atem. Venizelos kaut dauernd Kardamomsamen und raucht Mentholzigaretten. Weiterhin hat sie einen Mann beschrieben, der ein T-Shirt mit einer Art UN-Logo trug. Mit einem Kranz aus Olivenzweigen. Bloß war darin keine Weltkarte abgebildet, sondern eine Art Labyrinth. Ich bin davon überzeugt, dass sie ein T-Shirt der Goldenen Morgenröte beschrieben hat. Venizelos ist oder war Mitglied dieser Neonazi-Organisation. Das hat er zumindest meinem Co-Trainer erzählt. Aber vor allem hat sie einen Mann beschrieben, der scheinbar drei Augenbrauen hatte. Wegen dieses Details hatte ihre Schilderung damals unzuverlässig gewirkt. Allerdings hat Venizelos eine tiefe Narbe, die eine seiner Augenbrauen teilt und es aussehen lässt, als hätte er nicht zwei, sondern drei. Wenn man bedenkt, dass Thanos Leventis den Bus für die zweite Mannschaft von Panathinaikos fuhr, besteht eine hohe Wahrscheinlichkeit, dass er Antonis Venizelos kannte. Aus meinen eigenen Gesprächen mit Venizelos weiß ich außerdem auch, dass er schwer frauenfeindliche Meinungen vertritt. Ich würde sagen, er hasst Frauen genauso sehr wie Pakistaner und Roma. Aber natürlich kann ich nicht mit hundertprozentiger Sicherheit sagen, dass er es war. Und Sie haben mein Wort, dass ich Miss Gill diesen Verdacht nicht mitgeteilt habe. Aber ich glaube, dass die Chancen gut stehen, dass sie ihn in einer Gegenüberstellung mit mehreren Verdächtigen wiedererkennen würde.«

Varouxis zündete sich noch eine Zigarette an und dachte eine Weile nach.

»Allerdings wussten Sie wohl schon, welchen Namen ich sagen würde«, fuhr ich fort. »Deshalb haben Sie Tsipras rausgeschickt, oder?«

Varouxis blieb still.

»Wenn ich dazu meine Meinung sagen darf«, fing Louise an. »Es ist doch sicher besser, wenn Sie den Fall selbst wieder öffnen, als wenn Sie es auf Anweisung der britischen Botschaft und Ihres eigenen Justizministeriums tun müssen.«

»Leider ist es aber so, dass ich den Fall erst wieder öffnen kann, wenn ich den Tod von Miss Matwijenko oder Bekim Develi aufgeklärt habe. Dann würde niemand mehr die Entscheidung anzweifeln, wieder in Miss Gills Fall zu ermitteln.«

»Wer sollte die Entscheidung denn anzweifeln, wenn ich fragen darf?«, sagte Louise.

»Mein Vorgesetzter, der Generalleutnant der Polizei Stelios Zouranis, ist ein Cousin von Venizelos. Auch er ist Mitglied der Goldenen Morgenröte. Ich mag weder den Mann noch die Organisation, aber mir sind die Hände gebunden. Wenigstens bis ich diesen Fall gelöst habe. Dann müsste der Minister auf mich hören und könnte sich nicht weiter sperren.«

Louise nickte. »Das verstehen wir.«

»Antonis Venizelos hat diese Narbe durch die Augenbraue von einer Verletzung, die er sich 2000 bei einem Spiel gegen Thessaloniki zugezogen hat«, sagte Varouxis. »Venizelos hatte einem Spieler auf den Knöchel gestampft, wofür er einen Kopfstoß von einem dritten kassierte. Er musste mit sechzehn Stichen genäht werden. Er war immer ein sehr brutaler Spieler. Und das sage ich als Panathinaikos-Fan. Danach wurde er eine Zeit lang der Minotaurus genannt.«

Er öffnete das Fenster und wedelte den Rauch nach draußen.

»Ehrlich gesagt habe ich immer schon vermutet, dass er etwas damit zu tun hatte. Ich würde ihn nur zu gern ins Gefängnis schicken. Und nicht nur weil er ein Vergewaltiger und Mörder ist, sondern auch weil er für das Schlimmste an unserer Gesellschaft steht. Dieser Hass, diese Intoleranz – das ist nicht das wahre Griechenland. Wir haben die Demokratie erfunden, und jetzt vergessen wir wohl, was sie bedeutet. Damit ich ihn wirklich drankriegen kann, braucht meine Stimme mehr Gewicht. Dafür muss ich zuerst diesen Fall lösen.«

»Verstehe.«

»Ich bin beeindruckt von allem, was Sie bisher haben in Erfahrung bringen können, Mr. Manson. Beeindruckt, aber wohl nicht überrascht – schließlich haben Sie auch João Zarcos Mörder gefunden. Ich hätte wissen müssen, dass Sie niemand sind, der gern herumsitzt und Däumchen dreht. Ich gebe Ihnen mein Wort, dass ich Ihnen helfen werde, wenn Sie mir jetzt helfen.«

Er streckte mir die Hand entgegen; ich schüttelte sie. Dann gab er auch Louise die Hand.

»Vielleicht können wir drei die Angelegenheit zu einem zufriedenstellenden Abschluss bringen«, sagte er. »Da bin ich mir sogar sicher.«

KAPITEL 53

Nach dem ITV-Interview vor dem Spiel – warum stellen die eigentlich immer so dämliche Fragen? – ging ich zu meinen Spielern.

Für das Match gegen Olympiakos im Apostolos-Nikolaidis-Stadion gegenüber der GADA hatte ich meinen schlichten schwarzen Trainingsanzug mit passendem T-Shirt und schwarzen Sportschuhen angezogen. Für diesen voraussichtlich langen und stressigen Abend wäre ein Leinenanzug von Zegna mit weißem Hemd und Seidenschlips einfach nicht angemessen gewesen, und alle meine Spieler in der Umkleide sollten mich genau verstehen: Das bevorstehende Spiel erforderte absoluten Kampfgeist bis zum letzten Blutstropfen, viel Substanz, wenig Stil.

Nicht, dass der Abend überhaupt irgendwie stilverdächtig gewesen wäre; die Umkleide des Stadions war so heruntergekommen, wie wir es von außen erwartet hatten, ein harscher Kontrast zu der strahlenden Perfektion in gebürstetem Aluminium, die wir von Silvertown Dock gewohnt waren. Manche der Kleiderhaken an den Wänden waren lose oder fehlten gleich ganz, und für Hemden und Jacken gab es nur Drahtbügel; der Boden war uneben und lag voller alter Streichhölzer, Kippen und Kaugummireste. Der Mineralwasserkühlschrank lief nicht; das war aber nicht weiter schlimm, denn er war außerdem auch leer. Die Luft roch stark nach den Abflüssen und den Schimmelflecken in den Ecken der Dusche, der mehr Kacheln fehlten als einem alten Scrabblespiel. Eine Klimaanlage gab es auch nicht, sondern nur zwei Industrieventilatoren, die Simons Spielernotizen durcheinanderwirbelten. Zum Glück hatte ich nur mein iPad dabei.

»Okay, ihr Nörgeltrinen«, rief Gary Ferguson, als er seine Tasche auf die Bank warf, »jetzt mal Schnauze halten und umziehen, ja? Wenn das Dreckloch hier für die Heimmannschaft ist, stellt euch mal vor, wie die Gästeumkleide aussieht. Wahrscheinlich schwimmt da noch 'ne Kackwurst im Klo. Da geh ich mal von aus, ich hab sie ja gestern selber dagelassen.«

Großes Gelächter.

»Willst du die Banane da noch essen?«, fragte Zénobe Schuermans.

»Die wollte ich eigentlich in die Menge feuern«, antwortete Daryl Hemingway. »Falls die Fans mitten im Spiel Nachschub brauchen.«

»Sei doch froh, dass sie hier nur Bananen werfen«, sagte Kenny Traynor. »Wenn in Edinburgh die Hearts gegen die Hibs gespielt haben, haben die Scheißkohlköpfe immer Münzen geschmissen.«

»In Anfield kamen immer Klorollen geflogen«, merkte Soltani Boumediene an.

»Ich schwör's, wenn einer eine Münze nach mir wirft, schmeiß ich die zurück.«

»Ach Junge, wenn hier einer einen Euro auf den Platz wirft, will er wahrscheinlich nur den Verein kaufen.«

»Die Neandertaler in Liverpool müssen sich an so modernes Zeugs wie Klopapier eben erst noch gewöhnen«, rief Jimmy Ribbans.

Sie waren alle aufgeregt, also ließ ich ihnen eine Zeit lang ihren Spaß, bevor ich sie zur Ruhe rief.

»So, wenn ich dann einmal eure Aufmerksamkeit haben darf, die Herren!«, sagte ich.

Ich wartete kurz und erklärte dann meine Strategie, die ich schon Vik und Phil auf der *Lady Ruslana* dargelegt hatte. Danach sagte ich den Jungs die harte Wahrheit über unsere Chancen. Wie so viele Wahrheiten enthielt diese einen wichtigen Bestandteil, der nicht unbedingt Sinn ergab. Das ist der Job des Trainers; man muss die Spieler daran erinnern, dass der Fußball noch immer die schönsten Geschichten schreibt.

»Einen 4:1-Rückstand aufholen ist keine Kleinigkeit«, sagte ich. »Das wäre schon zu Hause in Silvertown Dock schwierig gewesen. Und erst recht hier in diesem Dritte-Welt-Slum, den Panathinaikos ein Stadion nennt, in dieser kaputten Hauptstadt eines kranken Landes, das vor die Hunde geht und dabei selber noch das größte Gebell veranstaltet!«

Ich hielt einen Moment lang inne, damit wir alle den Lärm des ausverkauften Stadions hören konnten; die Menge war hauptsächlich griechisch, gut fünfzig Prozent Olympiakos-Fans, dreißig Prozent Panathinaikos-Fans, die ihren Erzrivalen verlieren sehen wollten, zehn Prozent London-City-Fans und noch mal zehn Prozent unparteiische Touristen, die sich einfach nur ein spannendes Spiel erhofften.

»Hört ihr das? Das ist das Hundegebell! Es bedeutet nur eins: Keiner rechnet damit, dass wir heute hier gewinnen. Keiner hier in Griechenland und auch keiner zu Hause in England. Alle haben uns abgeschrieben. Ich habe gerade einen Tweet von Maurice in London gelesen: Roy Keane hat auf ITV gesagt, unsere Chancen auf die nächste Runde wären geringer als die von den Jungs aus dem Film *Die Kanonen von Navarone*. Und das stimmt auch fast; wir haben wohl unsere eigene griechische Tragödie durchlebt, meine Herren. Früher haben sie hier dem Dichter eine Ziege geschenkt, der die beste Geschichte erzählen konnte. Eure

Ziege könnt ihr behalten; mit unserer Tragödie hätten wir den verdammten Booker Prize gewinnen können.

Zehn Tage lang sind wir schon gegen unseren Willen von unserem Zuhause und unseren Familien getrennt; Armeen von Fernseh- und Pressefuzzis sind über uns hergefallen wie die Heuschrecken; die örtliche Bullerei hat uns über Nutten und Drogen und was weiß ich für Scheiß ausgefragt, der rein gar nichts mit Fußball zu tun hatte. Auf dem Platz haben sie uns mit Bananen beworfen und in den Zeitungen Schlammschlachten inszeniert. Unser Held, unser Ajax, ist tot, und ja, die meinen, die Sache ist gelaufen. Stellt euch das mal vor: *Proto Thema* – die meistverkaufte Sonntagszeitung Griechenlands – schreibt, das Spiel heute wäre nur noch Formsache. Wir würden überhaupt nur antreten, weil wir in unserem Hausarrest hier in Athen Langeweile haben. Die können uns mal! Wir sind stärker! Diese Mannschaft tritt nicht einfach nur an. Wenn wir antreten, spielen wir auch. Und wenn wir spielen, spielen wir, um zu gewinnen.

Und wie wir heute gewinnen werden! Wenn ich mich hier umschaue, sehe ich Gesichter, die es mit dem Gewinnen ernst meinen. Nichts anderes erwarte ich von den Männern, die ich ausgewählt habe, um die Ehre dieses Vereins zu verteidigen. Also vergessen wir die Gerüchte von korrupten Schiedsrichtern, okay? Vielleicht spielen wir gegen zwölf Mann und die Menge, aber das wird uns nicht davon abhalten, unser Spiel zu spielen!

Andererseits erwarte ich nicht, dass wir den 4:1-Rückstand ausgleichen werden. Ich bin ja nicht blöd. Und ihr auch nicht. Wenn wir heute in der Gesamtwertung gewinnen, ist das das größte Wunder in diesem Teil der Welt, seit sie den Schatz von Troja gefunden haben. Ein pures, strahlendes Wunder. Und wo wir gerade von Wundern reden, lasst mich euch daran erinnern, meine Herren, dass wir hier im Land der dreihundert Spartaner sind, wo Mythen und Legenden und, ja, auch verdammt noch mal

Wunder wahr werden. Aber als ich neulich im Archäologischen Nationalmuseum war, um mir die Zeusstatue und die Maske des Agamemnon anzusehen, war kaum ein Grieche dort. Da ist mir der Gedanke gekommen: Vielleicht haben die Griechen die Macht ihrer eigenen Mythen vergessen, vielleicht erinnern sie sich nicht mehr an die Geschichten von Perseus, Theseus, Jason und Orpheus.

War irgendwer der Meinung, dass Perseus auch nur den Hauch einer Chance hatte, Medusa zu töten? Nicht die Griechen. Wer glaubte, Theseus könnte ins Labyrinth marschieren und den Minotaurus zur Strecke bringen? Nicht die Griechen. Und Jason, erinnert ihr euch an den? Hatte irgendwer von den Griechen wirklich gemeint, dass er und seine Argonauten wirklich das Goldene Vlies finden und dann auch noch heil nach Hause bringen würden? Nein, natürlich nicht. Und was war mit Orpheus? Als er in die Unterwelt hinabstieg, um seine Frau Eurydike zurückzuholen, haben die Griechen auch ihn abgeschrieben wie all die anderen Heroen. Die waren mit großem Mut und großer Kraft ausgerüstet und haben allen Widrigkeiten zum Trotz ihr Ding durchgezogen. Daraus sind Legenden gemacht. Deshalb erinnert man sich an sie.

Die Kanonen von Navarone ist einer meiner Top-Ten-Lieblingsfilme. Ich kann euch gar nicht sagen, an wie vielen Feiertagen ich ihn mir angeschaut habe. Und ich glaube, dass Roy Keane vergessen hat, dass Gregory Peck, Anthony Quinn und David Niven es am Ende des Films doch tatsächlich packen. An einem warmen Ägäis-Abend wie diesem können sie allen Widrigkeiten zum Trotz die großen, scheinbar unbezwingbaren Kanonen mit einer spektakulären, dramatischen Explosion zerstören.

Und da fällt mir ein, was Jensen, der Kerl, der sie alle auf die Mission schickt, am Anfang des Films sagt: Im Krieg ist alles möglich.«

KAPITEL 54

»Viel Glück.«

Als ich die Tür der Umkleide öffnete, stand Kojo Ironsi direkt vor mir. Am liebsten hätte ich ihm gesagt, dass er sich ins Knie ficken konnte, aber stattdessen setzte ich ein Lächeln auf, wie einen dämlichen falschen Schnurrbart, und schüttelte die Hand, die er mir entgegenstreckte.

»Danke«, sagte ich.

»Heute steht viel auf dem Spiel, ja?«, sagte er.

»Nein, alles.«

»Vik und Phil sind mit Gustave oben in der VIP-Box«, erklärte er. »Ich gehe auch gleich hoch, aber ich dachte mir, in meiner neuen Eigenschaft als Technischer Direktor komme ich mal runter und lasse mich blicken, falls ich irgendwie helfen kann.«

»Sehr freundlich.«

»Ich weiß, dass du nicht gerade begeistert von meiner Anstellung bist, Scott, aber ich hoffe ehrlich, dass wir gut zusammenarbeiten werden.«

»Das werden wir auch. Gib mir nur ein bisschen Zeit, bis ich mich an die Vorstellung gewöhnt habe, okay?«

»Gut, ganz wie du willst.«

Kojos fette, goldene Rolex glänzte, als er mit seinem Fliegenwedel durch die Luft schlug. Er trug einen hellbraunen Safarianzug aus Leinen und offene Sandalen; fehlte nur noch ein

Leopardenfell-Schiffchen auf dem Kopf, und er hätte wie ein afrikanischer Diktator ausgesehen.

»Ist ziemlich heiß da draußen«, sagte er. »Fast wie südlich der Sahara. Und wahrscheinlich genauso unberechenbar.« Er hielt einen Augenblick inne und fuhr dann fort: »Pass auf, dass deine Spieler anständig hydriert sind, ja?«

Ich biss mir auf die Zunge und nickte. »Vielen Dank für den sinnvollen Rat, Kojo. Da wäre ich nie im Leben selbst draufgekommen. Nicht in tausend Jahren. Aber wie auch? Ich bin ja nur der verdammte Trainer.«

Aber Kojo hörte nichts davon; er begrüßte schon überschwänglich die beiden Spieler von seiner Akademie: Prometheus natürlich und Séraphim Ntsimi, der für Olympiakos spielte. Kojo schüttelte auch einem anderen Olympiakos-Spieler die Hand, nämlich dem finster-gutaussehenden Außenverteidiger Roman Boerescu.

Trotz meiner Feindseligkeit Kojo gegenüber war ich unwillkürlich beeindruckt, dass er Griechisch sprach; sogar einigermaßen fließend. Plötzlich hatte ich ihn und Séraphim mit Valentina und Natalija in Romans Wohnung in Glyfada vor Augen. Welche hatte Kojo gehabt? Valentina? Natalija? Beide? Das Dreckschwein, dachte ich, bis mir wieder einfiel, dass Kojo laut Valentina keine von beiden gevögelt hatte, was ich von mir nicht behaupten konnte.

Eine Minute lang warteten beide Mannschaften ungeduldig im Spielertunnel, und dann noch eine. Es war so heiß, dass Kenny sich mit den Handschuhen Luft zufächelte. Den zweiundzwanzig Auflaufkindern, die mit den Spielern Händchen hielten, war anscheinend auch schon warm, und sie wirkten eingeschüchtert von der ganzen Situation. Das konnte ich gut verstehen. Ich hasse den Spielertunnel. Meistens hat man keine Ahnung, wer die ganzen Leute sind oder was sie dort machen.

Aus dem Augenwinkel sah ich Kojo mit einer hübschen Frau sprechen, die dem Rumänen kurz vorher einen Schmatzer auf die Backe gedrückt hatte, was mir komisch vorgekommen war: Spielerfrauen und -freundinnen haben im Tunnel normalerweise nichts zu suchen. Dann verstand ich, dass sie sich um die Auflaufkinder kümmerte, die alle zu ihr aufschauten und auf ihr Zeichen warteten, als wäre sie ihre Mutter. In gewisser Weise war sie das wohl auch; wie ich gehört hatte, hatte sie den Kindern vorher das Abendbrot gebracht oder was auch immer griechische Kinder vor einem Champions-League-Spiel essen. Sie lächelte, beugte sich über einen der kleinen Köpfe und legte sanft die Hand eines schüchternen Mädchens in Kenny Traynors Riesenpranke.

Kenny lehnte sich zu mir rüber. »Ich hab ja nichts dagegen, Boss, aber die hat so klebrige Hände.«

»Dann zieh dir doch die Handschuhe an«, erwiderte ich.

»Es ist aber so heiß hier drinnen.«

»Das hab ich ja noch nie gehört«, mischte Simon sich ein. »Ein Torwart, der sich über klebrige Hände beschwert. Frag doch mal nach, was die Kleine eben gegessen hat, und reib dir damit die Handschuhe ein. Dann glitscht dir vielleicht nicht jeder zweite Ball weg wie sonst immer.«

Kenny musste lachen und Gary auch, aber mich hatte der Humor plötzlich verlassen.

»Worauf warten wir denn?«, hörte ich mich ungeduldig fragen.

Kojo leitete die Frage an die Frau weiter, die ihm auf Griechisch antwortete.

»Mrs. Boerescu sagt, sie können die CD mit der klassischen Musik für den Einlauf nicht finden«, sagte Kojo.

»Das ist seine Frau?«

Kojo nickte. »Beethoven oder was die spielen wollen.«

Ich schaute Roman Boerescu und dann seine Frau an. Kurz

überlegte ich, ob ich ihm in ihrer Hörweite »schöne Grüße von Valentina« ausrichten sollte. Hätte ich Griechisch gekonnt, hätte ich es wohl gemacht.

»Das ist nicht Beethoven«, erklärte ich Kojo. »Sondern Händels *Zadok the Priest*.«

»Das hört sich ja überhaupt nicht nach Fußball an«, sagte Kojo.

»Es soll wohl einfach ehrfurchtgebietend klingen«, erwiderte ich. »Musik, die man spielt, wenn ein König oder ein Priester geweiht wird. Oder eben die beste Mannschaft Europas.«

»Was für ein Priester war der denn, dieser Zadok?«

Ich zuckte mit den Schultern und schüttelte den Kopf. »Keine Ahnung.«

»Ich glaube, der war der erste Hohepriester im Tempel von Jerusalem«, sagte Soltani Boumediene, der Araber war, aber früher in Israel für Haifa gespielt hatte und sich mit solchen Sachen auskannte. »Den Salomon gebaut hatte, bevor die Babylonier alles verwüstet haben.«

»Soll das etwa heißen, dass dieser Zadok ein Jude war?«, fragte Kojo.

»Muss er ja wohl, wenn er im Alten Testament steht«, erwiderte Soltani. Er lachte. »Also, ein Scientologe war er wohl schon mal nicht.«

Kojo verzog das Gesicht. »Erzählt bloß nicht unseren Moslems, dass der Kerl ein Jude war.«

»Tja, wie wär's, wenn du dann einfach mal die Klappe hältst, ja?«, zischte ich ihn an.

»Wenn die hören, dass sie zu irgend so 'ner Musik über einen Rabbi auf den Platz laufen, drehen die doch durch«, plapperte Kojo weiter. »Im Ernst. Über so was regen die sich doch immer gerne mal auf.«

»Also Schnauze, Mann!«, ermahnte ich ihn noch einmal.

»Ich bin Muslim«, sagte Soltani, »und ich habe damit wirklich kein Problem. Es ist doch nur Musik.«

Mohamed Hachani, einer der Spieler von Olympiakos, sagte auf Arabisch etwas zu Soltani, der aber nur den Kopf schüttelte und dann seine Schuhe anstarrte; also wandte Hachani sich mit derselben Frage, wie ich annahm, auf Griechisch an Kojo, der ihm antwortete, als die Musik endlich anfing und der Schiedsrichter uns nach vorne winkte. Die Spieler und die Kinder schlurften auf den Ausgang zu. Nur Hachani blieb stehen und sprach wieder auf Arabisch Soltani an, der wie zuvor mit einem Kopfschütteln eine Antwort verweigerte, worauf der andere jetzt sauer wurde. Hachani packte Soltani am Ärmel und brüllte ihn auf Englisch an.

»Und du willst Muslim sein?«, giftete er. »Diese Drecksmusik ist eine Beleidigung für alle Araber. Du bist eine Schande für den Islam, Freundchen! Hätte ich gewusst, dass es in der Champions-League-Musik in Wirklichkeit um einen Scheißjuden geht, hätte ich hier nie mitgespielt. Und du solltest das genauso sehen.«

»Jetzt reg dich mal wieder ab«, erwiderte Soltani. »Und halt dich vor den Kindern bitte mit den Flüchen und dem Rassismus zurück.«

Soltani entfernte Hachanis Hand von seinem Ärmel, lächelte seinem Auflaufkind zu und ging mit ihm weiter Richtung Tunnelausgang.

Aber Hachani ließ sich nicht so schnell abwimmeln und entlud seine Wut darüber, dass Soltani ein Thema einfach abtat, das ihm selbst sehr ernst war, in einer arabischen Schimpftirade. Als unser geduldiger Spieler immer noch nicht reagierte, wusste Hachani sich wohl nur noch damit zu helfen, dass er Soltani seine Wasserflasche hinterherpfefferte. Zu meiner Erleichterung ignorierte Soltani auch die, und nun schien es, als würde der Streit langsam abklingen; rückblickend betrachtet hätte ich wohl wissen müssen, dass es zwischen den beiden noch weiteren Ärger geben würde, und Soltani an Ort und Stelle auswechseln sollen.

Ich folgte den Spielern aus dem Tunnel auf den Platz, wo die Luft dick und warm war wie Suppe wegen der vielen grünen und roten Bengalos. Aber es roch nach etwas anderem; wahrscheinlich nach Straßenschlacht. Bei all den Fackeln musste ich sofort an die Valley-Parade-Feuerkatastrophe denken, bei der sechsundfünfzig Fans umkamen, nachdem unter der Tribüne, die sicher in besserem Zustand gewesen war als die hier, Müll von einer achtlos weggeworfenen Kippe in Brand gesetzt worden war. Das war noch ein großer Unterschied zwischen den englischen Stadien und denen in Griechenland. Wie in jedem Stadion zu Hause ist in Silvertown Dock das Rauchen verboten, aber in Griechenland, wo jeder raucht, raucht auch jeder beim Fußball. Vielleicht ist das aber auch gut so; wer an einer Zigarette zieht, brüllt wenigstens keine rassistischen Beleidigungen.

Die Spieler stellten sich geduldig auf und marschierten dann aneinander vorbei und gaben sich die Hand, als wären wir alle Gentlemen auf den Feldern des Eton College. Ich schüttelte sogar Hristos Trikoupis die Hand, der sich eine Entschuldigung für sein vorheriges Verhalten abrang, als ich ihm versicherte, dass sein Geheimnis bei mir sicher war; aber all das war für die Katz, als zwischen Mohamed Hachani und Soltani Boumediene wieder die Stimmung hochkochte.

Simon Page erzählte mir später, dass Soltani Hachani die Hand hatte geben wollen, der aber, anstatt sie anzunehmen, draufspuckte. Ich selbst hatte den Vorfall leider genauso wenig gesehen wie die Fernsehzuschauer und der tranige irische Schiedsrichter. Der bekam nur mit, wie Soltanis Faust verdientermaßen auf Hachanis Hakennase traf.

Der Schiedsrichter zögerte nicht. Er zeigte Soltani die Gelbe Karte und dann die Rote.

KAPITEL 55

Mohamed Hachani machte ein Drama in fünf Akten aus der Sache. Er lag immer noch mit den Händen vor dem Gesicht auf dem Rasen, als würde er nie wieder aufstehen, was bestimmt nicht das Schlechteste gewesen wäre. Selbst seine eigenen Teamkameraden grinsten einander verlegen zu, als fänden auch sie, dass er es ein bisschen übertrieb; wahrscheinlich war es ihnen peinlich, zumindest hätte es das sein sollen. Denn bis auf Hachani war wohl jedem bewusst, dass es gar nicht lustig gewesen war, als wir das letzte Mal einen Spieler so lange auf dem Rasen hatten liegen sehen. Sein Getue war angesichts Bekim Develis Tod einfach nur respektlos.

Blackard, der irische Schiedsrichter, war natürlich absolut im Recht, als er Soltani Boumediene vom Platz schickte, und alle Proteste der Welt – dass der Junge sich nur revanchiert hatte, nachdem er angespuckt worden war – würden ihn nicht von seiner Entscheidung abbringen. Im modernen Fußball halten die Schiedsrichter nicht viel von solchen Vergeltungsaktionen, wie jeder weiß, der gesehen hat, was mit David Beckham passierte, als er bei der WM 1998 Diego Simeone getreten hatte; der verdammte Argentinier war nach dem kleinen Stups an die Wade zu Boden gegangen, als wäre er erschossen worden. Und so was ist jetzt Trainer von Atlético Madrid. Auf jeden Fall hatte Blackard recht mit dem Platzverweis. Wenn die Spieler sich für jedes einzelne Foul revanchieren würden, würde überhaupt keiner mehr einen Ball treten.

So weit, so schlimm; aber es kam noch schlimmer. Als wir Jimmy Ribbans für Boumediene einwechselten, schickte Blackard ihn sofort wieder vom Platz. Als ich fragte warum, erklärte er mir, wir dürften den Spieler, dem er einen Platzverweis erteilt hatte, nicht durch einen anderen ersetzen. Das offizielle Regelwerk war da allerdings anderer Meinung, und die Szene wurde schnell zur Farce, als der Schiedsrichter auf den Mittelpunkt zumarschierte und ich ihm hinterherrannte wie ein Terrier, der ihm die Feinheiten von Regel Drei hinterherbellte, während mindestens die Hälfte der Zuschauer ein Sturmgeheul von einem Pfeifkonzert durchs Stadion tosen ließ.

»Das können Sie nicht machen«, brüllte ich ihn an.

»Ich habe dem Spieler einen Platzverweis erteilt«, sagte er. »Und dabei bleibt es.«

»Darum geht es doch gar nicht, Sie Vollidiot!«

»Für diese Entgleisung melde ich Sie der UEFA wegen unsportlichen Verhaltens.«

»Und ich melde Sie, weil Sie die Regeln nicht kennen. Jetzt pulen Sie sich mal die Schweinescheiße aus den Ohren und hören Sie mir zu! Ich will doch nur, dass Sie morgen nicht in allen Zeitungen als Depp des Tages vorgeführt werden. Denn genau das blüht Ihnen, wenn Sie jetzt nicht aufpassen. Weil Sie das Spiel noch nicht angepfiffen hatten, hat der Platzverweis nicht die üblichen Folgen. Ob es Ihnen gefällt oder nicht, das steht so in den Regeln. Das Gelb-Rot für Soltani Boumediene heißt einzig und allein, dass wir nur noch zwei Auswechslungen haben statt drei. Und dass er an diesem Spiel oder – wenn wir durch ein Wunder weiterkommen sollten – dem nächsten nicht teilnehmen kann.«

»Das ergibt doch überhaupt keinen Sinn. Ich hätte den Spieler doch nicht vom Platz geschickt, wenn ich gemeint hätte, Sie könnten ihn dann einfach ersetzen, was?«

»Das ist Ihre Sache. Die Regeln sind aber die Regeln. Da gibt es keinen Deutungsspielraum. Fragen Sie doch den UEFA-Heini, wenn Sie wollen. Aber wenn Sie jetzt nicht auf mich hören, pfeifen Sie in Zukunft nur noch auf irgendwelchen Kartoffeläckern in Galway. Sie bauen hier gerade großen Mist, und wenn Sie nicht aufpassen, sind Sie bis Ende der Woche die größte Lachnummer im Profifußball.«

Im Laufe der lebhaften Diskussion schickte Blackard mich nicht nur ein, sondern volle drei Mal auf die Tribüne, aber schließlich ließ er sich breitschlagen, sich auf meinem iPad das Regelwerk durchzulesen. Danach ging er sich mit den Spieloffiziellen beraten, und ich stapfte unter dem gewohnt schrillen griechischen Chor zurück zu unserer Bank.

»Was sagt er?«, fragte Simon.

»Er spielt immer noch den großen Macker.«

»Was hab ich dir gesagt? Der ist ein korruptes Schwein, der Blackarsch, oder wie der heißt.«

»Korrupt glaube ich nicht«, erwiderte ich. »Wahrscheinlich ist er einfach nur dumm. Und ignorant. Und vernagelt. Und er hat Schiss, wie ein Volltrottel dazustehen.«

»Das hätte er sich früher überlegen müssen. Wieso hat Mohamed Hachani Soltani eigentlich auf die Hand gerotzt?«

Ich erklärte ihm die Sache mit der Champions-League-Musik.

»Mimosen wie der haben auf dem Fußballplatz nichts verloren«, sagte Simon. »Sonst wollen die Hindus bald keinen Einwurf mehr machen, weil der Ball aus Rindsleder ist. Oder die Moslems trauen sich nicht mehr auf den Rasen, weil er mit Schweinescheiße gedüngt wird. Mann, als ich für Rotherham gespielt habe, haben wir uns gegenseitig in die Schuhe geschissen. Nur so aus Spaß. Da hätte dieser Hachani aber geguckt.«

»Wusst ich's doch: Leute aus Yorkshire haben eben einen sehr feinsinnigen Humor.«

»Das kannst du laut sagen!«

»Aber eigentlich ist das alles Kojos Schuld. Wenn er einfach die Klappe gehalten hätte, wäre das alles nicht passiert, und Soltani wäre noch auf dem Platz. Nur Kojo ist ewig darauf rumgeritten, dass Zadok ein Jude war.«

»Deshalb ist er wohl der Technische Direktor«, bemerkte Simon. »Weil er technisch gesehen ein Arschloch ist. Da sind wir uns einig, Boss. Aber jetzt werden wir ihn nicht so schnell wieder los. Und wenn du dich bei Vik beschwerst, siehst du doch nur aus wie 'ne beleidigte Leberwurst.«

»Am liebsten würde ich ihm seinen verdammten Fliegenwedel sonst wohin stecken.«

»Ach, so heißt das Teil? Hab mich schon gefragt, was er immer damit rumläuft. Dachte schon, der hat 'nen Putzfimmel und muss dauernd überall Staub wischen.«

Blackard beendete sein Gespräch mit den anderen Offiziellen und winkte Jimmy Ribbans auf den Platz. Zum ersten Mal an dem Abend grinste ich, wenn auch hauptsächlich darüber, dass Simon Kojos Fliegenwedel für einen Staubwedel gehalten hatte.

»Na Gott sei Dank!«, sagte er. »Anscheinend hat der irische Vollpfosten jetzt kapiert, was Sache ist. Vielleicht kann ja jetzt endlich mal das Spiel losgehen.«

Ich sah mich kurz um, und mir starrten Tausende wütende Griechengesichter entgegen, die mich als *malakas* beschimpften und mit zahlreichen anderen interessanten Bezeichnungen bedachten, die vor allem mit meiner Hautfarbe zu tun hatten. Ich fragte mich, ob keiner von ihnen die vielen *Respect*- und *No to Racism*-Slogans auf den Banden lesen konnte.

Zwei Minuten später schaute der Schiedsrichter auf die Uhr und pfiff das Spiel eine Viertelstunde später als geplant an.

KAPITEL 56

Nach dem ganzen Vorgeplänkel hätten wir jetzt eigentlich endlich in Ruhe das Spiel anschauen können; allerdings hatten wir es ja anders geplant. Denn vom Anpfiff an stürzten sich unsere Jungs auf den schwächsten Mann der Gegenseite – den Mittelfeldspieler Mariliza Mouratidis –, als würden sie ihn persönlich dafür verantwortlich machen, dass wir in Griechenland festgehalten wurden, und wickelten ihn ab wie die wildgewordenen Liquidatoren.

»Hoffentlich klappt das«, sagte Simon. »Du weißt doch, wie europäische Schiris sind. Die verteilen Karten wie japanische Geschäftsmänner. Und nach der Sache da eben ist der irische Vollidiot bestimmt ganz heiß drauf, noch einen von unseren Jungs vom Platz zu werfen.«

»Im Gegenteil«, erwiderte ich. »Ich kann mir gut vorstellen, dass die Geschichte mit der Auswechslung gut für uns ist. Blackard steht jetzt schon wie ein Vollidiot da, weil er die Regeln nicht richtig kannte. Das weiß er selber auch. Jetzt will er nicht auch noch als Arschloch rüberkommen.«

In den ersten fünfzehn Minuten kam es zu zwei besonders harten Zweikämpfen. Beim ersten rannte Mouratidis einer Steilvorlage von Roman Boerescu hinterher, bei der der Ball direkt hinter der Strafraumgrenze aufkam, aber wieder so hoch sprang, dass der Grieche ihn nicht gleich kontrollieren konnte; er schaute hoch und wollte ihn sich wohl vor die Füße köpfen, wusste dabei aber nicht, dass Kenny Traynor mit seinen vollen 1,91 schon losgehechtet war und wie Hermes persönlich mit ausgestreckter Faust durch die Luft glitt.

Kenny schlug den Ball sauber fünfzehn Meter weit aus dem Strafraum, bevor eine gute halbe Sekunde später sein nachgezogenes Knie Mouratidis seitlich am Kopf erwischte und zu Boden riss. Das obligatorische griechische Wutgeheul zeigte aber beim Schiedsrichter und seinen Assistenten, die den Vorfall gut im Blick gehabt hatten, keine Wirkung. Da gab es keine zwei Meinungen: Kenny hatte als Erstes den Ball berührt und seine eigene Sicherheit so tollkühn ignoriert, dass auf unserer Bank alle erleichtert waren, als er hinterher wieder aufstand. Die Olympiakos-Fans dagegen waren stinksauer, dass es keinen Elfmeter gab.

»Sauber«, sagte ich. »Das gibt dem Kerl mal ordentlich was zu knacken.«

»Du verdammter irischer *malakas*«, brüllte nicht weit hinter mir jemand den Schiedsrichter an. »Hast du die Brille im Arsch stecken, oder was?«

Mouratidis blieb gute zwei Minuten platt auf dem Rücken liegen und kehrte erst nach kurzer Behandlung außerhalb des Spielfelds, jedoch ohne sichtbare Verletzung, zurück. Kurz darauf hatte er allerdings das Pech, in einem Kopfballduell gegen Gary Ferguson anzutreten, der den härtesten Schädel des britischen Fußballs besitzt. Der Mann könnte eine Abrissbirne köpfen und mit fröhlichem Grinsen weiterspielen. Die beiden Spieler sprangen nach einem hohen Ball, und die Zeitlupe zeigte hinterher, dass Garys Kopf mit mehr Energie und böswilliger Absicht nach oben gerast war als ein Felsbrocken von einem Katapult; es sah fast so aus, als hätte er den Fußball als unerfreuliches Hindernis für einen brutalen Kopfstoß gesehen. Und Gary wusste, wie es ging; er köpfte scheinbar durch den Ball, bevor er die Stirn des jungen Griechen traf.

Wieder ging Mouratidis zu Boden, als hätte er einen Kinnhaken von Mike Tyson abgekriegt. Aber Gary wusste genau, wie leicht sich willensschwache Schiedsrichter von Äußerlichkeiten beeinflussen lassen, und war seinem Gegner zuvorgekommen: Er hielt sich den Schädel und wand sich am Boden, als wollte er sich in der Grasdecke einrollen.

Ich schaute unruhig zum Linienrichter rüber, dessen Fahne aber zu meiner Erleichterung unten blieb.

»Mann«, brummelte Simon, als beide Betreuer unter einem unglaublichen Pfeifkonzert auf den Platz sprinteten. »Hoffentlich ist der verrückte Schotte in Ordnung.«

»Dem fehlt nichts«, erwiderte ich. »Mit Garys Schädel könnte man eine Burgmauer einschlagen. Der zappelt nur ein bisschen, damit er kein Gelb kassiert. Verlass dich drauf, Simon, wenn er sieht, dass der Schiri die Hand von der Brusttasche lässt, steht er wieder auf, als wäre nichts gewesen.«

Eine Minute später wurde meine Prophezeiung wahr, und Gary, der sich immer noch den Kopf hielt, als würde er seine Haarimplantate anwachsen spüren, kam mit Gareth Haverfield zurück an die Seitenlinie. Ich stand von der Bank auf, holte eine Wasserflasche aus der Sporttasche und stellte mich zu den beiden. Gary nahm die Flasche an und brummte mit dem Plastiknippel zwischen den verbleibenden Zähnen: »Würd mich wundern, wenn der Wichser noch mal aufsteht, Boss.«

»Wir wollen ihn nicht vom Feld, das hab ich euch doch gesagt«, erwiderte ich. »Er soll nur Panik kriegen, wenn er am Ball ist. Als könnte ihn jeden Moment der Blitz treffen. Damit er sich lieber vornehm zurückhält, wenn Prometheus das nächste Mal auf ihn zurennt.«

Zu meiner Erleichterung stand Mouratidis schließlich auf und humpelte wieder auf die Linie zu. Ich schaute mich nach Trikoupis um, ob er den jungen Griechen auswechseln würde, aber von Olympiakos' Ersatzspielern wärmte sich nicht mal einer auf.

»Alles klar«, sagte Gary, warf die Flasche hinter sich und rannte wieder aufs Feld.

»Wenn das so weitergeht, liegt seine Mutter bald nicht mehr alleine im Krankenhaus«, bemerkte Simon.

Auch Mouratidis lief wieder auf den Platz, als wäre nichts gewesen. Ich blieb am Rand meiner Coachingzone stehen und brüllte Anweisungen, die größtenteils im Tosen der Menge untergingen; aber als Gary Prometheus etwas ins Ohr flüsterte, drehte der sich zu mir um und nickte mir bedeutsam zu, als verstünde er genau, was er zu tun hatte.

Ein, zwei Minuten danach warf Kenny ihm den Ball präzise wie beim Snooker in den Lauf, und einen Sekundenbruchteil später sprintete Prometheus schon senkrecht durch die Mitte wie Wayne Rooney auf Ketamin – wie damals, als er gerade von Everton zu ManU gekommen war und immer wie ein wilder Stier direkt auf die Leute zurannte. Mouratidis hielt zehn, fünfzehn Meter weit mit, bevor er einen hoffnungslosen, fast schon kindischen Versuch wagte, einen Arm vor den jungen Nigerianer zu bekommen, der sich das nicht bieten ließ und den Griechen abschüttelte wie einen alten Mantel, woraufhin der stürzte, unter die Füße eines weiteren Verfolgers kam und erst wieder aufstand, als Prometheus' Ball schon im griechischen Netz zappelte.

Es ging so schnell, dass ich das Tor selbst nicht mal sah. Die besten Tore passieren oft aus heiterem Himmel; als Trainer auf der Bank kommt man dann schnell ein bisschen verschnarcht rüber. Manchmal kriegt man gerade das nicht mit, was man sich die ganze Zeit wünscht. Die Olympiakos-Fans grunzten hinter ihrem Tor weiter unbeirrt ihre Neandertaler-Chöre, und erst als die Panathinaikos-Fans begeistert losjubelten, weil ihre Erzrivalen nach zwanzig Minuten 0:1 zurücklagen, kapierten wir, dass wir in Führung waren.

»Scheiße, Mann, der ist drin!«, brüllte Simon.

Ich drehte mich vom Feld weg und boxte zweimal einen unsichtbaren Hund neben meinem Knie, als ich plötzlich von Simon Pages Bärenpranken gepackt und hoch in die Luft gehoben wurde. Und als er mich absetzte, sprang mir auch schon Prometheus in die Arme. Zum Glück bin ich noch ganz gut in Form – ein weniger fitter Mann hätte sich bei diesen beiden Überfällen bestimmt verletzt.

»Danke, Boss!«, rief Prometheus. »Danke, dass Sie an mich geglaubt haben; danke, dass ich selbst an mich glauben kann.«

»Jetzt los und jag denen gleich noch einen rein, damit sie auch endlich kapieren, was du kannst«, brüllte ich zurück.

Prometheus schlug sich auf das Vereinsabzeichen an der Brust und sprintete zurück auf den Platz. Ich hatte dem Jungen geholfen, seine Glückssträhne wiederzufinden, nicht unser neuer Technischer Direktor. Darum geht es bei der Trainerarbeit: Man muss den Spielern ein solides Selbstvertrauen verschaffen, damit sie das Beste aus sich rauskitzeln können. Dazu braucht es ein bisschen mehr als einen Brüllföhn. Und wer etwas anderes behauptet, hat keine Ahnung.

»Vier zu zwei«, schrie Simon.

Zwanzig Minuten später, kurz vor der Halbzeit, traf Prometheus erneut, als ein kraftvoller Torschuss von Jimmy Ribbans vom Pfosten abprallte und der junge Nigerianer mit dem Kopf voraus auf den Ball zuhechtete – ein unendlich mutiger und ebenso spektakulärer Kamikaze-Kopfball: 4:3.

»Ich weiß ja nicht, was du ihm da draußen auf dem Boot erzählt hast«, sagte Simon. »Aber es hat verdammt noch mal funktioniert.«

»Ich hab ihm nur eine Geschichtsstunde gegeben.«

»Er ist ein völlig anderer Spieler. Wenn er es jetzt noch mal schafft, will ich ein Kind von ihm.«

Trikoupis wirkte verunsichert. Er rief seinen Mannschaftskapitän Giannis Maniatis zu sich an die Seitenlinie und gab ihm ein paar hektische Anweisungen, wobei er anscheinend vergessen hatte, dass es nur noch Minuten bis zur Halbzeitpause waren, und außerdem nicht merkte, dass er mehr als einen Meter über die Grenze der Coachingzone hinausgetreten war und jetzt auf dem Spielfeld stand. Der sechste Offizielle William Winter zog ihm am Ärmel, um ihn zurückzulotsen, aber Trikoupis wollte nichts davon wissen. Er riss sich von Winter los, der das Gleiche noch mal versuchte, worauf Trikoupis sich umdrehte und ihm, vielleicht weil er Engländer war, mitten ins Gesicht brüllte.

Ich bin mir ziemlich sicher, dass Winter kaum ein Wort Griechisch konnte, aber das eine reichte völlig aus; der Ausdruck *malakas* ist allen Offiziellen geläufig, weil die UEFA will, dass sie es erkennen, wenn die Spieler oder Zuschauer es verwenden, aber vom griechischen Trainer persönlich hatte es wohl keiner erwartet.

Den Offiziellen einen Wichser zu nennen wäre ja schon schlimm genug gewesen, aber jetzt schubste Trikoupis ihn auch noch weg. Winter trippelte ein paar Schritte rückwärts und fiel dann der Länge nach hin. Im modernen Fußball macht fast jeder Spieler ab und zu mal eine Schwalbe, weil er sich eine Verwarnung des Gegners oder einen Elfmeter erhofft, aber dass ein Offizieller so leicht zu Boden geht, sieht man nicht oft. Ich werde nie das Spiel Newcastle gegen Southampton vergessen, bei dem Mohamed Sissoko den Schiedsrichter zu Boden schickte, es aber für alle Welt wie eine Schwalbe aussah. Hinter Winter stand zum Glück direkt der Linienrichter, der sofort die Fahne hochriss, um Blackard herbeizurufen. Der ließ sich erklären, was – scheinbar

– geschehen war, freute sich sichtlich, dass er noch jemanden des Platzes verweisen konnte, der gar nicht spielte, und schickte Trikoupis auf die Tribüne.

Der trat frustriert eine Wasserflasche, die im hohen Bogen durch die Luft flog und einem uniformierten Polizisten ins Gesicht klatschte, der Trikoupis daraufhin am Arm packte und vom Platz führte. Die Olympiakos-Fans tobten vor Wut und die Panathinaikos-Anhänger vor Freude.

»Nimmt der ihn da gerade fest?«, fragte ich.

»Das will ich doch hoffen«, erwiderte Simon. »Das wäre doch großartig, groß-ar-tig, wenn der Drecksack heute Abend in der Zelle übernachtet.«

Wir verkniffen uns unsere Schadenfreude, so gut es ging; während die Griechen von der Bank aufstürmten, um sich bei Blackard und dem Polizisten zu beschweren, zogen Simon und ich uns in unseren Unterstand zurück, tarnten das Grinsen mit Kaugummi und Wasserflaschen und beobachteten das Spektakel aus sicherer Entfernung. Das war auch gut so, denn auf einmal segelte ein Bengalo durch die Luft und landete neben der Eckfahne, die uns am nächsten war.

»Es sagt eine Menge über ein Land aus, wie die Leute mit dem Unausweichlichen umgehen«, sinnierte Simon. »Es ist doch wohl arschklar, dass der Schiri es sich nicht mehr anders überlegt, aber die Bekloppten müssen trotzdem ein Riesengeschiss veranstalten.«

»Da versteht man doch, warum Zeus so oft die Fassung verloren und Blitze durch die Gegend geschmissen hat«, erwiderte ich. »Da würde ja selbst der Papst die Geduld verlieren.«

Der Schiedsrichter war mittlerweile umringt von Olympiakos-Spielern und deren Trainerstab, und nach kurzer Zeit durfte sich auch der Trainerassistent Sakis Theodoridou zu seinem Chef auf die Tribüne gesellen.

»Das war's dann auch mit der Halbzeitansprache bei denen«, sagte Simon. »Vielleicht kann die ja jetzt der Mannschaftsarzt übernehmen. Oder vielleicht diese Mrs. Boerescu, die den Kindern vorher das Essen serviert hat. Mann, die hat echt was drauf. Von der würd ich mich auch gerne motivieren lassen. Würd mich richtig am Riemen reißen. Oder besser noch, sie reißt *mich* am Riemen.«

Ein weiterer Bengalo segelte durch die Luft, als wäre irgendwo ein Schiff in Seenot. Mr. Winter hatte sich wohl von seinem Sturz erholt, löste sich von der Meute, die immer noch den Schiedsrichter beschimpfte, und kickte die Fackel vom Platz, wo ein Sicherheitsmann versuchte, ihr mit dem Feuerlöscher den Garaus zu machen.

»So langsam wird's ernst«, sagte ich. »Hoffentlich bricht der Trottel Blackard das Spiel nicht ab. Nicht, wenn wir 2:0 vorneliegen.«

»Das macht er doch wohl nicht, oder?«

»Wer weiß. Das letzte Mal wurde 2012 ein Spiel zwischen den Grünen und Roten abgebrochen, nachdem die Grünen das Stadion in Brand gesteckt hatten.«

»Leck mich! Klar ist Fußball wichtig. Klar will ich Spieler, die bis zum Letzten kämpfen, auch wenn es um nichts geht, aber die verdammten Fans können sich gefälligst auch mal wieder einkriegen.«

KAPITEL 57

Irgendwie ging das Spiel dann doch weiter, und ein, zwei Minuten später pfiff der irische Schiedsrichter die erste Halbzeit ab, wodurch sich die Stimmung ein bisschen entspannte. Eine Klimaanlage und eine gute Tonne Valium hätten aber mehr gebracht. Während wir durch den Spielertunnel marschierten, hörte ich einen ohrenbetäubenden Knall; jemand erklärte mir, dass die griechischen Fans manchmal Feuerlöscher anzündeten, was mir so krank und gefährlich vorkam, dass ich das Spiel am liebsten sofort geschmissen hätte. In was für einem Land zündet man denn bitte Feuerlöscher an? Ich freute mich auf jeden Fall wieder auf London, wo Hooligan-Ausschweifungen dieser Größenordnung zum Glück der Vergangenheit angehören und ein lauter Knall meistens nur bedeutet, dass David Beckham die Tür seines Rolls-Royce theatralisch laut zugeschlagen hat.

In dem übelriechenden Slum, der sich unsere Umkleide schimpfte, erklärte ich meinen Spielern, dass ich ihnen nichts sagen konnte, was sie noch besser machen würde, außer vielleicht eins: »Stellt euch mal vor, was jetzt gerade bei Olympiakos in der Umkleide los ist: das absolute Chaos. Totalzusammenbruch. Trikoupis sitzt hoffentlich irgendwo in der Zelle. Wahrscheinlich hält Giannis Maniatis die Halbzeitansprache. Liest den Jungs ordentlich die Leviten. Wenn er denn überhaupt lesen kann.«

»Was würden Sie sagen, Boss?«, fragte Gary. »Was würden Sie denen sagen, wenn Sie bei denen die Ansprache halten müssten?«

»Genau, das will ich auch hören«, sagte Ayrton.

»Mann, ich wüsste gar nicht, wo ich da anfangen soll«, erwiderte ich. Als Erstes würde ich den Jungs in Rot wohl sagen: Ihr seid ein totaler Haufen *malakas*.«

Alle grölten los vor Lachen.

»Alles absolute Vollpfosten.«

Mehr Gejubel.

»Aber mal im Ernst, Jungs, Gianni sagt seinen Leuten sicher, dass sie hinten besser dichtmachen müssen. Das ist deren Hauptproblem. Wie die unsere beiden Standardsituationen verteidigt haben – das war ja haarsträubend; da hatten wir schon Pech, dass daraus keine Tore geworden sind. Anscheinend wollen die um jeden Preis den Ball behalten, statt richtig zu verteidigen. Das ist wohl deren Haupttaktik heute Abend. Uns nicht an den Ball lassen und ewig auf Zeit spielen in der Hoffnung, dass wir irgendwann aufgeben. Aber so läuft das nicht. Denen hilft heute gar nichts mehr. Nicht mal die Götter.

In der Luft kann man die sowieso vergessen. Eine Mannschaft Zwerge mit Höhenangst hätte in der ersten Hälfte mehr Kopfballduelle gewonnen als die. Und ich würde auf jeden Fall den kleinen Mouratidis auswechseln. Nach Garys vorbildlicher Kopfarbeit kriegt der jetzt gar nichts mehr auf die Reihe.«

Prometheus grinste breit und klatschte Gary auf die Glatze.

»Ey, meine Frisur!«, rief der, was wieder für großes Gelächter sorgte.

»Gary. Du kriegst dieses Jahr vielleicht nicht den Ballon d'Or, aber du gewinnst auf jeden Fall die goldene Bowlingkugel für den besten Kopfstoß, seit Zinedine Zidane Marco Materazzi umgehauen hat. Vielleicht stellen sie dir ja auch eine Statue in Katar auf. Aber ich wüsste echt nicht, wen ich für Mouratidis einwechseln sollte. Vielleicht Mrs. Boerescu. Schlechter als er kann die auch nicht sein. Vielleicht könnte sie anbieten, dass sie jedem von denen einen bläst, der heute ein Tor schießt. Vielleicht würden die dann ein bisschen in Fahrt kommen. Bei unserem Simon würde das auf jeden Fall ziehen. Der stellt sich nur noch vor, wie sie ihm den Schwanz lutscht, seit er sie im Spielertunnel gesehen hat.«

Alle jubelten.

»Auf jeden Fall spielen die nicht wie eine Mannschaft, die mit einer 4:1-Führung ins Spiel gegangen ist. Die haben jeden einzelnen Eiswürfel von der Coolness verloren, mit der sie dieses Spiel hätten angehen können. Die hätten doch einfach nur einen klaren Kopf behalten müssen, aber das ist eindeutig schiefgelaufen. Im Moment lassen sie sich von gutem, alten Lauffußball fertigmachen. Keine Pässe. Laufen. Richtig Vollgas geben. Wenn ihr auf die zurennt, schlitzt ihr sie auf wie mit dem Fischmesser. Mit einem schnellen Laufspiel kommen sie nicht klar. Mehr kann ich euch gar nicht sagen. Rennt die Schweine um. Wenn ihr den Ball kriegt, rast ihr los wie Prometheus bei seinem ersten Tor, dann gewinnen wir, das verspreche ich euch.«

Als wir wieder aufs Feld kamen, hatte sich die örtliche Polizei in voller Kampfmontur vor den Olympiakos-Fans aufgebaut. Man ging wohl davon aus, dass die Panathinaikos-Anhänger nicht unbedingt ihr eigenes Stadion abfackeln würden. Eine beißende Rauchwolke erschwerte die Sicht, und als das Spiel weiterging, fragten sicher nicht nur wir uns, ob es an diesem Abend überhaupt zu Ende gespielt werden würde.

Mouratidis war immer noch auf dem Platz, was für mich ein schwerer Fehler war, aber ich war gerade nicht mit voller Konzentration bei der Sache, weil im Tunnel etwas Seltsames passiert war. *William Winter hatte mir zugezwinkert.* War er auf unserer Seite? Ich fragte mich immer noch, was das wohl zu bedeuten hatte, als der Schiedsrichter das Spiel anpfiff. Olympiakos griff sofort an, und Giannis Maniatis sorgte für die beste Chance des Abends. Der griechische Kapitän zeigte eine Glanzleistung, die eigentlich hätte zu einem Tor führen müssen. Der erste von zwei großartigen Schüssen prallte von Kenny Traynors Faust ab, und das Leder fiel Maniatis direkt wieder vor die Füße. Als er dann noch mal abzog, sah ich den Ball schon im Netz zappeln, aber irgendwie war Kenny schon vom Boden hochgekommen und noch mal losgehechtet, bloß dass er den Ball diesmal sauber mit beiden Händen festhielt. Das Erstaunlichste war nicht mal, dass Maniatis nicht verwandelt hatte, sondern dass so ein großer Kerl wie Kenny Traynor so schnell sein konnte; eine Katze war nichts dagegen. Selbst der griechische Kapitän ließ es sich nicht nehmen, unserem Keeper nach dieser Glanzparade die Hand zu geben.

Diese eine sportliche Geste half sehr, die Temperatur des Spiels etwas abzukühlen; als die Olympiakos-Fans sahen, dass Giannis Maniatis Kenny Traynor die Hand gab, applaudierten auch sie für ihn, weil sie wohl kapierten, dass sie nicht nur eine hervorragende Torwartleistung gesehen hatten, sondern auch einen fairen Sportler in Gestalt ihres Kapitäns mit den zusammengewachsenen Augenbrauen.

Simon klatschte und schüttelte den Kopf.

»Großartig!«, donnerte er. »Was hab ich dir gesagt? Klebrige Finger. Die braucht jeder Keeper. Mann, der hätte drin sein müssen. Zu schade, dass Kenny kein Engländer ist und nie eine Chance bei der WM haben wird.«

Ich sagte nichts. Ich war zwar selbst Schotte, konnte aber auch nicht widersprechen. Verstummt war ich allerdings nicht deshalb, sondern weil ich auf einmal genau wusste, wie Bekim Develi umgebracht worden war; die Auflösung hatte seit einer vollen Stunde auf der Hand gelegen. Und ich wusste sogar, wer es getan hatte.

Ich blieb eine Weile still stehen, ging dann wieder zur Bank und setzte mich. Ich kam mir vor wie jemand, dessen ganze Welt nach einem Schlaganfall plötzlich verschwunden ist. Hätte man mir einen Spiegel vorgehalten, hätte ich mich nicht gesehen. Der Lärm der Menge wurde gemeinsam mit dem Sauerstoff aus der Luft gesogen. Ich konnte die Regenwürmer unter dem Rasen kriechen hören; sie waren auf jeden Fall besser als die Leute, die Bekim umgebracht hatten. Über mir rollte der Rauch wie Donner durchs Stadion; er schmeckte süßer als der saure Geschmack der Gewissheit in meinem Mund.

»Du hast das Kommando«, sagte ich zu Simon. »Ich muss kurz wohin, mit jemandem reden. Das kann nicht warten.«

»Im Ernst? Bist du verrückt?«

»Nein.«

»Mit wem reden?«, fragte Simon, als ich wegstapfte. »Wo gehst du hin, Mann?«

»Zu Mrs. Boerescu. Ich muss unbedingt etwas wissen. Vielleicht bläst sie mir ja einen, wenn ich ganz nett frage.«

KAPITEL 58

Charlie und zwei von Viks Bodyguards standen am Ende des Flurs vor seiner VIP-Box und sahen sich das Spiel durch die offene Tür der unbesetzten Nachbarbox an.

»Alles klar, Boss?«, fragte Charlie.

»Das kann ich dir vielleicht gleich sagen, wenn ich mit *meinem* Boss geredet habe, Charlie.«

»Sagen Sie aber Bescheid, wenn ich Ihnen sonst bei irgendetwas helfen kann. Ich arbeite gerne für Sie, Mr. Manson. Sie sind ein anständiger Kerl.«

»Danke, Charlie.«

Die Bodyguards nickten stumm, und ich nickte zurück und fragte mich, ob sie wohl bewaffnet waren und was sie gemacht hätten, wenn sie gewusst hätten, was ich vorhatte. Als ich die Tür öffnete, ließen aber nicht sie mich kurz stocken, sondern Louise. Ich hatte vergessen, dass Vik sie eingeladen hatte, sich das Spiel mit ihm anzuschauen, und sie war die Einzige im Raum, bei der es mir etwas bedeutete, welche Meinung sie von mir hatte. Was Vik, Phil, Kojo, Gustave Haak und sein kleiner Arschkriecher Cooper Lybrand dachten, war mir scheißegal.

»Scott, was zum Teufel machst du hier?«, fragte Vik.

»Genau«, sagte Phil. »Du hast gerade ein fantastisches Tor verpasst.«

»Welches Tor?«, fragte ich.

»Ayrton Taylor hat aus dreißig Metern getroffen«, erwiderte Phil. »Während du dich wahrscheinlich gerade die ganzen Treppen hochgekämpft hast.«

»Was?«

Kojo schlug mit seinem Fliegenwedel nach irgendetwas Unsichtbarem. »Ein wunderbarer Schuss«, erklärte er leise. »Fast so gut wie der von Prometheus.«

Ich ging ans Fenster und schaute von den Göttern runter aufs Spielfeld, wo Ayrton immer noch an der Seitenlinie entlangsprintete und sein orangefarbenes London-City-Trikot wie ein Lasso herumwirbelte, womit er sich unweigerlich eine Gelbe Karte einhandeln musste. Endlich waren die Olympiakos-Fans verstummt. »Scheiße, Mann!«

»Genau«, sagte Vik. »Wir liegen drei zu null in Führung. Also steht es insgesamt vier zu vier. Bei uns ist aber vom Hinspiel ein Auswärtstor dabei, also kommen wir weiter, wenn es dabei bleibt. Ist das nicht großartig? Ich weiß ja nicht, was du und Simon die Woche über mit den Jungs gemacht habt, aber sie spielen wie die jungen Götter. Mein Glückwunsch. Ich bin sehr zufrieden.«

»Tatsächlich«, sagte ich. »Wir kommen weiter. Meine Fresse, leck mich, wir packen's. Ich fass es nicht.«

»Meinst du nicht, du solltest trotzdem lieber unten an der Seitenlinie stehen und für deine Mannschaft da sein?«, fragte Phil. »Tipps geben? Anfeuern? Bei allem Respekt, für die Siegesfeier ist es doch wohl noch ein bisschen zu früh. Das Spiel läuft noch mindestens dreißig Minuten.«

Meine Freude über den Spielstand wich unangenehmeren Gedanken.

»Ich bin nicht zum Feiern hier raufgekommen«, sagte ich. »Und ich erwarte gerade auch wirklich keine Lobeshymnen, Phil.«

Louise stand auf und wollte meine Hand nehmen; sie sah die

Wut in meinem Gesicht, die die anderen noch nicht bemerkt hatten. Ich zog die Hand aus ihrer, küsste ihr die Finger und riss mich noch ein paar Sekunden zusammen.

»Das verstehe ich nicht«, sagte Vik. »Weshalb bist du denn dann hier?«

»Louise, wahrscheinlich ist es besser, wenn du uns einen Augenblick allein lässt«, sagte ich. »Sie auch, Mr. Haak, Mr. Lybrand. Was ich zu sagen habe, sollte unter den Angehörigen dieses Vereins bleiben. Also mir, Vik, Phil und Kojo.« Ich lächelte humorlos. »Wenn Sie so freundlich wären.«

»Pass auf dich auf«, flüsterte Louise, als sie ging.

»Ich habe dich nicht verdient«, erwiderte ich.

Gustave Haak und Cooper Lybrand standen auf, folgten ihr aber nicht gleich, sondern schauten Vik verwirrt an, ob sie wirklich gehen oder bleiben sollten.

»Scott, bitte«, sagte Vik. »Die Herren sind meine Gäste. Du blamierst mich. Kann das nicht bis nach dem Spiel warten?«

»Tut mir leid, Vik, aber nein. Wenn ich die Sache aufschiebe, klingt meine Wut womöglich ab, und ich ziehe es nicht mehr durch.«

»Das hört sich ja gar nicht gut an«, sagte Phil.

Vik schaute Haak und Lybrand an und nickte. »Wenn ihr vielleicht unten warten könntet? Sagt ihr bitte auch Louise Bescheid?« Er zuckte mit den Schultern. »Ich schreibe euch dann, wenn wir hier fertig sind, okay?«

»In Ordnung«, erwiderte Haak und verließ den Raum. Cooper Lybrand dackelte ihm treuherzig hinterher.

»Soccer ist ja sowieso nicht so mein Ding«, sagte er. »Baseball liegt mir viel mehr.«

»Wichser«, zischte ich, als die Tür zu war.

»Du hast wirklich ein beschissenes Timing, Scott«, sagte Phil.

»Stimmt. Aber so was kann man nicht immer auf die Sekunde

perfekt planen. Im einen Moment weiß man noch nichts, dann geht einem plötzlich ein Licht auf und alles wird ganz klar. Man kann aber nicht immer den richtigen Moment abwarten, um zu handeln.«

»Du bist wirklich der letzte Neidhammel«, fügte er hinzu.

»Bitte?«

»Du machst doch nur wegen Kojo hier so eine Szene. Weil er jetzt Technischer Direktor ist. Er hat uns erzählt, dass du ihn vor dem Spiel im Tunnel beschimpft hast.«

»Wie freundlich.« Ich erwähnte lieber nicht Kojos Rolle bei Soltanis Platzverweis; die wirkte völlig unwichtig neben dem, was ich zu sagen hatte. Aber immerhin hatte ich gerade erfahren, was für ein hinterfotziger Kollege Kojo geworden wäre.

»Wenn du uns deine Kündigung einreichen willst, hätte das doch auch bis nach dem Spiel Zeit gehabt«, sagte Phil.

»Ja, es geht um Kojo.«

Kojo legte seine Zigarre ab und stand auf. Jetzt saß keiner mehr.

»Aber es geht nicht um seine Ernennung zum Technischen Direktor. Und kündigen will ich auch nicht. Wollte ich wenigstens nicht. Aber wo du es schon ansprichst, Phil, müssen wir jetzt wohl erst mal abwarten, wie sich die ganze Sache hier entwickelt, was? Aber erzähl du den beiden doch lieber, warum ich hier bin, Kojo! Das hast du doch bestimmt mittlerweile kapiert.«

»Ich?«

»Ja, du! Du bist vielleicht skrupellos, aber nicht blöd.«

»Ich habe keine Ahnung, wovon du sprichst, Scott. Wie gesagt hoffe ich eigentlich auf eine gute Zusammenarbeit, obwohl das so langsam unwahrscheinlich wird. Im Ernst, Vik, dieser Mann kommt mir ein bisschen verwirrt vor.«

»Mit dir würde ich sowieso nicht zusammenarbeiten, Kojo. Nie im Leben. Selbst wenn du alle Spieler auf der Welt vertreten würdest. Und ich sag dir auch warum. Außer der Tatsache, dass du ein verdammter Ganove bist …«

»Natürlich ist er einer, verdammte Scheiße, Scott«, sagte Vik. »Meinst du, das wusste ich noch nicht? Ich weiß alles über den verschlagenen Drecksack. Was meinst du, wie er überhaupt an den Job bei uns rangekommen ist?«

»Was?«

»Er hat mich in der Hand, deshalb habe ich ihn angestellt. Er hat mir gedroht, dass er mit einem wichtigen Deal an die Öffentlichkeit geht, den ich mit Gustave Haak und der griechischen Regierung abgeschlossen habe. An dem Geschäft haben wir schon seit Monaten gefeilt. Und am besten erfährt niemand davon. Schon gar nicht hier in Griechenland. Wenigstens jetzt noch nicht.«

»Also bitte, Vik«, erwiderte Kojo. »Das hört sich bei dir ja fast nach Erpressung an. So war das ganz und gar nicht. Ich habe nur erwähnt, dass ich wohl nicht über den Deal sprechen könnte, wenn ich eine Vertraulichkeitserklärung unterschrieben hätte, was ich natürlich nur könnte, wenn ich von dir angestellt wäre. Ich wollte dich und deine Geschäftsbeziehungen nur schützen. Das habe ich dir alles schon erklärt.«

»Schnauze, Kojo«, sagte Vik. »Wenn ich will, dass du redest, drücke ich einen Knopf. Dafür habe ich bezahlt, okay?« Vik starrte mich mit schmalen Augen an; ich hatte ihn vorher noch nie richtig wütend gesehen. »Kojo hat als Gast auf meinem Boot die Verhandlungen zu einem Deal mitbekommen. Dieser Deal darf nicht gefährdet werden. Durch gar nichts. Alles klar?«

»Und je weniger Scott über das Geschäft weiß, desto besser«, sagte Phil. »Findest du nicht auch?«

»Kojos Gehalt als Technischer Direktor und der Preis für die King Shark Academy sind nichts im Vergleich mit dem Deal. Also ist es mir scheißegal, was du mir jetzt über Kojo erzählen willst. Okay? Der kann meinetwegen Oxfam übers Ohr gehauen haben, ich will es nicht hören. Alles klar? Also vergiss die ganze Scheiße hier doch mal lieber, und schau dir das restliche Spiel vom Spielfeldrand aus an, *wo du hingehörst!*«

Ich nickte. Und vielleicht hätte ich auch getan, was Vik von mir verlangt hatte – wenigstens bis zum Ende des Spiels –, wenn Kojo sich nicht seine fette Zigarre ins gierige Maul gesteckt und mich blöd angegrinst hätte.

Das letzte Mal, als ich jemandem mit so einer Wucht ins Gesicht geschlagen hatte, war ich im C-Block – dem Bereich für Neuankömmlinge – des Wandsworth Prison; ich weiß nicht mal mehr seinen Namen, nur, dass er es verdient hatte. Er war irgendein weißes Arschloch mit mehr Tinte auf dem Körper als ein Tattoostudio-Schaufenster, der Arsenal hasste und mich dauernd einen Nigger nannte; das wäre ja noch in Ordnung gewesen, aber an dem Tag hatte er mich auch noch angespuckt – ein fetter, grüner Schleimbatzen, der das widerliche Fass zum Überlaufen brachte. Dem Krankenwärter zufolge hatte seine Nase danach etwas von einer Bauchtänzerin, und sie mussten ihm so viel Verbandszeug reinstopfen, dass es aussah wie ein Zaubertrick, als sie ihm das ganze Zeug später wieder rausholten.

Kojo ging allerdings nicht so leicht zu Boden, und ein, zwei Minuten prügelten und traten wir aufeinander ein wie bei einem Cage Fight im Troxy an der Commercial Road im Londoner East End. Nachdem ich ein paar harte Schläge seitlich an den Kopf hatte einstecken müssen, nach denen mir die Ohren pfiffen wie ein Teekessel, fällte ich ihn mit einem kurzen Kinnhaken, und er stand nicht wieder auf.

Mittlerweile waren Viks Bodyguards mit gezogenen Waffen hereingestürmt, aber da der Kampf offensichtlich vorbei war, brauchte Vik sie nicht mehr. »Raus! Raus! Verpisst euch! Wir regeln das selber!«

Ich bückte mich, zupfte Kojo das Seidentaschentuch aus der

Brusttasche des Safari-Jacketts, wischte mir das Gesicht und die Fäuste ab und warf es weg.

»Ich brauche einen Drink«, sagte ich. »Mann, hab ich einen Durst. Ihr habt doch nichts dagegen?« Ich schenkte mir ein Glas Champagner ein, leerte es, setzte mich und atmete erleichtert auf.

»Jetzt geht's mir schon viel besser.«

KAPITEL 59

Als Vik und Phil mich voller Angst und Schrecken ansahen, musste ich lachen. Plötzlich tobte draußen die Menge, ich sprang auf und ging näher ans Fenster, aber es war kein Tor, sondern nur wieder griechisches Gezeter über dieses oder jenes. Ich wandte mich wieder meinen Vorgesetzten zu und schüttelte den Kopf.

»Ich dachte schon, wir hätten noch mal getroffen«, sagte ich. »Schade.«

»Mann, Scott, bist du verrückt geworden?«, fragte Vik.

»Kann schon sein. Und jetzt frag mich, warum ich ihn verprügelt habe.«

Vik verdrehte die Augen, schüttelte den Kopf und wurde laut. »Ich hab dir doch schon gesagt: Ich weiß, dass er ein Ganove ist, und es ist mir scheißegal, was er verbrochen hat.«

»Kann ja sein, nur ist unser lieber Technischer Direktor ein bisschen mehr als bloß ein Ganove. Er ist ein Mörder. Er steckt hinter dem Tod unseres Freundes Bekim Develi.«

Kojo drückte sich auf einem Ellenbogen hoch und lehnte sich an die Wand. »Das stimmt nicht, Vik«, sagte er und suchte nach dem Taschentuch, das nicht mehr in seiner Brusttasche steckte. »Ich hab niemanden umgebracht.«

»Tja, Kojo, da hast du wirklich fast recht. Aber eben nur fast«, erwiderte ich.

»Hier.« Phil hob das Taschentuch vom Boden auf und warf es ihm zu; Kojo wischte sich das Blut von der Nase und schwieg.

Vik schenkte sich ein Glas Champagner ein, stellte einen der umgestürzten Sessel wieder richtig hin und setzte sich. »Jetzt beruhige dich doch mal, Scott, und erzähl uns, worum es hier eigentlich geht.«

»Ich bin anscheinend wirklich ziemlich aufgeregt«, sagte ich. »Okay. Hier kommt's – die vollen neunzig Minuten. Sonntag auf dem Boot habe ich dir erzählt, dass jemand Natalija Matwijenko dazu angestiftet hatte, am Abend vor Bekims Tod seine Epinephrin-Injektoren aus seinem Bungalow im Astir Palace Hotel zu klauen. Dieser Jemand war unser lieber Kojo. Kojo hat das Mädchen hinterher sogar mit Mercedes und Chauffeur am Hotel abgeholt. Das weiß ich, weil mir die Polizei am Montagmorgen Sicherheitsaufnahmen gezeigt hat.«

»Das war ich nicht«, beharrte Kojo.

»Stimmt, auf der Aufnahme kann niemand dein Gesicht sehen, Kojo. Chefinspektor Varouxis meint, du wärst einfach nur ein Freier, der auf ausgefallene Sachen steht, weil auf der Heckablage im Auto eine Peitsche lag. Bloß war es gar keine Peitsche, sondern der dämliche Fliegenwedel, den du immer mit dir rumschleppst, oder?«

»Ich weiß wirklich nicht, wovon du redest«, erwiderte Kojo und tupfte sich erneut die Nase ab. »Ich kenne gar keine Natalija.«

»Wir können bei den örtlichen Autovermietungen ganz einfach prüfen, ob du an dem Abend eine Limousine gemietet hast. Ja? Und Natalija kanntest du schon von einem kleinen Athen-Ausflug vor ein paar Monaten. Dafür habe ich sogar eine Zeugin. Eine Kollegin von ihr.«

»Das ist deine Zeugin?« Kojo lachte. »Eine andere Nutte?«

»Kojo war mit Natalija und dem anderen Mädchen, mit Séraphim Ntsimi – einem seiner Spieler – und mit Roman Boerescu von Olympiakos essen. Natalija war die Prostituierte, die sich im Hafen ertränkt hat, weil sie Bekims Tod nicht ertragen konnte, falls ihr das schon vergessen habt. Die beiden waren gut befreundet. Ich kann sie gut verstehen. Ich habe die Sache auch nicht einfach so weggesteckt. Aber das habt ihr wahrscheinlich schon kapiert.«

Ich atmete tief durch, um gegen das Adrenalin anzukommen, das mich ein bisschen zittern ließ. Ein großer Teil von mir wollte noch mal so richtig auf Kojo losgehen; eine blutige Nase reichte einfach nicht für das, was er getan hatte.

»Und warum sollte Kojo so etwas machen?«, fragte Vik.

»Genau«, flüsterte Kojo.

»*Geld.* Darum geht es Kojo doch immer. Die letzten Monate hat er doch ganz verzweifelt versucht, ein paar Kröten zusammenzukratzen. Er hat nämlich beträchtliche Spielschulden angehäuft. Wisst ihr noch, wie wir uns in dem Restaurant in Paris mit ihm getroffen haben? Im Taillevent. Da hat er doch gesagt, dass er sich in Russland einen Partner suchen wollte, dem er die King Shark Football Academy andrehen konnte. Und einen Partner gefunden hat er wirklich. Bloß war es nicht die Art Partnerschaft, die er eigentlich gesucht hatte. Er und dein alter Freund Semjon Michailow, der Besitzer von Dynamo Sankt Petersburg, haben auf dem grauen Wettmarkt eine bedeutende Wette auf das Ergebnis unseres ersten Spiels gegen Olympiakos abgeschlossen. Michailow wusste von Bekims Allergie, und er hat Kojo überredet, aus der Wette gegen London City eine todsichere Sache zu machen. Er sollte nämlich unseren besten Spieler ausschalten, von dem Michailow zufälligerweise wusste, dass er auch am angreifbarsten war.«

»Vik, du musst mir glauben«, sagte Kojo. »Das ist alles nur Gerede. So eine Wette habe ich nie abgeschlossen.«

»Vielleicht hast du es nicht selbst getan, aber du warst beteiligt. Und du hattest auch einen guten Vorwand für den Athen-Trip, auf dem du die Drecksarbeit für Semjon Michailow gemacht hast. London City hatte gerade Prometheus eingekauft, und wir haben gegen Olympiakos um die Champions-League-Qualifikation gespielt. Und du wolltest uns noch einen anderen Spieler verkaufen. Dafür bist du sogar auf Viks Yacht eingeladen worden. Was sehr praktisch war, denn hättest du wie wir anderen auf dem Festland übernachtet, wärst du womöglich auch als potentieller Verdächtiger behandelt worden.«

Vik wirkte einen Augenblick lang gequält. »Der Diebstahl der Injektoren ist eine Sache. Aber daran ist Bekim nicht gestorben. Du hast Sonntagabend gesagt, jemand muss ihm Kichererbsen unters Essen gemischt haben. Vielleicht nur ein paar Gramm. Wie soll Kojo das denn gemacht haben? Am Spieltag war er die ganze Zeit bei Phil und mir. Außerdem hat die Mannschaft doch einen eigenen Ernährungsberater. Alle haben höllisch darauf aufgepasst, was sie vor dem Spiel essen. Genau wie du es angeordnet hattest.«

»Ja, das habe ich selbst lange nicht verstanden. Bis ich heute vor dem Spiel im Tunnel Mrs. Boerescu gesehen habe. Olympiakos hat sie angestellt, damit sie sich um die Auflaufkinder kümmert, die mit den Spielern aufs Feld kommen. Ich habe eben mit ihr geredet. Sympathische Frau. Sie sagt, Kojo hat den Kindern heute das Abendessen ausgegeben. Genau wie letzte Woche, als Bekim gestorben ist. Normalerweise müssen die Kinder sich selbst versorgen, weil in Griechenland alle pleite sind. Da hatte Kojo natürlich Mitleid und ist selber für die Kosten aufgekommen.«

Kojo war verstummt. Er hievte sich schwerfällig hoch und ließ sich auf einen Sessel sinken. Er schaute mich mit müden, blutunterlaufenen Augen an und starrte dann wieder auf den Boden, als würde ich mich der Wahrheit nähern.

»Er hat sogar nicht nur dafür bezahlt, er hat das Essen sogar selber besorgt. Mrs. Boerescu sagt, er hat ein Restaurant in Piräus angerufen und persönlich dort bestellt. Wie überaus freundlich von ihm. Selbst in der Stadionzeitung wird ihm für seine Großzügigkeit gedankt. Auf Griechisch natürlich, also hat es keiner von uns bemerkt. Nichts Vornehmes, eben Sachen, die die Kinder hier mögen. Alle möglichen Brausen natürlich, aber nur ein Gericht: Chips, Pitabrot und *Hummus*. Ganz genau. Hummus macht man aus Kichererbsen. Und als die Kinder im Spielertunnel zu unseren Jungs stießen, hatten sie ganz klebrige Hände von dem Zeug. Da kann ich nur sagen: Kinder dazu bringen, jemanden zu vergiften – geht es eigentlich noch zynischer? Und als Bekim nach nur fünf Spielminuten ein Tor geschossen hatte – unser hochwichtiges Auswärtstor –, hat er es so gefeiert, wie er es erst seit Kurzem tat: Er hat sich am Daumen gelutscht. So hat er die Geburt seines kleinen Sohnes Peter gefeiert. Und selbst wenn er das nicht getan hätte, hätte er sich nur einmal an den Mund oder die Nase fassen müssen und schon einen anaphylaktischen Schock erlitten. Wie sieht's aus, Kojo? Erinnerst du dich so langsam?«

»Stimmt das, Kojo?«, fragte Vik.

Kojo schwieg.

»Vielleicht muss ich ein bisschen nachhelfen.« Ich trat ihm kräftig gegen den Oberschenkel. »Und, Kojo?«

»Okay, okay«, rief er. »Reg dich ab, Mann. Keiner wollte, dass er stirbt. Das war ein Unfall. Auf jeden Fall kein Mord. Bekim Develi sollte einfach nur ausgewechselt werden. Wenn er sich nicht am Daumen gelutscht hätte und dieses Land nicht so im Arsch wäre, wäre er heute noch quicklebendig. Das dumme Huhn sollte ihm doch nicht *alle* Injektoren klauen, sondern nur einen. Ich wollte doch nur überprüfen, ob das mit der Allergie stimmte. Und selbst wenn er noch welche gehabt hätte, hätte er die Dinger doch sowieso nicht mit aufs Feld nehmen können, oder? Wir wollten uns nur absichern. Und dann ist sie auch noch in den Hafen gesprungen – die totale Überreaktion! Damit hat doch keiner gerechnet. Sonst wärt ihr alle schon lange wieder in London gewesen, und Bekims Tod wäre einfach eine Fußballtragödie von vielen geworden. Ein zweiter Fabrice Muamba.«

»Bloß lebt Muamba noch«, erwiderte ich.

»War's das?«, fragte Vik.

Ich zuckte mit den Schultern. »Was willst du denn noch?«

Vik atmete tief durch, leerte sein Glas und ging ans Fenster, wo er eine Geldscheinklammer aus der Tasche zog. Die hatte ich früher schon mal gesehen, und kurz glaubte ich, er wollte jemandem Schweigegeld zahlen. Stattdessen zog er die goldene Klammer von dem Bündel Scheine ab, das er immer bei sich trug, und rieb sie zwischen den Fingern.

»Ich habe nicht viele Freunde«, sagte er leise. »Wenn man so reich ist wie ich, kommen Freundschaften immer mit dem Hut in der Hand und gebeugtem Kopf an und fragen nach einem Kredit, einem Gefallen oder einem Deal. Aber Bekim Develi war ein echter Freund von früher – da hat Scott recht. Er wollte nie etwas von mir. Er war der Einzige, der mich nie bezahlen ließ; der mir sogar Geschenke kaufte. Von Bekim habe ich diese Geldklammer. Ich weiß gar nicht, wie er drangekommen war. Achtzehn Karat Gold, Cartier, ein Geschenk von Richard Nixon an Leonid Breschnew, als die beiden sich 1973 in Washington getroffen haben. Bekim wusste, dass ich solche kleinen Gegenstände mit Geschichte schätze.

Er war in diesen Dingen sehr aufmerksam. Ich glaube, er mochte mich einfach so, wie ich bin. Das passiert mir nur selten. Heute überhaupt nicht mehr. Dass er so und aus solchen Gründen gestorben ist, kann ich kaum fassen. Und dazu noch das, was danach mit seiner Freundin Alex passiert ist. Mit Semjon

Michailow werde ich auf meine Art und Weise fertig. Die Frage lautet: Was machen wir jetzt mit dir, Kojo?«

»Wir übergeben das Schwein der Polizei, *das* machen wir«, sagte ich. »Klar fangen die meisten Beweise mit ›müsste‹, ›könnte‹ und ›wahrscheinlich‹ an, aber mit seinem Geständnis vor drei Zeugen bin ich mir absolut sicher, dass ich dem Bullen einen soliden Fall präsentieren kann, wenn ich ihn wiedersehe.«

»Kann sein«, erwiderte Kojo. »Aber sobald du das tust, geben meine Anwälte eine detaillierte Stellungnahme zu den Plänen ab, die Vik und Gustave Haak für dieses Land haben. Das kannst du mir glauben, Vik.«

Vik schwieg; er schaute Phil an und seufzte.

»Jetzt muss ich dir doch mal erzählen, was die beiden dir lieber verschweigen würden, Scott«, sagte Kojo. »Es geht um die Erytheischen Inseln. Dein Chef und Gustave Haak haben der griechischen Regierung gerade für einen Euro eine ganze Inselkette abgekauft. Das waren die Griechen, die da vor ein paar Tagen mit auf dem Boot waren. Ein Euro hört sich natürlich nicht nach viel an, aber Haak und Sokolnikow repräsentieren eine internationale Investorengruppe, der jetzt schon das ganze Land gehört. Buchstäblich. Seit 2012 kaufen sie griechische Staatsschulden auf, und mittlerweile besitzen sie den Großteil davon, was bedeutet, dass sie hier alles in der Hand haben. Wenn sie jetzt alle ihre Anleihen abstoßen, geht Griechenland den Bach runter. Also tut die Regierung brav, was Vik und seine Freunde sagen. Und Vik und seine Freunde hätten die Erytheischen Inseln nördlich von Korfu gerne als ihre eigene steuerfreie Zone. Sie sollen wohl irgendwann ein griechisches Monaco werden. Diese Zonen sind gerade wieder schwer in Mode. In China nennt man das eine Sonderwirtschaftszone. Auf Kuba eine Spezialzone zur Entwicklung. Stell dir das mal vor, Scott. Wenn du wie Vik zwölf Milliarden Pfund schwer bist oder zwanzig Milliarden wie Haak; und du dann keine Steuern zahlen musst. Nie und nirgends. Wäre das nicht schön? Und außerdem erfährt keiner ein Sterbenswörtchen davon, bevor die ganze Sache nicht in trockenen Tüchern ist. Außer uns beiden natürlich. Wir wissen Bescheid.«

Vik schwieg.

Draußen brach die Hölle los, als das Spiel endete; die Panathinaikos-Fans jubelten über die Deklassierung ihres verhassten Erzrivalen. Es gab wieder eine laute Explosion, Drucklufttröten waren zu hören, und aus der Ferne kam eine Polizeisirene näher. Phil blickte erschrocken zum Fenster, als etwas davon abprallte.

»Dann ist London City jetzt wohl eine Runde weiter«, sagte er.

Das war einfach nicht wichtig; nicht für mich; nicht mehr.

»Bitte sag mir, dass du die Scheiße nicht einfach unter den Teppich kehrst, Vik«, forderte ich.

Kojo grinste; er verstand die Zeichen, was passieren würde, lange vor mir. »Ja, Vik, sag es ihm. Sag ihm, dass dir Freundschaft wichtiger ist als Dollar und Cent.«

»Vielleicht wollte Kojo Bekim ja wirklich nicht umbringen, Vik«, sagte ich. »Aber weniger schlimm wird es deshalb doch auch nicht. Er hat für Geld den Tod deines besten Freundes in Kauf genommen. Eines Mannes, den ich gekannt und sehr bewundert habe. Kojo muss seine gerechte Strafe erhalten.«

Vik wandte sich vom Fenster ab und verzog das Gesicht.

»Jetzt tu doch nicht so, Scott«, sagte er. »Ehrlich gesagt wundert es mich ein bisschen, dass gerade du hier von Gerechtigkeit faselst. Es gibt nur das Gesetz, und wir wissen beide, was das heutzutage in Griechenland wert ist. Das Gesetz braucht eine Autorität hinter sich, und die hat in diesem Land jede Bedeutung verloren. Schau doch mal aus dem Fenster. Die Olympiakos-Fans werfen Molotow-Cocktails auf die Polizei. Aber wundert das irgendwen? Wenn selbst die Gerichte und Anwälte streiken, kann das doch nur zu Unruhen, Chaos und Anarchie führen. Das liest man an den graffitibeschmierten Wänden. Das riecht man in der verrauchten Luft. Und das will einem an jeder Kreuzung die Windschutzscheibe putzen. Was sollen wir uns darüber streiten? Wir wissen doch beide, dass ich recht habe.

Es läuft jetzt so: Kojo, wir haben immer noch einen Arbeitsvertrag mit wasserdichter Geheimhaltungsklausel. Du beziehst weiter dein Gehalt von mir, aber ich will dich nie wieder sehen. Erst recht nicht in meinem Fußballverein oder auch sonst irgendeinem. Du verschwindest jetzt. Verzieh dich irgendwohin, wo du deinen Fliegenwedel wirklich brauchst – irgendwo nach Afrika am besten –, und lass dich von mir durchfüttern. Aber komm ja nicht auf die Idee, jemals wieder im Fußball zu arbeiten. Denn eins darfst du nicht vergessen: Mein Arm ist lang und mein Gedächtnis noch viel länger.«

Kojo stand auf. »Was ist mit meinen Sachen auf dem Boot? Meinem Laptop? Meinen Klamotten?«

»Mein Kapitän lässt dein Gepäck morgen früh um acht am Astir Palace Hotel an Land bringen. Und jetzt raus.«

Kojo griff sich seinen Fliegenwedel und grinste. »Glückwunsch, Scott. Der Tag geht an dich. Oder vielleicht auch nicht? ›Ein Spiel ist nicht gewonnen, bevor es nicht verloren ist‹, hat ein kluger Mann mal gesagt.«

Als Kojo weg war, gab es eine längere Stille, die hauptsächlich von mir ausging. Denn auch wenn ich genau wusste, was ich zu tun hatte, fiel mir einfach nicht ein, was ich sagen sollte.

»4:0«, sagte Phil schließlich. »Unglaublich.«

Er schaute erst mich an und dann Vik. »Was ist mit Scott?«, fragte er. »Dieselbe Geheimhaltungsklausel steht auch in seinem Vertrag, wenn er ihn denn jemals gelesen hat.«

»Scott Manson?« Vik sprach meinen Namen aus, als wollte er hören, wie loyal er noch klang. »Ich weiß nicht, Phil. Das liegt wohl an ihm. Er hat sich sehr schlau angestellt. Vielleicht ist er zu schlau für den Fußball. Möglicherweise ist das sein Problem als Trainer. Aber allzu viele handfeste Beweise gibt es wirklich nicht. Wenn du mich fragst, wird dieser griechische Bulle Varouxis mit dem Selbstmord des Mädchens und dem Namen von dem anderen Kerl zufrieden sein. Von dem, der damals 2008 oder wann das war die ganzen Nutten ermordet hat.«

»Die Hannibal-Morde«, erwiderte Phil.

»Genau. Der. Das ist doch ein guter Fang, wenn er da einen ungelösten Fall aufklärt, mit dem alle schon abgeschlossen hatten. Von so was träumt doch jeder Polizist. Ja, damit muss er sich wohl zufriedengeben. Ich habe nämlich ganz sicher kein Geständnis von Kojo gehört. Du etwa?«

Phil schüttelte den Kopf. »Nein. Nichts.«

Vik dachte eine Weile nach und drohte mir dann mit dem Finger. »Was wir hier heute sonst noch gehört haben, ist nichts als Spekulation«, fuhr er fort. »Das Mädchen – Natalija – hat sich selbst umgebracht; das wussten wir schon aus der unverschickten E-Mail von ihrem iPhone. Und da die Polizei das jetzt auch weiß, kann sie uns nicht weiter hier festhalten. Aber von wem Bekim Develi vergiftet wurde, das werden wir wohl nie erfahren. Man könnte fast sagen, von der Hand Gottes. So nennen die Versicherungen so etwas, nicht wahr?«

»Ich glaube, man spricht da von höherer Gewalt«, sagte Phil.

»Stimmt, du hast recht«, gab Vik zu. »Auf Russisch ist das natürlich alles ein bisschen anders. Aber lieber die Hand Gottes als die eines unschuldigen Kindes, oder? Auch Scott würde es sicher nicht gefallen, wenn herauskäme, dass die Hand eines kleinen Kindes von skrupellosen, gierigen Männern als Mordwaffe eingesetzt wurde. Wie muss das für so ein Kind sein, wenn es mit dem Wissen aufwächst, dass es Bekim Develi umgebracht hat. Nein, dieses Kreuz sollte kein Kind tragen müssen. Findest du nicht auch, Scott?«

Ich seufzte laut und öffnete den Reißverschluss meiner Trainingsjacke; von den Anstrengungen war mir heiß geworden; und vielleicht nicht nur von denen. Ein bisschen schlecht war mir auch, aber das hatte weder mit der Hitze zu tun noch damit, dass ich Kojo vermöbelt hatte. Nachdem wir uns gerade für die nächste Runde qualifiziert hatten, hätte ich absolut begeistert sein müssen. Stattdessen hätte ich mich am liebsten irgendwo verkrochen.

Ich trank einen ordentlichen Schluck aus der Flasche Krug-Champagner, rülpste laut und schüttelte den Kopf. »Das Problem mit reichen Leuten …«

Vik ächzte, als hörte er diesen Vortrag nicht zum ersten Mal, was ich mir gut vorstellen konnte. »Pass auf, Scott, du bist selbst nicht unbedingt arm.«

»Nein, bin ich nicht. Da hast du natürlich recht, Vik. Dann geht's mir wohl um den Unterschied zwischen meinem bescheidenen Reichtum und deinem. Ich habe mir nämlich noch nie darüber Gedanken machen müssen, ob ich unter bestimmten Umständen wirklich alles tun und jeden links liegen lassen würde, um mein Geld zu behalten oder noch mehr anzuhäufen. Wisst ihr, was ich meine? Nein, hätte ich auch nicht gedacht.«

Ich nickte ihnen beiden zu.

»Morgen früh habt ihr meine schriftliche Kündigung auf dem Tisch, meine Herren. Aber jetzt möchte ich mich erst mal von meiner Mannschaft verabschieden, bevor ich den Rest des Abends mit meiner Freundin verbringe.«

KAPITEL 60

Selbst wenn man alles abräumt, weiß man nie, wann Schluss ist. Da muss man nur mal Roberto Di Matteo fragen, den Interimstrainer von Chelsea, der den Verein 2012 zu einem denkwürdigen Double führte und nach einem etwas holprigen Start in die Saison 2012/2013 prompt rausgeworfen wurde. Oder Vicente del Bosque, der 2003 bei Real Madrid achtundvierzig Stunden nach dem Gewinn der spanischen Meisterschaft gefeuert wurde. Das war hart. Im Fußball zieht Erfolg selten mehr Erfolg nach sich, sondern meistens nichts als große Erwartungen; und die werden allzu oft enttäuscht.

Ich hatte jetzt schon graue Haare bekommen, dabei war ich erst sieben Monate lang auf dem Posten – einen weniger als Di Matteo. Und nach dieser Woche, in der ich mich zusätzlich auch noch als Detektiv versucht hatte, war ich völlig fertig und brauchte dringend eine Pause.

Natürlich werden die meisten Fußballtrainer gefeuert oder sie kündigen, weil ihnen ein anderer Verein ein Angebot macht, das sie nicht ablehnen können; aber es kommt wohl selten vor, dass einer seinen Hut nimmt, nachdem seine Mannschaft gerade die nächste Runde der Champions League erreicht hat. Die englische Presse jedenfalls fiel über die Story her wie die Ameisen, als Louise und ich ohne die Mannschaft in Heathrow im Terminal Fünf ankamen. Und nicht nur über die Story.

Ich rechne es meiner Freundin hoch an, dass sie nicht noch einmal wiederholte, was sie mir vorher zu meiner Ermittlungsarbeit gesagt hatte: Kein Fall auf der Welt lässt sich so lösen, wie man es gerne hätte, zur vollen Zufriedenheit. Aber sie hatte recht. Dass ich herausgefunden hatte, wie Bekim Develi umgebracht worden war und wer dahinter gesteckt hatte, brachte mir keinerlei Genugtuung; und davor hätte ich nie geahnt, wie absolut sinnlos die Aufklärung sein würde. Ich fragte mich, warum ich mir überhaupt den ganzen Ärger gemacht hatte. Auch da hatte sie recht.

Ich hätte den Reportermassen am Flughafen alles Mögliche über die Ereignisse in Athen erzählen können, aber ich wollte mich nicht weiter in den zwielichtigen Finanzangelegenheiten des Vereins verstricken, die meine Kündigung veranlasst hatten. All das lag hinter mir, und es kam mir vor, als wäre mir ein schweres Gewicht von den Schultern genommen worden. Ich beschränkte mich mit meinen Antworten lieber vollständig auf den Fußball, das war mir lieber. Das ist das Schöne daran: In manchen Augenblicken im Leben erscheint nur Fußball wirklich wichtig. Wenn alles andere trivial und belanglos wirkt und man glaubt, dass nur wegen Fußball Felder flach sind, Gras kurz gemäht wird und die Schwerkraft erfunden wurde. Außerdem hätte ich wirklich nicht gewusst, wie man die griechische Staatsschuld erklärt.

»Ich habe nicht gekündigt, weil ich zu einem anderen Verein gehe«, erklärte ich den wartenden Reptilien. »Ich habe nicht gekündigt, weil ich mehr Geld will oder mehr Freiheit beim Spielerkauf. Ich habe nicht wegen des Ergebnisses gegen Leicester City gekündigt und auch nicht wegen der Niederlage im Hinspiel gegen Olympiakos. Ich habe nicht mal gekündigt, weil die griechische Polizei unsere ganze Mannschaft ohne guten Grund festgehalten hat. Anders als viele Zeitungen gemutmaßt haben, habe ich gekündigt, weil es zu einer unüberbrückbaren Meinungsverschiedenheit zwischen mir und dem Besitzer des Vereins darüber gekommen war, wie die Mannschaft zu führen sei. Ohne Mr. Sokolnikow zu nahe treten zu wollen, muss ich aber sagen: Darüber darf sich niemand wundern, der das Spiel wirklich liebt. Schließlich ist Fußball für viele Menschen eine große Leidenschaft, und manchmal bedeutet diese Leidenschaft, dass manche Leute nicht mehr miteinander arbeiten können. Das ist einfach so. Da kann man nichts machen.

Ich wünsche allen in Silvertown Dock jeden erdenklichen Erfolg. Die Mannschaft hat sich den Sieg in Athen redlich verdient. Alles in allem war es ein Privileg und eine Freude, mit diesen Jungs zu arbeiten, von denen viele auch meine Freunde waren. Und hoffentlich immer noch sind. Aber vor allem werde ich die Fans vermissen. Die stehen für mich an erster Stelle. Nach dem Tod von João Zarco haben sie mich angenommen und mir ihre volle Unterstützung gegeben. Dafür möchte ich ihnen heute demütig danken.«

»Hatte Ihre Kündigung etwas mit dem Tod von Bekim Develi zu tun, Scott?«, fragte einer der Reporter.

»Ja, aber nur in der Hinsicht, dass ich danach meine Prioritäten überdacht habe. Bekim Develi war ein Mann, den ich sehr geschätzt und bewundert habe. Wie wir alle. Nach dieser Tragödie will ich mich auf das konzentrieren, was für mein Leben und meine persönlichen Ziele wichtig ist. Ich glaube, das kann jeder nachvollziehen. Es wundert wohl niemanden, wenn jemand nach so einer schrecklichen Erfahrung sein Leben ändern will. Ich habe immer gut auf mich aufpassen können, und genau darum geht es hier: Ich war mir diese Kündigung schuldig.«

»Wo Sie gerade von schuldig reden«, sagte ein anderer Reporter, »möchten Sie vielleicht etwas zu der Story in der *Sun* sagen, nach der Sie zwei Engländer auf der Insel Paros verprügelt haben sollen? Angeblich wollen die Sie verklagen. Hat Ihre Kündigung etwas damit zu tun?«

»Waren das nur zwei Typen? Kann sein. Ja, ich bin dort mit zwei Halbstarken aneinandergeraten, die Bekim Develis Tod als angemessenes Thema für wüste Scherze erachtet haben. Darauf deuteten zumindest die Lieder hin, die diese Männer gesungen haben. Ich weiß nicht, vielleicht fehlt mir da der Sinn für Humor, aber meiner Meinung nach brüllten die beiden einfach nach einer Tracht Prügel.«

»Wie sieht Ihre Zukunft aus, Scott?«

»Haben Sie nicht zugehört? Wer kann schon sicher sagen, was die Zukunft für uns bereithält? Ist das nicht die große Lehre, die wir aus Bekim Develis Tod ziehen müssen? Dass nichts sicher ist? Er war schließlich erst neunundzwanzig, um Gottes willen. Darum geht es mir hier doch. Nein, ich plane kurzfristig keine Rückkehr in den Trainerberuf. Ich wüsste auch nicht, wer mich im Moment überhaupt anstellen würde. Ich glaube, meine Halbzeit-Mannschaftsansprachen hören sich eher nach Gordon Ramsay als nach Heinrich V. an. Meinem Vater gehört ein Sportartikelunternehmen, und ich werde ihn da in der nächsten Zeit etwas mehr unterstützen. Was aber nicht heißen soll, dass ich das Spiel nicht mehr liebe. Ganz und gar nicht. Fußball ist mein ein und alles.«

»Darf ich fragen, wohin Ihr nächster Schritt Sie führen wird, Scott? Spanien? Málaga? Man hört immer wieder das Gerücht, dass Sie einen Posten in Spanien antreten werden. Sie sprechen doch sehr gut Spanisch.«

Ich seufzte, grinste und schüttelte den Kopf. »Ich spreche auch Deutsch, Italienisch und Französisch. Bloß mit meinem Englisch ist es wohl nicht weit her. Habe ich nicht gerade gesagt, dass ich erst mal nicht mehr als Trainer arbeiten werde? Aber wo Sie schon so nett gefragt haben, verrate ich Ihnen jetzt wirklich meinen nächsten Schritt.«

Ich schaute Louise an, lächelte, nahm ihre Hand und küsste sie.

»Meine Freundin und ich, wir gehen morgen Nachmittag die King's Road runter spazieren, und wenn es dann noch Karten gibt, gehen wir zur Stamford Bridge und schauen uns Chelsea gegen Tottenham Hotspur an. Das Spiel hat das Zeug dazu, ein Riesenkracher zu werden. Aber endlich kann ich einmal sagen, dass es mir völlig egal ist, wer gewinnt.«